Frank Hagedorn
Wölfe von Potsdam

Das Buch

Die junge Kommissarin Paula Osterholz lässt sich nach Potsdam versetzen: Wegen eines ungeklärten Mordfalls in Cottbus, der ihr Leben auf den Kopf gestellt hat, braucht sie einen Neuanfang. Doch der Start in Potsdam ist mühsam, denn ihre neue Chefin ist misstrauisch und ihr Partner Henry Wullitzer ein wortkarger Sturkopf, der in der Mordkommission eine schwer durchschaubare Sonderstellung hat.

Paula hat den Eindruck, unterschätzt zu werden, doch sie und Wullitzer müssen sich sofort als Team beweisen. Nachdem im Wald der abgetrennte Kopf eines Wolfs entdeckt wurde, beginnt eine rätselhafte Mordserie an Menschen, die mit dem Fund in Zusammenhang stehen. Ihre Ermittlungen erweisen sich als schwierig, denn schnell geraten sie zwischen die Fronten von Wolfsschützern und jenen, die die Tiere für blutrünstige Bestien halten und illegal Jagd auf sie machen. Dabei ist Blutdurst, so scheint es, nicht nur den Wölfen vorbehalten …

Der Autor

Der gebürtige Hamburger Frank Hagedorn probierte sich in unterschiedlichen Jobs aus, bis er nach dem Studium der Film- und Theaterwissenschaft endgültig im Filmbusiness landete. Viele Jahre arbeitete er als Regieassistent bei Film- und Fernsehproduktionen im In- und Ausland. Selbst Regie führte er bei dem Dokumentarfilm »Meerkamp. Watt?«, für den er auch Produzent war und das Drehbuch schrieb. Weitere Filme und eine TV-Serie folgten, an der er als Drehbuchautor beteiligt war. Das Schreiben ließ ihn nicht mehr los: Er verfasste ein Theaterstück und einen Roman, seit 2019 auch eine Krimireihe, die auf Kreta spielt. Frank Hagedorn lebt in München.

FRANK HAGEDORN

WÖLFE
VON
POTSDAM

PAULA OSTERHOLZ ERMITTELT

Deutsche Erstveröffentlichung bei
Edition M, Amazon Media EU S.à r.l.
38, avenue John F. Kennedy, L-1855 Luxembourg
Oktober 2024
Copyright © der deutschsprachigen Ausgabe 2024
By Frank Hagedorn

Umschlaggestaltung: Brian Barth, Berlin
Umschlagmotiv: © Yaroslav Vitkovskiy / Shutterstock; © carloscastilla
© bazilfoto / Getty
1. Lektorat: Angela Kuepper
2. Lektorat: Rainer Schöttle
Korrektorat: Manuela Tiller / DRSVS
Gedruckt durch:
Amazon Distribution GmbH, Amazonstraße 1, 04347 Leipzig /
CPI Druckdienstleistungen GmbH, Ferdinand-Jühlke-Straße 7, 99095
Erfurt /
CPI books GmbH, Birkstraße 10, 25917 Leck /
Libri Plureos GmbH, Friedensallee 273, 22763 Hamburg

ISBN 978-2-49671-630-6
e-ISBN 978-2-49671-629-0

www.edition-m-verlag.de

1

»Vinzenz?«

Paula war sicher, etwas gehört zu haben. Als sie vom Dienst nach Hause gekommen war, hatte sie geduscht und sich nur kurz auf das Sofa gelegt. Ihr Handy zeigte Viertel vor zehn, sie musste eingeschlafen sein. Irgendwo lief ein Fernseher, das Ehepaar im Haus gegenüber hatte Streit, und einige Jugendliche zogen lautstark durch die Gertraudtenstraße auf dem Weg zur Spree. Durch ein weit geöffnetes Fenster kam die warme Frühlingsluft mit dem schweren, süßen Duft des Flieders. Zwei Jahre lang war diese kleine, dunkle Wohnung unweit vom Altmarkt in Cottbus nur der Ort gewesen, an dem Paula schlief und an den Wochenenden gelegentlich mit Freundinnen kochte oder Serien guckte.

Doch dann, letzten Herbst, war Vinzenz in ihr Leben getreten. Bis dahin hatten nackte Glühbirnen an der Decke gehangen, und den großen Buchentisch, auf dem sie sich manchmal liebten, gab es auch erst seit dem Winter. Jetzt standen Einkäufe darauf, aus denen Linguine mit Lachs und Safran sowie Salat und ein Nachtisch werden sollten.

»Warum kaufst du überhaupt ein? Wir kochen doch fast nie«, sagte Vinzenz manchmal.

»Ich weiß nicht mal, ob du eigentlich kochen kannst. Bild dir bloß nicht ein, dass ich das später immer mach«, spottete Paula. Sie hätte nicht gedacht, mit einem Mann so glücklich sein zu können, und sie hatte auch nicht vorgehabt, sich zu verlieben, schon gar nicht in einen Kollegen. Aber es war passiert, und Paula genoss jeden Moment, in dem sie in Vinzenz' Nähe sein und ihn berühren konnte und sein Lachen nur ihr galt. Noch durfte niemand von ihnen wissen, das machte die gemeinsame Zeit noch intensiver, und schon jetzt kam es Paula vor, als würde sie Vinzenz seit Jahren kennen, so vertraut waren sie sich.

Warum aber verspätete Vinzenz sich heute und meldete sich nicht? Vor zwei Tagen hatte sie etwas in seinem Blick bemerkt, das Paula nicht kannte und das sie irritierte, weil sie es nicht deuten konnte. Stimmte etwas nicht? Heute Nachmittag hatte er am Telefon angedeutet, er müsse ihr etwas sagen. Dabei hatte er geflüstert und gehetzt geklungen, aber mehr wollte er erst sagen, wenn sie sich heute Abend sahen. Hatte er Geheimnisse? Noch war er verheiratet, aber die Ehe bestand nur auf dem Papier, beteuerte er seit Monaten. War das womöglich gar nicht die Wahrheit?

Paulas Handy klingelte. Sie ließ es viermal klingeln, das machte sie immer so, wenn sie seine Nummer auf dem Display sah. Dann konnte Vinzenz sicher sein, dass niemand in ihrer Nähe war.

»Wo steckst du?«, rief Paula und lachte. *Wo steckst du?* Das sagten sie jedes Mal, wenn der andere anrief, denn es bedeutete: Wo auch immer du bist – es wäre mir lieber, du wärst bei mir.

Doch Vinzenz antwortete nicht. Statt seiner Stimme hörte Paula ein Rascheln.

»Vinzenz!«, sagte Paula. Es wäre nicht das erste Mal, dass sein Handy in der Hosentasche steckte und er auf die Wahlwiederholung gekommen war.

Vermutlich war er ganz in der Nähe, und Paula wollte schon auflegen. Dann hörte sie ihn leise.

»Paula?«

Vinzenz stieß ihren Namen gepresst hervor.

»Was ist?«, fragte sie besorgt.

»Ich … Moment.«

Paula hörte schnelle Schritte. Es klang, als würde er rennen.

»Vinzenz, was ist los?«

Die Schritte stoppten. Für einen Moment war es vollkommen ruhig. Aus dem Hintergrund war das Quietschen eines bremsenden Autos zu hören. Kurz darauf eine Wagentür.

»Ich …«, hörte Paula leise Vinzenz' Stimme. Er schien das Handy mit der Hand abzudecken. »Ich werd verfolgt.«

»Was? Wer verfolgt dich?«

Vinzenz antwortete nicht.

»Wo bist du?« Wieder hörte sie seine Schritte.

»Puschkinpro…« Vinzenz stockte.

»Puschkinpromenade?«, fragte sie.

»Wenn mir etwas passiert …«

»Was soll dir denn passieren?«, rief Paula und spürte, wie sich ihr Hals zuschnürte.

»Tillsing.«

»Was?«

»Tillsing«, wiederholte Vinzenz fast unhörbar und Paula war nicht sicher, das Wort richtig verstanden zu haben.

»Tillsing? Was soll das sein?«, fragte Paula schrill. Die Leitung war tot. Vinzenz hatte aufgelegt.

Einen Moment stand Paula wie erstarrt. Dann sprang sie in eine Jeans, zog Turnschuhe und ein schwarzes T-Shirt an, rannte zur Tür, drehte um und nahm die Dienstwaffe aus einer verschlossenen Schublade. Im Rausgehen schnappte sie sich ihre Lederjacke, rannte durch das Treppenhaus auf die nächtliche Straße und zu ihrem Wagen.

Ein Wald in der Nähe von Potsdam. In einem schmalen Querweg, der vom Forstweg kaum einzusehen war, hielt ein dunkelbrauner Kastenwagen. Ein drahtiger Mann mit kurz geschorenen Haaren stieg aus, sah sich um und verschwand mit einem kleinen Rucksack im Wald. Nach fünfzig Metern blieb er stehen. Wenn Hagen Gütschow nicht gewusst hätte, wo sein Wagen stand, hätte er ihn im letzten Licht der Dämmerung nicht entdeckt. Er vergewisserte sich, dass keine Stimmen oder Schritte zu hören waren, und ging weiter, ohne dass Zweige unter seinen Füßen knackten. Nicht einmal die Nadeln der Bäume raschelten, wenn seine Sohlen sie berührten, so leicht war sein Gang mit der Zeit geworden. Dass er nicht sehr groß, aber geschmeidig war, half ihm, sich unbemerkt in den Wäldern zu bewegen.

»Papa, kommst du heute Nacht nach Hause?«, hatte seine kleine Emily gefragt, als er aufgebrochen war.

»Morgen früh, wenn du aufwachst, bin ich da. Dann kommst du zu Mama und mir ins Bett, bevor du zur Schule gehst. Das versprech ich dir. Ist das gut?«

»Das ist gut«, sagte Emily tapfer. Doch Gütschow wusste, dass sie vorher aufwachen, ins Schlafzimmer tapsen und sich an ihre Mama kuscheln würde. Das machte sie immer, wenn er im Wald war und seine Kleine sich wünschte, er wäre zu Hause. Eines Tages würde Gütschow sie mitnehmen. Dann würde Emily begreifen, dass nichts mit dem zu vergleichen war, was er hier erlebte.

Der harzige Duft der Kiefern wurde intensiver. In den Nächten, in denen der Mond über den Bäumen stand und etwas Licht auf die Farne und das Unterholz fiel, gewöhnten sich seine Augen schnell an die Dunkelheit. Kaum jemand drang so tief in den Wald vor wie er. Zwei Wochen war es her, dass er zum ersten Mal auf einen Förster gestoßen war, doch er hatte sich verstecken können. Niemand sollte wissen, dass er hier war. Deshalb war es beunruhigend, dass er einige Tage später in der Nähe seines Kastenwagens Stimmen gehört hatte.

Gütschow suchte die Abgeschiedenheit, genau wie die graubraunen Tiere, wegen denen er hier war. Viermal war er im letzten Jahr auf sie gestoßen. Sie waren scheuer, als es sich die Leute, die sie vertreiben wollten, vorstellen konnten. Nur wenn sie jagten, brach ihre ungeheure Kraft durch, und kaum ein Beutetier konnte ihrer Geschmeidigkeit und Ausdauer entgehen. Sie jagten im Rudel, und sie waren geschickte Jäger. Die Fähen waren leichter und deshalb schneller und hetzten die Beute, bis sie erschöpft war, damit dann die kräftigeren Rüden auch große und gesunde Hirsche mit gezielten Bissen in den Hals töten konnten. In Nordamerika erlegten sie auf diese Art sogar mächtige, weit überlegene Bisons. Gütschow träumte davon, eines Tages dort in der Wildnis auf große Wolfsrudel zu treffen. Je größer das Revier, desto größer konnte ein Rudel sein. Viel größer als in Brandenburg.

Er erreichte den Teil des Waldes, in dem sich Nadel- und Laubbäume mischten. Das Unterholz war dichter geworden, weil sich junge Buchen überall dort ausbreiteten, wo die Kiefern und Fichten, von der Trockenheit geschwächt, mehr Tageslicht zum Waldboden durchließen. In einer unscheinbaren Senke standen einige junge Buchen besonders dicht. Dort hatte Gütschow vor einem halben Jahr die Überreste eines Unterstands entdeckt. Die kleine Senke lag ideal, und Gütschow hatte aus Laub und Zweigen ein kaum auszumachendes Versteck geschaffen. Hier konnte er warten, wenn die Geräusche des Waldes verstummten, weil sich ein Rudel näherte. Von hier aus hatte er sie schon gesehen. Auf Pfoten, unter denen kaum ein Blatt raschelte und kein Zweig knackte, und mit stolz und wachsam erhobenem Kopf.

Bis vor zwei Wochen war Gütschow überzeugt gewesen, niemand außer ihm wisse von diesem Unterstand. Doch nachdem er in der Nähe den Förster bemerkt hatte, war er nicht mehr sicher. Drei Tage später waren einige Zweige, die sein Versteck verdeckten, verändert gewesen. Und heute war es nicht zu übersehen: Zweige, die sonst den Zugang unkenntlich gemacht hatten, lagen verstreut auf dem Boden.

Gütschow umkreiste sein Versteck und überlegte, ob Tiere die Zweige auseinandergezogen haben konnten. Wildschweine hatten die Kraft dazu, aber sie hätten den Boden aufgewühlt und deutlichere Spuren hinterlassen.

Ein strenger Geruch, den er hier noch nie wahrgenommen hatte, drang aus dem Unterstand. Gütschow atmete tief durch. Sonst fand er hier im Wald Ruhe und Frieden. Jetzt aber raste sein Puls.

Puschkinpromenade. Auch ohne Blaulicht jagte Paula über die Mühlenstraße, hupte vehement, als ihr ein Wagen den Weg versperrte, und wählte Vinzenz' Nummer. Ihr Mund war ausgetrocknet. Noch nie hatte Vinzenz so geklungen wie eben am Handy, und jetzt ging er nicht ran.

Schon als sie von der Friedrich-Ebert-Straße in die Puschkinpromenade einbog, sah Paula zwei Streifenwagen, die mit Blaulicht am Straßenrand standen. Sie hielt direkt neben ihnen und lief dorthin, wo sie hinter dem Durchgang zum Park auf dem Boden einen Schatten bemerkt hatte.

»Bleiben Sie stehen!«, brüllte einer der Streifenpolizisten.

»Kripo Cottbus! Ist ein Krankenwagen alarmiert?«, rief sie und hielt ihren Polizeiausweis in die Höhe, ohne anzuhalten.

»Ja, ist gleich hier!«, erwiderte der Mann.

Paula rannte mit kurzen, energischen Schritten an dem Polizisten vorbei. So schnell sie auch war, sie würde zu spät kommen. Es konnte nicht wahr sein. Einfach nicht wahr. Doch vor ihr breitete sich im Halbdunkel des Puschkinparks eine immer größer werdende Blutlache aus. In diesem Blut lag ein Mann. Der Mann, der für immer an ihrer Seite hatte sein sollen.

Vinzenz.

Mechanisch suchte Paula nach Lebenszeichen. Der Puls war nicht zu tasten und auch kein Atem zu spüren. Sie erkannte mindestens fünf Einschusslöcher in der Brust, die sich nicht mehr bewegten. Dafür Blut, immer mehr Blut.

»Kommt der Krankenwagen endlich?«, brüllte sie, obwohl sie sicher war, dass auch ein Arzt nichts mehr würde tun können.

Paula musste sich zwingen zu atmen. Vor ihr lag nicht irgendein Ermordeter. Es war kein Fall, auf den sie angesetzt war. Es war der Mann, mit dem sie ihr Leben verbringen wollte. Seine Augen waren geöffnet, doch sie sahen Paula nicht mehr. Sie würden nie wieder etwas sehen.

Vinzenz war tot. Ihr Vinzenz.

Hätte sie schneller sein müssen? Hätte sie etwas tun können, um ihn zu retten?

Paulas Handy klingelte. *Buchner* stand auf dem Display. Ihr Vorgesetzter. Erster Kriminalhauptkommissar.

»Bist du zu Hause?«, brüllte er ins Telefon.

»Nein.«

»Einsatz. Sofort! Puschkinpromenade.«

»Ich bin vor Ort«, erwiderte Paula tonlos.

»Was?«

»Ich … ich war in der Nähe.«

»Ich bin gleich da. Du fängst an, das Gelände zu sichern.«
Buchner legte auf.

Tränen liefen Paula über das Gesicht. Nicht die Kontrolle verlieren!, dachte sie. Nicht die Kontrolle verlieren. Niemand wusste von ihr und Vinzenz, und niemand sollte von ihnen erfahren. Auch jetzt nicht. Das hatte sie Vinzenz versprochen, doch sie musste sich zwingen, nicht heulend über ihm zusammenzubrechen. Es würde das letzte Mal sein, dass sie seinen Körper spürte. Nie wieder würde sie seine warme Stimme hören. Nie wieder. Bei dem Gedanken konnte sie sich nicht mehr halten. Ihr Kopf sank an Vinzenz' Schulter, wo er in so vielen Nächten gelegen hatte. Für einen Moment wurde Paula vom Schluchzen geschüttelt. Dann hörte sie aus mehreren Richtungen Martinshörner, hob den Kopf und sah das Flackern der Blaulichter an den Fassaden der Häuser. Sie musste sich zusammenreißen. Gleich würde ein Notarzt hier sein und die Spurensicherung Lampen aufbauen. Noch aber konnte sie hoffen, dass niemand ihre Tränen und ihr Schluchzen bemerkt hatte. Die Streifenpolizisten waren damit beschäftigt, die Zugänge zu sperren.

Paula tat, als würde sie die Wunden des Toten untersuchen, doch sie hauchte einen letzten Kuss auf seine Wange und drückte seine Hand. Noch war sie warm, doch schon bald würde die Kälte des Todes zu spüren sein. Ein letztes Mal blickte sie in seine Augen, die so gern lachten. Gelacht *hatten*. Vorsichtig schloss sie diese wunderbaren Augen. Sie würde die Letzte sein, die ihr tiefes Blau gesehen hatte.

Tillsing, hatte Vinzenz am Telefon gesagt. Wenn mir etwas passiert. Tillsing. Paula hatte das Wort noch nie gehört. War das ein Name? Ein Ort? Hatte sie das Wort überhaupt richtig verstanden?

Sie richtete sich auf. Schon einmal hatte sie so einen Moment überstehen müssen. Auch damals war in ihrem Leben danach nichts mehr gewesen wie vorher.

Langsam ging Paula dorthin, wo immer mehr Polizeifahrzeuge eintrafen. Werner Buchner, ihr Chef, stand jetzt neben seinem Wagen, gestikulierte und gab Anweisungen. Aus einem anderen Wagen stieg Thomas aus, mit dem Paula als Team ermittelte. Gleichzeitig raste ein Krankenwagen mit Blaulicht heran. Eine Notärztin stieg aus und ein Streifenpolizist deutete in die Richtung von Vinzenz. Sofort rannte die Ärztin los, doch Paula wusste, dass sie nur noch Vinzenz' Tod feststellen würde.

Buchner winkte Paula zu sich.

»Thomas, Paula, ihr klappert die Wohnungen gegenüber ab. Irgendwer muss was gesehen oder gehört haben«, ordnete er an. »Ich will alles wissen. Wie oft wurde geschossen, ist jemand weggerannt oder in einen Wagen gestiegen, wer hat jemanden gesehen und wie viele?« Buchner klang hektischer, als Paula ihn sonst kannte. »Warum warst du von uns als Erste hier?«, fragte er unvermittelt.

»Ich war unterwegs. Hinten. Am Spreeufer.«

»Warst du spazieren? Mit deiner Waffe?«, fragte Buchner misstrauisch. Er musste die Dienstpistole unter Paulas Lederjacke bemerkt haben.

»Nein, ich war im Auto, die Scheibe war runter, dann hab ich Schüsse gehört. Bin hierher, hab die Waffe sicherheitshalber mitgenommen. Aber ich hab niemanden mehr gesehen. Und Vinzenz war da schon ...«

Buchner kniff die Augen zusammen. Dass Paula so schnell hier gewesen war, irritierte ihn.

»Wer hat die Schüsse gemeldet?«, fragte Paula, um abzulenken.

»Eine Frau aus der siebzehn. Aber die hat angeblich nur Schüsse gehört, sonst nichts. Ihr kümmert euch jetzt um die Anwohner«, sagte Buchner kurz angebunden und ging weiter.

Paula bemerkte, dass auch die Kolleginnen der Rechtsmedizin eingetroffen waren und sich an die Arbeit machten. Sie alle waren nervöser und angespannter als sonst. Wenn ein Kollege getötet wurde, war nichts normal. Nichts. Der Tod eines Kollegen war das Schlimmste, was ihnen allen passieren konnte.

Schlimmer war nur, den geliebten Mann zu verlieren, und niemand durfte von der Trauer wissen.

Reglos stand Gütschow vor seinem Unterstand. Seine Muskeln waren angespannt. Auf jeden Angreifer hätte er losgehen können, und kaum einer hätte eine Chance gehabt. Bebend sah er sich um und wartete auf Schritte, auf knackende Zweige, auf das Spannen eines Gewehrs oder einer Pistole. Doch ein Rascheln im Unterholz und der Ruf eines Kuckucks waren die einzigen Geräusche.

Jemand musste von seinem Unterstand gewusst haben. Jemand, der Gütschow einschüchtern wollte. Jemand, der auch wusste, dass es für ihn kaum etwas Wichtigeres als diese majestätischen Tiere gab. Was er in seinem Unterstand gefunden hatte, war das Schlimmste, das er sich hätte vorstellen können. Nur wenn seine kleine Emily dort gelegen hätte, wäre es noch unerträglicher gewesen.

Denn unter den Buchenzweigen, wo Gütschow ganze Nächte verbracht hatte und Teil des Waldes gewesen war, lag ein sauber abgetrennter Kopf.

Der Kopf eines Wolfs.

Minutenlang konnte Gütschow kaum atmen. Auch wenn es nur der Kopf war – der Wolf strahlte sogar in diesem grausamen Zustand noch eine ungeheure Kraft und Schönheit aus.

Es musste ein Rüde gewesen sein, denn der Kopf war breiter als der eines Weibchens, einer Fähe, und ein schwarzer Streifen zog sich in dem graubraunen Fell über die Stirn. Das hellere Fell unterhalb des Kiefers war nur teilweise von Blut getränkt, das noch nicht ganz getrocknet war. Der Wolfskopf konnte also erst seit wenigen Stunden hier liegen. War etwa noch jemand im Wald? Der Schnitt, das konnte Gütschow erkennen, war präzise und sauber ausgeführt worden. Diesen Kopf hatte jemand abgetrennt, der wusste, was er tat. Jäger kannten sich damit aus, das wusste er. Noch nie war Gütschow einem Wolf so nah gewesen, auch wenn er oft davon geträumt hatte – aber nicht so.

Ein Rascheln im Unterholz holte ihn aus seiner Erstarrung. Er lauschte. Wurde er beobachtet? Wusste jemand, dass er gerade hier war? Es blieb ruhig und Gütschow überlegte, den Fund dieses Wolfs offiziell zu melden. Wölfe waren streng geschützt, und auf das illegale Töten standen hohe Strafen. Doch dann würde Gütschow Fragen beantworten müssen, und vielleicht würde er selbst verdächtigt oder für einen Wilderer gehalten werden, der tief im Wald einen Unterschlupf errichtet hatte. Deshalb entschied er sich, den Wolfskopf hier im Wald zu begraben. Es war das Einzige und das Letzte, das er für dieses Tier tun konnte. Er sah sich nach einer geeigneten Stelle um, die schlecht einzusehen war und wo niemand diese letzte Ruhestätte entdecken würde. Wer auch immer den Wolf getötet hatte, er würde wiederkommen, da war Gütschow sicher. Aber er wusste auch: Er würde sich nicht vertreiben lassen, auch wenn er sich fragte, wer von diesem Unterstand wusste. Hatte der Förster ihn doch bemerkt? Und wo war der Körper dieses Wolfsrüden? War jemand womöglich Gütschow bis nach Hause gefolgt und würde der Rumpf des Wolfs bald bei ihnen im Garten liegen, wenn Emily dort spielte?

Er fand einen flachen Stein und hob damit mühsam eine Grube aus. Immer wieder lauschte er in den Wald hinein, ob sich nicht doch jemand näherte. Einmal glaubte er, Schritte zu hören, und versteckte sich hinter einer der mächtigen Kiefern. Doch es waren nur zwei Wildschweine, die in der Nähe vorbeizogen, und schließlich legte er den abgetrennten Kopf vorsichtig in die Kuhle. Zärtlich strich er über die Schnauze und das Fell, und wieder überfiel ihn ein ohnmächtiger Schmerz. Als Kind hatte er die Hand seiner Oma nach ihrem Tod berührt und sich gewundert, wie kalt sie war.

Gütschow zwang sich, ruhig und gleichmäßig zu atmen. Behutsam füllte er die Grube mit Erde. Ein letztes Mal sah er die erloschenen Augen des Wolfs und legte dann Buchenblätter, dünne Kiefernzweige, Zapfen und mehrere Handvoll Nadeln auf das Grab, bis nichts mehr auf die Grube hindeutete. Nur er würde wissen, wo der Kopf des Wolfs vergraben lag. Und nur er würde sich auf die Suche nach demjenigen machen, der dieses stolze Wesen getötet hatte. Gütschow war kein Mörder. Aber jemand hatte etwas getan, das er ihm nie verzeihen würde.

Paula konnte sich kaum auf den Beinen halten. Alle in Cottbus verfügbaren Polizisten hatten sich auf die Suche nach dem Mörder ihres Kollegen Vinzenz Ludwig gemacht, doch nur Paula hatte den Mann verloren, der ihretwegen seine Frau verlassen und jeden Morgen neben ihr aufwachen wollte. Am liebsten hätte sie sich von ihren Kollegen weggeschlichen und Vinzenz ein letztes Mal berührt. Doch mittlerweile wurde der Tatort von den Lampen der Spurensicherung taghell ausgeleuchtet, und alle hätten Paula und ihre Trauer gesehen.

Die Befragung der Anwohner hatte kaum Hinweise gebracht. Einige Leute hatten nach den Schüssen das Schlagen von Autotüren sowie quietschende Reifen gehört, doch sie waren sich nicht einmal einig, ob der Wagen nach Westen Richtung Friedrich-Ebert-Straße oder in die Gegenrichtung zum Spreeufer gefahren war. Auch darüber, ob es ein

Kleinwagen oder ein großer SUV, ein Diesel oder ein Benziner gewesen war, gab es unterschiedliche Aussagen. Ein Elektroauto war es angeblich nicht, auch wenn die meisten Anwohner keine genaue Vorstellung hatten, wie dessen Klang gewesen wäre.

»Jemand muss doch etwas gesehen haben«, sagte Thomas fassungslos. Er und Vinzenz waren befreundet, mit ihren Familien hatten sie manchmal gemeinsame Wochenenden im Spreewald verbracht. »Buchner soll uns sagen, ob wir den Radius erweitern sollen.«

Der Kriminalhauptkommissar lehnte an einem Rettungswagen. Vor einer Stunde noch hatte er hektisch dirigiert, jetzt stand Buchner mit hängendem Kopf und sprach leise. Bei der Suche nach dem Täter gab es keinerlei Fortschritte. Bei anderen Tötungsdelikten war diese Phase nicht ungewöhnlich – doch bei einem Mord an einem Polizeikollegen galten andere, ungeschriebene Regeln. Nichts alarmierte und verunsicherte Polizistinnen und Polizisten so sehr wie eine Gewalttat gegen eine oder einen von ihnen. Sie alle lebten täglich in der Gefahr, es könnte sie erwischen, und zum Glück passierte es nur selten. Doch wenn es, wie jetzt, geschah, dann wurde noch fieberhafter und entschlossener ermittelt als sonst. Dabei keine Ermittlungsergebnisse und Fahndungserfolge zu erzielen, war eine Katastrophe. Werner Buchner, der Leiter der Cottbusser Mordkommission, stand vor so einer Katastrophe.

Thomas machte sich auf den Weg zu Buchner. Paula blieb zurück und blickte dorthin, wo Vinzenz abgedeckt auf dem Boden lag. Neben ihm kniete jetzt schluchzend seine Ehefrau, der Paula nur ein einziges Mal kurz begegnet war. Eigentlich hätten sie und Vinzenz an dem Tag einen Nachmittag nur für sich gehabt, doch dann war seine Ehefrau nicht sicher gewesen, ob sie die Söhne rechtzeitig vom Kindergarten abholen konnte. Paula hatte Vinzenz dorthin gefahren und nicht nur Betty Ludwig aus der Ferne gesehen, sondern auch zum ersten

Mal seine beiden Söhne. Bis dahin kannte sie nur Fotos von ihnen, und als die vier und fünf Jahre alten Jungs aus der Tür des Kindergartens traten, hoffte sie, eines Tages ebenfalls mit Vinzenz Kinder zu haben.

Betty Ludwig war etwas größer als Paula, hatte ebenfalls halblange dunkle Haare und wirkte resolut. Jetzt war sie über den Leichnam ihres Mannes gebeugt, und niemand hinderte sie daran. Alle verstanden, dass die Ehefrau bei ihrem erschossenen Ehemann sein musste. Alle, außer Paula. Vinzenz hätte gewollt, dass jetzt sie dort um ihn weinte. Doch niemand, der mit der Suche nach seinem Mörder beschäftigt war, würde das je erfahren. Seit fast einem Jahr hatten sie es geschafft, ihre Liebe geheim zu halten, weil Vinzenz Angst hatte, seine Söhne nicht mehr sehen zu können. Erst wenn er mit Betty geredet hätte, dürften andere von der Beziehung zu Paula erfahren. Und auch, wenn sie mit den Monaten immer ungeduldiger geworden war: Paula hatte es ihm versprochen, und daran würde sie sich halten. Dieses Geheimnis würde das Letzte sein, das sie mit ihrem Geliebten verband.

Noch, das wusste Paula, stand sie unter Schock. Doch der würde in einigen Tagen oder Wochen nachlassen. Dann würde der Schmerz unerträglich sein.

2

9. September

Dreieinhalb Monate später

»Weiß meine Schwester, was die hier für Preise haben?«

Paula ließ die Speisekarte sinken und sah ihre Tante amüsiert an.

»Natürlich weiß Linda das. Deshalb sind wir doch hier.« Helene Hofmeister grinste. »Linda hat es zu etwas gebracht. Und das sollen auch alle mitbekommen.«

»Und du bist sicher, dass sie noch auftauchen wird?«, fragte Paula spöttisch.

»Oh ja. Pünktlich war Linda noch nie, wie du dich erinnerst«, erwiderte Helene.

Nein, ihre große Schwester war schon immer gern zu spät gekommen. Bereits als kleines Mädchen hatte Paula begriffen, dass Linda damit Aufmerksamkeit auf sich ziehen wollte. Manchmal ärgerte Paula sich noch darüber, aber sie hatte sich daran gewöhnt. Ihre Schwester war einfach so.

Paulas Holzstuhl knarzte, als sie sich zurücklehnte und sich umsah. Linda hatte das *Urbanczyk* vorgeschlagen und darauf bestanden, dass es eine Einladung war und sie bezahlen würde. Das Restaurant war früher Nebengebäude eines Bauernhofs gewesen, und obwohl es sehr geschmackvoll renoviert worden war, wirkte es rustikal und hätte auf den ersten Blick auch auf dem Land in Brandenburg liegen können. Die Holzbalken wirkten schwer und waren über die Jahrzehnte dunkel geworden, im Kontrast dazu gab es helle marmorartige Säulen, auf denen filigrane Skulpturen standen, und an den Wänden hingen abstrakte, grellbunte Gemälde. Das *Urbanczyk* war in Potsdam unter Leuten, die Geld hatten und gesehen werden wollten, sehr angesagt und bot regionale Küche mit frischen Zutaten ausschließlich aus Brandenburg. Es hatte einen hervorragenden Ruf und war sehr teuer. Paula würde sich erst wieder an Potsdam gewöhnen müssen, auch daran, dass ihre Schwester hier in den Kreisen der Reichen und Berühmten verkehrte.

»Da drüben, das ist Valentin Urbanczyk«, sagte Helene und deutete auf einen braun gebrannten Mann mit langen dunklen Haaren und Vollbart, der vor dem Eingang zur Küche stand. Die oberen Knöpfe seines schwarzen Hemdes standen offen.

»Das ist der Wirt?«, fragte Paula überrascht. »Er sieht eher aus wie ein, ein …«

»Sag es ruhig. Wie ein Wildhüter.« Helene lachte leise.

»Wildhüter. Das Wort hab ich gesucht.«

»Linda hat erzählt, dass Valentin Urbanczyk drei Jahre in Kanada als Ranger gearbeitet hat. Vermutlich war es nicht sein Plan, Wirt eines der teuersten Restaurants Potsdams zu werden«, sagte Helene leise. »Immerhin, das Fleisch, das du hier isst, jagt er selbst. Und die Fische stammen aus seiner eigenen Zucht. Neben ihm, das ist sein Ehemann Leo.«

Leo Urbanczyk wirkte nicht wie ein Wildhüter, aber für einen Wirt war er ebenfalls eine ungewöhnliche Erscheinung. Er war hoch aufgeschossen und trug zu einem dunkelgrauen Anzug eine dünne weiße Krawatte. Die langen Haare zierten als geknoteter Dutt seinen Hinterkopf. Er war kein Jäger, da war Paula sicher.

Valentin Urbanczyk brachte drei Getränke an einen Tisch, an dem Paulas Bruder Rafael mit einem Pärchen saß, das unentwegt lächelte und sich dabei filmte. Ihr jüngerer Bruder Rafael, den alle Raffa nannten, hatte sie und ihre Tante Helene eigentlich nur kurz allein am Tisch gelassen und sich zu Bekannten gesetzt. Raffa war schon als kleiner Junge unglaublich hübsch gewesen und hatte das auch früh begriffen. Mit seinen achtundzwanzig Jahren trug er noch immer lange blonde Locken, genoss seine Attraktivität, lachte viel und gern und hatte keinen richtigen Beruf. Paula war nicht sicher, ob sie als Polizistin alles mitbekommen sollte, was Raffa so trieb. Aber sie liebte ihren kleinen Bruder, und jetzt würde sie die erste Zeit in Potsdam wie früher mit ihm zusammenwohnen.

»Was bekommt Raffa da zu trinken?«, fragte Paula.

Helene Hofmeister warf einen Blick in die Karte.

»Irgend so ein hippes Zeug. Mit Aloe vera, Chia-Samen, Limette und Gin. Ist wohl gerade angesagt. Und sauteuer.« Helene grinste, und ihre Lachfalten traten noch stärker hervor als sonst. Paula stellte wieder einmal fest, wie attraktiv ihre Tante war, die sich mit Ende fünfzig alles andere als alt fühlte. Ihre Haare färbte sie dezent blond, und jahrzehntelanges Yoga sorgte dafür, dass sie schlank und beweglich war. Sie und Paula hatten sich immer gut verstanden, und sie hatten auch schon immer gern gelästert. Helene war eine erfolgreiche Psychologin, die durch ihren Beruf viel Unglück mitbekommen, aber nie den Humor verloren hatte.

Ende Mai, an einem sommerlichen Frühlingsabend, war Vinzenz auf offener Straße erschossen worden. Und bis jetzt, Anfang September, gab es noch immer keine wirkliche Spur von dem Täter. In den ersten Wochen nach dem Mord war die Fahndung auf Hochtouren gelaufen, doch inzwischen beschäftigte sich nur noch ein kleines Team mit der Aufklärung. Ein Team, zu dem Paula nicht gehörte. Sie war sicher, dass niemand von ihrer Beziehung mit Vinzenz wusste, doch sie wurde ebenso wie andere Kollegen aus den Ermittlungen herausgehalten.

Vinzenz' Tod hatte Paula in eine tiefe Verzweiflung gestürzt, und Helene sorgte dafür, dass sie starke Beruhigungsmittel bekam. Sie war die Einzige, die von Vinzenz wusste, und Paula war froh, dass wenigstens ein vertrauter Mensch eingeweiht gewesen war. Nach dem Mord hatte Paula sich ein paar Tage krankschreiben lassen und war nicht einmal ans Telefon gegangen, wenn Helene anrief. Der Gedanke, diese Wohnung nur noch tot zu verlassen, war ihr zunehmend tröstlich erschienen, und sie wusste nicht, was passiert wäre, wenn Helene nicht mit Raffa vor ihrer Tür gestanden und gedroht hätte, das Schloss aufzubrechen, als sie nicht öffnete. Ausgerechnet Raffa war es dann gewesen, der auf die Idee mit Potsdam kam.

»Was willst du eigentlich in diesem Kaff?«, fragte er und tat so, als sei es normal, dass seine Schwester im Bademantel und seit Tagen ungeduscht auf ihrem Bett hockte. »Lass dich nach Potsdam versetzen. Ist cooler, und ich würd mich auch freuen. Kannst auch bei mir wohnen.«

»Das ist immer noch mein Haus«, warf Helene ein.

»Aber du wirst doch wohl Paula bei dir wohnen lassen!«, sagte Raffa empört.

»Selbstverständlich. Aber die Idee ist gut, und es wär mir lieber, sie wäre von mir«, erwiderte Helene lächelnd, und zum ersten Mal seit Vinzenz' Tod hatte Paula gelacht. Und gleichzeitig geweint und gewusst: Die beiden hatten recht. Sie riss sich zusammen, ging wieder zum Dienst und stellte einen Antrag auf Versetzung ans Polizeipräsidium nach Potsdam. Nur drei Wochen später, und damit außergewöhnlich schnell, wurde der Antrag genehmigt. Als hätte jemand ein Interesse daran, dass Paula sich nicht in Cottbus mit den Schüssen auf Vinzenz Ludwig beschäftigen konnte.

»Übrigens, wenn Linda und Bene gleich kommen …«, riss Helene Paula aus ihren Gedanken, »wunder dich nicht. Die beiden haben gerade keine gute Phase.«

»Was heißt das?«, fragte Paula überrascht. Sonst betonte ihre Schwester stets, wie glücklich ihre Ehe war.

»Linda hat in ihrer Praxis viel zu tun, und Bene ist oft unterwegs«, antwortete Helene. »Er wird einfach immer noch wichtiger. Zumindest glaubt er das«, fügte sie süffisant hinzu.

»Oh ja. Der Starpianist.« Paula fuhr sich kurz durch die Haare und warf sie nach hinten, so wie ihr Schwager Benedikt es gern tat.

»Du wirst es gleich sehen. Wenn er einen Raum betritt, scheint er zu glauben, er wird auf einem Konzertflügel hereingetragen.« Helene verzog belustigt den Mund. »Aber mit Mona ist er sehr süß, wenn er denn mal da ist. Das macht es für Linda nicht leichter, wenn Bene auf Tournee und sie allein mit der Kleinen ist.«

Helene blickte Paula ernst an.

»Es ist gut für Linda, wenn du jetzt in Potsdam bist. Ich könnte mir vorstellen, dass sie deine Hilfe braucht«, sagte sie.

Paula kannte ihre Schwester als selbstbewusste Frau und erfolgreiche Augenärztin, die gern anderen sagte, was sie tun sollten, besonders ihren jüngeren Geschwistern Paula und Raffa. Doch Helene erwähnte das sicherlich nicht grundlos.

Vor drei Tagen hatte Paula ihre Sachen nach Potsdam bringen lassen. Morgen würde ihr erster Arbeitstag sein, und da sie noch keine eigene Wohnung hatte, wohnte sie vorläufig bei Helene und Raffa. Raffa lebte seit Jahren in einer Einliegerwohnung im Dachgeschoss von Helenes Haus, und in einem Zimmer dieser Wohnung würde Paula erst einmal unterkommen. Paula und ihre Geschwister hatten hier schon mehrere Jahre verbracht, nachdem ihre Eltern gestorben waren. Paula war dreizehn gewesen, als ihre Eltern bei einem Segelurlaub auf der Ostsee vor der polnischen Küste ertranken. Ein Unglück, dessen Ursache nie aufgeklärt worden war. Damals war Helene Hofmeister und ihrem Mann das Sorgerecht für die drei Geschwister zugesprochen worden, und Paula, ihr Bruder und ihre Schwester waren vom bayerischen Ammersee nach Potsdam gezogen. Helenes Praxis als Therapeutin lief schon damals gut, und sie hatte genug Platz gehabt. Und jetzt waren die Geschwister alle wieder in Potsdam. Zum ersten Mal nach langer Zeit.

Seit Gütschow vor drei Monaten den abgetrennten Wolfskopf entdeckt und begraben hatte, hatte er weder einen Wolf noch die Spur von einem zu Gesicht bekommen. Mehrmals in der Woche verbrachte er die Nächte in den Wäldern, auch wenn seine Frau Lena und seine kleine Tochter sich immer öfter wünschten, Gütschow würde bei ihnen zu Hause bleiben. Doch sie wussten, was ihm Wölfe bedeuteten, und auch seiner Frau Lena war klar: Gütschow würde mit dem verstörenden Anblick des Wolfskopfs nur seinen Frieden machen, wenn er wieder die Nähe von Wölfen erlebte. Mit jeder Nacht, in der er vergeblich loszog, wuchs seine Unruhe. Den Gedanken, den Mörder des Wolfs zu finden, hatte er aufgegeben, denn er wusste nicht, wie er vorgehen sollte. Dafür hatte er wieder begonnen, sich bei der Arbeit gelegentlich krankzumelden, und seine Frau hatte Angst, alles könnte wieder so schlimm werden wie früher. Früher, bevor er den Wölfen in die Wälder gefolgt war.

An einer Kreuzung in Kartzow nördlich von Potsdam stieg der Fremde zu Gütschow in den Kastenwagen. Sie hatten sich in einem Internet-Forum von Wolfsfreunden kennengelernt, wo der Fremde behauptete, vor einer Woche ein kleines Wolfsrudel gesichtet zu haben. Es waren Jungtiere dabei, deshalb blieb das Rudel bisher in seinem Revier.

»Fahr einfach dahin, wo ich sag.«

Viel mehr erfuhr Gütschow nicht über das Ziel ihrer Fahrt. Der Fremde dirigierte mit Handzeichen und kurzen

Anweisungen und machte auf Gütschow den Eindruck, mit der Zivilisation nicht viel zu tun zu haben. Seine Haare und sein Bart waren verfilzt und ebenso verdreckt wie seine Hände und sein Gesicht. Seine Kleidung schien er seit Wochen nicht gewechselt zu haben, und er verströmte einen strengen Geruch. Die obersten Knöpfe seines Hemdes standen offen, und Gütschow glaubte, das Tattoo eines Wolfskopfs zu erkennen.

Während der Fahrt sah sich der Fremde ständig um, als würden sie verfolgt. Doch da war niemand, und die Augen, die unruhig hin und her flackerten, verunsicherten Gütschow. Nur wegen der Hoffnung, Wölfen nahe zu kommen, ließ er sich auf diesen gemeinsamen nächtlichen Weg in die Wildnis ein. Er kannte nicht einmal den richtigen Namen des Mannes, der im Netz als Jack London chattete.

Der Pferdehof lag im warmen Abendlicht. Wilhelm Hardenberg stand lächelnd an seinem Geländewagen und sah einem Vater nach, der mit seinen heranwachsenden Töchtern in ein Auto stieg und nach Hause fuhr. Sie waren die Letzten gewesen, die heute geritten und ihre Pferde danach in den Paddock-Boxen versorgt hatten. Hardenberg wusste, wie sehr gerade Mädchen und junge Frauen in das Reiten vernarrt waren, auch wenn er selbst nur ein einziges Mal auf einem Pferd gesessen hatte, und das war für die Presse gewesen. Er war viel zu schwer und unbeweglich, um sich auf einem Pferd zu halten, aber er hatte auch diesen Pferdehof wie viele andere Projekte in Potsdam unterstützt. Hier konnten deshalb auch Kinder aus sozial schwächeren Familien reiten, und er hatte es immer genossen, dafür in der Öffentlichkeit Anerkennung zu finden.

Aber jetzt war diese Idylle auf eine Art bedroht, die Hardenberg sich nie hätte vorstellen können. Wölfe waren mehrfach in der Nähe des Pferdehofs aufgetaucht, und Hardenberg hatte Alexandra Schuster, der mit ihrem Bruder dieser Pferdehof

25

gehörte, schon vor Monaten geraten, dieses Problem selbst zu lösen. Auf Behörden zu warten war sinnlos, die würden erst reagieren, wenn es zu spät war. Alexandra hatte begriffen, dass er recht hatte, und er hatte sich sogar von ihr überreden lassen, mitzukommen – allerdings unter der Voraussetzung, dass nie jemand davon erfahren würde.

Alexandra wollte sich noch umziehen, und bis dahin genoss Hardenberg die friedliche Stimmung. Aus einem Stall drang das Wiehern eines Pferdes, Krähen ließen sich auf den Gipfeln der Bäume nieder, und in der Ferne glaubte er, den Ruf eines Kiebitzes zu hören. Er schloss die Augen und konzentrierte sich. Als Kind hatte es überall in Brandenburg auf den Wiesen Kiebitze gegeben. Sie waren fast vollständig verschwunden, wie so vieles verschwunden war, das es früher gegeben hatte. Und gleich würden auch die beiden anderen kommen, die mit ihnen heute Nacht auf die Pirsch gehen würden, dann war es vorbei mit dieser Idylle. Zu viert war die Chance, Wölfe zu erlegen, größer, aber Hardenberg konnte nur hoffen, dass diese zwei auch wirklich verschwiegen genug waren.

Hinter der großen Reithalle tauchten Alexandras lange blonde Haare auf. Sie hatte eine Landkarte in der Hand und kam auf Hardenberg zu.

»Valentin hat angerufen, er kommt noch nicht los. Aber Sonja wird jeden Moment hier sein«, sagte sie und breitete die Karte auf der Motorhaube ihres SUV aus.

»Wo genau hat es denn die letzten Sichtungen gegeben?«, fragte Hardenberg.

»Hier. Döberitzer Heide. Und hier.« Alexandra Schuster deutete auf ein großes Waldgebiet nördlich von Potsdam. »Ich hab tagelang im Netz verfolgt, wie sich diese Community austauscht. Dass die Viecher in den letzten Tagen da gesichtet wurden, heißt nicht, dass sie heute Nacht auch dort sein werden.

Aber eine Userin behauptet, die hätten Jungtiere. Da werden sie keine großen Wanderungen unternehmen, nehme ich an.«

Hardenberg sah sich das Gebiet an. Vor seinem massigen Oberkörper baumelten zwei Brillen an Lederbändern. Eine von ihnen setzte er auf, um die Details besser erkennen zu können.

»Dein Mann weiß hoffentlich nicht, dass wir auf Jagd gehen?«, fragte er.

»Natürlich nicht. Vorhin war er im Büro, und jetzt ist er ausgeritten. Bis er zurückkommt, sind wir längst unterwegs«, antwortete Alexandra.

Ein offener weißer BMW bog auf den Pferdehof und hielt neben Hardenberg und Alexandra. Sonja Meisinger, eine sehr schlanke, braun gebrannte Frau Anfang vierzig, stieg aus dem Cabrio. Ihre Haare waren kurz und in einem hellen Weißgrau gefärbt.

»Du warst beim Friseur?«, fragte Hardenberg skeptisch, ließ die zweite Brille vor seine Brust fallen und deutete auf die in der Abendsonne leuchtenden Haare von Sonja Meisinger. »Da sieht dich im Wald doch jeder noch aus hundert Metern.«

Sonja zuckte mit den Schultern, deutete auf Alexandras blonde Haare, nahm eine dunkle Mütze aus dem Cabrio und zog sie über.

»Zufrieden? Ein Friseur würde dir auch mal wieder guttun«, sagte sie und nickte in Richtung der grauen, wirr und strähnig von Hardenbergs Kopf abstehenden Haare. »Du lässt dich gehen. Das ist nicht gut.«

Hardenberg schnaubte kurz. Er wusste, dass er nicht mehr sonderlich auf sich achtete. Warum auch? Aber die Einzige, die ihm das sagen durfte, war seine Frau, niemand sonst. Doch Annemarie verbrachte ihre Abende mittlerweile lieber mit Freundinnen und interessierte sich nicht sonderlich dafür, ob er gepflegt aussah oder nicht.

»Schön, dass du da bist«, sagte Alexandra, bevor das Sticheln eskalieren konnte.

»Ja, und ich hoffe, dass wir schnell Erfolg habe. Ich kann mir Schöneres vorstellen, als mir die Nacht im Wald um die Ohren zu schlagen«, sagte Sonja Meisinger. Wie die beiden anderen trug sie halbhohe, kräftige Stiefel, eine olivgrüne Hose und ein Hemd mit dunklem Fleckmuster. Doch während diese Jägerkleidung bei Alexandra und Hardenberg oft genutzt und vom vielen Tragen ausgebeult war, war die Kleidung von Sonja Meisinger körperbetont und neu.

»Niemand von uns reißt sich darum, die Nacht im Wald zu verbringen. Aber das haben wir uns nicht ausgesucht«, sagte Alexandra und deutete auf zwei offene Reitställe und eine große Reithalle, die ebenso wie die angrenzenden Weiden und Koppeln zu dem Pferdehof gehörten. »Wäre es dir lieber, wir würden das hier aufgeben? Weil Wölfe unsere Pferde attackieren? Dann könnte deine Tochter hier auch nicht mehr reiten«, fuhr sie fort.

»Ja, ist ja gut. Ich hab ja gesagt, dass ich dabei bin. Alicia liebt dieses kleine Paradies einfach«, sagte die Frau.

Dann hör auch auf, schlechte Laune zu verbreiten, dachte Hardenberg.

»Und der Plan ist nach wie vor, dass wir uns aufteilen, pirschen und dann die Positionen halten?«, fragte Sonja Meisinger.

»Wir fächern uns auf. Etwa zweihundert Meter Abstand, dann können wir in der Dunkelheit noch Kontakt aufnehmen und uns entgeht keine Sichtung«, erwiderte Alexandra. »Wir haben leichten Wind aus Nordwest. Also pirschen wir von Südosten, damit die Viecher uns nicht riechen können. Wer etwas sieht, schreibt eine Nachricht. Die Displays so dunkel wie möglich.«

»Wann genau kommt Valentin denn?«, fragte Hardenberg. Er wollte Wölfe schießen, aber so, wie er es für richtig hielt.

Alexandra Schuster hatte unbedingt zu viert sein wollen, aber das waren Hardenberg zu viele Leute. Je mehr davon wussten, desto schwieriger wäre es geheim zu halten, wenn sie wirklich einen Wolf erwischten.

»Er muss sich noch um seine Gäste kümmern. Sobald er kann, fährt er los und ruft mich an«, sagte Alexandra. »Wir treffen ihn auf halbem Weg.«

»Der soll sehen, dass er loskommt. Wir sind ja auch nicht zum Spaß hier«, sagte Hardenberg. Obwohl die Sonne bald hinter den Bäumen verschwinden würde, schwitzte er. Schon der Juli und der August waren heiß und trocken gewesen, und die Hitze nahm kein Ende. Immerhin war jetzt am Abend leichter Wind aufgekommen, nachdem es den ganzen Tag über stickig heiß gewesen war.

»Noch würden wir die Wölfe sowieso nicht zu Gesicht kriegen. Eher würden wir sie warnen«, sagte Alexandra.

Die Tür des *Urbanczyk* ging auf und Linda betrat das Restaurant. Mit den Jahren war ihre Schwester immer attraktiver geworden, stellte Paula fest. Teure Kleidung, ein Edel-Friseur und ein Personal Trainer kosteten Linda zwar viel Geld, aber dafür sah sie in ihrem engen dunkelgrünen Kleid auch umwerfend aus. Paula trug fast immer dunkle Jeans und nie Kleider, denn die machten sie noch mädchenhafter, als sie ohnehin wirkte. Heute Abend hatte sie immerhin eine dunkelblaue Bluse angezogen und ihre Haare mit einem Reif nach hinten geschoben. Sonst trug sie seit Jahren nur Schwarz und Dunkelgrau und ihre Haare halblang.

Linda bemerkte Paula und Helene zwar, doch sie blieb am Eingang stehen, setzte ein strahlendes Lächeln auf und wartete, bis Valentin Urbanczyk auf sie zukam und sie links und rechts mit Küsschen begrüßte. Alle sollten mitbekommen, dass sie den Chef persönlich kannte.

29

»Ich schwör dir, das hat sie sich von Bene abgeguckt«, sagte Helene.

»Weiß ich gar nicht. War sie nicht schon immer so?«, lästerte Paula.

»Kann sein. Bei Bene ist es aber auch schlimmer geworden. Früher war er froh, wenn er mal bei den Symphonikern aushelfen durfte und ansonsten mit Klavierunterricht über die Runden kam«, sagte Helene leise. »Und jetzt füllt er Konzertsäle und geht international auf Tournee.«

»Da hat sich meine Schwester schon den Richtigen geangelt«, sagte Paula ebenso leise.

Linda trat an den Tisch und sah die beiden erwartungsvoll an.

»Setz dich doch«, sagte Helene und lächelte.

»Schön, dass es geklappt hat«, sagte Linda und nahm Platz. »Bene wird gleich hier sein, er bringt Mona noch ins Bett.« Linda sah sich um. »Ist Raffa noch gar nicht da?«

»Doch, doch«, sagte Helene. »Der sitzt da drüben bei Freunden. Er wollte, dass wir in Ruhe reden können.«

Raffa hatte Linda bemerkt, stand auf und kam zum Tisch seiner Schwestern.

»Schön, dass du es doch noch einrichten konntest«, sagte er zu Linda und legte sein entwaffnendes Lächeln auf. »Ich hab mir schon Sorgen gemacht.«

»Jetzt werd mal nicht frech«, sagte Linda. »Immerhin lade ich euch ein.«

»Da bin ich dir auch sehr dankbar für. Aber ich hatte es so verstanden, dass wir uns um acht Uhr hier treffen.« Noch immer strahlte Raffa und genoss es, Linda aufzuziehen.

»Du wirst schon nicht verhungert sein, nehme ich an«, sagte Linda und blickte zu Paula und Helene. »Valentin kann uns ja ein paar Vorspeisen bringen, bis Bene hier ist.«

»Das wäre mir sehr recht«, sagte Raffa.

»Dich hab ich nicht gefragt«, entgegnete Linda.

Paula kannte diesen oft ruppigen Ton ihrer Geschwister. Im Grunde mochten sie sich, allerdings gab es den Moment, an dem diese Frotzeleien in ernsthaften Streit umschlugen. Paula hoffte, dass dies keiner der Abende war, an dem das passierte.

»Das ist Miriam. Was will die denn jetzt noch hier?«, fragte Alexandra überrascht. Ihr war der Elektroroller, der sich dem Pferdehof näherte, als Erster aufgefallen.

Hardenberg setzte eine seiner Brillen auf.

»Deine Nichte? Die sieht doch sofort, dass wir auf die Jagd gehen.« Hardenberg warf die Landkarte in den Innenraum seines Range Rovers. »Kein Wort zu ihr. Wir jagen Wildschweine, nichts anderes.«

»Ich red mit ihr«, sagte Alexandra und ging dem Elektroroller entgegen. Miriam, ihre zwanzigjährige Nichte, nahm den Helm ab und schüttelte ihre langen dunklen Haare.

»Ich will nach Jenny sehen, bevor ich zur Arbeit geh. Der Tierarzt hat ihr vorhin was gespritzt«, sagte Miriam.

»Und deshalb kommst extra vorbei? Hättest mich auch anrufen können«, entgegnete Alexandra.

»Morgen kommen die Mädchen, und wenn die sehen, dass Jenny krank in der Box liegt, sind sie traurig. Und wenn ich weiß, dass es Jenny besser geht, bin ich auch beruhigt.« Miriam blickte zu Sonja Meisinger und Wilhelm Hardenberg. »Und ihr? Was macht ihr so spät noch hier?«

»Wir? Wir reden«, antwortete Alexandra ausweichend.

Miriam sah ihre Tante fragend an.

»Ihr habt doch alle Jägerklamotten an. Wollt ihr jetzt noch auf einen Ansitz? Nachts?«

»Wir überlegen noch.«

Miriam lachte. »Ihr überlegt noch? Das ist doch sonst nicht dein Style. Macht ihr was Heimliches?«

»Nein! Wenn, dann gehen wir jagen«, entgegnete Alexandra vage.

»Was wollt ihr denn nachts schießen? Rehe?«

»Wildschweine. Also falls wir überhaupt losgehen.«

»Wildschweine? Fürs Urbanczyk?« Miriam wirkte irritiert.

»Ähm, ja«, erwiderte Alexandra vage.

»Okay … Geht Valentin denn auch mit?«, fragte Miriam überrascht. »Ich helf gleich bei ihm aus. Er muss zu einer Sitzung, hat er gesagt.«

Alexandra Schuster war froh, dass ihre Nichte nicht wegen Valentin Urbanczyk nachfragte, sondern kurz Hardenberg und Sonja Meisinger musterte und dann im Stall verschwand.

»Das gefällt mir nicht. Das gefällt mir überhaupt nicht«, sagte Hardenberg leise, als Alexandra zurückkam. »Eigentlich sollte niemand wissen, was wir vorhaben.«

»Miriam ist kein Problem.« Alexandras Handy klingelte. »Valentin«, sagte sie und ging ran.

»Er fährt jetzt gleich los«, sagte sie, nachdem sie aufgelegt hatte. »Wir treffen ihn auf einem Parkplatz in der Nähe von Kartzow.« Sie sah die beiden an. »Sonja, du fährst mit mir. Ich fahr vor. Alles klar?«

»Alles klar«, antwortete Hardenberg, doch Alexandra sah ihm an, dass er diese Jagd wohl am liebsten verschieben würde.

Sonja Meisinger holte ihr Gewehr und legte es in Alexandras SUV, auf dessen Beifahrertür das Logo des Pferdehofs zu sehen war.

»Du hast ein Nachtsichtgerät dabei?«, fragte sie mit einem Blick in Hardenbergs Geländewagen.

»Ich will sicher sein, dass wir die Viecher erwischen. Wenn wir schon deshalb losziehen«, entgegnete Hardenberg.

Als kleine Gaumenfreude reichte Valentin Urbanczyk vorweg Pasteten von Reh und Wildschwein, die er persönlich gejagt hatte. Sie waren köstlich, das musste Paula zugeben, auch wenn der Gedanke, dass der Wirt dafür auf der Lauer gelegen und die Tiere geschossen hatte, gewöhnungsbedürftig war.

»Ich muss mich übrigens gleich von euch verabschieden«, sagte Urbanczyk zu Linda. »Ich hab noch eine Sitzung, die ich nicht verschieben kann.«

»Das ist ja schade! Benedikt hätte dich gern noch gesehen«, rief Linda.

»Ja, es ist sehr schade, aber ich kann es leider nicht ändern«, sagte Valentin Urbanczyk bedauernd. »Aber Leo ist ja da.«

Bevor er aufbrach, öffnete sich die Eingangstür und ein Mann betrat das Restaurant, dessen Erscheinen kurz die Gespräche im Raum leiser werden ließ. Benedikt Engelbrecht, Lindas Mann, blieb am Eingang stehen und schien die Situation zu genießen, als würde er eine Bühne betreten. So, wie Paula es vorhin angedeutet hatte, fuhr er sich kurz durch die Haare und warf sie nach hinten. Seit Paula ihn kannte, hatte Bene ein wenig zugenommen, war aber immer noch ein groß gewachsener, attraktiver Mann mit halblangen dunkelblonden Haaren. »Du hattest recht mit dem Konzertflügel«, flüsterte Paula in Helenes Richtung. Die Vorstellung, Bene würde sich auf einem Flügel ins Urbanczyk tragen lassen, passte zu diesem Auftreten, so sehr zog Benedikt den Augenblick in die Länge.

Valentin Urbanczyk ging auf Benedikt zu, begrüßte ihn und begleitete ihn zum Tisch.

»Sehr schön«, sagte er. »Dann kann ich euch ja noch persönlich mit dem heutigen Menü vertraut machen.«

»Wir nehmen selbstverständlich, was du empfiehlst«, sagte Linda, und Paula begriff, dass sie sich den Blick in die Speisekarte hätte sparen können.

»Leo wird sich um alles kümmern«, sagte Valentin Urbanczyk, zählte die Reihenfolge der Gänge auf und verabschiedete sich.

Benedikt lächelte in die Runde und blickte Paula an.

»Schön, dass wir uns endlich mal wiedersehen.«

»Ja, mich freut es auch sehr«, sagte Paula und lächelte zurück.

Der erste Gang bestand aus einer winzigen gebackenen Forellen-Praline aus eigener Bio-Aufzucht mit einem Erbsen-Minze-Salat. Sie war vorzüglich, aber diese Praline allein kostete vermutlich fast so viel, wie Paula sonst für ein ganzes Abendessen ausgab. Wehmütig musste sie an Vinzenz und all das denken, was sie nie mit ihm erleben würde. Sie waren nie in einem Konzert und nicht einmal im Kino gewesen, und kein einziges Mal waren sie essen gegangen, weil niemand sie in der Öffentlichkeit zusammen sehen durfte. Bei dem Gedanken schmeckte ihr die Forellen-Praline schon weniger. Lieber würde sie jeden Tag Schnitzel oder Currywurst mit Pommes essen – wenn sie es nur mit Vinzenz könnte.

»Linda hat es ja sicherlich schon erzählt, morgen breche ich zu einer kleinen Tournee auf«, sagte Benedikt.

»Ach so?«, sagte Paula nur vorsichtig, denn sie bemerkte den verärgerten Blick ihrer Schwester.

»Wir hatten ausgemacht, dass du deine Tourneedaten mit mir absprichst. Und zwar vorher«, sagte Linda vorwurfsvoll.

»Ich kann nichts dafür, wenn sich Konzerte kurzfristig ergeben. Wenn Auftritte in der Elbphilharmonie reinkommen, kann ich nicht Nein sagen. Das kann ich einfach nicht«, entgegnete Benedikt und grinste süffisant. »So ist das nun mal, wenn man einen berühmten Mann heiratet.«

»Als ich dich geheiratet hab, warst du nicht berühmt, sondern nett«, erwiderte Linda.

»Du warst damals auch anders. Und hast nicht immer nur Probleme gesehen«, entgegnete Benedikt.

Paula fragte sich, ob sie und Vinzenz auch jemals vor anderen Leuten gestritten hätten. Sie hatten nie wirklich Streit gehabt, dafür war die wenige gemeinsame Zeit zu kostbar gewesen. Nur bei der Frage, ob Vinzenz nicht endlich seiner Frau die Wahrheit sagen sollte, waren sie unterschiedlicher Meinung gewesen. Im Nachhinein überlegte sie, ob sie sich zu lange hatte hinhalten lassen.

Paula blickte ihre Tante Helene an, und die zuckte leicht mit den Schultern. Als Psychologin und Therapeutin hatte sie beruflich jeden Tag mit derartigen Problemen zu tun, aber sie schien sich bei Linda und Benedikt nicht einmischen zu wollen.

Linda war der Blickwechsel zwischen Paula und Helene offenbar nicht entgangen.

»Nein, wir werden keine Therapie machen!«, entfuhr es ihr.

Raffa bemühte sich, ein ernstes Gesicht zu machen, und nickte Linda zu.

»Ich halte eine Therapie auch für totalen Quatsch. Gerade in eurem Fall«, sagte er genüsslich und blickte kurz zu Benedikt.

Paula hatte Mühe, nicht loszuprusten. Auch Benedikt, das sah Paula, konnte ein Lachen kaum unterdrücken, und seine Mundwinkel zuckten. Raffa, der ewig gut gelaunte Sonnyboy, war nun wirklich der Letzte, der Ratschläge zu Therapien geben sollte, und das wusste er genau. Linda starrte ihn wütend an, während er es sichtlich genoss, sich über sie lustig zu machen.

Ein Kellner räumte die Teller des ersten Gangs ab. Paula sah, dass aus der Küche eine junge Frau kam, ihre langen dunklen Haare hochsteckte und sich an Leo Urbanczyk wandte, den Mann mit der dünnen weißen Krawatte und den zum Kranz geflochtenen Haaren. Der deutete auf den Tisch von Paula, und kurz darauf servierten die beiden den zweiten Gang. Selleriebraten mit Preiselbeeren, Apfelpüree und einer Thymian-Note. Ungewöhnlich und raffiniert. Paula war beeindruckt.

Der Fremde ließ Gütschow auf einem holperigen Weg in einen Wald einbiegen und auf einem Querweg in der Nähe einer Schranke parken. Der Boden war von dem langen Sommer fast ohne Regen völlig ausgetrocknet, und Gütschows Schuhe wirbelten Staub auf, als er ausstieg. Er sah sich um. Vor ihm erstreckte sich ein endlos wirkender Wald. Der harzige Duft der Kiefern lag schwer in der Luft.

Plötzlich bemerkte Gütschow, dass der Fremde eine Pistole dabeihatte.

»Auf was willst du denn schießen?«, fragte er beunruhigt.

»Ich will vorbereitet sein«, erwiderte der Fremde. »Du weißt nie, wer da auftaucht.«

Damit ging er los. Eben noch hatte die Sonne die Kiefern in ein warmes Abendlicht getaucht, doch jetzt stand sie so tief, dass der undurchdringlich wirkende Wald sie verdeckte. Gütschow lief einige Meter hinter dem Fremden und hatte Mühe, mit ihm Schritt zu halten. Die Leichtigkeit und das Tempo, mit denen dieser Fremde sich bewegte, beeindruckten ihn. Keiner seiner Schritte war zu hören, obwohl er schnell war. Er kannte sich aus und wusste genau, wohin er wollte.

Irgendwann vertrugen sich Linda und Benedikt wieder, nahmen ihre Hände und küssten sich, und der Abend klang friedlich aus.

»Alles Gute für dich in Potsdam«, sagte Benedikt zu Paula, als sie nach dem Essen zu den Wagen gingen. Er schien davon auszugehen, dass sie sich so schnell nicht wiedersehen würden.

»Lasst mich an der Freundschaftsinsel raus. Ich treff da noch Freunde«, sagte Raffa, der mit Paula in den Wagen von Tante Helene gestiegen war. »Aber morgen Abend gehen wir segeln, Schwester. Hatte ich das schon gesagt?«

»Morgen ist mein erster Tag. Keine Ahnung, wann ich da rauskomm. Aber wenn es nicht spät wird, gern«, sagte Paula.

»Du bist Beamtin, du hast doch um drei Feierabend. Und du wirst ja nicht am ersten Tag gleich über Leichen stolpern«, entgegnete Raffa.

»Wenn wir ermitteln, hab ich keinen Feierabend. Es gibt Kollegen, die sehen das anders, aber bei mir ist das so. Ich meld mich morgen.«

Die Vorstellung, mit ihrem Bruder auf dem Templiner See zu segeln, gefiel ihr. Vor drei Jahren hatten sie das Boot gemeinsam gekauft, wobei Paula den größten Teil gezahlt hatte. Tante Helene hatte einige Wochen vorher angedeutet, dass Raffa eine Aufgabe guttun würde. Und ein gemeinsames Boot, um das er sich kümmerte, war so eine Aufgabe.

Sie ließen Raffa an der Freundschaftsinsel hinter dem Stadtschloss an der Langen Brücke aussteigen. Die Insel mit der großen Wiese zwischen der *Alten Fahrt* und der *Neuen Fahrt*, wo Wassertaxis durch die Innenstadt pendelten, war noch voller Menschen. Auch Paula hatte früher hier mit Freundinnen und Freunden halbe Nächte verbracht, und bis heute war diese Insel offenbar der Treffpunkt, um den Spätsommer zu genießen.

Paula und Helene fuhren ein Stück entlang der Straßenbahnschienen über die Heinrich-Mann-Allee, passierten die Teltower Vorstadt und erreichten die kleinen Straßen, die noch immer aus Kopfsteinpflaster bestanden und in denen neben Neubauten viele alte, einzeln stehende Häuser mit Garten lagen. Im Heidereiterweg stand Helenes Haus, dessen verwilderten Garten Paula schon als Kind geliebt hatte und an dem sich bis heute nicht viel verändert hatte.

»Du hattest ja erwähnt, dass Linda und Bene keine gute Phase haben«, sagte Paula, als sie vor Helenes Haus aus dem Wagen stiegen. »Aber ist es öfter so wie heute?«

»Leider ja. Wie gesagt. Ich könnte mir vorstellen, dass deine Schwester dich braucht«, sagte Helene. »Ich weiß, es ist spät, aber wenn du noch Lust hast zu reden, einen Wein hab ich immer im Haus.«

»Ich sollte vernünftig sein«, sagte Paula. »Keine Ahnung, was mich morgen erwartet, aber ich will ausgeschlafen sein, wenn ich zum ersten Mal auf meinen neuen Partner treffe. Henry Wullitzer. Älter, vermutlich sehr erfahren und möglicherweise erst einmal skeptisch bei einer jungen Kollegin. Das war in Cottbus am Anfang nicht anders.«

»Denkst du, dich wird jemand auf Vinzenz ansprechen?«, fragte Helene.

»Damit müsste ich leben. Ich würd wahrscheinlich auch fragen, wenn jemand aus einer Direktion käm, in der ein Kollege ermordet wurde.«

Angeblich hatte Raffa zwei Tage lang aufgeräumt, bevor Paula mit ihren Sachen gekommen war, doch es war unübersehbar das etwas schlampige Zuhause eines jungen Mannes, der in keiner festen Beziehung lebte und diese kleine Dachwohnung nur zum Schlafen und für gelegentliche Partys nutzte. Paula ging sofort ins Bett, obwohl sie wusste, dass sie nicht schnell einschlafen würde. Zu viel ging ihr durch den Kopf, und der Gedanke an ihren neuen Partner machte sie etwas nervös. Henry Wullitzer. Sie wusste kaum etwas über ihn und hoffte, dass er ein angenehmer Kollege war.

»Wie war es?«

Wullitzer wusste, dass Mel sofort fragen würde. Sie hatte am Fenster gestanden und beobachtet, wie er aus dem Wagen stieg. So machte seine erwachsene Tochter es immer, wenn sie bei ihm war.

»Gut. Wir haben getanzt«, antwortete er.

»Und sie hat dich nach Hause gefahren.«

»Ja, sie hat mich nach Hause gebracht.«

Wullitzer wollte nur ins Bett. Morgen früh kam die neue Kollegin, die sich von Cottbus hatte versetzen lassen. Da musste er ausgeschlafen sein, auch wenn bisher kein Fall anlag. Aber das konnte sich ja schnell ändern.

»Hat sie dich nach Hause gefahren, weil du was getrunken hattest, oder …«

»Nein, ich hab nichts getrunken«, unterbrach Wullitzer seine Tochter. »Es war angenehm mit Corinna.«

»Corinna?«

»Ja. Corinna.«

»Werdet ihr euch wiedersehen?«, wollte Mel wissen.

»Beim Tanzen. Nächste Woche.«

Wullitzer gähnte. Einmal die Woche ging er zum Tanzen, weil seine Tochter und seine Chefin ihn dazu gedrängt hatten. Und heute hatte er es sogar genossen. So wie früher.

»Wäre Corinna gern noch mit reingekommen?«, fragte Mel.

Wullitzer kniff die Augen zusammen und verzog den Mund. Das machte er auch im Job, wenn ihm eine Frage nicht gefiel.

»Vielleicht«, antwortete er nur. Corinna hatte ihm zu verstehen gegeben, dass sie gern mit ihm noch etwas getrunken hätte. Vielleicht auch mehr. Aber das war immer noch zu früh für ihn.

»Könntest du mich morgen zu meinem Wagen bringen?«, fragte er.

»Ja. Klar. Ich mach dir auch 'nen Kaffee vorher.«

»Bist ein Schatz.« Wullitzer lächelte. Es war schön, dass seine Tochter sich alle paar Wochen um ihn kümmerte. Und es war furchtbar, dass es offenbar nötig war. Nötiger, als Wullitzer es sich eingestehen wollte.

Nur flüchtig putzte er sich die Zähne und ließ seinen schweren Körper auf das Bett fallen. Es war viel zu breit für einen einzelnen Menschen, aber er hatte es in all den Jahren nicht geschafft, ein anderes zu kaufen. Wie er so vieles nicht geschafft hatte, seit er Witwer war. Andrea hatte das Doppelbett ausgesucht, als sie noch lebte, und es war bis heute gut. Warum also ein neues kaufen? Nur an die Vorstellung, dass eine andere Frau darin liegen sollte, konnte er sich nicht gewöhnen.

Die Wolken hatten sich verzogen und das Mondlicht fiel durch das schräge Dachfenster auf ihr Bett. Mehrere Jahre hatte Paula in diesem Zimmer geschlafen, und noch immer lag von dem früheren Ofen ein Hauch Braunkohle in der Luft, der sich über die Jahrzehnte in den Wänden festgesetzt hatte. Paula stand auf, öffnete das Fenster weit und atmete die spätsommerliche Nachtluft ein.

Tillsing. Wenn mir etwas passiert. Tillsing. Das war das Letzte, was Vinzenz zu Paula am Handy gesagt hatte. Bis heute wusste sie nicht, was es bedeutete. Sie war auf niemanden mit dem Namen gestoßen, es gab keinen Ort und auch keinen Eintrag im Polizeicomputer. Paula war nicht ganz sicher, ob Vinzenz wirklich Tillsing gesagt hatte, aber auch Wörter, die ähnlich klangen, brachten sie nicht weiter.

Seit Vinzenz' Tod hatte sie kaum eine Nacht durchgeschlafen. Vielleicht lag es daran, dass er nie eine ganze Nacht bei ihr geblieben, sondern spätestens in den frühen Morgenstunden aufgebrochen war. Sonst hätte seine Frau ihm nicht geglaubt, dass er einen nächtlichen Einsatz hatte. Im Nachhinein fragte sich Paula, warum sie diese Heimlichtuerei so lange mitgemacht hatte. Immer wieder hatte Vinzenz versprochen, seiner Frau die Wahrheit zu sagen, trotz seiner kleinen Jungs. Paula hatte gar nicht anders gekonnt, als ihm zu glauben. Vinzenz war der Mann ihres Lebens, daran hatte sie nie gezweifelt.

Ein einziges Mal hatten Paula und Vinzenz ein Wochenende miteinander verbracht, und seine Frau glaubte, er sei bei einer Fortbildung. Nach diesen zweieinhalb Tagen im Spreewald waren sie endgültig sicher: Sie wollten ihr Leben miteinander verbringen, und Vinzenz würde einen Weg finden, nach der Trennung seine Jungs regelmäßig zu sehen.

Im Spreewald hatten sie bei einer Kahnfahrt Selfies gemacht, auf denen sie so glücklich aussahen, wie sie sich fühlten. Seit den Schüssen auf Vinzenz stand eins dieser Fotos in einem Bilderrahmen neben ihrem Bett, und manchmal, wenn sie nicht einschlafen konnte, zog Paula es zu sich auf das Kopfkissen. Wenn sie dann morgens aufwachte, lag ihr Gesicht direkt neben dem strahlenden Lachen seiner blauen Augen. Außer ihren Erinnerungen gab es nicht viel mehr als diese gemeinsamen Fotos, die ihr von Vinzenz blieben. Doch Erinnerungen verblassten, das wusste sie seit dem Tod ihrer Eltern. Auch deshalb war es ihr unendlich schwergefallen, ein letztes Mal die Tür der Wohnung in Cottbus hinter sich zu schließen, in der sie mit Vinzenz glücklich gewesen war. Bis zuletzt hatte sie sich eingeredet, dort noch den Duft seiner Haut wahrzunehmen.

Paula legte sich wieder hin. In wenigen Stunden würde sie auf ihren neuen Partner treffen.

Auch Henry Wullitzer konnte nicht schlafen. Seine Chefin hatte ihm Fotos von Paula Osterholz gezeigt. Sie war nicht sehr groß und Anfang dreißig, wirkte aber jünger. Auf den Fotos sah sie harmlos aus, fast etwas niedlich, aber das täuschte sicherlich. Angeblich war Paula Osterholz ungeheuer erfolgreich und hatte bisher fast jeden Fall aufgeklärt. So wie Wullitzer früher.

Seine letzte Partnerin hatte sich nach nicht einmal acht Monaten versetzen lassen. Angeblich aus privaten Gründen, aber alle wussten, dass es wegen Wullitzer war. Seit Carlo, sein langjähriger Partner, tot war, war er vorsichtiger, misstrauischer und gereizter geworden, und damit war die Kollegin nicht klargekommen. Wullitzer hatte vorgeschlagen, eine Zeit lang allein zu arbeiten und nur unkomplizierte Einsätze zu übernehmen, doch das lehnte seine Chefin rigoros ab. Nicht nur, weil das dienstrechtlich untersagt war, sondern auch, um zu verhindern, dass sich die oberste Polizeiführung dafür interessierte, was mit Wullitzer los war.

Er drehte sich in dem viel zu breiten Bett um und hoffte, endlich einzuschlafen.

3

Seit einer Stunde folgte Gütschow bereits dem Fremden, der sich zielstrebig und wortlos einem Waldstück mit Laubbäumen näherte. Gütschow spürte den leichten Wind, der verhinderte, dass Wölfe sie witterten.

Der Mann wurde langsamer und gab mit Handzeichen zu verstehen, dass er weitergehen würde, während Gütschow sich an dieser Stelle einrichten sollte. Der Mond wurde von einer Wolkendecke verdeckt, und schon bald schien der Fremde von der Dunkelheit verschluckt worden zu sein. Gütschow nahm Fernglas und Nachtsichtgerät aus dem Rucksack, lehnte sich an eine Kiefer und suchte den Wald ab. In einigen Hundert Metern Entfernung entdeckte er den Fremden, der sich auf den Boden kauerte. Auch er hatte ein Nachtsichtgerät dabei.

Gütschow legte sich in einer flachen Mulde auf den Waldboden. Wenn er nicht aufpasste, würden ihm die Augen zufallen, aber das war ein gutes Zeichen. Zweimal schon war er im Wald eingeschlafen, bevor sich Wölfe näherten. Vielleicht spürten die Tiere, dass er ein Teil des Waldes und keine Bedrohung für sie war.

Hin und wieder raschelte es im Unterholz, und aus der Ferne war ein Waldkauz zu hören. Sonst war es vollkommen still. Nichts deutete darauf hin, dass auch der Fremde hier im Wald lag und auf eine Begegnung mit Wölfen hoffte.

Mehr als eine Stunde verging, ohne dass etwas passierte. Einmal glaubte Gütschow, eine leise Stimme zu hören, doch das war wohl eine Täuschung. Mit dem Nachtsichtgerät vergewisserte er sich, dass der Fremde vollkommen ruhig war. Er schien also nichts gehört zu haben.

Nach zwei Stunden machte sich bei Gütschow Enttäuschung breit. Einmal war er eingeschlafen und hochgeschreckt, weil ein Waldkauz laut schrie. Doch jetzt befürchtete er, auch in dieser Nacht keinem Wolf zu begegnen.

Ich hätte es wissen müssen, dachte Hardenberg. Ich werde zu alt für so was. Die Beine taten ihm weh, der Rücken auch, und er wusste kaum noch, wie er stehen sollte. Seit anderthalb Stunden harrte er an einigen Birken aus, lehnte sich an deren Stamm oder verlagerte das Gewicht auf seinen Pirschstock. Am liebsten hätte er sich auf dem Waldboden ausgestreckt und die Beine hochgelegt, aber das verbot ihm seine Jägerehre. Hin und wieder blickte er auf sein Handy und hoffte, Alexandra würde diese Wolfsjagd für heute beenden. Doch auch vor drei Monaten hatte er nach Stunden nicht mehr daran geglaubt, auf einen Wolf zu stoßen, und dann war es doch passiert. Das Problem war damit nicht gelöst, das wusste er schon damals, denn diese Biester breiteten sich einfach zu sehr aus. Von Anfang an hätte diesen Raubtieren gezeigt werden müssen, dass sie in Brandenburg nichts zu suchen haben. Aber kaum waren damals die Grenzen offen gewesen, da kamen die ersten Wölfe, und plötzlich gab es auch Leute, die in diese Viecher regelrecht vernarrt waren. Wolfsromantiker, die all denen, die in Brandenburg etwas voranbringen wollten, das Leben schwer machten. Es war hart genug gewesen, hier wieder etwas aufzubauen. Niemand brauchte Wölfe, die alles attackierten, was sie zu fassen kriegten.

Jahrzehntelang hatte niemand diese Raubtiere vermisst, und jetzt konnten sie plötzlich tun und lassen, was sie wollten. Es war nur eine Frage der Zeit, bis sie auch kleine Kinder angreifen würden, auch wenn diese Wolfsromantiker behaupteten, das sei ausgeschlossen. Aber wenn man das sagte oder womöglich sogar eins von diesen Raubtieren tötete, wurde man in der Öffentlichkeit fertiggemacht und die Polizei auf einen gehetzt. Deshalb mussten sich Leute wie er heimlich die Nächte im Wald um die Ohren schlagen und konnten nur hoffen, dass sie keine Spuren hinterließen und niemand herausfand, was sie hier taten.

Hardenberg stöhnte leise, dehnte den schmerzenden Rücken und meinte, es sei im Wald noch ruhiger geworden. Gerade eben hatte es im Unterholz noch geraschelt, doch jetzt waren sogar diese Geräusche verstummt.

Gütschow nahm das Nachtsichtgerät und sah zu dem Fremden, der wohl zu viel versprochen hatte. Auch der blickte durch sein Nachtsichtgerät und richtete plötzlich den Oberkörper auf. Gütschow hielt den Atem an. Erst waren es nur Schemen, die sogar mit Nachtsichtgerät kaum auszumachen waren. Doch sie näherten sich. Fünf Tiere. Ein Rüde und eine Fähe mit ihren Jungtieren. Eine Wolke gab das Mondlicht frei und verlieh den graubraunen Rücken der Wölfe einen unwirklichen Glanz. Sie liefen in Gütschows Richtung, sodass er sie mit dem Fernglas und schließlich sogar mit bloßem Auge sehen konnte. Etwa fünfzig Meter von Gütschow entfernt blieb das kleine Rudel stehen und die Tiere blickten in seine Richtung. Die Fähe senkte den Kopf und schien direkt in Gütschows Gesicht zu sehen. Ihre Ohren waren aufgestellt und Gütschow hätte schwören können, sogar das Goldbraun ihrer Augen zu erkennen. Noch nie hatte er etwas so Schönes gesehen, und schon gar nicht aus solcher Nähe. Er wagte kaum zu atmen, obwohl er vor Glück hätte schreien wollen. So furchtbar die letzten Monate gewesen waren – dieser Augenblick wog alles auf. Nichts außer ihm und diesen Wölfen existierte.

Lautlos zog das Rudel weiter. Im Wald war es vollkommen still. Die anderen Tiere hatten die Wölfe sicherlich ebenfalls bemerkt und verhielten sich ruhig. Als Gütschow sie nicht mehr sehen konnte, ließ er sich auf den Boden sinken und schloss die Augen. Wie gern hätte er jetzt auf dem Waldboden geschlafen, und wie gern hätte er darauf verzichtet, mit dem Fremden später zu seinem Kastenwagen zurückgehen zu müssen.

Hardenberg schreckte hoch. Die Augen waren ihm zugefallen und fast wäre er von der Birke, an der er lehnte, abgerutscht. In den Wipfeln der Birken hörte er das Schlagen kräftiger Flügel. Alexandra hatte vorhin erzählt, in dieser Gegend seien Rotmilane gesichtet worden. Konnte einer ganz in seiner Nähe sein?

Hardenberg schüttelte sich und überlegte, aufzugeben und zum Treffpunkt zurückzugehen. Doch das konnte er nicht tun, das wusste er, dafür hatte er zu sehr darauf gedrängt, diesen Wölfen eine Lektion zu erteilen.

Ein Schuss. Unfassbar laut in der Stille der Nacht. Gütschow sprang auf, riss sein Nachtsichtgerät hoch und suchte die Richtung ab, in der die Wölfe verschwunden waren. Vier Wölfe konnte er erkennen. Die Jungwölfe und die Fähe. Wo aber war der Rüde? Hatte jemand … Gütschow wagte kaum, diesen Gedanken zu denken. Hatte jemand auf die Wölfe geschossen? Der Fremde, der ihn hierhergeführt hatte? War er ein getarnter Wolfshasser?

Hektisch suchte Gütschow mit dem Nachtsichtgerät nach dem Fremden. Tatsächlich kauerte der auf dem Boden, hatte seine Pistole in der Hand – und schoss. Doch er zielte nicht dorthin, wo die Wölfe gewesen waren, und auch nicht auf Gütschow, sondern in eine andere Richtung.

Hardenberg wusste nicht, wer von ihnen den Schuss abgegeben hatte, doch er hoffte, sie hatten einen der Wölfe erwischt. War es Alexandra gewesen oder etwa Sonja? Doch dann kam plötzlich ein Schuss aus einer Richtung, in der keiner von ihnen hätte stehen sollen. Hatte Urbanczyk seine Position verlassen und sich nicht an die Absprachen gehalten? Hardenberg riss sein Gewehr hoch. Das Nachtsichtgerät war darauf befestigt, und er suchte damit die Richtung ab, aus der der zweite Schuss gekommen war. Nach wenigen Sekunden entdeckte er dort einen Mann. Im ersten Moment dachte Hardenberg, es sei Urbanczyk, denn auch dieser Mann hatte längere dunkle Haare und einen Vollbart. Doch es war nicht Urbanczyk. Es war jemand anders. Und er hielt eine Pistole in der Hand und zielte dorthin, wo Alexandra stehen musste.

Hardenberg visierte den Mann an. Das Abdrücken war nur noch ein Reflex, das jahrzehntelang eingeübte Vorgehen des Jägers. Ein Ziel anvisieren und das Wild mit einem sicheren Schuss erlegen. Hardenberg konnte gar nicht anders. Nicht nachts im Wald. Alexandra war in Gefahr, und er musste etwas tun.

Durch das Nachtsichtgerät sah Hardenberg, dass sein Schuss diesen bärtigen Mann nicht erwischt hatte, sondern dass der hinter einer Kiefer Schutz suchte und jetzt in Hardenbergs Richtung zielte. Hardenberg drückte erneut ab.

Ein weiteres Mündungsfeuer und dazwischen die Pistole des Fremden, mit dem Gütschow hierhergekommen war. Für einen Moment konnte er diesen bärtigen Fremden, der eben noch hinter einer Kiefer stand, nicht mehr entdecken. Dann sah er ihn. Auf dem Boden liegend.

Gütschow wartete, ob noch weitere Schüsse fielen, doch es blieb ruhig. Nach einigen Minuten eilte er gebückt zu dem Fremden, und noch bevor er ihn erreicht hatte, wusste er, was ihn erwartete. Er beugte sich über ihn und fühlte seine Halsschlagader. Nichts. Auch kein Atem. Auf dem Hemd des Fremden breitete sich immer mehr Blut aus.

Erleichtert sah Hardenberg, dass der Mann, auf den er geschossen hatte, unverletzt war und stand. Aber hatte dieser Mann nicht eben einen wilden dunklen Bart gehabt? Einen Bart wie Urbanczyk? Der Mann, der jetzt dort stand, schien keinen Bart zu tragen, oder täuschte Hardenberg sich? Und warum floh dieser Kerl nicht einfach, sondern gab weiterhin ein Ziel ab? Auf seinem Handy leuchtete das Display auf. *Sofort zum Treffpunkt!*, schrieb Alexandra. Doch vorher musste Hardenberg herausfinden, was mit diesem Fremden war, dessen Verhalten ihn irritierte. Er schien etwas auf dem Boden zu suchen – aber was? Hardenberg zwang sich, ruhig zu bleiben. Da drüben gab es einen Mann, und was auch immer er auf dem Waldboden wollte, Hardenberg musste ihn im Blick behalten. Vielleicht packte der Mann nur seine Sachen zusammen. Vielleicht aber lud er seine Pistole nach, und dann würde Hardenberg ihn endgültig vertreiben müssen.

Endlich lief der Mann gebückt von Baum zu Baum, suchte immer wieder Deckung und verschwand in der Tiefe des Waldes. Hardenberg atmete auf. Vermutlich hatten sie einen der Wölfe geschossen, und das war mehr, als er gehofft hatte. Trotzdem schlug sein Herz derart heftig, dass er sich gegen eine Birke lehnen musste. Bloß nicht umkippen, dachte er. Nicht jetzt.

Hardenberg schnappte sich Pirschstock und Gewehr und machte sich auf den Weg. Doch er bekam kaum Luft, musste sich immer wieder an Eichen oder Birken festhalten und schleppte sich mühsam zum Treffpunkt an der Weggabelung. Alexandra und Sonja waren längst dort.

»Du hast auf jemanden geschossen! Bist du wahnsinnig?«, fuhr Alexandra ihn aufgebracht an und schob kurz den Hut, unter dem sie ihre blonden Haare versteckte, in den Nacken.

»Nicht so laut!«, flüsterte Hardenberg und fragte sich, woher Alexandra wusste, dass er geschossen hatte. Hatte sie ihn mit ihrem Fernglas im Blick gehabt? »Der hat in deine Richtung gezielt. Ich hab Warnschüsse abgegeben, sonst wärst du vielleicht jetzt verletzt. Oder tot.« Er sah die beiden an. »Wer von euch hat den Wolf geschossen?«

Keine der Frauen reagierte.

»Was ist los? Hat Urbanczyk ihn erwischt?«

»Nein«, erwiderte Alexandra leise.

»Ja, dann du, oder?«

»Das ist jetzt nicht wichtig.« Alexandra sah Hardenberg an. »Du hast auf einen Menschen gezielt. Hast du ihn etwa getroffen?«

»Nein! Ich hab ihn vertrieben. Alles in Ordnung. Ich hab gesehen, wie er weggerannt ist. Der kommt so schnell nicht wieder«, erwiderte Hardenberg. Die Reaktion der Frauen gefiel ihm nicht. Misstrauten sie ihm? Warum sagten sie nicht, wer den Wolf erlegt hatte? Und wieso schien Alexandra sicher zu sein, dass er auf diesen bärtigen Fremden geschossen hatte?

»Aber ihr habt eins der Viecher erwischt. Das ist sicher?«, fragte er.

»Ja. Ja, haben wir«, antwortete Sonja leise.

»Dann ist doch alles gut. Wenn die Viecher wirklich so intelligent sind, wie diese Wolfsromantiker behaupten, dann werden sie sich die Lektion merken, und das wollten wir.«

»Aber wer schießt auf uns?«, fragte Sonja beunruhigt, und selbst im Dunkeln konnte Hardenberg erkennen, wie nervös sie war. Kurz nahm sie ihre dunkle Mütze ab, begriff aber sofort, dass ihre weißgrauen Haare im Mondlicht zu sehen waren, und setzte sie wieder auf. Auch Alexandra vergewisserte sich, dass keine Strähnen ihrer blonden Haare unter dem dunklen Hut zu erkennen waren.

»Vielleicht lebt hier irgendwo ein Wilderer. Und der hat sich bedroht gefühlt«, erwiderte Hardenberg.

»Ein Wilderer …«, sagte Alexandra. »Das wäre nicht gut. Überhaupt nicht gut. So einer will nicht bemerkt werden. Der würde sich verstecken, aber nicht auf uns schießen. Das ist jemand anders.«

Hardenberg merkte, dass Alexandra ihn argwöhnisch musterte.

»Und wenn es Wolfsschützer waren?«, hakte Sonja nach.

»Wolfsschützer, die auf Jäger schießen? Das trauen die sich nicht«, erwiderte Hardenberg.

»Militante Wolfsschützer? Die schrecken vor nichts zurück«, sagte Sonja.

»Aber was würde so einer hier nachts wollen? Bewaffnet?«, fragte Hardenberg.

»Vielleicht dasselbe wie wir. Wölfen begegnen«, sagte Alexandra.

»Oder er wollte nicht auf Wölfe stoßen«, ergänzte Sonja. »Sondern er wollte auf uns treffen. Auf Jäger, die Wölfe schießen.«

»Dann hätte er wissen müssen, dass wir hier sind. Und das wusste niemand«, erwiderte Alexandra.

»Doch. Deine Nichte. Miriam. Die hat mitbekommen, dass wir zum Jagen aufbrechen«, sagte Hardenberg.

»Miriam kennt keine militanten Wolfsschützer«, sagte Alexandra schnell.

»Vielleicht gibt es etwas, dass du nicht über sie weißt. Könnte ja sein.«

Ganz in der Nähe knackten Zweige, und sie alle schreckten zusammen. Hardenberg wollte schon zu seinem Gewehr greifen, doch dann erkannte er hinter einigen Eichen Urbanczyks breitkrempigen Hut und seinen dunklen Vollbart.

»Das bin nur ich. Lass dein Gewehr mal schön unten«, sagte Urbanczyk. Über einem schwarzen Hemd trug er eine Weste und hatte außer seinem Gewehr nichts dabei. In seinen Jahren als Ranger hatte er gelernt, mit wenig auszukommen und nichts Unnötiges mitzunehmen.

»Wo warst du die ganze Zeit?«, fragte Hardenberg.

»Ich hab den weitesten Weg. Und nach den Schüssen war ich vorsichtig«, sagte Urbanczyk zu Hardenberg. »Hab ich das richtig mitbekommen, dass jemand auf uns geschossen hat? Und du hast zurückgeschossen?«

»Ich hab Warnschüsse abgegeben!«, sagte Hardenberg aufgebracht. Auch Urbanczyk musste ihn also mit dem Fernglas beobachtet haben. »Es ist nichts passiert, und wir sollten jetzt nach Hause fahren.«

»Ja, das sollten wir«, sagte Urbanczyk, und Hardenberg sah ihm an, dass er sich darüber ärgerte, bei dieser Jagd dabei zu sein. Früher, als Hardenberg vor seiner Pleite noch ein eigenes Jagdrevier gepachtet hatte, da war Urbanczyk ihm dankbar gewesen, denn er konnte dort alles erlegen, was er für sein Restaurant brauchte. Seit Hardenberg kein Jagdrevier mehr hatte, schien Urbanczyk kaum noch Dankbarkeit zu kennen.

Die vier schwiegen. Ein Waldkauz durchbrach mit seinem lang gezogenen heulenden Ruf die Stille. Dann hörten sie, wie in der Ferne ein Wagen gestartet wurde.

»Das wird der sein, den ich vertrieben hab«, sagte Hardenberg, blickte in die Gesichter der anderen und ahnte, dass sie ihm nicht glaubten.

»Gut«, sagte Alexandra schließlich, »dann fahren wir zurück. Ein Wolf weniger. Das wollten wir.«

»Wer von euch hat den Wolf erwischt?«, fragte Urbanczyk. Auch er bekam keine Antwort. Dann war er es also nicht, dachte Hardenberg.

»Okay. Dann soll das wohl ein Geheimnis sein. Aber wer auch immer geschossen hat – ist der Wolf wirklich tot?«, hakte Urbanczyk nach.

Auch darauf bekam er keine Antwort.

»Wir sollten das Tier suchen und begraben«, sagte er. »Ihr wisst, wie hoch die Strafen sind. Noch schlimmer wäre es, wenn ein Wolfsschützer herausfindet, wer geschossen hat.«

»Wie sollten die denn auf uns kommen?«, fragte Hardenberg misstrauisch.

»Irgendjemand hat auf uns geschossen. Vielleicht hat der auch unsere Autos gesehen und sich die Nummern notiert«, antwortete Urbanczyk.

»Der Wolf wird hier irgendwo liegen, und in ein paar Wochen ist kaum noch etwas von ihm übrig«, sagte Alexandra.

»Würdet ihr den Wolf denn im Dunkeln finden?«

»Vielleicht hat er sich noch irgendwo hingeschleppt. Dann suchen wir ewig«, gab Sonja zu bedenken.

»Wir machen für heute Schluss und fahren nach Hause«, entschied Alexandra. Alle nickten, aber wirklich beruhigt war keiner von ihnen.

Hardenbergs Range Rover schaukelte auf dem unbefestigten Waldweg. Eine seiner Brillen hatte er aufgesetzt, die andere baumelte vor seiner Brust. Weder er noch Urbanczyk waren angeschnallt. Sie hielten Abstand zum SUV von Alexandra Schuster, dessen rote Rücklichter vor ihnen regelrecht tanzten.

Urbanczyk sah Hardenberg an. »Du bist sicher, dass du den Typen nicht erwischt hast?«

»Wie oft denn noch? Ich hab sogar gesehen, wie er weggelaufen ist. Keine Sorge. Ich hab nur Warnschüsse abgegeben und niemanden verletzt«, wiederholte Hardenberg verärgert.

Der Mond stand jetzt hell am Himmel und sie erreichten die Schranke, die Alexandra auf der Hinfahrt illegal geöffnet hatte.

Hardenberg beobachtete, wie Sonja ausstieg, die Schranke nach oben drückte und die beiden Wagen passieren ließ. Er überholte und fuhr jetzt als Erster. Nach einigen Hundert Metern bog rechts ein schmaler Querweg ab. Als Hardenberg an ihm vorbeifuhr, glaubte er, im Mondlicht etwas aufblitzen zu sehen. Er fuhr ein Stück weiter und hielt dann an. Von hier aus konnte er nichts erkennen, doch er war sicher, etwas gesehen zu haben.

»Bin gleich wieder da«, sagte er zu Urbanczyk, stieg aus und merkte, dass der sich kurz durch den Bart fuhr und ihn skeptisch musterte.

Vorsichtig betrat Hardenberg den schmalen Querweg. Seine Augen gewöhnten sich an die Dunkelheit, und nach einigen Metern sah er etwas im Mondlicht glänzen. Leise ging er näher, bis er die Umrisse eines Kastenwagens erkannte. Nichts deutete darauf hin, dass jemand in der Nähe war. Keine Schritte, kein Räuspern und vor allem kein Entsichern einer Waffe. Hardenberg war dem Kastenwagen nah genug, um das Kennzeichen zu fotografieren. Dann kehrte er um.

»Was war los?«, fragte Alexandra, die neben seinem Range Rover auf ihn wartete.

»Nichts«, sagte Hardenberg. »Nur ein kleines Bedürfnis.«

Hardenberg sah, dass sie ihm nicht glaubte. Doch wie beunruhigt er tatsächlich war, ahnte sie vermutlich nicht. Falls es dieser Kastenwagen war, dessen Motor vorhin angelassen wurde – warum stand er dann jetzt hier? Und falls es vorhin ein anderer Wagen gewesen war – wem gehörte dann dieser? War noch jemand im Wald?

Gütschow war nur wenige Hundert Meter gefahren, dann spürte er eine tiefe Erschöpfung und wusste, er sollte sich kurz hinlegen. Der Fremde, der ihn in diesen Wald geführt hatte, war erschossen worden. Doch fast noch viel mehr verstörte ihn, dass wieder jemand einen Wolf getötet hatte. Ermordet.

Gütschow hielt im nächsten Querweg, legte sich auf den Waldboden, spürte die Nadeln der Kiefern und sog ihren harzigen Duft ein. Er war schon fast eingeschlafen, als er plötzlich hörte, wie sich erst Autos näherten und dann ein Mann zu seinem Kastenwagen schlich und ihn fotografierte. Noch nie hatte Gütschow eine Waffe besessen, und er hoffte, sie auch nie benutzen zu müssen. Doch die tödlichen Schüsse auf den Fremden hatten ihn so sehr verunsichert, dass er dessen Pistole mitgenommen hatte. Vielleicht würde er sich verteidigen müssen. Leise folgte er dem massigen Mann, der zu einem Geländewagen ging und mit jemandem sprach. Aus der Ferne machte Gütschow mit seinem Handy Fotos, als die beiden einstiegen und weiterfuhren. Die Person am Geländewagen schien lange blonde Haare zu haben. Vielleicht würde Gütschow auf den Fotos später mehr erkennen.

Die roten Rücklichter der Autos wurden kleiner und verschwanden hinter einer Kurve. Für einen Moment glaubte Gütschow, einen der Wagen schon einmal gesehen zu haben. Er wollte auf den Fotos nachsehen, ob er Details erkennen konnte, doch er merkte, dass er dafür zu müde war. Er sackte zu Boden, drehte sich auf den Rücken und starrte eine Zeit lang in die Nacht, ohne den Mond, der langsam hinter den Bäumen über den Himmel zog, wahrzunehmen. In anderen Nächten wäre er jetzt eingeschlafen. Nicht in dieser.

Hardenberg näherte sich seinem Haus in der Nauener Vorstadt. Ein schlichtes Haus aus den 20er-Jahren des letzten Jahrhunderts, aber mit einem großen Garten. Wenigstens das, dachte Hardenberg, wenigstens das war ihm geblieben. Er war klug genug gewesen, es seiner Frau zu überschreiben, lange bevor seine Firma in Schieflage geraten und ihm die Kontrolle entglitten war.

Ungeduldig wartete Hardenberg, bis sich das Garagentor öffnete. Immer wieder kreisten seine Gedanken um diesen Mann, auf den er geschossen hatte. Und warum stand dieser Kastenwagen ausgerechnet dort, wo sie in den Wald gefahren waren? War der Wagen dort auch schon gewesen, als sie ankamen, und hatte womöglich jemand mitbekommen, welchen Weg sie nahmen?

Beunruhigt verstaute er sein Gewehr im Waffenschrank. Seine Frau schien tief zu schlafen, deshalb holte er sich ein Bier aus dem Kühlschrank und setzte sich auf die Terrasse. Bald würde am Himmel das erste Blau der Morgendämmerung zu erahnen sein. Eigentlich war es eine angenehme laue Septembernacht. Doch Hardenberg wurde das Gefühl nicht los, dass die Probleme erst anfingen.

»Papa!«, rief Emily, als Gütschow zur Tür reinkam, und umarmte ihn.

»Sie ist seit fünf wach und hat mir ständig vorgerechnet, wie viele Minuten sie noch auf dich warten muss«, sagte Lena, Gütschows Frau, übermüdet. »Na ja, immerhin übt sie dadurch das Rechnen ...« Sie küsste Gütschow. »Wie war es im Wald?«, fragte sie.

»Gut«, sagte Gütschow vage. »Ich dusch kurz, bevor wir frühstücken, ja?«

Kurz lächelte Gütschow Lena zu, die ein paarmal gähnte. Emily musste sie heute schon sehr früh auf Trab gehalten haben. Sie war noch nicht dazu gekommen, sich anzuziehen, hatte lediglich ihre Haare hochgebunden und trug noch das T-Shirt, in dem sie geschlafen hatte.

Gütschow ging ins Bad und merkte, dass Lena ihm besorgt nachsah. Er wusste, dass er nach dieser Nacht verheerend aussehen musste, und sah im Spiegel seinen angestrengten und gequälten Gesichtsausdruck. Sonst war er nach Nächten im Wald erfrischt wie nach langem, erholsamem Schlaf, doch heute war es vollkommen anders. Immerhin konnte er sicher sein, dass Lena ihn nicht bedrängen und ausfragen würde, und das rechnete er ihr hoch an.

4

Paula stand unter der Dusche, als ihr Handy zum ersten Mal klingelte. Bisher waren die Nummern ihrer neuen Kollegen und Kolleginnen nicht eingespeichert, deshalb sah sie nicht sofort, wer anrief. Sie hatte sich noch nicht einmal ganz abgetrocknet, da klingelte ihr Handy erneut.

»Ja, Osterholz«, sagte sie.

»Verona Neuendorf hier. Wir haben eine Tote. Henry Wullitzer, Ihr neuer Partner, macht sich auch gleich auf den Weg.«

Verona Neuendorf war die Leiterin der Mordkommission. Paula hatte mit ihr vor einigen Wochen telefoniert und ein kurzes Video-Meeting am Computer gehabt.

»Wo wohnen Sie in Potsdam?«, fragte Verona Neuendorf.

»Am Rand der Teltower Vorstadt. Heidereiterweg.«

»Gut. Der Tatort ist im Norden, hinter Bornim. Ich hol Sie ab und Wullitzer fährt direkt dorthin«, sagte sie. »In zwanzig Minuten bin ich bei Ihnen. Schaffen Sie das?«

»Ja, selbstverständlich«, sagte Paula und fragte sich, warum ihre Chefin sie abholen wollte. Es hätte genügt, ihr den Einsatzort zu nennen und sich dort zu treffen. Wichtiger wäre es gewesen, zusammen mit ihrem neuen Partner Henry

Wullitzer zu fahren und sich kennenzulernen. Vielleicht wollte ihre neue Chefin sie auch einfach persönlich begrüßen, wenn es schon am ersten Tag die erste Ermittlung gab.

Eilig setzte Paula Kaffee auf, zog eine dunkelgraue Jeans und ein schwarzes T-Shirt an, nahm ihre graue Lederjacke und wollte schon leise die Wohnungstür schließen, als Raffa halb nackt und verschlafen aus seinem Schlafzimmer kam.

»Was ist denn das für 'ne Action? Es ist kurz nach sieben!«

»Ja, tut mir leid. Ich wollte dich nicht wecken. Aber ich hab schon den ersten Fall.«

»'ne Leiche?«

»Ist leider mein Job«, sagte sie bedauernd.

»Geht das jetzt jeden Morgen so?«, fragte Raffa und gähnte.

»Ob jeder Morgen mit einer Leiche beginnt? Ich hoffe nicht«, erwiderte Paula.

Raffa drehte sich um und ging wieder ins Bett. Paula sah ihm amüsiert nach. Die Jahre, in denen er Leistungsschwimmer war, hatten ihm einen muskulösen Oberkörper beschert, den er unübersehbar bis heute trainierte. Raffa schien einiges dafür zu tun, attraktiv zu bleiben. Auch sie würde in Potsdam wieder mehr Sport machen, das hatte Paula sich vorgenommen.

»Soll ich dich nicht lieber direkt zu diesem Pferdehof fahren?«, fragte Mel.

»Bring mich zu meinem Auto, und dann fahr ich allein weiter«, sagte Wullitzer und nahm einen Schluck Kaffee. Der Kaffee, den Andrea früher gemacht hatte, war besser gewesen, aber das würde er Mel natürlich nie sagen. Vermutlich würde ihm nie wieder ein Kaffee besser schmecken als der seiner verstorbenen Frau.

»Das ist ein ziemlicher Umweg«, sagte Mel.

»Egal.« Wullitzer gähnte. »Meine neue Kollegin dürfte nicht viel älter sein als du, und es macht keinen guten Eindruck, wenn mich an ihrem ersten Tag meine Tochter zum Einsatz fährt.«

Seine Vorgesetzte, Verona Neuendorf, war vorhin am Telefon kurz angebunden gewesen, weil sie die neue Kollegin noch nicht erreicht hatte. Wullitzer rief Verona Neuendorf deshalb zurück, sobald er mit Mel im Wagen saß.

»Ich hab Frau Osterholz informiert«, sagte Verona Neuendorf. »Ich hol sie ab und fahr mit ihr zum Tatort.«

»Wäre es nicht besser, wenn ich sie abhol?«, fragte Wullitzer, während draußen die S-Bahn Richtung Innenstadt an ihnen vorbeizog.

»So sind wir schneller«, antwortete seine Chefin.

Wullitzer war sicher, dass das nicht der eigentliche Grund war. Vermutlich wollte Verona herausfinden, ob Paula Osterholz zu ihm passte. Oder, schlimmer noch, sie wollte der neuen Kollegin Andeutungen machen, wie sie mit ihm umgehen sollte.

»Mir wäre es auch lieber, ihr würdet euch nicht an einem Tatort kennenlernen. Aber alle Kollegen sind mit anderen Fällen beschäftigt«, fügte Verona Neuendorf hinzu.

»Als ich gestern Feierabend gemacht hab, hatten die Kollegen noch keinen Fall«, sagte er missmutig. Er war müde, und seine Stimme war noch dunkel und rau.

»Henry, du weißt, wie es ist«, sagte Verona Neuendorf nach einer Pause. Die Fahrgeräusche bei ihr waren leiser geworden. Entweder steht sie an einer Ampel, dachte Wullitzer, oder sie ist bei Paula Osterholz angekommen. Und natürlich wusste er, was seine Chefin meinte.

»Vermutlich weißt du also schon mehr über den Mord und hältst ihn für …«, sagte Wullitzer, wurde aber sofort unterbrochen.

»Der Bruder der Toten hat die Frau gefunden. Er hat den Kollegen gesagt, dass er von einem Eifersuchtsdrama ausgeht. Seine Schwester und ihr Mann waren zerstritten, es gibt Waffen im Haus, und der Ehemann ist verschwunden und nicht erreichbar.«

Wullitzer sollte diesen Fall also bekommen, weil er unkompliziert erschien. Nicht, weil kein anderes Team frei war. So machte Verona es seit zwei Jahren, und im Grunde rechnete er ihr das hoch an. Andere Vorgesetzte hätten ihn damals in den Vorruhestand geschickt, doch Verona hoffte, dass er mit der Zeit wieder voll belastbar und ganz der Alte werden würde. Und sie wusste, dass es für Wullitzer das Schlimmste wäre, als Frührentner zu Hause zu sitzen.

»Ich bin jetzt vor dem Haus von Frau Osterholz. Wir sehen uns am Tatort«, sagte Verona Neuendorf und legte auf.

Mel sah ihren Vater an.

»Ein überschaubarer Fall?«

»Zumindest glaubt Verona das«, erwiderte Wullitzer und klang knurriger, als er wollte.

»Sei ihr doch dankbar«, sagte Mel vorsichtig. »Das warst du bisher doch auch.«

Ja, das war er. Carlos Tod war jetzt zwei Jahre her, und noch immer gab er sich die Schuld daran. Es verfolgte ihn, dass er damals die tödlichen Schüsse auf seinen Kollegen hilflos hatte mitansehen müssen.

Sie nahmen die Strecke über die Heinrich-Mann-Allee, fuhren am Schloss Sanssouci vorbei über die Schopenhauerstraße nach Bornim. Bei jedem Blick aus dem Fenster stellte Paula wieder einmal fest, wie unglaublich das früher so graue und verfallene Potsdam sich gerade im Zentrum verändert hatte. Hinter den unendlich vielen Bauzäunen, die eine Zeit lang den Blick und viele Straßen versperrt hatten, waren mit den Jahren immer mehr historische Gebäude mit aufwendig renovierten Fassaden aufgetaucht.

»Ich hätte mir Ihren Einstieg natürlich ruhiger gewünscht«, sagte Verona Neuendorf und lächelte. »Jetzt müssen Sie gleich ins kalte Wasser springen. Aber Sie haben in Cottbus ja hervorragende Arbeit geleistet. Wir sind sehr froh, eine so erfolgreiche Kollegin dazuzugewinnen.«

»Ja, ich bin auch froh«, erwiderte Paula. Sie hätte lieber erfahren, was ihre neue Vorgesetzte über den Fall wusste, aber sie merkte ihr den Versuch an, freundlich zu wirken. Im Gesicht von Verona Neuendorf hatten Skepsis und auch etwas Verbitterung ihre Spuren hinterlassen, worüber die langen blond gefärbten Haare nicht hinwegtäuschen konnten. Im Wagen roch es nach Zigaretten, und auch die leicht graue Gesichtsfarbe verriet, dass Verona Neuendorf Raucherin war. Zu einer Jeans trug sie eine helle weite Bluse und einen dunkelblauen Blazer. Es war keine Uniform, aber es wirkte wie eine. Immerhin, dachte Paula, war mit Verona Neuendorf eine Frau Chefin der Mordkommission. In Cottbus wäre das undenkbar gewesen.

Paula hatte eine dunkelgraue Jeans, eine schwarze Bluse und ihre leichte graue Lederjacke angezogen. Als kleines Mädchen war sie Papas fröhlicher Liebling gewesen, doch nach dem Tod der Eltern hatte sie begonnen, ausschließlich Schwarz oder Grau zu tragen. Dabei war sie bis heute geblieben.

»Mein Kollege Buchner ist nicht gerade froh darüber, dass Sie Cottbus verlassen haben. Ich kenne Werner seit vielen Jahren«, sagte Verona Neuendorf jetzt.

Sie hat sich also bei meinem bisherigen Chef über mich erkundigt, dachte Paula, und das gefiel ihr nicht.

»Ich wollte näher bei meiner Familie sein. Meine Geschwister und meine Tante leben hier«, erwiderte sie vage.

»Das verstehe ich gut«, sagte Verona Neuendorf, doch es klang nicht so, als würde sie Paula glauben. Gab es in Cottbus womöglich doch Gerüchte über sie und Vinzenz, und hatte Werner Buchner davon erzählt?

»Tragen Sie eigentlich Trauer?«, hatte er nach Vinzenz' Tod gefragt, weil Paula in den Tagen danach ausschließlich Schwarz trug. Daraufhin hatte sie eine dunkelblaue Bluse und eine graue

Jeans aus dem Schrank geholt, doch ihr Eindruck, Buchner sei misstrauisch, war geblieben.

»Wer ist die Tote und was wissen wir bisher?« Darum ging es, nicht darum, dass ihre Chefin sich ein privates Bild von ihr machte.

»Alexandra Schuster, eine Pferdezüchterin und mehrfache Deutsche Meisterin im Dressurreiten. Hat bei den Europameisterschaften einmal den dritten Platz belegt. In den letzten Jahren haben viele ihrer Pferde Preise gewonnen«, sagte Verona Neuendorf. »Frau Schuster war eine sehr bekannte Frau in Potsdam. Wir müssen deshalb diskret vorgehen.«

Diskret vorgehen, weil die Tote eine bekannte Persönlichkeit war? Das war noch nie etwas gewesen, wovon Paula etwas hielt. Wenn sie ermittelte, akzeptierte sie keine Einschränkungen oder gar Denkverbote. Falls ihre Chefin das ernst meinte, würden sie schnell Probleme miteinander bekommen.

Wullitzer erreichte den Pferdehof Carow, der idyllisch inmitten von Wiesen und Feldern lag. Richtung Norden begann ein Wald. Die Zufahrt war bereits mit Absperrband gesichert, und zwei Streifenwagen der Polizei sowie ein Krankenwagen standen auf dem Hof. Wullitzer ging auf einen uniformierten Kollegen zu, der an der Absperrung stand.

»Henry. Dann bist du an dem Fall dran?«, fragte der Kollege und streckte Wullitzer die Hand entgegen. Der nahm sie und sah sich um.

»Ja, ich mit meiner neuen Partnerin. Ihr wart die Ersten hier?«

»Wir waren in der Nähe, als der Anruf kam. Der Bruder hat uns zu der Toten gebracht, und wir haben den Zugang zum Gelände gesperrt. Normalerweise treffen jetzt wohl gleich viele Reiter ein. Die Spurensicherung würde uns den Kopf abreißen, wenn die hier überall rumlaufen.«

»Sehr gut«, sagte Wullitzer anerkennend. »Und wo ist die tote Frau? Hat der Bruder sie selbst gefunden?«

»Ja. Philipp Carow. Den beiden gehört der Hof. Er ist hier wohl der Reitlehrer. Müsste beim Wohnhaus sein, gleich hinter diesem Stall. Da liegt auch die Tote.«

»Und dieser Reitlehrer geht davon aus, dass seine Schwester von ihrem Ehemann getötet wurde?«, fragte Wullitzer.

»Das hat dir die Neuendorf also schon gesagt? Dann weißt du ja Bescheid.«

Bevor Wullitzer sich auf den Weg zum Wohnhaus machen konnte, jagten zwei Wagen der Spurensicherung auf den Hof. Norbert Eigendorf, Leiter der Kriminaltechnischen Abteilung, stieg aus und ging auf Wullitzer zu.

»Henry, das ist dein Fall, das ist gut. Warst du schon …?«

»Nein, ich bin gerade erst angekommen. Die Tote liegt wohl hinter dem Haus, auf der anderen Seite des Pferdestalls«, sagte Wullitzer. Er und Eigendorf kannten sich seit fast zwanzig Jahren. Eigendorf war ein guter Kollege, und sie arbeiteten schon immer gern zusammen.

»Und deine neue Kollegin? Das ist ihr erster Tag, oder? Sie soll ja noch sehr jung sein, hab ich gehört.«

»Sie wird gleich hier sein. Bisher hat sie wohl sehr gute Arbeit geleistet«, sagte Wullitzer.

Eigendorf und seine Leute packten ihr Equipment aus, und Wullitzer machte sich auf den Weg zum Fundort. Das Gelände war weitläufig, und er zählte zwei Stallungen mit Paddock-Boxen, eine Reithalle und zwei großzügige Offenställe. Auf Weiden und in den Laufställen standen, liefen und fraßen Pferde. Ohne viel von diesen Tieren zu verstehen, ahnte Wullitzer, dass dies ein Paradies für sie war – und wohl noch mehr für die Reiter. Dieser Pferdehof sah nach einer gehobenen Kategorie für Leute mit Geld aus, doch auch hier, bemerkte Wullitzer mit einer gewissen Zufriedenheit, schwirrten wie auf jedem anderen Hof Fliegen um die Tiere herum. Auch goldene Wasserhähne tropfen, hatte eine Bekannte mal gesagt, und daran musste Wullitzer oft denken, wenn er bei seinen Ermittlungen mit der Welt der Reichen konfrontiert war. Was in Potsdam immer öfter vorkam.

Wullitzer umrundete einen großen Pferdestall und erreichte das Wohnhaus der Toten. Durch ein Gartentor führte ein Fußweg zu einem modernen, großzügigen Haus. Links und rechts des Gartentors stand eine Hecke mit hohen Büschen.

»Henry. Ich hab schon gehört, dass du zuständig bist«, wurde Wullitzer von dem Polizisten begrüßt, der dafür sorgte, dass kein Unbefugter das Grundstück betreten konnte.

»Walter. Guten Morgen. Du weißt, wo ich die Tote und ihren Bruder finde?«, fragte Wullitzer und gab dem Kollegen die Hand.

»Auf der Terrasse. Einmal rechts ums Haus. Da liegt die Tote.« Wullitzer ging los, doch der Polizist rief ihm nach.

»Henry!«

»Ja?«

»Der Bruder. Der die Tote gefunden hat. Er ist im Stall. Irgendwas war mit einem Hengst. Er hat mir seine Handynummer gegeben. Sobald du ihn brauchst, ruf ich ihn an.«

»Dann ruf ihn jetzt bitte an. Ich muss mit ihm reden«, sagte Wullitzer und wunderte sich. Ein Mann fand seine erschossene Schwester und kümmerte sich erst einmal um ein Pferd?

Das Haus, auf das Wullitzer zuging, stammte aus den 1990er-Jahren. Die Fassade war weiß verputzt und wirkte auf den ersten Blick schlicht. Die Terrasse wurde jedoch von zwei Säulen begrenzt, auf denen springende Marmorpferde standen. Im Garten entdeckte Wullitzer einen Springbrunnen ohne Wasser, in dessen Zentrum ein Bronzepferd aufragte, das auf seinen Hinterbeinen stand.

Mit jedem Schritt Richtung Terrasse wurde Wullitzer langsamer. So wichtig der erste Eindruck von einem Tatort auch war, so sehr fürchtete er ihn, denn er würde sich nie daran gewöhnen, dass Menschen einander umbrachten. Jahrelang hatte er fast jeden Fall aufgeklärt, und nie hatte ihm das ein Gefühl von Befriedigung gegeben. Seine Aufgabe war es, Täter zu überführen und Beweise zu finden, damit sie verurteilt werden konnten. Es war deprimierend, dass diese Arbeit nie ein Ende nahm.

Der Leichnam lag unmittelbar vor der Terrassentür. Jemand hatte eine dünne braune Decke über die Tote ausgebreitet. Für Ermittler war das eine Veränderung des Tatorts, doch für Angehörige der hilflose Versuch, den Toten etwas Würde zu erhalten. Oder den Anblick nicht ertragen zu müssen.

Bevor Wullitzer einen Blick auf die Tote werfen konnte, klingelte sein Handy. Verona Neuendorf.

»Bist du schon da?«, fragte sie.

»Ja, ich stehe vor der Toten. Beim Wohnhaus«, sagte Wullitzer.

»Gut. Wir kommen in fünf Minuten an.«

Fünf Minuten noch. Potsdam war mit seinen gut 190 000 Einwohnern überschaubar, doch diese Fahrt kam Paula endlos vor. Zumal sie schon jetzt sicher war, dass die Zusammenarbeit mit Verona Neuendorf schwierig werden würde. Die Frau wirkte unsicherer, als es ihre Position als Leiterin der Mordkommission vermuten ließ, und sie hatte Paulas vorsichtige Fragen nach Wullitzer unbeantwortet gelassen. Fast als gab es etwas zu verbergen. Als sie den Pferdehof beinahe erreicht hatten, kam die Frage, die Paula gefürchtet hatte.

»Vinzenz Ludwig ... Kannten Sie ihn näher?«

»Ich kannte ihn natürlich, aber wir haben nie gemeinsam an einem Fall gearbeitet.« Das war die Standardantwort, die Paula sich zurechtgelegt hatte. Sie fürchtete, sie würde diesen Satz noch oft wiederholen müssen.

»Schrecklich, was ihm passiert ist«, sagte Verona Neuendorf und schüttelte bedauernd den Kopf.

»Ja«, sagte Paula nur. Sie bogen auf den Pferdehof ein und sie hoffte, endlich aussteigen zu können.

»Seine Frau und seine Kinder ... Furchtbar. Zwei Söhne, glaube ich, und noch ganz klein?«, setzte Verona Neuendorf hinzu.

Paula ignorierte die Bemerkung, und sobald der Wagen hielt, riss sie die Tür auf und sprang raus.

»Ich begleite Sie und stelle Ihnen Wullitzer vor!«, rief Verona Neuendorf.

»Nicht nötig! Ich werd ihn schon finden«, erwiderte Paula, ohne sich umzudrehen. Die Fragen nach Vinzenz hatten sie aus dem Konzept gebracht, und das ärgerte sie. Wenn sie mit einem neuen Fall konfrontiert war, saugte sie wie ein Schwamm alle Informationen auf, die sie bekommen konnte. Details und auch scheinbar Unwichtiges miteinander zu verbinden, darin war sie gut und schneller als viele Kollegen, das hatte sie schon bei ihren ersten Ermittlungen begriffen. Eine Aufpasserin, die ihr die Konzentration raubte, war das Letzte, was sie brauchte.

Aus dem Augenwinkel nahm Paula wahr, dass Verona Neuendorf beim Wagen blieb. Von einem Polizeikollegen ließ sie sich erklären, wo sie Henry Wullitzer und die Tote finden würde, erreichte das Gartentor und erkannte Wullitzer von einem Foto, das sie gesehen hatte. Er war groß und kräftig und hatte volles, grau gewordenes Haar. Zu einer schwarzen Jeans trug er eine alte, abgewetzte braune Lederjacke und ein dunkelbraunes Hemd. Der erste Eindruck war sympathisch, doch Paula stutzte, als Wullitzer sich zu ihr umdrehte. Dieser Mann hat etwas erlebt, das ihn erschüttert hat, dachte sie, doch dann sah sie seinen irritierten Blick, verzog spöttisch den Mund und richtete sich so hoch auf, wie es ihr möglich war. Sie kannte diesen Gesichtsausdruck, denn ihr Äußeres entsprach nicht der Erwartung an eine Kriminalkommissarin, das wusste sie. Sie erreichte gerade eben die Mindestgröße für Polizistinnen, hatte große dunkle Augen und ein weiches und nicht etwa herbes und markantes Gesicht. Nicht zum ersten Mal hielten gerade Männer sie im ersten Moment für harmlos und glaubten, sie nicht ernst nehmen zu müssen. Aber diese Einschätzung hatten sie alle schnell bereut.

Paula hatte recht, und Wullitzer fühlte sich ertappt, als er den spöttischen Zug um ihren Mund bemerkte. Sie wirkte noch jünger als auf den Fotos, und wenn er es nicht gewusst hätte, wäre er nicht auf die Idee gekommen, vor einer Kriminalkommissarin mit Erfahrung und erheblichen Erfolgen zu stehen. Wullitzer wusste, dass sie sich in Cottbus einen hervorragenden Ruf erarbeitet hatte – doch im ersten Moment wirkte sie, als hätte sie sich an den Tatort verlaufen.

»Henry Wullitzer?« – »Paula Osterholz?«, fragten sie gleichzeitig, reichten sich die Hände und lächelten verlegen. Ein freundlicher Beginn, dachte Paula und hatte den Eindruck, dass Wullitzer dasselbe dachte.

»Ich freue mich, Sie kennenzulernen«, sagte Wullitzer.

»Ganz meinerseits«, entgegnete Paula. Seine Stimme klang tief und sympathisch, und sie fragte sich, ob Wullitzer vor dieser ersten Begegnung ähnlich nervös gewesen war wie sie.

»Waren Sie schon bei der Toten, oder haben bereits mit dem Bruder gesprochen?«, fragte Paula.

»Nein, ich bin auch gerade erst angekommen. Und ich warte noch auf den Bruder. Der ist bei einem Pferd, statt auf uns zu warten. Bitte, nach Ihnen«, sagte Wullitzer. Paula zögerte, deshalb ging Wullitzer nach einigen Sekunden los, doch im selben Moment machte auch Paula den ersten Schritt. Sie stießen aneinander und zögerten erneut, bis Paula sich als Erste dem abgedeckten Leichnam näherte.

Beide blieben einige Meter vor der Toten stehen. Paula nahm Plastikhandschuhe und Überzieher für die Schuhe aus der Tasche und zog sie an. Sie bemerkte Wullitzers Blick und fragte sich, ob er diese Maßnahme womöglich übertrieben fand. Doch dann blickte er fragend auf seine Hände, und Paula reichte ihm wortlos ebenfalls jeweils ein Paar und er zog sie über.

Keiner von ihnen bückte sich, um die braune Decke zu entfernen und sich einen ersten Eindruck von der Todesursache zu verschaffen.

»Wollen Sie oder soll ich?«, fragte Paula.

»Das überlasse ich gern Ihnen«, antwortete Wullitzer.

Vorsichtig nahm Paula die Decke ab, legte sie hinter sich, stand auf und betrachtete schweigend die tote Frau. Sie war geschminkt, als hätte sie ausgehen wollen, und ihre langen blond gefärbten Haare wirkten frisch frisiert. In ihrer Brust waren zwei Einschüsse zu erkennen. Neben der rechten Hand lag ein Handy. Hatte die Frau im letzten Moment noch versucht, jemanden anzurufen und Hilfe zu holen?

Paula beobachtete Wullitzer, der ebenso wie sie die Tote aufmerksam musterte und kein Wort sagte. Sie hatte schon Kollegen erlebt, die in solchen Momenten sofort viel redeten, und es war angenehm, dass ihr neuer Partner offenbar eine ähnliche Ehrfurcht vor dem Tod hatte wie sie.

»Die Frau ist aus kurzer Distanz von vorn erschossen worden«, sagte Wullitzer leise.

Am Gartentor tauchte ein Mann auf und wurde von dem Polizisten durchgelassen. Er war um die vierzig, groß und schlank, hatte kurze dunkle Locken und ein sympathisches Gesicht mit vielen Lachfalten. Erst aus der Nähe wirkte dieser attraktive Mann völlig übermüdet, und seine Augen waren gerötet.

»Sie sind der Bruder?«, fragte Wullitzer.

»Ja. Philipp Carow. Entschuldigen Sie, ich musste … Pferdezucht ist eine komplizierte Sache, und jetzt, wo Alexa … Wir haben einen Hannoveraner im Stall, unglaublich talentiert, aber enorm empfindlich. Ich muss auch gleich wieder zu ihm«, sagte der Mann.

»Sie bleiben jetzt erst einmal hier und sagen uns, was Sie über den Tod Ihrer Schwester wissen«, sagte Wullitzer.

»Das hab ich doch schon Ihren Kollegen …«

»Dann erzählen Sie es uns eben noch mal!«, unterbrach Paula ihn.

»Ja. Selbstverständlich«, sagte der Bruder niedergeschlagen.

Paula hatte oft erlebt, wie unterschiedlich Angehörige auf Todesfälle reagierten. Manche flüchteten sich in Normalität und wollten den Tod nicht wahrhaben, und Philipp Carow gehörte offenbar zu ihnen. Dabei wirkte er fahrig und gehetzt.

»Sie haben Ihre Schwester genau hier gefunden?«, fragte Wullitzer.

»Ja«, antwortete Philipp Carow fast tonlos.

»Mein Beileid«, sagte Paula und hörte, dass Wullitzer im gleichen Moment dasselbe sagte.

Philipp Carow nickte. »Danke«, sagte er leise.

Paula warf Wullitzer einen Blick zu. Er schien es erst einmal ihr überlassen zu wollen, den Mann zu befragen.

»Wann haben Sie Ihre Schwester gefunden?«, wollte Paula wissen.

»Kurz vor sieben. Sonst ist Alexa um die Zeit bei den Pferden. Da war sie aber nicht. Und dann lag sie hier.« Er atmete tief durch.

Paula warf einen Blick auf das Haus.

»Stand die Tür offen, als Sie Ihre Schwester gefunden haben?«

»Ich hab erst vorn geklingelt und bin dann zur Terrasse.«

»Und war die Terrassentür offen?«

»Die Terrassentür? Ja, die war offen.«

»Wohnen Sie auch auf dem Hof?«, fragte Paula und sah Wullitzer an. Im besten Fall, dachte sie, werden wir uns in einigen Wochen blind verstehen. Heute konnte sie nur spekulieren, wie seine Vorgehensweise war.

»Wir betreiben den Hof zusammen, aber ich lebe mit meiner Familie ein paar Kilometer weiter. Ich arbeite vorwiegend als Reitlehrer, Alexa züchtet die Pferde.« Philipp Carow blickte zu seiner toten Schwester.

»Und wo ist der Ehemann?«, fragte Paula.

Philipp Carow blickte kurz zum wolkenlosen Himmel. »Lukas ist nicht hier. Ich weiß nicht, wo er ist.«

»Warum glauben Sie, Ihr Schwager hat Ihre Schwester getötet?«, fragte Wullitzer.

»Das hab ich doch Ihren Kollegen schon …«, wiederholte der Bruder stockend und blickte auf sein Handy. »Ich muss wirklich dringend zu dem Hannoveraner. In einigen Stunden kommt ein Käufer, und … ich weiß nicht, ob Sie eine Vorstellung haben, wie wertvoll Alexas Zuchtpferde …«

»Wir haben eine Vorstellung davon, dass Ihre Schwester ermordet wurde«, fuhr Wullitzer den Reitlehrer verärgert an. »Und Sie werden uns jetzt alles sagen, was Sie wissen. Warum glauben Sie, dass Ihr Schwager seine Frau erschossen hat?« Wullitzer ging einen Schritt auf Philipp Carow zu. Der schüttelte den Kopf und blickte zum Himmel. Wullitzer folgte dem Blick und entdeckte eine Handvoll Krähen, die zu einer Buche flogen und in den Wipfeln landeten.

»Lukas und Alexa … Sie würden es ja ohnehin erfahren. Viele unserer Reiter haben es mitbekommen. Die beiden hatten oft Streit. Manchmal wurde es so laut, dass es nicht zu überhören war.«

»Worum ging es dabei?«, fragte Wullitzer.

»Alexa hat mir sicherlich nicht alles erzählt. Aber ich gehe davon aus, dass sie sich trennen wollte.«

Paula sah, dass Wullitzer zum Gartentor blickte und unruhig wurde. Dort war Verona Neuendorf aufgetaucht und hob winkend den Arm. Wullitzer tat, als würde er sie nicht bemerken.

»Wo könnte der Ehemann jetzt sein?«, fragte er.

»Ich hab schon versucht, Lukas anzurufen, aber er geht nicht ran. Sein Wagen ist auch nicht da.«

»Wir brauchen seine Handynummer, das Autokennzeichen, Fabrikat und Farbe des Wagens«, sagte Wullitzer.

»Selbstverständlich.«

Wullitzer blickte erneut kurz zum Gartentor, wo Verona Neuendorf rauchte und zu ihnen blickte. Es macht ihn nervös, von unserer Vorgesetzten beobachtet zu werden, dachte Paula.

»Gibt es eine andere Frau oder Freunde oder Bekannte, bei denen Ihr Schwager sein könnte?«, fragte sie.

»Lukas ist fast immer hier auf dem Hof. Er ist unser Geschäftsführer. In seiner freien Zeit reitet er. Und eine andere Frau … das halte ich für ausgeschlossen. Er liebt Alexa. Er hat gelitten, weil sie ihn nicht mehr wollte.«

»Sie gehen also davon aus, dass er Ihre Schwester im Streit erschossen hat«, fasste Paula zusammen. Es irritierte sie, wie bereitwillig der Bruder neben der Leiche seiner Schwester über deren Eheprobleme sprach. »Hat einer der beiden eine Waffe?«

Philipp Carow lachte auf.

»Warum lachen Sie?«

»Alexa war Jägerin. Im Haus gibt es einen Waffenschrank mit sechs oder sieben Gewehren.« Sein Handy klingelte. »Meine Schwiegermutter. Entschuldigung, da muss ich eben rangehen.

Meine Frau ist mit dem Kleinen beim Arzt, und sie hütet ein. Ja? Walli?« Philipp Carow hörte, was seine Schwiegermutter sagte, und verdrehte die Augen. »Nein, Mareille soll jetzt keine Serie gucken! Nein, auch keinen Kinderkanal. Ihr sollt was spielen. Das weiß Mareille auch!« Er legte auf und stöhnte. »Als ob die Oma noch nie mit ihr gespielt hätte … Also. Wo waren wir?«

Wieder fiel Paula auf, wie erschöpft und gehetzt Philipp Carow aussah. Er wirkte, als habe er seit Tagen kaum geschlafen.

»Hat der Ehemann Zugang zu den Waffen Ihrer Schwester?«, fragte sie.

»Keine Ahnung. Vielleicht weiß Lukas, wo der Schlüssel ist. Kann sein.«

»Ist er auch Jäger?«, fragte Paula.

»Nein. Aber Sportschütze.«

»Er hat eine eigene Waffe? Eine Pistole?«, wollte Wullitzer wissen.

»Fragen Sie mich aber nicht, was für eine. Ich will mit diesem Waffenzeug nichts zu tun haben«; erwiderte Philipp Carow.

»Haben die beiden Kinder?«

»Lukas wollte immer welche, aber …« Philipp Carow zögerte.

»Ja?«, hakte Wullitzer nach.

»Alexa hat ihm vor einem Jahr gestanden, dass sie sich zu Frauen hingezogen fühlt. Damit kommt Lukas nicht klar. Wenn es ein anderer Mann wäre, dann vielleicht. Aber so …«

»Hat Ihre Schwester denn eine Beziehung mit einer Frau?«, fragte Wullitzer. Der Blick des Reitlehrers ging zum Dach des Pferdestalls, wo die ersten Sonnenstrahlen blitzten. Bald würde die Sonne hoch genug stehen, um die Terrasse in ein warmes Morgenlicht zu tauchen. Es würde ein weiterer heißer Spätsommertag werden.

»Es ist eigentlich ein Geheimnis …«

»Wir werden diskret sein«, sagte Wullitzer und verzog den Mund. »Falls Lukas Schuster Ihre Schwester wirklich getötet hat, könnte die Geliebte in Gefahr sein. Wie heißt die Frau?«

»Gaby Paczinsky. Sagt Ihnen das etwas?«

»Die Fernsehmoderatorin?«, fragte Wullitzer.

»Genau die. Aber das weiß wirklich fast niemand.«

»Wusste Lukas Schuster davon?«

»Alexa wollte es ihm sagen. Ob sie es schon getan hat, weiß ich nicht.«

»Dann zeigen Sie uns bitte das Haus«, sagte Wullitzer.

»Gern. Aber ich muss mich jetzt eigentlich wirklich um die Tiere kümmern. Normalerweise macht das Alexa. Tiere haben ihre Abläufe, sie müssen versorgt werden. Und gleich kommen auch die ersten Reiter zum Unterricht«, sagte Philipp Carow und klang zum ersten Mal verzweifelt. Seine Pferde scheinen ihn mehr zu berühren als der Tod seiner Schwester, dachte Paula. Aber das war vermutlich eine dieser unberechenbaren Reaktionen eines Trauernden, die sie schon oft erlebt hatte.

»Sobald wir uns im Haus umgesehen haben, können Sie sich um die Pferde kümmern«, sagte Wullitzer. Er ging auf die Terrassentür zu, blieb aber stehen, weil am Gartentor nicht nur Norbert Eigendorf und seine Mitarbeitenden der Spurensicherung auftauchten, sondern auch die Rechtsmedizinerin gerade von Verona Neuendorf begrüßt wurde.

»Einen Moment«, sagte Wullitzer und sah Paula an. »Die beiden Abteilungen würde ich Ihnen gern vorstellen. Spurensicherung und Rechtsmedizin. Gute und wichtige Leute. Wir werden noch oft mit ihnen zu tun haben.«

Paula folgte ihm, bekam aber mit, dass Philipp Carow im Haus verschwand.

»Nichts anfassen!«, rief sie ihm nach und bekam ein leises »Keine Sorge« zur Antwort.

Der Gang ihres neuen Partners wirkte schwerfällig, und im ersten Moment dachte Paula, Wullitzer würde ein Bein nachziehen. Doch dann sah sie, dass er einen Fuß leicht hin und her pendeln ließ, als würde er tänzeln. Sie lächelte.

Wullitzer wollte zum Chef der Spurensicherung gehen, doch Verona Neuendorf stellte sich ihm in den Weg.

»Kommt ihr voran?«, fragte sie.

»Selbstverständlich. Wir machen unsere Arbeit«, antwortete Wullitzer kurz angebunden.

»Du hältst mich auf dem Laufenden«, sagte Verona Neuendorf.

»Selbstverständlich. Wie immer.«

Norbert Eigendorf, der Chef der Spurensicherung, begrüßte Paula freundlich, doch sie sah, dass er Wullitzer einen fragenden Blick zuwarf. Sie kannte diesen Blick. Eigendorf hätte wohl gern gewusst, was Wullitzer über die junge neue Kollegin dachte und ob sie so harmlos war, wie sie aussah. Erfreut nahm sie zur Kenntnis, dass Wullitzer nicht einmal eine Andeutung machte, sondern sich an die Rechtsmedizinerin wandte.

»Henry«, begrüßte Anita Stockhausen Wullitzer und lächelte mild, würdigte Paula aber keines Blickes.

»Anita«, erwiderte Wullitzer freundlich.

»Schön, dass wir mal wieder zusammenarbeiten«, entgegnete die Rechtsmedizinerin und tat weiterhin so, als gäbe es Paula nicht. Wullitzer versuchte ein schiefes Lächeln. »Ich möchte dir meine neue Partnerin vorstellen.«

»Ja, schön«, sagte Anita Stockhausen. »Hat die Tote genau so hier gelegen, seit sie gefunden wurde? Oder hat jemand sie bewegt?«

Paula sah, dass Wullitzer über das Verhalten von Anita Stockhausen verärgert war.

»Paula Osterholz«, sagte sie und hielt der Rechtsmedizinerin die Hand entgegen.

»Ich weiß«, sagte die und nahm für zwei Sekunden Paulas Hand, ohne den Blick vom Leichnam zu nehmen.

Wullitzer holte tief Luft.

»Anita!«, sagte er nur. Paula begriff: Wullitzer würde hier nicht weggehen, bevor die Rechtsmedizinerin seine neue Partnerin nicht höflich begrüßt hatte. Anita Stockhausen stand auf und sah Paula zum ersten Mal richtig an.

»Anita Stockhausen«, sagte sie kühl. »Ich freue mich auf die Zusammenarbeit.«

Das war eindeutig eine Lüge, zumal die Rechtsmedizinerin Wullitzer spöttisch ansah. *Hat die junge Kollegin es nötig, dass du dich für sie starkmachst?*, las Paula in diesem Blick. Das Verhalten war eine Unverschämtheit, aber Paula beschloss, es nicht persönlich zu nehmen. Menschen, die täglich Leichen untersuchten, waren im Umgang mit den Lebenden häufig nicht einfach. Anita Stockhausen schien ein besonders unangenehmer Fall zu sein.

»Hat die Tote jetzt also genau so hier gelegen oder wurde sie bewegt?«, wiederholte Anita Stockhausen ungerührt ihre Frage.

»Ihr Bruder hat eine Decke über sie gelegt«, sagte Paula und ging ohne ein weiteres Wort zur Terrassentür. Aus dem Augenwinkel nahm sie wahr, dass Wullitzer Anita Stockhausen kopfschüttelnd ansah und ihr folgte.

»Unmöglich«, schimpfte er leise. »In ihrem Job ist Anita wirklich gut, aber manchmal …«

Paula hatte befürchtet, dass auch Verona Neuendorf zur Terrasse mitkommen würde, doch die blieb bei der Rechtsmedizinerin. Dafür fragte sie sich, wo Philipp Carow war, denn er reagierte nicht, als sie im Haus nach ihm rief.

»Der muss vorne raus sein, obwohl wir ihn aufgefordert haben zu bleiben«, sagte Wullitzer verärgert und rief in Richtung des Kollegen, der am Gartentor stand. »Walter! Ruf bitte noch mal den Bruder an! Der soll herkommen, aber sofort!«

Die Marmorpferde und der Springbrunnen waren Paula schon draußen aufgefallen, und auch hier im Wohnzimmer herrschte ein regelrechter Pferdekult. An fast allen Wänden hingen Fotos mit Pferden und Reitern, und eine Wand bestand aus einer Fototapete mit Wildpferden in freier Natur und abendlichem Gegenlicht. Drei Kissen auf dem Sofa waren mit Pferden bestickt, und auf einem Beistelltisch stand eine Lampe, die aus einem gläsernen Pferdekopf bestand. Eine kleine Standuhr hatte Zeiger, deren Spitzen die Form von Pferdesilhouetten hatten.

»Ich war ja wirklich schon an vielen Tatorten«, sagte Wullitzer, »aber so etwas hab ich noch nicht gesehen.«

»Mit Pferden hab ich es nicht so«, sagte Paula. »Aber mich wundert, dass den Bruder die Pferde mehr zu interessieren scheinen als seine tote Schwester.«

»Denken Sie, er könnte sie getötet haben?«

»Wir sollten die Möglichkeit zumindest nicht ausschließen.«

»Sehe ich genauso«, erwiderte Wullitzer.

Hardenberg hatte unruhig und viel zu kurz geschlafen. Immer wieder war er wach geworden. Was letzte Nacht passiert war, ließ ihm keine Ruhe und verfolgte ihn offenbar auch in den Schlaf. Er hatte im Wald auf einen Mann geschossen, und es war jemand weggerannt. Aber war es derselbe Mann gewesen? Einmal hatte er einen Bart bemerkt und einmal nicht, aber er hatte keine Zeit gehabt, sich zu vergewissern. Aber falls er wirklich einen Mann getroffen hatte – wusste Alexandra davon? Sie hatte ihn danach misstrauisch angesehen. Konnte sie ihm gefährlich werden?

Bevor ihn diese Gedanken zermürbten, stand Hardenberg auf und schwamm einige Bahnen in seinem kleinen Pool. Annemarie schlief entweder noch oder sie wollte in Ruhe gelassen werden. Seit sie wegen seines Schnarchens getrennte Schlafzimmer hatten, zog sie sich auch vormittags gern zurück.

Die beste Zeit ihrer Ehe lag hinter ihnen, das wussten beide. Immerhin, dachte er, immerhin haben wir noch den Pool. Auch wenn bei der Pleite seiner kleinen Reederei vieles katastrophal gelaufen war – das Haus würde ihm und seiner Frau noch viele angenehme Jahre bescheren.

Jetzt saß er auf der Terrasse, trank einen ersten Kaffee und genoss die Sonnenstrahlen, die durch das Laub der um das Grundstück stehenden Pappeln drangen. Wenn in einer Stunde die Sonne die Wipfel der Bäume erreicht hatte, würde ein weiterer heißer Septembertag anbrechen. Wieder einer dieser verdammten Tage, die dafür sorgten, dass die Binnenschiffe auf Havel und Oder wegen der niedrigen Wasserstände nur halb beladen fahren konnten. Eine Katastrophe.

Paula und Wullitzer sahen sich mit Plastikhandschuhen und Überziehern für die Schuhe im Haus um, als Philipp Carow endlich kam.

»Wir hatten Sie gebeten, hierzubleiben«, sagte Wullitzer energisch.

»Sie haben doch Ihre Kollegen begrüßt, und unsere Pferde …«

»Gewöhnen Sie sich an, polizeiliche Anordnungen ernst zu nehmen. Wir können sehr unangenehm werden«, sagte Paula kühl.

»Entschuldigung. Kommt nicht wieder vor.«

»Zeigen Sie uns bitte als Erstes den Waffenschrank.«

»Der ist im Keller.«

»Gehen Sie bitte vor.«

Wullitzer stellte fest, dass sich seine neue Kollegin nichts gefallen ließ, und das gefiel ihm.

Der Waffenschrank war verschlossen.

»Wo könnte der Schlüssel sein?«, fragte Wullitzer.

»Keine Ahnung. Wie gesagt, mit Waffen will ich nichts zu tun haben«, erwiderte Carow.

»Den Schlüssel wird unsere Spurensicherung finden. Sonst werden wir den Schrank aufbrechen«, sagte Wullitzer.

»Seine Pistole, wo bewahrt Ihr Schwager die auf?«, wollte Paula wissen.

»Weiß ich nicht. Ich hab Lukas nie mit Pistole gesehen. Ich weiß nur, dass er eine hat«, antwortete Carow und wirkte überfordert.

»Dann sehen wir uns als Nächstes oben um«, sagte Paula.

Auf der Treppe klingelte Wullitzers Handy. Er blickte auf das Display, schüttelte verärgert den Kopf und drückte den Anruf weg.

»Ist Ihnen im Haus etwas aufgefallen, das anders ist als sonst? Fehlt etwas oder wurde etwas geöffnet?«, fragte Paula, als sie das Wohnzimmer erreicht hatten.

»Ob etwas fehlt? Nein, ich glaube nicht«, sagte er.

»Wann waren Sie zuletzt im Haus?«

»Gestern. Am Nachmittag. Ich bin fast jeden Tag hier. Es gibt ja immer etwas zu besprechen, Lukas hat oben sein Büro.«

»Wir werden im Haus also Ihre Fingerabdrücke finden«, sagte Paula.

»Ja, natürlich.«

»Von anderen Leuten auch?«, hakte Paula nach.

»Die beiden haben sich hier mit Eigentümern von Pferden getroffen. Wir haben Berittpferde, da kommen die Besitzer oft und wollen über die Fortschritte reden. Und über die Kosten.«

Wullitzer stellte fest, dass Paula kein Problem damit hatte, zunächst die Befragung zu übernehmen. Das war ihm nur recht, zumal er bereits festgestellt hatte, dass er den Klang ihrer Stimme mochte. Er hatte befürchtet, Paula könnte zart und piepsig klingen, doch ihre Stimme war angenehm voll und warm, was ihm gefiel. Vor allem aber hatte er den Eindruck, dass die neue Kollegin ihn so arbeiten ließ, wie er es wollte. Über die Jahre hatte er sich angewöhnt, in der ersten Phase von Ermittlungen vor allem zu beobachten. Bei den meisten Gewaltverbrechen kannten sich Täter und Opfer, und die Wahrscheinlichkeit war groß, dass Angehörige mehr wussten, als sie mitteilen wollten. Er wartete deshalb auf einen Moment, in dem sie sich nicht unter Kontrolle hatten. Oft gaben die Angehörigen dann Hinweise, die sie eigentlich verschweigen wollten.

In dem großzügigen Wohnzimmer war der Bereich um einen Kamin herum der einzige Teil, in dem Pferde keine Rolle zu spielen schienen. Schwere Eichenmöbel wirkten dort wie ein Überbleibsel aus einer anderen Zeit.

»Unser Vater hat das Haus Anfang der Neunziger gebaut«, sagte Philipp Carow. »Alexa und ich haben das Anwesen nach seinem Tod übernommen. Sie hat viel umgebaut, aber der Kamin und diese Möbel, das musste bleiben. Da ist meine Schwester sentimental.« Er schluckte. »Ich meine, war sentimental.«

»Gehört Lukas Schuster ein Teil des Hauses oder des Pferdehofs?«, fragte Paula.

»Alexa und ich haben das Erbe aufgeteilt. Alexa die Pferdezucht und ich den Unterricht, die Ställe und die Arbeit mit den Pferden. Alexa und Lukas haben meines Wissens einen Ehevertrag«, antwortete der Reitlehrer.

Paula sah Wullitzer an. Wenn es einen Ehevertrag gab, würde der Ehemann nach einer Trennung vermutlich leer ausgehen. Das konnte ein Motiv sein. Doch sie merkte, dass der Reitlehrer ihnen auch diese Information sehr bereitwillig gab. Erneut klingelte dessen Handy.

»Meine Schwiegermutter. Darf ich kurz? Das ist bestimmt wegen der Kleinen«, bat Carow.

»Ja, gehen Sie ran«, sagte Wullitzer.

»Walli, ich bin in einer Besprechung«, sagte der Reitlehrer.

Besprechung, dachte Paula. Vielleicht wusste seine Familie also noch nicht, dass seine Schwester tot ist.

»Muss es ausgerechnet Carcassonne sein? Das will Mareille sonst nie spielen. Das steht im Wohnzimmer ganz oben im Regal, da kommt ihr so nicht ran. Ja, natürlich haben wir eine Leiter. Hinten im Anbau.« Carow stöhnte, während die Schwiegermutter auf ihn einredete.

Auch Wullitzers Handy klingelte. Er verzog den Mund, dann drückte er den Anruf erneut weg.

»Ja, dann gib mir Mareille. Ja. Schatz. Muss es denn unbedingt …? Okay. Ja, dann zeigst du jetzt Oma, wo die Leiter ist. Ja. Was? Gummibärchen? Aber nur drei!« Carow sah das Display ungläubig an. Seine kleine Tochter hatte offenbar aufgelegt. »Sie ist ja wirklich süß, aber sie tanzt ihrer Oma auf der Nase rum«, sagte er.

Neben dem Kamin entdeckte Paula in einem dunklen Holzrahmen eine Urkunde. *Schützenverein Taunusstein* und *Friedrich Carow* las sie.

»Unser Vater war ein begeisterter Jäger. Alexa hat diese Leidenschaft geerbt«, sagte der Reitlehrer. »Mich hat die Jagd nie interessiert.«

»Taunusstein? Das ist in Hessen, oder?«, fragte Paula.

»Ja. Unsere Familie stammt aus dem Taunus. Nach der Wende wollte unser Vater etwas für den Osten tun. Etwas aufbauen. Deshalb hat er hier Land gekauft und den Pferdehof errichtet. Es hat lange gedauert, bis das rentabel wurde.«

»Etwas aufbauen? Pferdehöfe waren nicht gerade das, was wir hier nach der Wende gebraucht hätten«, schnaubte Wullitzer und schob ein »'tschuldigung« hinterher.

Paula warf Wullitzer einen kurzen überraschten Blick zu. Sie wusste, dass sich im Osten bis heute Leute ärgerten, weil nach der Wende wohlhabende Leute aus dem Westen gekommen waren, günstig Land kauften, ihr Geld vermehrten und später behaupteten, sie hätten dem Osten etwas Gutes getan. Wullitzer schien zu ihnen zu gehören, aber auch zu wissen, dass es nicht professionell war, diesen Unmut in Anwesenheit eines Verdächtigen zu erwähnen.

»Wo bewahren Ihre Schwester und ihr Mann Wertsachen auf?«, fragte Paula.

»Glauben Sie, Alexa wurde wegen Geld getötet? Ein … Raubüberfall?«

»Es gehört zu unserem Job, nichts auszuschließen«, sagte Paula. »Wo wären die Wertsachen?«

»Im Schlafzimmer gibt es einen Safe. Fragen Sie mich aber nicht, wie der geöffnet wird. Und oben … Lukas hat in seinem Büro einiges an Bargeld. Im Schreibtisch.«

»Wie viel Bargeld?«

»Wie viel … Mehrere Tausend Euro, glaube ich. Er hat das mal erwähnt.«

»Dann zeigen Sie uns bitte das Büro«, sagte Paula.

An der Treppe hingen große gerahmte Fotos. Auf einem von ihnen saß ein Mann in Reituniform und mit gezogener Kappe auf einem Dressurpferd.

»Ist das Lukas Schuster?«, fragte Paula.

»Ja, Lukas. Bei einer hessischen Meisterschaft.«

»War er auch so erfolgreich wie Ihre Schwester?«

»Nein. Er hat nie an einer Deutschen Meisterschaft teilgenommen. In Hessen hat er es auch nie auf vordere Plätze geschafft.« Eine gewisse Verachtung war nicht zu überhören. Paula fragte sich, ob Philipp Carow seinen Schwager einfach nicht mochte.

Im Büro von Lukas Schuster standen die Schubladen und die Tür des Schreibtischs offen. Eine Geldkassette stand auf dem Tisch, in der nur wenige Münzen lagen. Auf den ersten Blick waren keine Einbruchsspuren zu erkennen.

»In dieser Kassette wäre normalerweise das Bargeld?«, fragte Wullitzer.

Carow nickte. »Vielleicht hat Lukas das Geld mitgenommen.«

Oder jemand will, dass wir das glauben, dachte Paula.

»Auch das wird sich unsere Spurensicherung genau ansehen«, sagte sie.

»Henry? Frau Osterholz?«, rief Verona Neuendorf plötzlich von unten, und Wullitzer ging zur Treppe. Seine Chefin stand an der Terrassentür.

»Ja?«

»Kommt ihr bitte eben? Wir müssen das weitere Vorgehen besprechen.«

Paula sah Wullitzer irritiert an. Sie redeten gerade mit einem Angehörigen und Zeugen, und eigentlich war es ihre Sache, das Vorgehen festzulegen.

»Wir kommen gleich«, sagte Wullitzer und wandte sich an Carow. »Sie warten hier. Ich schicke einen Kollegen rein, der Sie diesmal im Blick behält«, sagte er mit Nachdruck.

»Ich muss aber zu den Pferden«, sagte der. »Das ist dringend.«

»Das ist eine polizeiliche Anordnung, und ich rate Ihnen, sich daran zu halten«, sagte Wullitzer. »Es wird nicht lange dauern.«

Paula wartete bei Carow, bis Wullitzer den Kollegen am Gartentor erreicht hatte und der sofort zu dem Reitlehrer ins Haus ging. Erst dann folgte sie ihrem neuen Kollegen.

Die Spurensicherung hatte den Radius um die tote Alexandra Schuster erweitert, um Projektile, Fußspuren oder Spurenträger zu finden. Verona Neuendorf stand in der Nähe des Leichnams bei Anita Stockhausen. Als Paula und Wullitzer sich näherten, wandte sich die Rechtsmedizinerin ab und ging. Verona Neuendorf zog Wullitzer zu sich.

»Warum gehst du nicht ans Telefon?«, fragte sie leise, doch Paula hörte es trotzdem. Statt zu antworten, zuckte Wullitzer nur mit den Schultern.

»Der Staatsanwalt will umgehend informiert werden«, sagte Verona Neuendorf dann in normaler Lautstärke. »Wir gehen von einem Eifersuchtsdrama aus, oder habt ihr andere Erkenntnisse?«

»Bisher nicht. Aber …«, sagte Paula und wurde von Verona Neuendorf unterbrochen.

»Gut, dann fahrt ihr ins Präsidium. Der Staatsanwalt wartet auf uns. Ich gehe davon aus, dass wir Lukas Schuster zur Fahndung ausschreiben. Vielleicht ist der Fall ja geklärt, sobald wir ihn finden.«

»Wie bitte?«, entfuhr es Paula.

»Gibt es ein Problem?«, fragte ihre Chefin.

»Wir befragen gerade den ersten Angehörigen. Wir stehen noch ganz am Anfang«, sagte Paula.

»Ja und?«

Paula warf Wullitzer einen Blick zu. »Wir sind nicht sicher, ob wir seinen Aussagen glauben können«, sagte sie dann.

»Wie kommen Sie darauf?«, fragte Verona Neuendorf misstrauisch.

Sie hat nicht damit gerechnet, dass ich ihr am ersten Tag widerspreche, dachte Paula.

»Philipp Carow lenkt den Verdacht auf seinen Schwager. Aber wir wissen zu diesem Zeitpunkt nicht einmal, ob Lukas Schuster nicht selbst Opfer eines Verbrechens geworden ist. Im Haus fehlt Geld. Es könnte sich auch um einen Raubmord handeln.«

Verona Neuendorf blickte Paula einen Moment verärgert an. Dann wandte sie sich an Wullitzer.

»Siehst du das genauso?«

Paula war sicher, dass ihr Partner dieselben Zweifel hatte. Es überraschte sie, dass er zögerte.

»Ja«, sagte Wullitzer vorsichtig. »Wir sollten uns nicht zu früh festlegen.«

Verona Neuendorf zog eine Augenbraue hoch und bedachte Wullitzer mit einem Blick, den Paula nicht deuten konnte. Die beiden mussten sich sehr lange kennen, denn in diesem Blick lag etwas sehr Vertrautes.

»Ihr wisst hoffentlich, was ihr tut«, sagte Verona Neuendorf und ging los. »Ich fahr jetzt ins Präsidium und rate euch, den Staatsanwalt nicht unnötig warten zu lassen.«

»Eine Frage«, rief Paula ihr hinterher. Verona Neuendorf machte noch zwei Schritte, bevor sie stehen blieb.

»Wir werden Philipp Carow nach seinem Alibi fragen. Dafür müssen wir die Todeszeit kennen. Hat Frau Stockhausen sich dazu geäußert?«, fragte Paula.

»Fragen Sie das Frau Stockhausen doch direkt. Sie ist die beste Quelle«, erwiderte Verona Neuendorf kühl. Die Freundlichkeiten von der Herfahrt waren offensichtlich vergessen. Was Anita Stockhausen ihr antworten würde, war Paula jedoch klar: nichts.

»Frau Stockhausen wird uns erklären, dass sie keine Angaben machen kann, ohne den Leichnam im Labor untersucht zu haben. Das ist ja auch richtig. Aber Frau Stockhausen ist sicherlich eine erfahrene Kollegin, die anhand der Körpertemperatur und der Leichenstarre eine erste Einschätzung hat. Und ich habe gehofft, Sie hätte Ihnen diese Einschätzung mitgeteilt.« Paula lächelte sanft und legte ihren Kopf leicht nach rechts zur Seite. Früher hatte sie oft zu diesem Trick gegriffen, aber eigentlich hasste sie es. Trotzdem verfehlte es seine Wirkung selten, wenn sie sich Mühe gab, harmlos und niedlich zu erscheinen. Und tatsächlich schien Verona Neuendorf etwas besänftigt zu sein.

»Nageln Sie mich später nicht darauf fest«, sagte sie leise. »Anita schätzt, dass der Tod vor drei bis acht Stunden eingetreten ist.«

»Also hat die Leichenstarre eingesetzt, aber der Körper ist noch nicht ganz kalt«, sagte Wullitzer.

»Der Tod wäre damit nach Mitternacht eingetreten«, sagte Paula und bemühte sich erneut um ein sanftes Lächeln in Richtung ihrer Chefin. »Und hat Frau Stockhausen etwas dazu gesagt, ob die Frau hier auf der Terrasse gestorben ist oder nach ihrem Tod bewegt wurde?«

»Anita hat keine älteren Druckstellen entdeckt und geht davon aus, dass sie direkt hier auf der Terrasse erschossen wurde«, antwortete Verona Neuendorf unwirsch. »Aber alles andere fragt ihr sie jetzt wirklich selbst.« Sie blickte Wullitzer verärgert an. »Ich erwarte euch im Präsidium. In fünfundvierzig Minuten seid ihr da. Spätestens. Der Staatsanwalt wartet nicht gern«, sagte sie und ging.

Paula sah Wullitzer an. Er wirkte angespannt, und Paula ahnte, dass sie ihn in eine schwierige Situation gebracht hatte. Doch immerhin hatte sie erfahren, was sie wissen wollte. Alexandra Schuster war tief in der Nacht hier auf der Terrasse getötet worden. Der Pferdehof lag abgelegen, bis zu den nächsten Häusern waren es gut und gern zwei Kilometer. Falls nicht zufällig um die Uhrzeit noch jemand auf dem Gelände gewesen war, hatte vermutlich niemand einen Streit gehört. Zwei Schüsse, gerade nachts, wären jedoch noch in einigen Kilometern Entfernung zu hören gewesen.

»Fragen wir den Reitlehrer nach seinem Alibi?«, fragte Paula.

»Ja, das sollten wir tun«, sagte Wullitzer, gab sich einen Ruck und ging zur Terrassentür.

Sie hatten das Haus noch nicht ganz erreicht, als sie vom Gartentor her eine laute Stimme hörten.

»Lassen Sie mich durch!«, rief eine junge Frau, die von einem Polizisten aufgehalten wurde. In dem Moment kam Philipp Carow aus dem Haus.

»Kennen Sie die Frau?«, fragte Paula ihn.

»Ja. Das ist Miriam. Meine Nichte.«

»Lasst die Frau bitte durch!«, rief Wullitzer den Kollegen zu. Miriam stürmte an dem Polizisten vorbei und auf Carow zu.

»Was ist denn passiert?«, schrie sie.

»Ich hab Alexa vorhin so gefunden«, sagte Philipp Carow. »Es ist furchtbar.«

»Und Lukas?«, fragte die junge Frau, und erst jetzt begriff Paula, dass sie sie schon mal gesehen hatte. Sie trug heute, an diesem warmen Spätsommertag, eine modische Wollmütze. Gestern Abend im Restaurant Urbanczyk hatte sie ihre langen dunklen Haare hochgesteckt getragen und Paula und ihrer Familie das Essen serviert.

»Ich weiß es nicht. Lukas ist verschwunden«, antwortete Carow leise.

»Mein Beileid«, sagte Wullitzer zu der Frau. »Darf ich fragen, was Sie so früh morgens hier machen?«, erkundigte er sich vorsichtig. Paula fragte sich, ob sich der Mord an Alexandra Schuster schon herumgesprochen hatte.

»Ich? ... Ich kümmere mich um die Pferde. Und ich reite. Mit den Kindern«, antwortete die junge Frau wie erstarrt.

»Und Sie heißen?«

»Miriam. Miriam Beckmann«, sagte die Frau fast tonlos.

»Wann haben Sie Ihre Tante zuletzt gesehen?«

»Alexa? Gestern Abend. Da wollte ich nach Jenny sehen. Der Tierarzt war am Nachmittag bei ihr gewesen«, antwortete sie und begann zu weinen.

Paula war unsicher, was sie tun sollte. Die junge Frau tat ihr leid, doch es fiel ihr schon immer schwer, trauernde Angehörige zu trösten, die sie eigentlich zur Tat befragen musste. Sie wollte gerade ihr Beileid aussprechen, als Wullitzer auf die Frau zuging und leise mit ihr redete. Miriam nickte, und Wullitzer rief zu der Gruppe der Spurensicherer hinüber.

»Doro? Hättest du vielleicht ein paar Minuten?«

Die angesprochene Kollegin sah kurz ihren Chef an, stand auf, ging zu Miriam und führte sie durch das Gartentor Richtung Pferdestall.

»Ist besser, wenn Doro das macht«, sagte Wullitzer leise. »Und wir haben hier zu tun.«

Paula konnte sich an keinen Spurensicherer erinnern, der in einem solchen Moment eine Mitarbeiterin abgestellt hätte, damit sie sich um eine Angehörige der Toten kümmerte. Die Kollegen schienen Wullitzer sehr zu schätzen.

»Wir benötigen ein Foto von Lukas Schuster. Wenn Sie nichts dagegen haben, würden wir eins von denen nehmen, die an den Wänden hängen«, sagte Paula zu Carow.

»Gern. Sonst finden Sie auch welche auf der Homepage unseres Pferdehofs. Lukas ist ja Geschäftsführer hier.«

Paula musterte Carow. »Eine Frage noch. Reine Routine. Wo waren Sie letzte Nacht zwischen Mitternacht und sechs Uhr heute früh?«

»Wo ich war? Glauben Sie etwa, ich hätte Alexa …«

»Nein, das glauben wir nicht. Aber unsere Vorgesetzten machen uns die Hölle heiß, wenn wir das nicht fragen«, sagte Paula und versuchte, gleichgültig zu klingen.

»Ich war zu Hause. Ich hab geschlafen«, antwortete Carow dann.

»Das kann sicherlich jemand bestätigen?«

»Ja, natürlich. Wir haben zwei kleine Kinder, und meine Frau und ich sind abends und nachts eigentlich immer da.«

»Letzte Nacht auch?«

»Ja. Natürlich.«

»Gut, dann war es das erst einmal«, sagte Wullitzer, blickte zur Uhr und ging auf die Terrasse. Paula sah ihm irritiert nach. Sie hätte es sinnvoller gefunden, hier im Haus weiter nach Hinweisen zu suchen.

»WAS ist passiert?!«

Hardenberg spürte, wie ihm der Schweiß ausbrach. Sein Frau Annemarie, die auf der Terrasse beim Frühstück saß, musterte ihn argwöhnisch. Eben hatte er noch die große Markise ausgefahren, weil die Sonne über den Pappeln stand und blendete, doch als Valentin Urbanczyk anrief, war er eilig in den Garten gegangen.

»Philipp hat Alexa vorhin gefunden. Miriam hat mich gerade angerufen«, sagte Urbanczyk am Telefon. »Ich fahr sofort zum Hof.«

»Moment, Moment, Moment!«, rief Hardenberg so laut, dass Annemarie ihn hören konnte. Er senkte die Stimme. »Vielleicht ist es ein Fehler, wenn von uns jemand da auftaucht«, sagte er leise.

»Das sind wir Alexa schuldig. Sonja macht sich auch auf den Weg«, sagte Urbanczyk.

»Sonja auch?«

»Du weißt jetzt Bescheid. Ich steig ins Auto«, sagte Urbanczyk und legte auf.

Valentin hatte Sonja also vor ihm informiert. Warum hat er mich nicht als Ersten angerufen?, fragte sich Hardenberg alarmiert. Ich hab mit Alexa doch viel mehr zu tun gehabt.

»Was ist los?«, wollte Annemarie wissen.

Hardenberg riss sich zusammen und versuchte, ruhig zu werden.

»Alexandra Schuster«, sagte er dann zögernd. »Sie ist tot.«

»Alexandra? Du warst doch gestern noch bei ihr.«

»Ja.« Hardenberg griff nach einer Brille, hängte sie sich um den Hals und stand so ruckartig auf, dass die Kaffeetasse seiner Frau überschwappte. »Ich fahr zum Hof. Vielleicht werde ich gebraucht.« Dann eilte er zur Garage und wartete ungeduldig, bis das Tor nach oben fuhr.

5

Der Kernbohrer schob sich langsam durch die Hauswand. Trotz Gehörschutz dröhnte es in Gütschows Ohren, während das Loch, durch das die Leitungen von der Wärmepumpe in den Keller führen sollten, immer tiefer wurde. Er hatte kaum geschlafen, und diesen Tag würde er irgendwie durchhalten müssen. Früher hätte er sich an solchen Tagen krankgemeldet und wäre nicht gekommen, aber deshalb hatte er früher meistens auch keinen Job gehabt. Das war vorbei, jetzt riss er sich zusammen, auch wenn es ihm an einem Morgen wie diesem schwerfiel. Gestern hatten sie die alte Gastherme ausgebaut und damit begonnen, die Leitungen und die Steuerungsanlage der Wärmepumpe zu installieren. Seit Hausbesitzer verzweifelt nach Installateuren suchten, die entweder ihre alten Gasthermen noch schnell reparierten oder gleich neue Wärmepumpen installierten, konnte er es sich leisten, auch mal übermüdet zur Arbeit zu kommen. Oder zur Not auch mal einen halben Tag ganz ausfallen.

Es tat gut, sich konzentrieren zu müssen. Es tat gut, mit Schutzbrille ausschließlich das fünfzehn Zentimeter breite Loch in der Wand wahrzunehmen und sonst nichts. Denn immer wieder sah er die fünf Wölfe vor sich. Diesen Moment des absoluten Glücks. Bis die Schüsse fielen. Schüsse, die noch lauter in seinen Ohren hallten als das kreischende Geräusch des Kernbohrers. Und lauter als das, was später in der Nacht passiert war.

Der Fremde, mit dem Gütschow im Wald gewesen war, war tot, und vermutlich war auch ein Wolf erschossen worden. Eine Nacht, die ihn in Euphorie versetzt hatte, war zur schlimmsten seines Lebens geworden.

Während der Kernbohrer den Putz der Außenwand durchstieß, wusste Gütschow, dass er etwas unternehmen musste. Als Erstes musste er die Pistole, die er aus dem Wald mitgenommen hatte, verstecken, bevor sie sein Leben zerstören konnte.

»Wir sollten den Staatsanwalt wirklich nicht unnötig warten lassen«, sagte Wullitzer. Verona Neuendorf hatte bereits angerufen und gefragt, wo sie blieben. Paula hätte es jedoch vorgezogen, sich noch weiter umzusehen. Oft gab es im Umfeld eines Tatorts Kleinigkeiten, die ihr auffielen und später bei den Ermittlungen halfen. Außerdem wurde sie nicht gern gedrängt. Trotzdem nickte sie.

»Sie haben vermutlich recht. Ein verärgerter Staatsanwalt könnte uns Probleme bereiten«, sagte sie.

Auf dem Weg zum Dienstwagen entdeckte Paula Philipp Carow, der vor einer Paddock-Box mit einigen Frauen redete. Auch Miriam Beckmann, die junge Frau mit der Wollmütze, stand dort. Paula hatte den Eindruck, die Frauen schienen um ihn besorgt zu sein, würden die Nähe des charmanten Reitlehrers aber auch genießen. Vermutlich trug Carows gutes Aussehen viel zum Erfolg des Pferdehofs bei.

Paula und Wullitzer hatten ihren Dienstwagen fast erreicht, als ein Auto auf den Hof fuhr und in der Nähe des Reitlehrers anhielt. Ein Mann stieg aus, den Paula sofort erkannte: Valentin

Urbanczyk, der Betreiber des Restaurants, in dem Paula gestern mit ihrer Familie gewesen war. Sie blieb stehen und beobachtete Urbanczyk, der in einem schwarzen Hemd auf Philipp Carow zuging und ihn lange und herzlich umarmte. Auch heute wirkte der ganz in Schwarz gekleidete Urbanczyk mit seinen kräftigen dunklen Haaren und dem Vollbart eher wie ein Abenteurer als wie ein Wirt.

»Kommen Sie?«, fragte Wullitzer, ließ die Türen aufschnappen und stieg ein.

»Gleich. Sie wissen, wer der Mann ist, der gerade angekommen ist?«

Vom Fahrersitz aus konnte Wullitzer nicht sehen, wen Paula meinte, und stieg wieder aus.

»Ein Wirt. Valentin Urbanczyk. Das *Urbanczyk* ist wohl sehr angesagt. Die Reichen und Schönen gehen dahin, wie meine Tochter sagt. Nicht meine Gehaltsklasse. Das Essen soll aber sehr gut sein.«

Paula nickte. Natürlich war es ein Zufall, schon an ihrem ersten Tag in Potsdam bei den Ermittlungen auf Leute zu stoßen, die sie bereits kannte. Potsdam war nicht sehr groß, und doch war es erstaunlich.

»Wir müssen los«, sagte Wullitzer.

»Geben Sie uns noch ein paar Minuten«, sagte Paula. »Ich wüsste gern, was Urbanczyk hier will. Wie ein Reiter sieht er eigentlich nicht aus.«

Wullitzer verzog den Mund. »Wir müssten dringend los«, sagte er, und wie zur Antwort klingelte sein Handy. »Verona, ja, wir steigen gerade in den Wagen. Wir sind gleich da.« Er legte auf und sah Paula an. »Aber wirklich nur ein paar Minuten. Dann war zwischendurch eben Stau.« Er zuckte mit den Schultern und grinste.

Offenbar lässt er sich auch nicht gern drängen, dachte Paula. Gestern hatte sie der Begegnung mit Wullitzer besorgt entgegengesehen, doch bisher war er ihr sympathisch.

Ein Geländewagen fuhr auf den Hof und wirbelte viel Staub auf, bevor er neben Urbanczyks Wagen zum Stehen kam. Ein großer, massiger Mann Mitte fünfzig mit strähnigen grauen Haaren stieg aus einem olivgrünen Geländewagen, ging auf Philipp Carow zu, schlang seine fleischigen Arme um ihn und presste ihn regelrecht an sich.

»Kennen Sie den Herrn auch?«, fragte Paula.

»Oh ja. Wilhelm Hardenberg. Binnenschiffer. War letztes Jahr monatelang Thema in Potsdam. Hatte drei Frachtkähne auf Havel, Oder und Elbe und ist spektakulär pleitegegangen. Er hat noch versucht, sich mit Geldgebern zu retten, und die haben ihn wohl über den Tisch gezogen. Behauptet er zumindest. War immer eine große Nummer in Potsdam, aber jetzt ist es ruhig um ihn geworden.« Wullitzer musterte den Mann. »Ich kenn ihn nur aus der Presse. Vielleicht hat er heute einen schlechten Tag, aber auf Fotos wirkt er anders. Weniger nachlässig.«

Auch Paula waren die ungepflegten Haare, das teilweise aus der Hose hängende Hemd sowie die zerschlissenen Slipper aufgefallen. Sie sah, wie Wilhelm Hardenberg den Reitlehrer losließ, Miriam Beckmann entdeckte und sich ihr näherte. Die junge Frau zog ihre Wollmütze tiefer ins Gesicht, während der Binnenschiffer auf sie einredete. Ohne etwas gesagt zu haben, drehte Miriam Beckmann sich um und verschwand. Paula hätte gern mehr über diesen Mann gewusst, doch Wullitzer wurde nervös.

»Wir müssen jetzt wirklich los«, sagte er.

Paula wollte Wullitzer keine unnötigen Probleme bereiten und stieg in den Wagen. Bevor sie den Pferdehof verließen, bog jedoch ein weißes BMW-Cabrio auf den Hof und versperrte ihnen den Weg. Wullitzer setzte zurück und der BMW fuhr dorthin, wo schon der Range Rover stand.

»Nur eine Sekunde«, bat Paula und beobachtete, wie eine schlanke, braun gebrannte Frau mit kurzen, auffällig weißgrau gefärbten Haaren aus dem Cabrio stieg, sich den Männern um Philipp Carow näherte und den Reitlehrer kurz umarmte.

»Kennen Sie diese Frau auch?«, fragte Paula.

»Nein.«

Paula nahm ihr Handy und fotografierte die Frau. Wullitzer gab Gas und fuhr vom Hof.

»Wir müssen reden«, sagte Hardenberg leise zu Urbanczyk und Sonja Meisinger, nachdem Philipp Carow mit einer Frau und ihrem Pferd in die offene Reithalle gegangen war. »Die Polizei wird Fragen stellen. Sie wird wissen wollen, wo Alexandra letzte Nacht war. Wir müssen uns einig sein, was wir denen erzählen. Lasst uns hinter den Stall gehen. Da hört uns niemand.«

Urbanczyk und Sonja sahen sich fragend an. Ohne eine Antwort abzuwarten, ging Hardenberg los.

»Ihr erster Tag ist ja gleich ziemlich turbulent«, sagte Wullitzer, nachdem er die ersten Minuten im Wagen geschwiegen hatte. »Wir hatten nicht mal Zeit, uns wirklich vorzustellen.«

»Kein Problem«, sagte Paula, bemühte sich kurz um ein Lächeln und hoffte, dass Wullitzer nicht versuchen würde, die Fahrt mit Small Talk zu verbringen. »Ich weiß nicht, wie es Ihnen geht. Der Reitlehrer ignoriert unsere Anweisungen, ist unglaublich gefasst, macht auf dem Pferdehof weiter, als ob nichts wäre, und verdächtigt seinen Schwager. Vielleicht stimmt alles, was er über Lukas Schuster sagt. Aber es irritiert mich.«

Wullitzer nickte. »Er wäre nicht der erste Täter, der einen Mord der Polizei meldet und davon ausgeht, dass er deshalb unverdächtig wirkt.«

»Sie kennen Frau Neuendorf ja schon länger«, sagte Paula. »Ich hatte den Eindruck, dass es ihr nicht gefällt, wenn es mehr Verdächtige als den Ehemann gibt.«

Wullitzer antwortete nicht, und Paula fürchtete, einen heiklen Punkt getroffen zu haben. Von der Amundsenstraße bog Wullitzer in die Kaiser-Friedrich-Straße ein und hielt vor der Schranke an der Einfahrt zum Gelände der Polizei Brandenburg. Die lang gezogenen, zumeist zweistöckigen, sandfarbenen Gebäude hatten Paula schon früher an eine moderne Kaserne erinnert. Das Polizeipräsidium war das größte der Gebäude, aber auch das Landeskriminalamt, die Polizeihochschule und die Polizeidirektion waren hier untergebracht.

»Waren Sie hier schon mal?«, fragte Wullitzer.

»Ist sehr lange her. Das letzte Mal während meiner Ausbildung«, antwortete Paula.

Valentin Urbanczyk war Hardenberg und Sonja hinter einen Stall mit Pferdeboxen gefolgt. Von der anderen Seite der Stallwand waren das Schnauben und die Hufe der Pferde zu hören. Der kräftige Hardenberg, der durch seine Größe sonst einschüchternd wirken konnte, machte heute einen fast verstörten Eindruck auf Urbanczyk, und das lag nicht nur an seinen wirren Haaren und der Nachlässigkeit, mit der er sich kleidete. Die überaus gepflegte Sonja mit ihren hellgrau gefärbten Haaren und dem edlen Kaschmir-Pullover wirkte daneben zart und verletzlich. Urbanczyk hatte sich schon oft gefragt, warum eine Frau wie Sonja Jägerin war.

»Ich hoffe, keiner von euch hat jemandem erzählt, wo wir letzte Nacht genau waren und was passiert ist«, sagte Hardenberg leise. »Sonja? Ich kann mich auf dich verlassen?«

»Natürlich«, entgegnete sie. »Ich hab mit niemandem darüber geredet. War ja auch spät, und heute früh bin ich gleich in die Klinik. Ich muss jetzt auch dringend wieder los. Zwei OPs hab ich schon verschieben lassen.« Sonja blickte auf ihr Handy und schüttelte den Kopf. Urbanczyk sah ihr an, wie wenig es ihr gefiel, von Hardenberg zur Rede gestellt zu werden.

»Zum Glück sind die Leute ja nicht krank, wenn sie zu dir kommen«, sagte Hardenberg süffisant und sah Urbanczyk an. »Und du? Hast du jemandem etwas erzählt?«

»Nein«, antwortete Urbanczyk kühl und hörte, wie der schwere Körper eines Pferdes an die Stallwand direkt neben ihm prallte. Es ärgerte ihn, dass er sich hatte überreden lassen, letzte Nacht dabei zu sein, und er war froh gewesen, dass Leo schlief, als er nach Hause kam. Heute hatte es noch keine Gelegenheit gegeben, über die Jagd zu reden. Urbanczyk hasste es, seinem Mann gegenüber Geheimnisse zu haben, aber diesmal wäre er froh, wenn Leo nicht genauer fragen würde.

»Niemand weiß, wo wir gestern waren, und das muss auch so bleiben«, sagte Sonja zu Hardenberg. »Du weißt, wie unerbittlich diese Wolfsschützer sind. Wenn die von dem toten Wolf erfahren, veranstalten die einen Shitstorm, den sich niemand von uns leisten kann.«

Urbanczyk wusste, was Sonja meinte. Sie war gestern Nacht mitgekommen, weil ihre Tochter diesen Pferdehof liebte. Aber in ihrer Klinik vertrauten vor allem Wohlhabende und Schöne darauf, mit großer Diskretion von den ersten Anzeichen des Alters befreit zu werden. Sie wollten ein Leben lang strahlend schön bleiben, ohne dass jemand von den Eingriffen erfuhr, die sie dafür vornehmen ließen. Die Klinik konnte sich die Empörung fanatischer Wolfsschützer ebenso wenig leisten wie Urbanczyk und sein Restaurant. Dass er das Fleisch, das er servierte, selbst schoss, war vielen Tierschützern ohnehin ein Dorn im Auge, aber bisher ließen sie ihn in Ruhe. Damit wäre es sicherlich vorbei, wenn jemand erfuhr, dass er sich an einer Jagd auf streng geschützte Wölfe beteiligt hatte.

Hardenberg deutete auf Urbanczyk. »Alexas Nichte. Miriam. Ich wollte vorhin mit ihr reden, aber sie kann mich nicht leiden. Du kannst doch mit ihr. Sag ihr, sie soll den Mund halten. Am besten sagt sie gar nichts, wenn die Polizei Fragen stellt.«

»Ich kann ihr nicht den Mund verbieten. Miriam ist eine erwachsene Frau«, erwiderte Urbanczyk.

»Du hast aber Einfluss auf sie. Droh ihr, dass du sie sonst rausschmeißt.«

Urbanczyk lachte. »Und wenn ich sie rauswerf, tut sie, was du willst? Das glaubst du nicht im Ernst.«

»Dann mach ihr klar, dass wir nur Wildschweine gejagt haben. Irgendwo im Süden. Hinter Borkwalde«, sagte Hardenberg ungehalten.

Urbanczyk schüttelte den Kopf und musterte den früheren Binnenschiffer irritiert. Keine fünfzig Meter von ihnen entfernt war Alexa erschossen worden, doch das schien Hardenberg weniger zu interessieren als die nächtliche Jagd. Er hatte letzte Nacht in die Richtung eines Menschen geschossen. Gab es etwas, das Hardenberg ihnen verschwieg?

»Okay«, sagte Urbanczyk zögernd. »Wenn Miriam oder irgendjemand anders fragt, dann haben wir Wildschweine gejagt. Hinter Borkwalde.«

»Wie viele Wildschweine? Und wo sind die jetzt?«, fragte Sonja.

»Am besten gar keins. Wir sind einfach auf keine gestoßen«, schlug Urbanczyk vor. Er wäre sonst für die Beschau der Wildschweine zuständig gewesen und konnte in Schwierigkeiten geraten, wenn jemand hartnäckig nachfragte.

»Das ist Unsinn. Vier Jäger, die Wälder sind voller Wildschweine, und wir erwischen nicht eins«, sagte Hardenberg. »Wir haben zwei geschossen, und die sind bei dir im Restaurant gelandet. Wie immer.«

Urbanczyk stöhnte. »Aber dann darf Miriam davon nichts erfahren. War's das? Ich muss los.«

»Ich auch«, sagte Sonja.

Hardenberg musterte Sonja ernst.

»Wer von euch hat letzte Nacht den Wolf erwischt? Du?«, fragte er.

Sonja blickte für einen Moment Urbanczyk an.

»Wilhelm, das ist nicht wichtig. Niemand wird diesen Wolf finden, und niemand wird auf uns kommen.«

Hardenberg schüttelte verärgert den Kopf.

»Wenn jemand Fragen stellt, gebt ihr mir sofort Bescheid. Vor allem …«, Hardenberg deutete auf Urbanczyk, »wenn deine Miriam redet. Das will ich wissen.«

Das ist nicht meine Miriam, dachte Urbanczyk, doch er schwieg und ging mit Sonja zu ihren Wagen. Auf dem Weg dorthin kamen sie an zwei Einsatzwagen der Polizei sowie einem Leichenwagen vorbei, in den gerade ein Zinksarg geschoben wurde.

»Dadrin liegt Alexa«, sagte Sonja leise. »Furchtbar. Letzte Nacht waren wir noch unterwegs, und heute …«

Urbanczyk warf einen Blick Richtung Hardenberg. Der schien sie zu beobachten.

»Du denkst auch, dass Wilhelm etwas verheimlicht?«, fragte er leise.

Sonja trat so nah an ihn heran, dass sie flüstern konnte. »Glaubst du, er hat Alexa …?«

Urbanczyk fuhr sich durch den Vollbart.

»Die beiden waren befreundet. Warum sollte er Alexa umbringen? Aber er benimmt sich eigenartig«, flüsterte er ebenfalls.

»Wenn dir etwas komisch vorkommt mit Wilhelm, dann ruf mich an«, sagte Sonja. »Ich trau ihm nicht.«

Urbanczyk nickte. Er hatte immer gewusst, dass Hardenberg ein Schlitzohr war, mit dem er vorsichtig sein sollte. Bisher hatte das keine Rolle gespielt, denn Hardenberg hatte sich ihm gegenüber stets korrekt verhalten und ihm jahrelang ermöglicht, das Wild für das *Urbanczyk* zu schießen.

Sonja blickte auf ihr Handy. »Ich muss wirklich los. Sonst ist das gleich die vierte OP, die verschoben werden muss, weil ich nicht da bin.«

Hardenberg sah, wie die beiden sich zu ihm umsahen und miteinander flüsterten. Er konnte nur hoffen, dass sie sich an das hielten, was er gesagt hatte. Und noch etwas war ihm eingefallen, das ihn beunruhigte. Was, wenn Alexa vor ihrem Tod mit jemandem über die Schüsse im Wald gesprochen hatte? Mit ihrer Freundin, dieser Moderatorin? Oder mit ihrem Mann oder mit ihrem Bruder? Es durfte nichts geben, das Hardenberg verraten könnte. Er würde noch einmal in den Wald fahren müssen und mögliche Spuren beseitigen.

So freundlich das Polizeipräsidium von außen wirkte, so dunkel und schlecht gelüftet waren seine Gänge. Wullitzer ging im Erdgeschoss auf den Aufzug zu und drückte den Knopf.

»Welcher Stock?«, fragte Paula.

»Zweiter. Wollen Sie lieber laufen?«

Paula wäre tatsächlich lieber gelaufen, aber sie ging davon aus, dass Wullitzer nicht gern Treppen stieg.

»Fahrstuhl ist okay«, sagte sie deshalb.

Noch immer hatte Wullitzer auf Paulas Andeutung, es könnte Verona Neuendorf nicht gefallen, wenn sie Lukas Schuster nicht für den einzigen Verdächtigen hielten, nicht reagiert.

Zwei Kollegen betraten das Gebäude. Wullitzer nickte ihnen zu und schien froh zu sein, dass sie die Treppe nahmen. Der Fahrstuhl öffnete sich.

»Wenn wir jetzt gleich auf den Staatsanwalt treffen …«, sagte Wullitzer leise, als sich die Türen geschlossen hatten.

»Ja?«

»Sie können selbstverständlich tun und sagen, was Sie wollen«, fuhr Wullitzer vorsichtig fort. »Ich habe den Eindruck, dass Sie ohnehin sehr genau wissen, was Sie tun.«

»Aber?«, fragte Paula.

»Ich bin mit unserem Staatsanwalt am Anfang überhaupt nicht zurechtgekommen. Nach einigen Monaten hab ich einen Weg gefunden, mit ihm umzugehen«, flüsterte Wullitzer beinahe.

»Und dieser Weg war …?«, fragte Paula.

»Dao Le Minh mag es, wenn die Dinge überschaubar sind«, sagte Wullitzer und sah sich um, als könnte ihn jemand in dem geschlossenen Fahrstuhl beobachten. »Deshalb hab ich mir angewöhnt, ihm in den ersten Besprechungen nur die einfachste Lösung zu präsentieren. Die akzeptiert er meistens, und danach können wir in Ruhe arbeiten. Wenn am Ende der Fall gelöst ist, zählt für ihn ausschließlich der Erfolg. Alles andere interessiert ihn dann nicht mehr.«

»Sie würden dem Staatsanwalt also nur berichten, dass alles auf den Ehemann als Täter hinausläuft.«

Wullitzer seufzte.

»Wir können auch anders vorgehen, aber wir tun uns damit keinen Gefallen. Nach dieser Besprechung ermitteln wir dann so, wie es der Fall erfordert. Versprochen.«

Paula überlegte kurz.

»Es wäre also wohl hilfreich, wenn ich bei dieser Besprechung nicht viel rede?«

Wullitzer verzog kurz den Mund.

»Ich würde nicht wagen, das vorzuschlagen«, sagte er und sah Paula skeptisch an.

»Dann machen wir es doch so, wie Sie vorschlagen. Und wenn es mir nicht gefällt, wird es beim nächsten Mal eben anders sein«, sagte Paula und lächelte ihrem neuen Partner kurz zu.

Der Fahrstuhl ruckte und hielt an. Bevor sich die Türen öffneten, deutete Paula auf ein Graffiti, das mit einem dicken schwarzen Stift auf eine Fahrstuhlwand gemalt war. Es zeigte einen Mann in Uniform mit riesiger Nase und heruntergelassener Hose. Wullitzer zuckte mit den Schultern.

»Das ist seit Jahren hier. Zweimal ist es entfernt worden, war nach einer Woche aber wieder da. Seitdem wird es ignoriert. Keine Ahnung, wer so was in einem Polizeigebäude macht«, sagte er. Paula war sich sicher, ein kurzes spöttisches Grinsen in seinem Gesicht gesehen zu haben.

Vor einem Büro, das von einem langen Gang abging, blieb Wullitzer stehen.

»Und hier ist unser Arbeitsplatz«, sagte er feierlich und ließ Paula vorgehen.

Der Raum hatte große Fenster, doch wegen der spätsommerlichen Wärme waren die Jalousien heruntergelassen und es brannte Licht. Ein Ventilator drehte sich langsam an der Decke. Eine Frau und ein Mann standen von ihren Schreibtischen auf.

»Darf ich vorstellen? Unsere Kollegen Vanessa Weber und Jonas Gärtner«, sagte Wullitzer. Paula ging auf die große und sehr trainiert wirkende Polizistin zu und reichte ihr die Hand. Paula schätzte diese Frau mit stoppeligen blonden Haaren und zahlreichen Tattoos auf Ende dreißig.

»Paula Osterholz«, sagte sie. »Ich freue mich auf die Zusammenarbeit.«

»Ganz meinerseits«, sagte Vanessa Weber mit einer Begeisterung, als könnte sie es kaum erwarten, Paula kennenzulernen. Ihr strahlendes Lächeln wirkte übertrieben, und ein Gefühl sagte Paula, dass sie mit ihr vorsichtig sein sollte, zumal die große und kräftige Frau Paula aufmerksam musterte. Bei Männern hatte Paula sich daran gewöhnt, wegen ihrer geringen Körpergröße und ihrer weichen Gesichtszüge kritisch begutachtet zu werden, doch bei Frauen war es noch unangenehmer. Männer unterschätzten Paula gern oder wollten sie beschützen. Frauen sahen in ihr jedoch eine Konkurrentin und fühlten sich einer Frau wie Paula, die auf den ersten Blick harmlos wirkte, überlegen.

Auch Jonas Gärtner schüttelte Paula die Hand und sah ihr für Paulas Geschmack etwas zu lange in die Augen. Anfang vierzig dürfte er sein, dachte sie. Er wirkte sympathisch und etwas gemütlich, hatte dunkelblondes, zerzaustes Haar und einen Bauchansatz.

»Und da drüben«, Wullitzer deutete in die hinterste und dunkelste Ecke, in der eine dunkelhaarige Frau mit dem Rücken zu ihnen vor ihrem Computer saß, »sitzt unsere Assistentin. Nadeschda Boschurina. Eine großartige Kollegin und ein eher schweigsamer Mensch. Oder, Nadeschda?«, rief er freundlich in Richtung der Frau, die wohl Anfang vierzig war. Sie hob einen Arm und winkte, ohne sich umzudrehen.

Wullitzer deutete auf einen Schreibtisch, auf dem außer einem Computer nichts stand.

»Und das ist Ihr Platz«, sagte er zu Paula. »Ich erkläre Ihnen später, wo Sie Büromaterial finden und alles andere. Aber jetzt ...«, er deutete mit dem Kopf Richtung Gang, »werden wir erwartet.« Er hängte seine schwarze Lederjacke über einen Stuhl, steckte sein dunkles Hemd ordentlich in die Jeans und ging los. Paula behielt ihre graue Lederjacke an und folgte ihm.

Paula konnte den vorwurfsvollen Blick ihrer neuen Chefin nicht übersehen, als sie eintraten. *Ich hatte doch gesagt, ihr sollt sofort kommen*, sagte dieser Blick.

Verona Neuendorf saß in ihrem dunkelblauen Blazer hinter einem wuchtigen grauen Tisch mit glänzenden Metallbeinen. Der Raum war heller als das Büro der Kollegen, obwohl eine riesige Zimmerpalme vor dem Fenster stand. Dafür summte eine Klimaanlage, und ein kleiner Zimmerspringbrunnen in Form einer Buddha-Figur plätscherte. Anders als Paula erwartet hatte, roch es in dem Büro nicht nach Zigarettenrauch. Nur den süßlichen Geruch einer E-Zigarette glaubte sie wahrzunehmen.

Bevor Verona Neuendorf sich erheben konnte, stand ein schlanker Mann auf, der neben der Zimmerpalme vor dem Fenster gesessen hatte, und reichte Paula die Hand.

»Frau Osterholz, ich freue mich sehr, Sie kennenzulernen und bei uns zu begrüßen«, sagte er sachlich und ohne eine Miene zu verziehen. Paula schüttelte die Hand, legte ihren Kopf leicht zur Seite und lächelte. Sofort wurde der Gesichtsausdruck des Staatsanwalts freundlicher.

Dao Le Minh war Ende 40, nicht sehr groß, aber wirkte sportlich und dynamisch. Er trug einen dunkelblauen Anzug mit streng geknoteter Krawatte. Sein Haar war fast schwarz und exakt gescheitelt. Alles an ihm wirkte korrekt. Paula hatte den Staatsanwalt vorher gegoogelt und wusste, dass seine Eltern aus dem »Bruderstaat« Vietnam in die DDR gekommen und nach der Wende geblieben waren.

»Auch ich freue mich sehr, Herr Staatsanwalt«, sagte sie.

»Setzen Sie sich«, sagte Dao Le Minh und deutete auf zwei freie Stühle vor dem Schreibtisch. Paula nahm zur Kenntnis, dass er im Büro von Verona Neuendorf das Sagen hatte. Als Staatsanwalt leitete er formal die Ermittlungen, doch viele seiner Kollegen agierten im Hintergrund und ließen sich nur die Ergebnisse vorlegen.

»An Ihrem ersten Tag haben Sie also gleich einen Mordfall. Das könnte ein sehr gelungener Einstand bei uns werden«, sagte Dao Le Minh zu Paula und wandte sich dann an Wullitzer. »Was haben Sie bisher in Erfahrung gebracht?«

Wullitzer erklärte den Stand der Erkenntnisse und den Verdacht, es könne sich um ein Eifersuchtsdrama handeln, bei dem der Ehemann seine Frau getötet hatte. Während Wullitzer sprach, beobachtete Paula den Staatsanwalt, der aufmerksam zuhörte und zufrieden wirkte. Paula begriff, dass ihr Partner mit dem, was er im Fahrstuhl vorgeschlagen hatte, recht hatte. Der Fall schien überschaubar zu sein, und dass es angeblich Hoffnung gab, er sei schnell gelöst, gefiel Dao Le Minh.

»Lukas Schuster, der Ehemann, ist nicht erreichbar und vermutlich untergetaucht. Je eher wir die Erlaubnis haben, sein Handy zu orten, desto leichter werden wir ihn finden und können den Fall hoffentlich schnell aufklären«, führte Wullitzer aus.

Auch Verona Neuendorf drängte darauf, Lukas Schuster orten zu lassen. Sie und Wullitzer schienen dem Staatsanwalt gegenüber ein eingespieltes Team zu sein, das ihn regelrecht um den Finger wickelte. Für Paula war das irritierend, und sie konnte nur hoffen, dass Wullitzer recht hatte und sie nach diesem Termin nicht nur in Ruhe, sondern auch in alle Richtungen ermitteln konnten.

»Wir werden selbstverständlich die Alibis der Personen aus dem Umfeld der toten Alexandra Schuster überprüfen. Philipp Carow, der Bruder der Toten, war die ganze Nacht bei seiner Familie. Er hat wohl zwei kleine Kinder. Wir werden seine Frau nachher befragen«, sagte Wullitzer.

»Gibt es jemanden, bei dem Lukas Schuster untergetaucht sein könnte?«, fragte Dao Le Minh.

»Da stehen wir noch ganz am Anfang. Sobald wir neue Erkenntnisse haben, informieren wir Sie selbstverständlich.«

Paula hatte Wullitzer versprochen, so wenig wie möglich zu reden. Deshalb verkniff sie sich die Bemerkung, dass sie schon jetzt weitere Erkenntnisse haben könnten, wenn sie nicht wegen dieser Besprechung die Ermittlungen vor Ort abgebrochen hätten.

»Neben der Toten lag ein Handy, vermutlich das von Alexandra Schuster. Vielleicht kann die Spurensicherung es entsperren, sonst sollten wir eine Aufstellung ihrer letzten Anrufe beantragen«, fuhr Wullitzer fort.

Der Staatsanwalt lehnte sich zurück und schloss für einen Moment die Augen.

»Das ist gut, das ist sehr gut. Und sprechen Sie möglichst bald mit Gaby Paczinsky. Der Moderatorin«, sagte er dann. »Sie sollte nicht aus den Medien vom Tod ihrer Geliebten erfahren. Sie dürfte über erhebliche Möglichkeiten verfügen, selbst an die Öffentlichkeit zu gehen. Das könnte unsere Ermittlungen erschweren.« Mit diesen Worten stand Dao Le Minh auf, lächelte in die Runde und ging zur Tür. »An die Arbeit, meine Damen und mein Herr«, sagte er. Die Tür hatte sich schon fast hinter ihm geschlossen, als er sie noch einmal öffnete und zurückkkam.

»Cottbus …«, sagte er und blickte Paula an. Der Ausdruck seiner Augen, der eben noch freundlich gewesen war, war jetzt merklich kühler. Während er sprach, bewegten sich weder seine Pupillen noch die Augenlider. Er schien sich der Macht, die er als Staatsanwalt hatte, sehr bewusst zu sein.

»Der Kollege Vinzenz Ludwig, der in Cottbus erschossen wurde – kannten Sie ihn?«

Paula zuckte zusammen. Instinktiv legte sie ihren Kopf auf die Seite und lächelte unschuldig, doch diesmal verfehlte das seine Wirkung. Dao Le Minh zeigte keine Regung.

»Ähm, nein, ja, also ich kannte ihn natürlich, aber wir haben nie zusammengearbeitet«, sagte Paula und merkte, dass sie stammelte. »Eine schreckliche Sache«, fügte sie hinzu und ärgerte sich, etwas so Banales über den Mann, mit dem sie ihr Leben hatte verbringen wollen, zu sagen.

»Ja, schrecklich«, wiederholte der Staatsanwalt mit reglosem Gesicht. »Zumal die Ermittlungen nicht vorankommen, wie ich höre.«

»Ja, das war auch mein letzter Stand«, sagte Paula vorsichtig. Kurz trafen sich ihre Blicke.

»Also. An die Arbeit«, sagte Dao Le Minh, zog seine Krawatte noch etwas enger, nickte Verona Neuendorf und Wullitzer zu und schloss die Tür hinter sich.

Für einen Moment herrschte Schweigen. Nur das Plätschern des Zimmerspringbrunnens war zu hören. Paula stand auf.

»Wir sollten als Erstes zur Ehefrau des Reitlehrers fahren und sein Alibi überprüfen. Und danach mit der Moderatorin reden.«

»Ja, das sollten wir tun. Ich muss allerdings kurz noch etwas mit Henry besprechen«, sagte Verona Neuendorf und lächelte gequält.

»Gut«, erwiderte Paula, warf Wullitzer einen Blick zu und wunderte sich. Er war auf dem Bürostuhl zusammengesackt und wirkte erschöpft. Die Besprechung mit dem Staatsanwalt schien ihn angestrengt zu haben. Sie stand auf und ging zur Tür.

»Dann bis gleich«, sagte sie noch, doch weder Wullitzer noch Verona Neuendorf reagierten.

Vanessa Weber und Jonas Gärtner saßen vor einem Monitor und versuchten, auf unscharfen Fotos zwei Männer zu identifizieren.

»Woran arbeiten Sie gerade?«, fragte Paula.

»Ein Raubüberfall. Es gab Überwachungskameras, aber die Aufnahmen sind fast unbrauchbar«, antwortete Vanessa Weber. Sie stand auf, ging auf Paula zu und streckte ihr die Hand entgegen. Wieder mit dem strahlenden Lächeln, das Paula irritierte. »Vanessa. Wenn das für dich in Ordnung ist«, sagte sie.

»Gern. Paula«, sagte Paula und schüttelte erneut die Hand der Kollegin. Vielleicht ist Vanessa einfach nur nett, dachte Paula, und meine Skepsis unbegründet.

Auch Jonas Gärtner stand jetzt auf. »Jonas«, sagte er und lächelte.

»Paula«, erwiderte Paula, nahm auch seine Hand und warf einen Blick in die dunkle Ecke, in der Nadeschda Boschurina mit dem Rücken zu ihnen wie unbeteiligt vor ihrem Computer saß. Paula fragte sich, ob das nur heute oder immer so war. Vor allem aber fragte sie sich, was ihre Vorgesetzte unter vier Augen mit Wullitzer besprechen wollte. Es würde sie nicht wundern, wenn es dabei auch um sie, die neue Kollegin, ging.

Verona Neuendorf schaltete den Zimmerspringbrunnen aus. Wullitzer wusste, dass er nur lief, wenn der Staatsanwalt hier war.

»Wie ist es mit der Neuen?«, fragte Verona Neuendorf.

»Sind noch nicht mal drei Stunden. Dafür läuft es gut.«

»Warum gehst du nicht ans Handy, wenn ich anrufe?«

»Wenn ich bei einer Befragung bin, konzentrier ich mich. Da kann ich nicht gleichzeitig telefonieren.«

»Es fällt dir also schwer, dich zu konzentrieren?«, fragte Neuendorf und legte ihre Stirn in Falten.

»Nein, ich kann mich wunderbar konzentrieren. Überhaupt kein Problem«, erwiderte Wullitzer mit einer gewissen Bitterkeit.

»Es war nicht gut, dass ihr den Staatsanwalt warten lasst. Überhaupt nicht gut. Das solltest du als der Erfahrenere von euch beiden wissen.«

»Und du solltest wissen, dass es noch viel zu früh ist, um Dao Le Minh Bericht zu erstatten.«

»Henry. Ein Wort von Dao Le Minh, und du bist bei der Polizeipsychologin. Und keiner weiß, wie ihr Gutachten diesmal ausfallen würde«, sagte Neuendorf langsam. So langsam, dass es in Wullitzers Ohren wie eine Drohung klang.

»Verona, es läuft gut seit einigen Monaten. Hat sich etwa jemand beschwert? Ich mache meine Sachen, und ich hab keine Probleme.«

Verona Neuendorf beugte sich vor.

»Henry, du hast keine Probleme, weil ich dafür sorge, dass du keine hast. Wenn ich das hier nicht im Griff hab, dann landest du im Vorruhestand. Und zwar schneller, als du gucken kannst. Find den Ehemann von Alexandra Schuster und weis ihm die Tat nach. Das ist vermutlich ein sehr überschaubarer Fall. Lös ihn, und der Staatsanwalt ist zufrieden«, sagte sie und versuchte wohlwollend zu klingen.

»Und wenn der Fall nicht so überschaubar ist? Der Bruder verhält sich auffällig«, entgegnete Wullitzer.

»Redet sie dir das ein? Die Neue?«, fragte Verona Neuendorf.

»Das muss sie mir nicht einreden. Das seh ich selbst«, antwortete er wenig freundlich.

»Lass dich nicht blenden von ihr. Die wirkt klein und niedlich, aber das ist sie nicht. Da haben sich schon andere getäuscht.«

»Woher willst du das wissen?«, fragte Wullitzer.

Verona Neuendorf sah ihn streng an.

»Ich hab sie heute früh erlebt. Die spielt damit, dass sie so harmlos aussieht. Und ich hab mich über sie erkundigt«, sagte sie.

»Du hast in Cottbus angerufen, weil du uns nicht zutraust, uns selbst ein Bild zu machen?«

»Ich will dich nur warnen. Sei vorsichtig mit der Osterholz. Das ist alles.« Verona Neuendorf lehnte sich zurück und bemühte sich um ein Lächeln.

»Warst du gestern Abend eigentlich tanzen?«, fragte sie so beiläufig wie möglich.

»Ja, ich war tanzen«, sagte Wullitzer und wusste, dass es Verona nicht ums Tanzen ging. Er merkte selbst, dass sein Gang in den letzten Monaten wieder beschwingter geworden war, fast so wie früher. Aber ob er jemals wieder ein so stabiler und erfolgreicher Kommissar wie vor dem Tod seiner Frau und den Schüssen auf Carlo, seinen früheren Partner, werden würde, konnte niemand sagen. Wullitzer wollte nicht noch einmal die Befragungen für ein psychologisches Gutachten über sich ergehen lassen und war froh, dass Verona sich nach etwas Banalem wie dem Tanzen erkundigte. Er hatte sich schon oft gefragt, ob Verona und seine Tochter sich eigentlich austauschten, wenn er tanzen war. Immerhin hatten sie ihn gemeinsam dazu gedrängt. »Eine sehr angenehme Tanzpartnerin. Wir sehen uns nächste Woche wieder. Ich freu mich drauf«, ergänzte er deshalb vage. Das war es, was Verona Neuendorf hören wollte, und er wollte, dass dieses Gespräch endlich endete.

»Das ist schön«, sagte Verona Neuendorf und lächelte. »Dann macht weiter mit den Ermittlungen. Und haltet mich immer auf dem Laufenden.«

»Das werden wir tun. Und ich werd auch rangehen, wenn du anrufst«, sagte Wullitzer so versöhnlich wie möglich. Die Situation war schwer für ihn, aber er brauchte Verona. Sie war in den letzten zwei Jahren seine wichtigste Unterstützerin im Präsidium, und ohne sie wäre er hier im Haus verloren gewesen. Manchmal waren die Dinge nicht so einfach, wie er es gerne hätte.

»Bis später«, sagte Wullitzer und ging. Auf dem Weg zur Tür merkte er, dass er schwankte und vor seinen Augen bunte Flecken zuckten. So ruhig wie möglich schloss er die Bürotür, lehnte sich mit geschlossenen Augen an die Wand im Flur und konzentrierte sich auf seinen Atem. Eine dieser verdammten Übungen, die ihm die Therapeutin nach den Schüssen auf Carlo verordnet hatte. Er hasste sie, aber die Übung half. Langsam ging er in die kleine Küche am Ende des Gangs, trank einen Schluck Wasser, und während er darauf wartete, dass ein Kaffee aus der Maschine lief, begann er zu summen. Erst leise. Dann lauter. Und schließlich sang er. Das hatte ihm keine Therapeutin sagen müssen. In seiner Familie war immer gesungen worden, und wenn sie sangen, ging es ihnen gut.

Paula zog ihre Lederjacke aus, fuhr den Computer an ihrem Schreibtisch hoch und sah sich in dem Büro um. Es war ein Polizeibüro, wie sie es schon oft gesehen hatte. Ursprünglich hatte es eine praktische, kostengünstige Einrichtung gehabt, in der sich niemand wohlfühlen konnte und wohl auch nicht sollte. Doch mit den Jahren hatten die Kollegen und Kolleginnen auf allen Regalen, auf den Schreibtischen und den Sideboards immer neue, oft private Kleinigkeiten abgestellt, die nie wieder weggeräumt wurden und jetzt für immer dort standen und Staub fingen. Auch die Pflanzen wuchsen, und mit den Jahren entwickelten solche Räume einen Charme, der zwischen Wohnzimmer und Abstellkammer lag und in dem sich die meisten Kollegen dann doch wohlfühlten.

Paula gab den Namen Gaby Paczinsky im Computer ein, stieß auf deren Management und notierte die Telefonnummer. Weil Wullitzer noch nicht auftauchte, nutzte sie die Zeit und sah nach, was sie über Lukas Schuster und den Pferdehof Carow fand. Wie Philipp Carow ihnen gesagt hatte, hatte der Vater das Gelände 1993 gekauft und den Pferdehof aufgebaut. Auf der Homepage wurden die Erfolge von Alexandra Schuster als Dressurreiterin und Pferdezüchterin ausführlich beschrieben, doch über Lukas Schuster war kaum etwas zu finden. Von Philipp Carow gab es hingegen viele sympathische Fotos, auf denen er beim Reitunterricht lachend vor allem mit Frauen und Kindern zu sehen war. Auf diesen Fotos war er der Sympathieträger mit den kurzen dunklen Locken, nicht der gehetzte, übermüdete Mann mit den geröteten Augen, auf den sie heute getroffen waren.

Plötzlich hörte Paula, wie am anderen Ende des Gangs jemand sang. Sie brauchte einen Moment, um zu begreifen, dass es ein Seemannslied war. *Du min Rostock*. Paula sah Vanessa und

Jonas fragend an und merkte, dass die beiden unruhig wurden. Jonas stand auf, nahm sich einen Stuhl und setzte sich zu Paula.

»Soll ich dir schon mal die Zugangsdaten zu unserem internen System geben?«, fragte er, und Paula war sicher, dass ihr Kollege von dem Gesang ablenken wollte. Sie überlegte, nach dem Lied zu fragen, doch sie hatte Wullitzers Stimme erkannt und entschied sich, es nicht anzusprechen.

»Ja, das wäre gut. Dann kann ich abgleichen, ob es zu den Carows oder dem verschwundenen Ehemann etwas im System gibt«, sagte Paula.

Der Gesang endete, und kurz darauf stand Wullitzer in der Tür.

»Frau Osterholz, können wir?«

»Ja, natürlich«, sagte Paula und registrierte, dass Wullitzer, Vanessa und Jonas sich Blicke zuwarfen. Sie tat so, als würde sie das nicht mitbekommen, fuhr den Rechner runter und stand auf. Was Wullitzer und Verona Neuendorf besprochen hatten, würde sie wohl nicht erfahren. Doch warum ihr neuer Partner im Polizeipräsidium am Ende des Gangs ein Seemannslied sang und die Kollegen sich verhielten, als würde irgendwo ein Radio laufen, das würde sie irgendwann herausfinden. Sie war sicher, dass es wichtig war.

6

Falls er auf den toten Wolf stoßen sollte, überlegte Hardenberg auf der Fahrt zum Wald, würde er ihn vergraben müssen. Diese Wolfsromantiker wären unerbittlich, wenn sie erfuhren, dass Jäger es selbst in die Hand nahmen, sich gegen die Ausbreitung der Wölfe zu wehren. Er fuhr deshalb nördlich von Potsdam zu einem Baumarkt und kaufte einen Klappspaten. Da er wusste, dass viele Menschen sein Gesicht kannten, setzte er eine Sonnenbrille und eine Baseballkappe auf. Trotzdem hatte er an der Kasse den Eindruck, beobachtet zu werden, und war froh, als er sich mit dem Klappspaten unter dem Beifahrersitz wieder auf den Weg machen konnte.

Bei Tag, stellte Hardenberg fest, sah der Wald vollkommen anders aus. Gestern Nacht hatte Alexandra sie geführt, und er hatte sich keine markanten Bäume oder Weggabelungen eingeprägt. Zweimal musste er ein Stück wieder zurückgehen, weil er sich verlaufen hatte.

Die Sonne stand hoch über den Bäumen, und auch wenn die Hitze ihren Höhepunkt erst am Spätnachmittag erreichen würde, schwitzte Hardenberg bereits jetzt. Er überlegte umzukehren, doch dann stieß er auf einige Birken, die beim Sturm im Frühjahr umgestürzt waren, und wusste, dass er richtig war. Von dieser Stelle aus konnte es nicht mehr weit bis zu den Birken sein, an denen er mit seinem Gewehr, dem Nachtsichtgerät und dem Pirschstock gelehnt hatte. Er näherte sich einer Gruppe Eichen, sah sich um und bemerkte dunkle Flecken auf dem Boden. Vorsichtig berührte er sie und war sicher: Es war getrocknetes Blut.

Aus vereinzelten Blutspuren wurden längere Schlieren. Hardenberg begriff, dass sich der angeschossene Wolf hier durch den Wald geschleppt hatte und immer langsamer und kraftloser geworden war. Es ist nur ein Raubtier, und es ist gut, dass es tot ist, sagte sich Hardenberg, doch sein Herz pochte, als könnten jeden Augenblick Wölfe aus dem Unterholz brechen und ihn angreifen.

Er folgte der Spur aus Blut und Fell, die der Rüde auf seinem letzten Weg im Gestrüpp hinterlassen hatte. Schließlich stand er vor dem toten Tier und stellte irritiert fest, wie ergriffen er war. Wildtiere waren sonst für ihn bewegliche Ziele, die nach der Jagd im *Urbanczyk* oder bei ihm zu Hause in der Gefriertruhe landeten. Doch noch nie war er einem Wolf so nah gekommen. Letzte Nacht waren diese räuberischen Tiere für ihn und Alexandra nur *Viecher* gewesen, jetzt aber überkam ihn Ehrfurcht vor der majestätischen Kraft, die dieser Wolfsrüde sogar im Tod noch ausstrahlte. Er selbst hatte sich in der letzten Stunde fast verirrt und gehofft, später den Rückweg zu finden. Dieser Wolf jedoch, das spürte Hardenberg, war ein Herrscher, der sich mit seiner unendlich feinen Nase im Wald jederzeit zurechtfand. Hier sicherte ein Leitwolf das Überleben seines Rudels und wusste, was er zu tun hatte. Nur bei Menschen, die gegen den Wind auf ihn lauerten und mithilfe von Nachtsichtgeräten schossen, hatte er keine Chance.

Hardenberg stellte ungläubig fest, dass ihn das tote Tier rührte. Doch dann erinnerte er sich, warum sie hier gewesen waren. Es ging nicht nur um Schafe oder Rehe, die diese

Raubtiere zerfleischten, oder darum, dass sie Pferde angreifen und Reiter abschrecken konnten. Nein. Es ging darum, dass die Viecher hier auftauchten und sich verhielten, als würde Brandenburg ihnen gehören. Jahrzehntelang hatte niemand diese Tiere vermisst, und jetzt sollten sie tun und lassen können, was sie wollten? Es war richtig, sie zu vertreiben. Jeden normalen Menschen versetzten sie in Angst und Schrecken, und das Leben war für viele Leute schon hart genug. Als Hardenberg mit seiner Firma pleiteging, da war auch niemand gekommen und hatte sich um ihn gekümmert. Und jetzt gab es Wölfe, die von Fanatikern geschützt wurden und sich alles nehmen durften, was sie haben wollten. Sie hielten sich an keine Regel, und wer sich nicht an Regeln hielt, der musste dazu gezwungen werden. Diese Raubtiere mussten wissen, wo ihre Grenzen waren, und wenn sie das nicht taten, dann hatten sie hier nichts zu suchen. Es war besser gewesen, als es hier keine Wölfe gab, und so sollte es auch wieder sein. Auch wenn die Wolfsromantiker das nicht einsahen.

Hardenberg riss sich vom Anblick des toten Tieres los, suchte nach einer geeigneten Stelle und hob mit dem Klappspaten ein Loch aus, in das der Wolf passen würde. Der Boden war von dem heißen, trockenen Sommer hart und es war schwer, den Spaten überhaupt in die Erde zu stechen.

Anders als während der Fahrt vom Pferdehof ins Polizeipräsidium schwiegen Paula und Wullitzer auf dem Weg zu Philipp Carows Ehefrau. Wullitzer wirkte in sich versunken und Paula hätte gern gewusst, was mit ihm los war, aber dies war nicht der richtige Zeitpunkt für Fragen, das war ihr klar. Sie rief das Management der Moderatorin an und vereinbarte, Gaby Paczinsky später auf dem Studiogelände in Berlin-Adlershof zu treffen. Die Frau am Telefon fragte nicht, warum die Polizei mit der Moderatorin sprechen wollte. Offenbar hielt sie es für normal, dass jemand etwas von Gaby Paczinsky wollte. Auch wenn es Polizeibeamte waren. Aber vielleicht wusste sie ja bereits vom Tod ihrer Geliebten und es hatte sich auch schon bis zu ihrem Management herumgesprochen.

Philipp Carows Haus lag einige Kilometer nördlich des Pferdehofs in einer ruhigen Wohnstraße. Vom Garten hinter dem Haus waren Kinderstimmen sowie das Schreien eines Babys zu hören.

»Philipp Carow hat gesagt, dass er kleine Kinder hat. Das stimmt ja schon mal«, sagte Wullitzer. Es war das Erste, was er sagte, seit sie vor dem Polizeipräsidium in den Wagen gestiegen waren. Er ging davon aus, dass seine neue Partnerin gehört haben musste, wie er im Polizeipräsidium sang, aber er wollte nicht darüber reden. Die anderen Kollegen und auch Verona wussten, dass er schon immer gern und viel gesungen hatte. Aber auf eine neue Kollegin könnte sein Gesang irritierend wirken. Auch wenn ihm das gleichgültig wäre. Ihm tat es gut, wenn er sang.

Paula klingelte, und eine Frau mit einem weinenden Baby im Arm tauchte auf. Sie war blass und übernächtigt.

»Ja?«

Wullitzer nahm seinen Dienstausweis aus der Jacke. »Henry Wullitzer. Kripo Potsdam. Das ist meine Kollegin Paula Osterholz. Wir haben ein paar Fragen. Reine Routine«, sagte Wullitzer.

»Es ist gerade schlecht«, sagte die Frau, denn das Baby wurde lauter. »Lasse ist krank und hat Hunger. Können Sie vielleicht später …?«

»Es geht schnell. Wie gesagt, reine Routine. Sie haben sicherlich von den Schüssen auf dem Pferdehof gehört«, sagte Paula.

»Alexa. Furchtbar. Unfassbar.« Sie sah Paula und Wullitzer unsicher an. »Warum kommen Sie deshalb zu mir?«

»Ihr Mann hat gesagt, er war die ganze Nacht zu Hause. Stimmt das?«, fragte Wullitzer. Die Frau erschrak.

»Verdächtigen Sie meinen Mann etwa? Der erschießt doch nicht seine Schwester!«

»Nein, wir verdächtigen Ihren Mann nicht. Aber wir haben unsere Vorschriften und müssen die Angaben aller Personen aus dem Umfeld überprüfen«, sagte Wullitzer und lächelte freundlich.

»Gut«, sagte die Frau und versuchte, ihren kleinen Sohn mit einem Schnuller zu beruhigen. »Was wollen Sie wissen?«

»Ihr Mann war letzte Nacht zu Hause?«, wiederholte Wullitzer seine Frage. Die Ehefrau zögerte.

»Philipp war hier, natürlich. Aber unser Lasse«, sie deutete auf das Baby, das etwas leiser geworden war, »Lasse ist fünf Monate. Die Nächte sind sonst schon hart mit ihm, und jetzt ist er auch noch krank. Deshalb wechseln wir uns nachts ab. Damit wenigstens einer von uns halbwegs schlafen kann.«

»Das heißt, Sie haben getrennte Schlafzimmer?«, fragte Wullitzer.

»Einer von uns schläft im Wohnzimmer auf dem Sofa. Bis dann morgens Mareille, unsere Große, wach wird und zu uns kommt. Dann liegen wir alle zusammen im Schlafzimmer.«

»Und die letzte Nacht hat Ihr Mann im Wohnzimmer verbracht.«

»Ja.«

»Waren Sie denn mal auf? Haben Sie ihn gesehen auf dem Sofa?«, hakte Paula nach.

Die Frau schüttelte den Kopf und kniff beunruhigt die Augen zusammen.

»Nein … Ich war ja bei Lasse. Und entweder war er wach und ich hab versucht, ihn zu stillen, oder ich konnte endlich schlafen. Da steh ich nicht zwischendurch auf.«

»Gut. Vielen Dank. Das war es dann auch schon.« Wullitzer lächelte entschuldigend.

»Seine Frau geht davon aus, dass er zu Hause war. Gesehen hat sie ihn aber nicht«, sagte Paula, als sie wieder im Wagen saßen.

»Philipp Carow hat also kein Alibi«, erwiderte Wullitzer. »Vermutlich ruft die Frau ihren Mann gleich an. Vielleicht ist er dann verunsichert und verstrickt sich in Widersprüche, falls es welche gibt. Also noch mal zum Pferdehof? Und danach Berlin und die Moderatorin?«

»Ja«, sagte Paula und Wullitzer gab Gas. Er schien ähnlich wie sie über diesen Fall zu denken, und zum ersten Mal hatte Paula den Eindruck, sie könnten ein gutes Team werden. Außerdem, und da musste Paula kurz lächeln, benutzte Wullitzer ein angenehmes Rasierwasser. Ja, er roch gut, und da sie bei ihrer Zusammenarbeit viel Zeit im Auto verbringen würden, gefiel ihr das.

Auf dem Hof schien normaler Betrieb zu herrschen. Einige Leute waren in den offenen Ställen mit ihren Pferden beschäftigt, andere ritten in der Reithalle und auf einem Reitplatz oder machten sich bereit, um auf den Weiden und Koppeln der Umgebung auszureiten. Philipp Carow stand bei drei Frauen, die bereits in den Sätteln saßen. Die Frauen warfen Paula und Wullitzer skeptische Blicke zu, als sie aus dem Dienstwagen stiegen. Von der Spurensicherung war außer einigen Fahrzeugen nichts mehr zu sehen. Entweder waren die Kollegen bereits fertig oder sie konzentrierten sich auf die Untersuchung des Hauses von Alexandra Schuster.

Die drei Frauen ritten über einen Feldweg auf einen Wald zu. Paula war sicher, dass Philipp Carow sie und Wullitzer bemerkt hatte, doch ohne in ihre Richtung zu sehen, ging er an den Paddock-Boxen vorbei zu einer Weide, auf der Island-Ponys grasten.

»Er ignoriert uns. Vermutlich hat seine Frau ihn sofort angerufen«, sagte Wullitzer.

»Wir sollten die Spurensicherung bitten, ihn auf Schmauchspuren zu untersuchen. Noch wären sie nachweisbar«, meinte Paula.

»Ich red gleich mit Norbert, damit er sich darum kümmert. Dann frag ich ihn auch, ob er schon an den Waffenschrank rangekommen ist«, erwiderte Wullitzer.

Sie wollten Philipp Carow folgen, als zwei Wagen kurz nacheinander auf den Hof fuhren. Als Erstes hielt ein edler roter Tesla, dahinter ein älterer grüner Ford Fiesta mit zahlreichen Schrammen. Zwei etwa achtjährige Mädchen kletterten sofort aus den Wagen. Beide waren schlank, hatten lange dunkelblonde Haare und trugen Reithosen, Stiefel und Helme. Doch während die Kleidung des einen Mädchens neu gekauft zu sein schien, war die des anderen geflickt und ausgebessert. Doch das spielte für die Mädchen keine Rolle, stellte Paula lächelnd fest, denn sie waren beste Freundinnen, so wie sie nebeneinander liefen und sich auf die Ponys freuten. Beide hatten einen Korb mit Karotten und Äpfeln dabei.

»Viel Spaß, Emily!«, rief die Frau, die aus dem alten Fiesta gestiegen war. Sie und ihre Tochter hatten große Ähnlichkeit. Auch diese Frau war schlank, hatte ihre halblangen dunkelblonden Haare aber zu einem einfachen Pferdeschwanz gebunden. Sie trug eine alte Jeans und ein ausgewaschenes blaues T-Shirt. Ihre Tochter winkte, ohne sich umzudrehen, und lief mit ihrer Freundin auf die Weide, wo Philipp Carow auf sie wartete.

Aus dem roten Tesla stieg ein braun gebrannter, sportlicher Mann in einem teuren Anzug und sah seiner Tochter nach, die sich ebenfalls nicht zu ihm umdrehte. Der Kontrast zu der Mutter in dem grünen T-Shirt hätte kaum größer sein können.

Die beiden begrüßten sich kurz und freundlich, bevor der Mann wieder in den Tesla stieg und verschwand. Die Frau sah den Mädchen noch einen Moment versonnen nach.

»Eine Idylle«, sagte Wullitzer. »Und ich bin sicher, dass sie alle wissen, dass Alexandra Schuster tot ist. Aber ich sehe niemanden, der deshalb nicht lacht und fröhlich ist.«

Ja, das war auch Paula aufgefallen. Die zwei Männer und die Frau, die Philipp Carow heute früh umarmt und ihm ihr Beileid ausgesprochen hatten, waren die Einzigen gewesen, die zu trauern schienen. Doch sie waren längst verschwunden.

Die Mädchen näherten sich zwei Island-Ponys, gaben ihnen die Karotten und Äpfel zu fressen und streichelten sie. Philipp Carow stand mit einem Eimer in ihrer Nähe.

»Dürfen wir nachher auch reiten?«, fragte das Mädchen, dessen Mutter sie Emily genannt hatte.

»Ja, natürlich. Aber erst dürft ihr Toffee und Snowball putzen«, sagte Carow und stellte den beiden den Eimer hin, in dem verschiedene Bürsten lagen. Vorsichtig begannen die Mädchen, die Ponys zu striegeln und den groben Schmutz zu entfernen, bevor sie mit feineren Bürsten weitermachten. Sie schienen genau zu wissen, was sie tun mussten.

»Vielleicht sollten wir später wiederkommen«, sagte Paula leise zu Wullitzer.

»Später gibt es vermutlich andere Kinder, denen wir den Spaß verderben«, sagte Wullitzer leise. »Wir sollten es hinter uns bringen. Auch wenn ich diese Idylle wirklich ungern störe.« Langsam ging Wullitzer auf den Reitlehrer zu.

»Herr Carow?«

»Ja?« Der Mann drehte sich zu Wullitzer, ohne die Mädchen aus den Augen zu lassen.

»Wir müssten etwas mit Ihnen klären. Es geht um Ihre Schwester«, sagte Wullitzer.

»Muss das jetzt sein? Ich kann die Mädchen nicht mit den Ponys allein lassen.«

»Gibt es vielleicht jemanden, der sich um die Mädchen kümmern kann, während wir reden?«

Carow schüttelte verärgert den Kopf. Die Rötung seiner Augen hatte noch zugenommen, stellte Paula fest. Der Reitlehrer nahm sein Handy.

»Miriam? Wo bist du gerade? Ich bräuchte dich hier. Gut.« Er legte auf. »Miriam braucht etwa fünfzehn Minuten, bis sie hier ist. Ist das in Ordnung?«

Wullitzer sah Paula fragend an. Sie merkte, dass die Mädchen den Reitlehrer mit traurigen Augen ansahen. Deshalb nickte sie.

»Herr Carow, kein Problem«, sagte Wullitzer daraufhin. »Kümmern Sie sich um die Mädchen. Meine Kollegin und ich warten solange.«

Der Reitlehrer nickte und wandte sich den Mädchen zu.

»Wir sollten ihn nicht aus den Augen lassen«, sagte Paula. »Vielleicht sind die Mädchen nur ein Vorwand und er telefoniert, oder vielleicht verschwindet er auch plötzlich.«

»Genau das war auch mein Gedanke«, antwortete Wullitzer.

Hardenberg schwitzte und fluchte und brauchte viel länger, als er gedacht hatte, bis die Grube endlich tief genug war. Er wollte den Wolf hineinheben, doch er zögerte, das tote Tier mit seinem blutverschmierten Fell anzufassen. Schließlich riss er sich zusammen, packte die Hinterläufe und zerrte den Wolf in die Grube. Hastig warf er die Erde, die er ausgehoben hatte, auf den Kadaver und bemühte sich, die Stelle mit Zweigen, Laub, Zapfen und Nadeln zu bedecken. Auch auf den größeren Blutspuren verteilte er Nadeln und Blätter. Bevor er aufbrach, prägte er sich einige markante Bäume ein und machte Fotos. Vielleicht würde es noch wichtig werden, diese Stelle wiederzufinden. Zum Glück war nicht er es gewesen, dessen Schuss den Wolf getötet hatte. Falls es Sonja gewesen war, dann müsste eigentlich sie jetzt hier sein und dieses Tier beseitigen. Und wenn es Alexandra gewesen war, dann tat er ihr hiermit einen letzten Gefallen, damit der Ruf ihres Pferdehofs nicht ruiniert werden konnte.

Auf dem Weg zu seinem Geländewagen glaubte Hardenberg die Birken zu erkennen, an denen er letzte Nacht über Stunden gelehnt hatte. Er ging näher heran und sah sich um. Gab es etwas, das ihn verraten konnte, wenn jemand hier suchte? Wenn womöglich der Mann, der geflohen war, zurückkehrte? Hardenberg suchte den Boden ab, entdeckte Fußspuren und sogar seine Patronenhülsen. Erleichtert sammelte er die Hülsen ein. Gut, dass er nachgesehen hatte. Dann bedeckte er die Spuren mit dünnen Zweigen ein und überlegte. Knapp hundertfünfzig Meter entfernt hatte der Mann gekauert, auf den er gezielt hatte und der dann verschwunden war. Könnte es dort Projektile geben, vielleicht eins, das in einem Baumstamm stecken geblieben war?

Je näher er kam, desto unruhiger wurde Hardenberg. Warum gab es hier plötzlich mehr Fliegen als sonst im Wald? Ein Gefühl kroch in ihm hoch, das er in seinem Leben selten gehabt hatte: Angst. Angst vor dem, was ihn erwarten mochte und das sein Leben aus der Bahn werfen konnte.

Als Erstes entdeckte er einen Schuh. Dann ein braunes Hosenbein. Und dann einen Mann, dessen Hemd und Jacke voller Blut waren. Hardenberg musste sich an einer Eiche festhalten, um nicht zusammenzusacken.

Dort lag ein Toter. Bis eben hatte Hardenberg sich eingeredet, er habe letzte Nacht wirklich nur Warnschüsse abgegeben. Jetzt aber begriff er sofort: Er hatte diesen Menschen getötet. Es musste letzte Nacht zwei Männer gegeben haben. Einen, der jetzt hier lag, und einen zweiten, der geflohen war und der jetzt wusste, dass es hier einen Toten gab. Hatte der mehr als die Schüsse mitbekommen? Wusste er von den Jägern? War es sein Kastenwagen gewesen, der an der Schranke im Wald gestanden hatte?

Um Hardenberg herum schien sich alles zu drehen. Er stützte sich an einer Eiche ab, atmete schwer und spürte das viel zu schnelle Schlagen seines Herzens. Wut stieg in ihm auf. Letzte Nacht, da hatten sie sich gegen diese verdammten Wölfe zur Wehr gesetzt und waren selbst beschossen worden. Und jetzt war er womöglich ein Mörder? Weil er einen Mann vertreiben wollte? Niemals. Niemals würde Hardenberg zulassen, dass er deshalb als Mörder verurteilt wurde.

Sein Atem und Puls beruhigten sich etwas und er war wieder in der Lage, klare Gedanken zu fassen. Er hatte die Pleite seiner kleinen Reederei überstanden wie so vieles nach den aufreibenden Jahren der Wende. Da würde er nicht ins Gefängnis gehen, weil er Warnschüsse abgegeben hatte. Hatte es vielleicht Querschläger gegeben? Würde ein Gericht Notwehr anerkennen? Darauf durfte er es nicht ankommen lassen. Niemand durfte erfahren, dass es einen Toten gab. Alexandra schien letzte Nacht etwas bemerkt zu haben. Aber sie lebte nicht mehr, sie konnte ihn nicht mehr verraten. Was war mit Urbanczyk und Sonja? Konnte er sich auf sie verlassen? Er war kein Mörder – aber würden die beiden ihm das glauben?

Er musste diesen Toten vergraben. Es würde mehrere Stunden dauern, bis eine Grube groß genug war, doch nur dann konnte er sicher sein, dass niemand den Leichnam entdeckte. Ein Leichnam, in dem mindestens ein Projektil aus Hardenbergs Gewehr steckte.

Er wollte schon anfangen zu graben, als er erst das Bellen eines Hundes und dann den Ruf eines Mannes hörte. Beides klang näher, als es Hardenberg lieb war. War es ein Förster? Ein Jäger? Hatten sie ihn schon bemerkt?

Notdürftig legte Hardenberg Zweige auf den Leichnam und lief so schnell er konnte zu seinem Geländewagen.

7

»Was wollen Sie denn von Frau Paczinsky? Sie ist in der Maske und hat gleich eine Aufzeichnung.«

Eine junge Frau in einem weiten schwarzen Anzug wartete an der Schranke zum Studiogelände in Berlin-Adlershof auf Paula und Wullitzer.

»Das müssen wir mit Frau Paczinsky besprechen«, erwiderte Paula höflich.

»Ich bin ihre persönliche Assistentin. Gaby hat ausdrücklich …«

»Und wir sind die Kriminalpolizei. Und wenn Sie nicht eine Menge Ärger riskieren wollen, bringen Sie uns einfach zu Ihrer Chefin.« Wullitzer hatte leise gesprochen und zeigte der jungen Frau seinen Polizeiausweis, achtete aber darauf, dass der Pförtner ihn nicht hörte.

»Da muss ich kurz telefonieren«, sagte die junge Frau und ging ein paar Meter weg.

»Tun Sie das«, erwiderte Wullitzer, sah sich um und lächelte. »Hier war ich zu Ost-Zeiten das letzte Mal. Als Kind. Irgendeine Show fürs DDR-Fernsehen, und wir haben Seemannslieder gesungen. Sah damals anders hier aus. Vollkommen anders.«

Die Assistentin kam zurück.

»Der Aufnahmeleiter gibt Ihnen zehn Minuten. Sonst kommt der ganze Ablauf durcheinander«, sagte sie und ging zum Pförtner. »Die beiden gehören zu mir!«, rief sie ihm zu.

»Die nimmt sich ganz schön wichtig, die Lady«, sagte Wullitzer zu Paula, öffnete seine Lederjacke etwas mehr und ging keinen Schritt schneller als sonst. Die junge Frau eilte auf eine Halle zu und drehte sich zu Paula und Wullitzer um.

»Wir haben wirklich nicht viel Zeit!«, rief sie.

»Wenn sie sich da mal nicht täuscht«, sagte Wullitzer und wurde eher noch langsamer.

Zunächst führte der Weg über das Studiogelände an einigen halbhohen Bürohäusern entlang, vor deren Eingängen Leute standen und rauchten. Kleine Elektrofahrzeuge mit Ladeflächen transportierten Studiolampen, Stative oder auch nur Kästen mit Mineralwasser. Alles geschah in einem ruhigen, langsamen Tempo, als hätte dieser Studiokomplex nichts mit der Hektik, die sonst in Berlin herrschte, zu tun. Nur die Assistentin in ihrem weiten schwarzen Anzug hatte es eilig und schüttelte den Kopf, weil Paula und Wullitzer zurückblieben.

Vor einer großen Halle stand eine weitere junge Frau mit Headset und erklärte etwa dreißig Leuten, wie sie sich gleich bei der Fernsehaufzeichnung verhalten sollten. Die Assistentin nickte der Frau mit dem Headset zu und betrat das Gebäude. Am Ende eines langen schmalen Gangs, der um das eigentliche Studio herumführte, in dem die Sendungen von Gaby Paczinsky aufgezeichnet wurden, wartete die junge Frau kurz, bog in den nächsten Gang rechts ein und hielt vor einem der Maskenräume mit dem Schild *Gaby Paczinsky*.

»Wie gesagt, zehn Minuten.« Die Assistentin blickte auf die Uhr. »Und jetzt eigentlich nur noch sieben.«

»Das lassen Sie mal unsere Sorge sein. Dürfen wir?«, sagte Wullitzer, klopfte an die Tür, hörte ein *Herein* und lächelte der Assistentin kurz säuerlich zu. »Oder dürfen nur Sie diese Tür öffnen? Nicht, dass wir etwas falsch machen«, sagte er spöttisch und merkte, dass Paula ihn amüsiert beobachtete. Er war nicht zur Polizei gegangen, um sich von einer Fernsehassistentin herumkommandieren zu lassen, und seine neue Partnerin schien das zu verstehen. Ohne eine Reaktion der Assistentin abzuwarten, betrat er den Maskenraum.

Gaby Paczinsky saß auf einem gut gepolsterten Drehstuhl vor einem Maskenspiegel, und neben ihr stand ihre Maskenbildnerin. Über dem Kostüm trug die Moderatorin einen Kittel, und der Kragen ihrer Bluse war mit Papiertüchern abgedeckt, damit keine Schminke das Kostüm ruinieren konnte. Paula kannte Paczinsky aus dem Fernsehen und war überrascht, dass sie deutlich älter wirkte als in ihren Sendungen. Dort schien sie Anfang dreißig zu sein, tatsächlich aber hatte sie wohl die vierzig überschritten.

Die Assistentin blieb in der offenen Tür zum Maskenraum stehen, während Paula und Wullitzer eintraten. Gaby Paczinsky sah die beiden beunruhigt an.

»Kripo Potsdam?«, fragte die Moderatorin.

»Ja«, sagte Paula, »wir müssten …«

»Lasst uns bitte allein«, sagte Gaby Paczinsky zu ihrer Maskenbildnerin und der Assistentin.

»Aber in zehn Minuten …«, warf die Assistentin ein.

»Ihr lasst uns allein!« Die Moderatorin duldete keinen Widerspruch, und Paula merkte ihr an, wie sehr sie unter Druck stand.

Die Maskenbildnerin legte einen kleinen Schwamm auf den Schminktisch, lächelte den Polizisten zu und verließ mit der Assistentin den Raum.

Wullitzer nickte Paula unmerklich zu. Es war besser, wenn eine Frau mit der Moderatorin redete.

»Frau Paczinsky«, begann Paula sehr freundlich. »Mein Name ist Paula Osterholz, und das ist mein Kollege Henry Wullitzer.«

Die Moderatorin nickte und ihre Augen wurden feucht.

»Geht es um Alexa?«, fragte sie leise, und Paula war sicher, dass sie von deren Tod bereits wusste.

»Ja. Wir müssen Ihnen leider mitteilen, dass Alexandra Schuster heute früh von ihrem Bruder tot aufgefunden wurde. Mein Beileid«, erwiderte Paula.

Gaby Paczinsky atmete tief aus. Einen Moment lang versuchte sie vorsichtig, mit einem Papiertuch ihre Tränen zu trocknen, ohne das halb fertige Make-up zu ruinieren, doch schnell wurde es ihr gleichgültig. Der Lidschatten, der vor der Kamera ihre großen Augen betonte, verteilte sich auf den hohen Wangenknochen.

»Wie?«, fragte sie schließlich.

»Frau Schuster wurde erschossen«, sagte Paula behutsam.

Gaby Paczinsky nickte.

»Von ihrem Mann? Lukas?«, fragte sie.

»Wir ermitteln in alle Richtungen«, sagte Paula. »Wie kommen Sie auf Lukas Schuster?«

Die Moderatorin kniff die Augen zusammen und zögerte.

»Kann ich mich darauf verlassen, dass das, was ich Ihnen sage, diesen Raum nicht verlässt und nicht an die Öffentlichkeit gelangt?«

»Wir werden so diskret wie möglich mit allem umgehen, was wir erfahren. Das versprechen wir Ihnen«, erwiderte Wullitzer. »Aber wir ermitteln in einem Mordfall. Gewisse Informationen werden wir nicht für uns behalten können.«

Gaby Paczinsky nickte.

»Der Bruder von Frau Schuster hat uns mitgeteilt, dass Sie und Frau Schuster ein Paar waren«, sagte Paula.

Die Moderatorin starrte eine Zeit lang vor sich hin. Dann gab sie sich einen Ruck.

»Alexa wollte sich von ihrem Mann trennen. Wir haben oft darüber gesprochen, und ich war nicht mehr sicher, ob sie es wirklich tun würde. Aber gestern, da wollte sie mit ihm reden. Endgültig. Und erst danach wollte ich mit meiner Frau sprechen. Wir führen eine offene Ehe. Trotzdem wollte ich fair sein.«

»Haben Sie gestern Abend oder Nacht mit Frau Schuster telefoniert?«, fragte Paula.

»Ja, mehrfach. Wie jeden Tag.«

»Und wann zuletzt? Und hat Frau Schuster da angedeutet, dass sie sich bedroht fühlt?«

Gaby Paczinsky kniff die Augen zusammen, wich Paulas Blick aus und strich gedankenlos über einen der kleinen Schwämme ihrer Maskenbildnerin. Falls es etwas gibt, das sie weiß, wird sie es uns nicht sagen, dachte Paula.

»Gegen drei hat Alexa mir geschrieben, ob ich noch wach bin. Ich hab sie angerufen. Da war noch alles in Ordnung«, sagte Gaby Paczinsky schließlich. »Und … sie wollte sogar noch zu mir kommen. Irgendetwas wollte sie mir sagen, aber nicht am Telefon. Aber sie ist nie angekommen und war auch nicht mehr erreichbar.« Die Moderatorin schloss die Augen.

»Hatte Frau Schuster da schon mit ihrem Mann über die Trennung gesprochen?«, fragte Paula.

»Sie sagte, sie hätte ihn seit Stunden nicht gesehen. Aber das muss nichts heißen. Die beiden hatten schon länger getrennte Schlafzimmer. Und Lukas … Er wusste, dass die Ehe am Ende war. In den letzten Wochen hat er wohl auch immer mehr getrunken.«

Es klopfte an der Tür. Die Assistentin kam herein.

»Gaby, wir müssen wirklich …«

»Raus!«

»Aber die Aufzeichnung …«

»Die verschiebt ihr. Eine Stunde. Raus!«

Die Assistentin schüttelte den Kopf und schloss die Tür. Die Moderatorin sah ihr verärgert nach.

»Haben Sie sonst noch Fragen?«

Paula und Wullitzer warfen sich einen Blick zu.

»Nein, im Moment nicht. Vielen Dank. Und wie gesagt, wir werden mit der Situation so diskret wie möglich umgehen«, sagte Wullitzer.

»Es kann aber sein, dass weitere Fragen auftauchen. Dann würden wir uns melden«, fügte Paula hinzu. »Wieder über Ihr Management, oder gibt es eine andere Möglichkeit?«

»Ich gebe Ihnen die Nummer meiner Maskenbildnerin. Iris ist die Einzige, die von mir und Alexa weiß, und sie ist absolut verschwiegen.«

Wilhelm Hardenberg bog auf die Einfahrt und sah erleichtert, dass der Wagen seiner Frau nicht vor der Doppelgarage stand. Sie war nicht zu Hause, und das war ihm sehr recht. Den Klappspaten hatte er in den Krampnitzsee geworfen, jetzt brauchte er eine Dusche und ein Bier, und dann musste er in Ruhe nachdenken und hoffen, dass der Hund im Wald keine Witterung von ihm oder dem Toten aufgenommen hatte.

Niemand durfte erfahren, was im Wald passiert war. Diese nächtliche Wolfsjagd würde sein Leben nicht ruinieren, das würde er nicht zulassen. Der Tote im Wald, das war Notwehr gewesen. Ein Unfall. Der hatte auf Alexa geschossen, und Hardenberg hatte ihn vertrieben. Wenn Sonja und Urbanczyk dichthielten, drohte ihm keine Gefahr. Das musste er ihnen klarmachen und sicher sein, dass er sich auf sie verlassen konnte.

»Ich hatte den Eindruck, Gaby Paczinsky weiß mehr, als sie sagt. Vielleicht wartet sie ab, was wir von selbst herausfinden«, sagte Paula, während sie sich über die Baumschulenstraße der Berliner Stadtautobahn näherten. Auf dem Hinweg waren sie problemlos vorangekommen, jetzt aber hatte der Feierabend begonnen und der Verkehr floss zäh.

Wullitzers Handy klingelte.

»Verona«, sagte er und ging ran. Paula hörte über die Freisprechanlage mit.

»Seid ihr schon auf dem Rückweg?«, fragte Verona Neuendorf.

»Ja. Frau Paczinsky hat bestätigt, was der Bruder der Toten gesagt hatte. Auch sie verdächtigt den Ehemann«, sagte Wullitzer.

»Es gibt einen weiteren Toten. In der Döberitzer Heide. Ein Förster hat eine männliche Leiche gefunden. Seht euch das mal an, vielleicht ist es Lukas Schuster. Der Förster ist natürlich kein Fachmann, aber er glaubt, dass der Leichnam noch nicht sehr lange dort liegt.«

»Wie kommst du darauf, dass es Lukas Schuster sein könnte?«, fragte Wullitzer.

»Der zeitliche Zusammenhang. Und ... ein Gefühl«, erwiderte Verona Neuendorf. »Ich schick euch die Koordinaten. Das liegt tief im Wald, die letzten Kilometer werdet ihr zu Fuß gehen müssen. Anita und Norbert machen sich auch gleich auf den Weg«, sagte sie noch und legte auf.

»Anita Stockhausen?«, sagte Paula spöttisch. »Ich bin sicher, sie wird es lieben, durch den Wald zu laufen, und sie wird ungeheuer guter Laune sein, wenn wir ihr begegnen.«

Wullitzer warf Paula einen überraschten Blick zu. Dass die neue Kollegin an ihrem ersten Tag über die Rechtsmedizinerin spottete, hätte er nicht erwartet.

»Anita hat schon Todesursachen gefunden, wo andere Kollegen vor einem Rätsel standen«, sagte Wullitzer. »Aber manchmal, da ist sie einfach ein, eine ...«

»Diva?«, vollendete Paula den Satz, weil Wullitzer zögerte. Eigentlich wollte sie *ein Miststück* sagen, aber das wollte sie sich am ersten Tag nicht erlauben.

»Ja, vielleicht ist sie eine Diva. Aber eine höchst kompetente Diva.«

Wullitzer hielt vor einer roten Ampel.

»Ist es nicht Zeitverschwendung, dorthin zu fahren?«, fragte Paula. »Die Kollegen vor Ort könnten ein Foto machen, dann wüssten wir sofort, ob es Lukas Schuster ist. Ich würde mich lieber auf unseren Fall konzentrieren. Wir sind heute Vormittag schon überstürzt zu der Besprechung mit dem Staatsanwalt aufgebrochen. Vielleicht wären wir längst weiter, wenn wir uns in Ruhe auf dem Pferdehof umgesehen hätten.«

»Zum einen ist es eine Anweisung unserer Vorgesetzten«, sagte Wullitzer vorsichtig. »Und zum anderen … Verona war eine sehr gute Ermittlerin, bevor sie Chefin wurde. Und wenn sie so ein Gefühl hatte, lag sie damit oft richtig.«

»Dann fahren wir eben dorthin«, erwiderte Paula, obwohl es ihr widerstrebte. Im Großraum Berlin lebten etwa vier Millionen Menschen, die Hälfte davon waren Männer. Und dieser eine sollte ausgerechnet Lukas Schuster sein? Aber vielleicht unterschätzte sie ihre Chefin ja auch, und die lag mit ihrem Gefühl richtig. Oder sie wusste etwas, das sie bisher nicht sagte.

Sie erreichten die Ausläufer der Döberitzer Heide, wo die Landschaft offen und der Weg von einzelnen Birken gesäumt war. Der dichte Wald, in dem der Tote lag, war noch etwas entfernt.

»Eigentlich bräuchten wir einen Geländewagen«, sagte Wullitzer, denn wenig später setzte der Dienstwagen auf dem unbefestigten Weg entlang der Kiefern ein paar Mal auf. »Wenn das schlimmer wird, müssen wir den Wagen stehen lassen und zu Fuß weiter«, schimpfte Wullitzer, doch dann erreichten sie einen Einsatzwagen, an dem ein uniformierter Kollege lehnte und auf sie wartete.

»Ist es noch weit?«, fragte Wullitzer, nachdem er den Kollegen begrüßt hatte.

»Knapp zwei Kilometer. Ich ruf den Förster an, der bringt euch hin. Er hat schon drei Kollegen gefahren, damit sie den Fundort sichern.«

Kurz darauf näherte sich der kleine Geländewagen des Försters. Sein Hund war gut erzogen, hob nur den Kopf und bellte nicht, als Paula und Wullitzer einstiegen. An dem Gitter, das die Ladefläche vom Innenraum trennte, hing ein Gewehr.

»Der Hund hat angeschlagen und mich direkt zu der Leiche geführt«, erklärte der Förster, während der Geländewagen über den immer unwegsameren Waldweg fuhr. Ein paar Mal hüpfte der Wagen an unebenen Stellen, und Paula und Wullitzer mussten sich festhalten, um nicht mit den Köpfen gegen die Scheiben oder das Wagendach zu stoßen. »Rupert hat mehrfach in eine Richtung geschnuppert und gebellt, aber ich hatte ihm befohlen, bei dem Toten zu sitzen. Es könnte also noch jemand im Wald gewesen sein.«

Nach zwei Kilometern hielt der Förster an einer Schranke, öffnete das Schloss, passierte die Stelle und schloss wieder ab.

»Sie können sich nicht vorstellen, wer hier alles in den Wald fährt, obwohl es verboten ist. Ohne die Schranke würden wir überrannt werden. Die Leute haben da keine Hemmungen. Das wird immer schlimmer.«

Der Waldweg wurde noch schmaler. Schließlich hielt der Förster an.

»Den Rest müssen wir zu Fuß«, sagte er. »Weiter komme ich selbst mit diesem Wagen nicht. Ich könnte mir übrigens vorstellen, dass der Tote ein Wilderer ist. So weit entfernt von den Wegen verirrt sich sonst niemand.«

Paula und Wullitzer folgten dem Mann, der sich mit großer Souveränität bewegte, obwohl kaum ein Weg zu erkennen war. Der Wald wurde immer dichter, und Paula fragte sich, ob sie allein hier wieder hinausfinden würde. Sie prägte sich markante Baumformationen, Ansammlungen von Farn und jeden Abzweig ein, an dem der Förster einbog. Mit dem Handy machte sie Fotos, wenn der Förster die Richtung änderte.

Während der Wald unwegsamer und dunkler wurde, fragte Wullitzer den Förster nach Details zum Auffinden des Leichnams und schien kaum auf den Weg zu achten. Der Förster beschrieb den Toten als ungepflegt, bärtig und sehr dünn, und schon bei dieser Beschreibung war Paula klar, dass der Tote auf keinen Fall Lukas Schuster war und sie sich diesen Weg hätten sparen können.

Wullitzer hielt mit dem Mann Schritt, obwohl er bereits etwas schnaufte. So wie er vorhin auf dem Studiogelände nicht langsam genug hatte gehen können, so sehr bemühte sich Wullitzer jetzt, auf Höhe des Försters zu bleiben. Zunächst liefen sie durch einen dichten Kiefernwald, doch dann tauchten Buchen und auch einige Birken auf. Wenig später entdeckte Paula drei Polizeikollegen in Uniform, die die Fundstelle mit Absperrband gesichert hatten.

Paula und Wullitzer betrachteten den Toten zunächst schweigend. Wie schon heute früh, als sie gemeinsam vor dem Leichnam von Alexandra Schuster standen, war Paula froh, dass Wullitzer angesichts des Todes ähnlich demütig und zurückhaltend war wie sie und dem Toten zunächst schweigend die Ehre erwies. Auch für Wullitzer schien ein Toter nicht nur ein weiterer Fall, sondern ein Mensch mit Würde zu sein.

Sie wollten seine Lage nicht verändern, doch auch so war zu erkennen, dass ihn mindestens zwei Schüsse von vorn getroffen hatten. Seine Haare und sein Bart waren verfilzt und ebenso schmutzig wie die Hände, das Gesicht und die teilweise zerrissene Kleidung. Sein Körper wirkte hager und sehnig. Er trug eine schwarze Cordhose und eine alte Weste über einem kräftigen, dicken Hemd, das früher wohl mal kariert gewesen, jetzt aber verdreckt und blutverschmiert war. Die oberen Knöpfe dieses Hemdes standen offen und Paula bemerkte ein Tattoo. Vorsichtig schob sie das Hemd etwas zur Seite und erkannte einen Wolfskopf, der die Brust des Mannes bedeckte.

Wullitzer räusperte sich.

»Wir sollten Fotos machen, zurück ins Präsidium fahren und an unserem Fall arbeiten. Dass es sich um Lukas Schuster handelt, können wir wohl ausschließen«, sagte Wullitzer leise und wandte sich an einen der Polizisten. »Hat jemand von euch bei dem Mann nach Ausweis oder Handy gesucht?«

»Nein, das wollten wir euch oder der Spurensicherung überlassen.«

»Sehr gut«, erwiderte Wullitzer. »Wir gehen zurück. Die Kollegen werden ja gleich eintreffen.«

Der Förster war schon aufgebrochen, um die Spurensicherung in Empfang zu nehmen. Wullitzer ging voran, und Paula musste sich mit ihren kurzen Beinen anstrengen, um Schritt zu halten. Wullitzer schien keinerlei Probleme zu haben, sich im Wald zu orientieren, sondern fand sicher jede Abzweigung. Überall dort, wo Paula vorhin befürchtet hatte, den Rückweg allein nicht zu finden, blieb Wullitzer nur kurz stehen, sah sich um und ging weiter. Er musste sich den Weg komplett eingeprägt haben, obwohl er vorhin ins Gespräch mit dem Förster vertieft zu sein schien.

Eine Zeit lang schwiegen sie, und außer dem Knacken von Zweigen, gelegentlichem Rascheln im Unterholz sowie einigen Krähen war nichts zu hören. Irgendwann wurde Wullitzer langsamer, nahm sein Handy, blickte auf das Display und hielt es in die Luft.

»Haben Sie hier Empfang?«, fragte er.

Paula blickte auf ihr Handy. Der Empfang war gut. »Ja. Hab ich.«

»Dann rufen Sie doch bitte unsere Vorgesetzte an. Am besten schickt sie Jonas und Vanessa los. Und falls sie fragt: Wir haben einen Mord aufzuklären und keine Zeit, sinnlos im Wald rumzulaufen.«

Paula wählte die Nummer von Verona Neuendorf und berichtete ihr, was sie vorgefunden hatten. Als Wullitzer mitbekam, dass die Chefin nach Details fragte, übernahm er das Gespräch.

»Verona? Das hier ist für uns Zeitvergeudung. Vermutlich ein Wilderer, und dass er mit Lukas Schuster etwas zu tun hatte, halte ich für ausgeschlossen«, sagte Wullitzer. Als Verona Neuendorf sich damit nicht zufriedengab, behauptete Wullitzer, er könne sie kaum verstehen, fragte mehrfach, was sie gesagt habe, und legte dann auf.

»Funkloch«, sagte er und reichte Paula ihr Handy. Sie blickte auf das Display: Der Empfang war unverändert gut.

»Dann war wohl nur da vorn schlechter Empfang«, sagte Wullitzer, grinste und ging weiter.

Noch vor der Schranke stießen sie auf den Förster, der Norbert Eigendorf, den Spurensicherer, und die Rechtsmedizinerin Anita Stockhausen begleitete. Beide hatten eine Assistentin dabei, die die Ausrüstung trug. Wullitzer erklärte ihnen, was sie vorgefunden hatten und dass sie sich jetzt wieder um den Mord an Alexandra Schuster kümmern würden.

»Dass dieser Tote etwas mit unserem Fall zu tun hat, erscheint mir ausgeschlossen«, sagte Wullitzer. »Verona schickt Jonas und Vanessa her. Alles Weitere klärt ihr bitte mit den beiden.«

»Bisher hat niemand den Toten nach Ausweis oder Handy untersucht. Außerdem wird die Kollegen sicherlich interessieren, wie der Tote in den Wald gekommen ist. Vielleicht steht ja irgendwo im Umkreis ein Wagen, der eine Spur wäre«, fügte Paula hinzu.

»Vanessa und Jonas werden schon wissen, wie sie bei so einem Fall vorgehen«, sagte Anita Stockhausen herablassend. Paula schüttelte nur den Kopf und ging wortlos weiter.

Hagen Gütschow hatte den Kastenwagen kaum vor seinem kleinen Häuschen geparkt, als Emily die Haustür aufriss und in seine Arme sprang.

»Papa, weißt du, was passiert ist?«, rief sie.

»Nein. Was in der Schule?«

»Nein! Die Frau vom Pferdehof. Die Schwester von Philipp. Die ist tot!«

Gütschow sah seine Tochter beunruhigt an. Das schlanke Mädchen, das für seine acht Jahre schon recht groß war, wirkte heute schmächtiger und verletzlicher als sonst.

»Die Besitzerin ... Wie heißt die noch?«

»Das weißt du doch. Alexandra! Und die ist tot. Jemand hat sie erschossen. Letzte Nacht!«

»Das ist ja ... furchtbar. Wir gehen rein, dann erzählst du mir alles.«

Beim Abendbrot hatte Emily kein anderes Thema, und erst als sie nach dem Essen noch eine Serie gucken durfte, konnte Gütschow mit Lena reden.

»Denkst du, sie kommt damit klar?«, fragte er seine Frau.

»Sie war vorhin mit Alicia reiten, das war wie immer, als ob nichts wäre. Aber seit sie hier ist, redet sie von nichts anderem.« Lena sah Gütschow an. Sie wirkte besorgter und ihr schmales Gesicht war grauer als sonst. »Alexandra Schuster war immer streng, und die Mädchen hatten mit ihr nicht so viel zu tun. Ich will mir gar nicht vorstellen, wie es wäre, wenn Philipp Carow tot wäre. Den lieben die Mädchen.«

»Hast du auf dem Pferdehof etwas gehört, wer das war? Und was dahintersteckt?«, fragte Gütschow.

»Es gibt Gerüchte über eine Ehekrise. Und Lukas Schuster ist heute nicht aufgetaucht. Irgendjemand sagte, er sei geflüchtet.«

»Ah. Der Ehemann. So was passiert ja«, erwiderte Gütschow.

»War dein Tag sehr hart?«

»Wir haben viel zu tun gerade.«

»Könntest du heute Nacht vielleicht bei uns bleiben? Das wäre gut für Emily. Sie hat vorhin gefragt, ob sie bei uns schlafen darf. Und nach dem Mord …«

Gütschow nickte.

»Ja. Heute bleib ich hier, keine Sorge.«

Gütschow sah, dass Lena dankbar lächelte. Er wusste, dass sie ihn nie drängen würde, zu Hause zu bleiben, statt in die Wälder zu gehen. Aber heute wirkte sie erleichterter als sonst, dass er hierblieb.

8

»Sie hätten sich Ihren ersten Tag sicherlich ruhiger vorgestellt«, sagte Wullitzer, als sie am frühen Abend das Präsidium verließen.

»Klar, aber es hat auch Vorteile, gleich richtig einzusteigen. Und vielleicht haben Verona Neuendorf und der Staatsanwalt ja auch recht und der Fall ist gelöst, sobald wir Lukas Schuster gefunden haben«, entgegnete Paula. Sie hatten den beiden Bericht erstattet, und Wullitzer hatte behauptet, sie kämen gut voran. Das Gespräch mit Gaby Paczinsky hatte er etwas ausgeschmückt, denn es schien Dao Le Minh besonders zu interessieren.

»Haben Sie eigentlich noch mal mit der Spurensicherung wegen dem Waffenschrank von Alexandra Schuster gesprochen?«, fragte Paula.

»Ja, genau, das wollte ich Ihnen noch sagen. Sie haben den Schlüssel gefunden. Es gibt sechs Halterungen, und sechs Gewehre hängen dort auch. Mit zweien von ihnen ist in den letzten vierundzwanzig Stunden geschossen worden.«

»Okay … Vielleicht weiß der Reitlehrer ja, wann seine Schwester zuletzt auf Jagd war.«

Paula war froh, dass ihr neuer Partner nicht auf die Idee kam, am ersten Abend mit ihr etwas trinken gehen zu wollen. Privaten Kontakt vor allem zu den männlichen Kollegen hatte sie in

Cottbus auf ein Minimum beschränkt, und so wollte sie es auch hier erst einmal halten. Sie verabschiedete sich und merkte, wie ungewohnt es war, nach Hause zu fahren, und dort wartete jemand auf sie. Helene hatte schon vorhin geschrieben und gefragt, ob sie etwas zu essen bestellen sollte, Raffa sei auch zu Hause. In Cottbus war Paula in den letzten zwei Jahren nach Dienstschluss in ihre Wohnung gekommen und hatte gehofft, Vinzenz würde einen Grund finden, noch zu ihr zu kommen. Nach seinem Tod war sie so spät wie möglich nach Hause geschlichen, hatte sich mit Serien betäubt und gehofft, in einen traumlosen Schlaf zu fallen.

»Schwester, wie ist es, gehen wir nachher noch segeln?«

Es war ein warmer Spätsommerabend, und Raffa war dabei, im Garten den Tisch zu decken.

»Klar, gern.« Paula blickte zu den Bäumen. Die Blätter bewegten sich leicht, es war also genug Wind, um noch ein oder zwei Stunden auf dem Templiner See zu verbringen.

Helene hatte von einem thailändischen Restaurant etwas liefern lassen und verteilte es in der Küche auf Tellern und Schüsseln. Nicht jeder Abend würde sommerlich, leicht und unbeschwert sein, aber heute machte es Paula regelrecht glücklich, mit ihrer Tante und ihrem Bruder im Garten zu essen und das Leben zu genießen.

»Was war das denn für ein Fall, für den du heute schon so früh aufgebrochen bist?«, fragte Raffa. »Hat das was mit dieser toten Pferdezüchterin zu tun?«

»Über laufende Ermittlungen darf ich nicht reden«, erwiderte Paula ausweichend.

»Stell dich nicht so an, Schwester. Das hat sich längst rumgesprochen, so was bleibt in Potsdam nicht lange geheim«, erwiderte Raffa und sah Helene an. »War diese Pferdezüchterin nicht sogar eine Patientin von dir? Ich hab bei Instagram Fotos von der Frau gesehen, die war doch mal hier in der Praxis, oder?«

Helene hob abwehrend die Hände.

»Paula darf über ihre Ermittlungen nicht sprechen und ich nicht über meine Patientinnen«, sagte sie.

»Ja, klar, weiß ich ja, schon gut. Ich dachte nur. Ist doch ein Zufall, wenn ihr beide mit der was zu tun habt. Also beruflich«, erwiderte Raffa und sah Helene an. »Kommst du mit zum Segeln?«

»Ich? Bloß nicht«, erwiderte Helene. »Das macht ihr mal schön zu zweit.«

Wullitzer war erleichtert, heute Abend nicht allein in seinem Haus zu sein. Heute und morgen würde Mel noch bei ihm sein und im Homeoffice arbeiten, aber dann musste sie zurück nach Köln.

»Ich bin gleich fertig!«, rief Mel, die mit Kopfhörer vor ihrem Computerbildschirm saß und einige ihrer vielen Videokonferenzen hatte. Wullitzer wusste, dass seine Tochter ihren Job sehr mochte und gut bezahlt wurde. Doch dass dieser Beruf ausschließlich darin bestand, die Tage mit Videokonferenzen zu verbringen, irritierte ihn.

»Oah, es war ein harter Tag«, stöhnte Mel, nachdem sie den Computer heruntergefahren hatte. »Eigentlich wollte ich was einkaufen und kochen, aber ich war heute keine Sekunde aus dem Haus. Wollen wir uns etwas liefern lassen oder essen gehen?«

»Lass uns essen gehen. Irgendwo, wo man draußen sitzen kann. Es ist ein warmer Abend. Ich lad dich ein.«

»Wie war es mit der Neuen? Deiner neuen Partnerin?«

Wullitzer war überrascht, dass seine Tochter so unvermittelt danach fragte. Und er war auch überrascht, als er sich »Gut. Es war gut mit ihr« antworten hörte.

»Es war gut, tatsächlich?«, fragte Mel.

»Ja. Ja, die lässt sich nichts gefallen. Die ist tougher, als sie aussieht«, entgegnete Wullitzer.

»Das klingt gut. Das klingt sehr gut.«

Während der Schulzeit hatten sie beide ihre Segelscheine gemacht, aber in den letzten Jahren war Raffa wesentlich öfter mit Segelbooten unterwegs gewesen. Obwohl Paula deutlich mehr Geld als ihr Bruder in das Boot gesteckt hatte, betrachtete Raffa es als seins und benahm sich wie der Skipper, der das Kommando führte. Paula ließ ihn gewähren und war froh, mit ihm auf dem Wasser zu sein.

Das Boot lag im nördlichen Teil des Templiner Sees, in der Nähe von Kiewitt. Sie stiegen direkt vom Anleger auf das Boot, zogen das Segel aber erst hoch, als sie ein Stück vom Ufer entfernt waren. Der See war an dieser Stelle knapp dreihundert Meter breit, und nur der westliche Teil, an dem sie gestartet waren, war bebaut, auf dem östlichen Ufer standen hingegen dichte Baumreihen. Der Wind kam mit zwei Windstärken aus nordöstlicher Richtung und er frischte etwas auf, nachdem sie die Landzunge von Hermannswerder hinter sich gelassen hatten und der See deutlich breiter wurde. Sie passierten den Olympiastützpunkt und das futuristische Kongresshotel, kamen problemlos unter der Eisenbahnbrücke hindurch, machten gute Fahrt und redeten nur das Nötigste. So war es meistens, wenn sie zusammen segelten, und es war ein sehr angenehmes, vertrautes Schweigen. Beide genossen den Wind und die am Ufer vorbeiziehenden Häuser und hochgewachsenen Bäume, und nur gelegentlich gab Raffa ein Kommando, um anderen Seglern oder auch Motorbooten auszuweichen.

Kurz bevor sie bei Caputh den engen Übergang in den Schwielowsee erreichten, wendeten sie. Der Wind hatte nachgelassen, aber er kam jetzt fast von vorn und sie mussten kreuzen und kamen langsamer voran.

»Vor drei Wochen bin ich einmal quer über den See und wieder zurück geschwommen«, sagte Raffa, als sie auf Höhe des Freibads Templin waren. »Ich bin langsamer als früher, aber es ging gut.«

»Trainierst du noch?«

»Selten. Kickt mich nicht mehr so.«

Vor über zehn Jahren hatte Raffa von einer Karriere als Leistungsschwimmer geträumt, dann aber einsehen müssen, dass es ihm dafür an Ehrgeiz fehlte und er seine Zeit lieber auf Partys verbrachte. Dass er jetzt schon fast ein Jahr einen festen Job als Fitnesstrainer hatte, war für Raffas Verhältnisse erstaunlich ausdauernd. Vor allem war Paula froh, dass ihr jüngerer Bruder nie ernsthaft in Drogen und Alkohol abgerutscht war. Eine Zeit lang hatte Paula sich Sorgen um Raffa gemacht, aber zum Glück hatte Tante Helene all die Jahre ein Auge auf ihn gehabt, und das war wohl auch nötig gewesen.

Bei dem leichten Gegenwind war es komplizierter, die Eisenbahnbrücke zu passieren. Als sie sie hinter sich gelassen hatten und ein langer Güterzug über die Brücke fuhr, grinste Raffa und zog sein T-Shirt aus.

»Schwester, wie ist es? Kleines Rennen? Wer schneller bei Hermannswerder ist?«

Noch bevor Paula etwas sagen konnte, drückte Raffa ihr die Pinne und die Schot des Großsegels in die Hand, zog eine Badehose an, sprang über Bord und kraulte los. Er war noch immer enorm schnell, und obwohl Paula versuchte, so hoch am Wind wie möglich zu segeln und selten zu kreuzen, hatte sie keine Chance, Raffa einzuholen. Nachdem er gut fünfzig Meter Vorsprung herausgeschwommen hatte, drehte er sich auf den Rücken, ließ sich einen Moment treiben, kraulte zurück und zog sich an der Steuerbordseite an Deck, wobei das Boot bedenklich schwankte.

»Das war gut jetzt. Aber das mit dem Segeln, das musst du noch üben«, sagte er und lachte.

»Ich wollte dich gewinnen lassen. Was hast du denn gedacht?«

»Vergiss es. Keine Chance hast du gehabt.«

Hagen Gütschow setzte sich in die Dachkammer des kleinen, baufälligen Hauses und fuhr seinen Computer hoch. Er hörte, dass Lena leise mit Emily schimpfte, weil sie nicht ins Bett wollte. Ihm war klar, dass seine Tochter nicht schlafen würde, bevor er nicht bei ihr war, aber er musste wissen, wem der zweite Wagen gehörte, den er letzte Nacht im Wald fotografiert hatte. Der SUV hatte zu dem Pferdehof gehört, ihn hatte er am Logo erkannt. Aber bei dem anderen, dem olivgrünen Geländewagen, konnte er auf dem Display des Handys das Kennzeichen nicht lesen.

Gütschow schloss sein Handy an, überspielte die Fotos auf den Computer und zog sie dort größer, bis das Kennzeichen des Geländewagens halbwegs zu erkennen war. Auf jeden Fall war es ein Wagen aus Potsdam, und auch die Zahlen konnte Gütschow entziffern. Nur die Buchstaben dazwischen, die waren nicht eindeutig. Er notierte, was er zu sehen glaubte, und ging dann nach unten zu Emily und Lena.

Raffa hatte am Anleger Freunde getroffen, wollte mit ihnen noch etwas trinken, und Paula fuhr allein nach Hause. Inzwischen war es fast dunkel und die Luft noch mild. Bei Helene brannte Licht, und Paula wusste, dass sie sich jederzeit zu ihrer Tante setzen konnte, wenn sie es wollte. Doch noch erschien es ihr wie Verrat an Vinzenz, nicht an ihn zu denken, sondern mit anderen Menschen schöne Abende zu verbringen.

In ihrer kleinen Dachkammer nahm sie das Foto von Vinzenz in die Hand. Es war, als würde sie eine wehmütige, verlassene Welt betreten, und zum ersten Mal merkte sie, dass sie allmählich die Trauer hinter sich lassen wollte. Morgen, da würde sie sich abends zu Helene setzen, mit ihr Wein trinken und reden, das nahm sie sich vor.

9

»Bisher gibt es keine Hinweise auf die Identität des Toten im Wald«, sagte Jonas Gärtner am nächsten Morgen. Verona Neuendorf hatte ihn, Paula, Wullitzer und Vanessa Weber zu einer Besprechung gebeten. Auch heute trug die Leiterin der Mordkommission zu einem dunklen Blazer eine helle Bluse, und Paulas Eindruck, es sei eine Art Uniform, verstärkte sich.

»Und es wird bisher auch niemand vermisst, auf den die Beschreibung passt«, ergänzte Vanessa.

»Ich hab gestern das Tattoo auf der Brust kurz gesehen. Ein Wolfskopf. Habt ihr versucht, darüber weiterzukommen?«, fragte Paula und merkte, dass die anderen sie skeptisch ansahen. Der Tote im Wald war jetzt der Fall von Jonas und Vanessa, vielleicht sollte sie sich lieber zurückhalten. Doch Paula hatte noch nie etwas von Zuständigkeiten gehalten, wenn deshalb naheliegende Fragen nicht gestellt wurden.

»Darum kümmern wir uns natürlich«, sagte Vanessa kühl, und Paula ahnte, dass die zur Begrüßung überschäumende Freundlichkeit ihrer neuen Kollegen schnell ins Gegenteil umschlagen konnte.

»Wir gehen von einem Jagdgewehr aus. Der Leichnam weist zwei Einschüsse auf, und wir haben in einem Baumstamm ein weiteres Geschoss gefunden. Kaliber zweiundzwanzig, das wird häufig bei Sportgewehren oder Jagdgewehren verwendet«, sagte Jonas.

»Jagdgewehr …«, überlegte Neuendorf. »Könnten Jäger einen Wilderer erschossen haben?«

»Das ist unsere Vermutung. Allerdings haben wir bisher keine Fallen oder Ähnliches gefunden und auch kein Gewehr.« Jonas sah Vanessa an. »Norbert hat jedoch Schmauchspuren an den Fingern gefunden. Der Unbekannte hat also wohl auch selbst geschossen. Und da die Waffe verschwunden ist, dürfte sie ihm jemand abgenommen haben. Dafür spricht, dass es Fußspuren gibt, die nicht von ihm stammen.«

Verona Neuendorf blickte in die Runde.

»Einen Zusammenhang mit dem Mord an der Pferdezüchterin schließt ihr also alle aus?«

Bis auf Paula nickten alle. Zwar sprach bisher nichts für einen Zusammenhang, doch sie hielt es für falsch, zu diesem Zeitpunkt überhaupt etwas auszuschließen.

»Gut. Noch etwas?«, fragte Verona Neuendorf.

»Die Spurensicherung hat zahlreiche Reifenspuren gefunden, aber weil der Förster mit seinem Geländewagen so oft hin- und hergefahren ist, sind sie unbrauchbar. Allerdings gibt es vor der Schranke ein weiteres Paar Reifenspuren. Ein Wagen könnte letzte Nacht in einem Querweg gestanden haben. Dessen Reifenprofil ist gut zu erkennen«, sagte Vanessa.

Verona Neuendorf sah Wullitzer an.

»Wie geht ihr weiter vor? Die Fahndung nach Lukas Schuster ist raus, aber bisher gibt es nirgends in Brandenburg einen Hinweis. Der Staatsanwalt hat mich heute schon zweimal angerufen und nach Fortschritten gefragt.«

Wullitzer schnaufte kurz.

»Wir machen mit der Befragung der Reiter weiter. Vielleicht finden wir einen Hinweis, wo der verschwundene Ehemann sein könnte. Freunde, Bekannte. Oder wir finden im Haus etwas, das uns weiterhilft.«

Verona Neuendorf nickte.

»Wir hätten uns gestern gleich auf die Suche nach Lukas Schuster konzentrieren sollen. Da hatten Sie wirklich recht«, sagte Wullitzer eine halbe Stunde später zu Paula, während sie an den Kleingartenkolonien von Bornstedt entlangfuhren. »Niemand, der mit anderen Menschen zu tun hat, verschwindet, ohne Spuren zu hinterlassen. Es ist gut, wenn mit Ihnen hier frischer Wind reinkommt. Verona geht es zu sehr darum, dem Staatsanwalt schnelle Ergebnisse zu liefern. Wir sind alle etwas bequem geworden, denke ich.«

Das war eindeutig ein Lob und eine Anerkennung, aber vor allem deutete Wullitzer damit an, dass gelegentlich nachlässig gearbeitet wurde.

»Häufig bekommen wir in der ersten Phase der Ermittlungen die wichtigsten Informationen, weil Menschen da Fehler machen. Aber vielleicht lieg ich in diesem Fall damit ja falsch. Frau Neuendorf hat ungleich mehr Erfahrung als ich«, antwortete Paula vorsichtig.

»Sie haben den Blick von außen. Das kann uns allen nur helfen.«

Hagen Gütschow war mit seinem Chef dabei, die Wärmepumpe, die sie in den letzten Tagen installiert hatten, anzuschließen. Sein Handy piepte und er las eine Nachricht von Lena. Sie fragte, ob er heute Emily und ihre Freundin Alicia von der Schule abholen und zum Reiten bringen konnte. Bei den Mädchen fielen zwei Unterrichtsstunden aus, und Lena konnte nicht so früh freibekommen. Er wusste, dass Lena ihn nur fragte, wenn es wirklich nicht anders ging. Ihr Job an der Supermarktkasse war nicht großartig, aber er hatte sie in der Zeit, als er nicht regelmäßig gearbeitet hatte, über Wasser gehalten. Er mochte den Pferdehof nicht sonderlich, weil ihm die wohlhabenden Reiter unangenehm waren. Aber natürlich würde er Emily und ihre Freundin dorthin bringen, für Emily würde er fast alles tun. Er musste nur einen günstigen Moment erwischen, das seinem Chef zu erklären.

Auch heute schien der Betrieb auf dem Pferdehof weiterzugehen, als habe es den Mord an Alexandra Schuster nicht gegeben. Der strahlende Sonnenschein ließ den Hof, die Pferde und die Wiesen als eine große, friedliche Idylle erscheinen.

»Ich habe die meisten Reitstunden für diese Woche abgesagt. Das bin ich Alexa schuldig. Wenigstens das«, sagte Philipp Carow. Er wirkte erschöpft, fahrig und übermüdet.

»Wir haben noch immer keine Spur von Lukas Schuster«, sagte Wullitzer. »Ist Ihnen noch etwas eingefallen, wo er sein oder wer etwas wissen könnte?«

Carow rieb sich die Augen und gähnte.

»Lukas tut sich nicht leicht damit, Freundschaften zu schließen. Seine früheren Freunde aus Taunusstein, die mochten Alexa nicht. Sie war ihnen zu ehrgeizig. Lukas musste sich entscheiden zwischen ihr und seinen alten Freunden«, sagte er.

»Und Familienangehörige?«

»Seine Eltern leben nicht mehr. Es gibt eine Schwester, die lebt in Shanghai.«

»Da bräuchten wir den Namen und eine Nummer.«

»Geb ich Ihnen.«

»Dann würden wir uns gern noch einmal im Haus umsehen«, sagte Wullitzer.

Bevor Carow aufschloss, drehte er sich zu den beiden Polizisten.

»Sie haben ja gestern meine Frau befragt. Und Ihre Kollegen haben mich gestern auf Schmauchspuren untersucht. Sie glauben hoffentlich nicht ernsthaft, ich könnte meine eigene Schwester erschießen.«

»Wir müssen jeder Spur nachgehen. Das ist unsere Pflicht«, entgegnete Paula.

»Sehen Sie es doch so«, ergänzte Wullitzer, »da unsere Spurensicherung nichts gefunden hat, können wir Sie als Täter jetzt ausschließen.«

Dass der Reitlehrer auch mit Handschuhen geschossen haben konnte, erwähnte Wullitzer lieber nicht. Falls Philipp Carow doch etwas mit dem Tod seiner Schwester zu tun hatte, sollte er sich in Sicherheit wähnen.

»Haben die beiden eigentlich getrennte Schlafzimmer?«, fragte Paula, denn das hatte Gaby Paczinsky ihnen erzählt.

»Seit einem Jahr. Angeblich, weil Lukas schnarcht, aber ...«

»Und wer ist aus dem Schlafzimmer ausgezogen?«

»Lukas. Erst hier im Wohnzimmer auf dem Sofa. Und dann unten im Keller. Auf einer Liege.«

Paula überlegte. »Hat Ihre Schwester mal Erinnerungsstücke weggeräumt?«

Carow überlegte.

»Oben auf dem Boden könnte etwas sein. Da war Ihre Spurensicherung bisher auch nicht.«

»Dann sehen wir uns dort mal um«, sagte Paula.

Eine einfache Holzleiter führte auf den komplett vollgestellten Dachboden. Hier oben war es stickig, die Sonne schien bereits auf die Ziegel. Sowohl Paula als auch Wullitzer hatten ihre Lederjacken unten abgelegt.

»Ich war lange nicht hier«, sagte Philipp Carow. »Aber das dürfte alles von Alexa sein. Sie kann sich schwer von etwas trennen, aber unten im Haus will sie das ganze Zeug auch nicht haben.«

»Zeug?«

»Die beiden sammeln alles, was mit Pferden zu tun hat. Und Alexa bekommt ständig was mit Pferden geschenkt. Also ... bekam.«

Paula öffnete einige Kartons und fand jede Menge Pferde aus Porzellan, aus Holz, aus Glas und als gerahmte Fotos sowie komplette Jahrgänge von Pferdezeitschriften. Wullitzer deutete auf eine kleinere Kiste, die halb offen und in einer Ecke hinter den anderen Kartons lag, als hätte sie jemand dorthin geworfen. Paula stieg über zwei Kartons, holte die Kiste und reichte sie Wullitzer. Der fand ein gerahmtes Foto, auf dem das Ehepaar strahlend neben einem Schimmel zu sehen war. Im Hintergrund stand eine Kirche.

»Wissen Sie, wo das sein könnte? Oder wann das aufgenommen wurde?«, fragte er.

»Wo, das kann ich Ihnen nicht sagen. Und wann …« Carow betrachtete das Foto. »Auf dem Bild, das ist Sugar. War lange das Lieblingspferd von Lukas. Sugar, den haben die beiden vor vier Jahren gekauft. Jetzt hat Sugar aber eine Ataxie und kann seine Bewegungen nicht mehr richtig koordinieren. Tragisch.«

»Vor vier Jahren … Haben die beiden ihre Fotos irgendwo gespeichert? In einer Cloud?«, fragte Paula.

»Ja. Ich hab Ihren Kollegen gestern alles mitgegeben, auch die Passwörter.«

Paula überlegte. Vielleicht würden sie auf anderen Fotos Hinweise finden, wo sie nach Lukas Schuster suchen mussten.

»Brauchen Sie mich noch?«, fragte Carow. »Ich würde mich jetzt gern um die Pferde und unsere Reiter kümmern.«

»Kein Problem. Vielen Dank erst mal«, sagte Wullitzer und wartete, bis Carow die schmale Holzleiter vorsichtig nach unten gestiegen war.

»Übrigens, Respekt«, sagte er dann zu Paula. »Unsere Spurensicherung ist offenbar nicht auf die Idee gekommen, sich hier oben umzusehen.«

»Danke«, sagte Paula.

»Sie sind hartnäckig. Und es könnte sich gelohnt haben.« Er deutete auf das Foto. »Sugar … Was die Leute ihren Pferden für Namen geben. Es dürfte nicht schwer sein herauszufinden, wo diese Kirche steht. Vom Baustil her steht das Ding irgendwo in Brandenburg.«

Im Keller, wo Lukas Schuster übernachtet hatte, fanden Paula und Wullitzer nichts, was sie weiterbrachte. Paula kam als Erste wieder nach oben und sah durch die Terrassentür, dass Philipp Carow mit dem massigen Mann mit den ungepflegten Haaren sprach, der gestern schon hier gewesen war.

»Mit dem Herrn sollten wir mal reden«, sagte sie zu Wullitzer.

»Mit Hardenberg? Warum?«

»Der wusste gestern als einer der Ersten von dem Mord, und er wurde von den anderen gemieden. Carow schien nicht gerade erfreut zu sein, von ihm umarmt zu werden.«

»Dann reden wir mit Herrn Hardenberg«, sagte Wullitzer und wunderte sich, dass ihm das Verhalten des Binnenschiffers gestern nicht aufgefallen war.

Paula ging auf Hardenberg zu, legte ihren Kopf leicht schräg und lächelte. Wullitzer verkniff sich ein Grinsen. Ihm war schon gestern aufgefallen, dass Paula so tat, als sei sie harmlos, wenn sie von jemandem etwas wollte.

»Sie gehören auch zu den Reitern?«, wandte Paula sich an Hardenberg. Der wirkte, als wollte er im Gespräch mit dem Reitlehrer nicht gestört werden.

»Nein«, antwortete Carow deshalb. »Herr Hardenberg ist unser wichtigster Sponsor. Ein großer Unterstützer der Arbeit auf dem Hof. Wir machen hier ja auch Sozialarbeit für Kinder aus schwierigen Verhältnissen. Ohne Herrn Hardenberg wäre vieles nicht möglich gewesen in den letzten Jahren, und viele Kinder hätten nie auf einem Pferd gesessen.«

»Beeindruckend. Da sind Ihnen viele Familien sicherlich sehr dankbar«, erwiderte Paula.

»Brauchen Sie mich noch?«, fragte Carow. »Herr Hardenberg hat nicht viel Zeit, und wir wollten gerade besprechen, wie es hier jetzt weitergeht.«

»Nein, wir sind hier erst einmal fertig, vielen Dank«, antwortete Wullitzer, und Paula sah ihn überrascht an und schien nicht sicher zu sein, ob sie nicht vielleicht noch mehr erfahren könnten. »Wir melden uns, falls wir noch Fragen haben. Und wenn Ihnen noch etwas einfällt, Sie haben ja unsere Nummern«, fügte Wullitzer deshalb noch hinzu, drehte sich um und näherte sich der Treppe nach oben.

»Vermutlich redet Hardenberg nicht gern mit Beamten, weil seine Firma über Monate immer wieder durchsucht wurde«, sagte Wullitzer, als sie über den Pferdehof zum Wagen gingen. Sie kamen an Hardenbergs Geländewagen vorbei und Paula warf einen Blick auf die Rückbank. Dort lag eine längliche Tasche, wie Jäger sie für Jagdgewehre benutzten.

Paulas Handy klingelte. Es war eine Nummer, die sie nicht kannte.

»Ja? Osterholz?«

Paula begriff nicht sofort, wer am Telefon war. Doch als es ihr klar wurde, war sie sprachlos. Es war Betty Ludwig. Vinzenz' Ehefrau.

»Ich muss mit Ihnen reden. Dringend«, sagte die Frau hektisch.

»Ich kann jetzt nicht. Kann ich Sie zurückrufen?«, erwiderte Paula schnell.

»Es ist wirklich dringend …«

»Unter der Nummer, die aufleuchtet? Ich melde mich später.«

»Ja, aber …«

»Bis später«, wiederholte Paula, legte auf und sah, dass Wullitzer sie irritiert musterte. Doch ohne Fragen zu stellen, setzte er sich ans Steuer und sie fuhren los.

»Sie beobachten sehr genau und sind hartnäckig«, sagte Wullitzer, als sie die Herzbergstraße erreicht hatten. »Gefällt mir. Wollte ich nur sagen.«

»Danke«, sagte Paula und freute sich über das Lob. Immer mehr hatte sie den Eindruck, sie und Wullitzer könnten ein gutes Team werden.

»Lukas ist nach wie vor der Hauptverdächtige?«, fragte Hardenberg und wischte sich den Schweiß von der Stirn. Der ganze Sommer war schon so heiß gewesen, und die Hitze nahm einfach kein Ende.

»Offenbar. Allein, dass er verschwunden ist, macht ihn wohl verdächtig. Ich hab auch keine Ahnung, wo er sein könnte«, erwiderte Carow.

»Wann hast du zuletzt mit ihm gesprochen?«, fragte Hardenberg.

»Mit Lukas? Gestern Nachmittag. Warum?«

»Nur so. Und Alexa? Wann hast du sie gestern zuletzt gesehen?«

»Vor dem Abendessen mit den Kindern. Gegen sechs.« Carow schluckte.

Die Antwort beunruhigte Hardenberg. Am Spätnachmittag hatten sie gestern entschieden, Jagd auf Wölfe zu machen. Es war also möglich, dass Carow davon wusste.

»Und du hast auch keine Idee, wo Lukas sich verstecken könnte?«

»Warum willst du das wissen?«, fragte Carow zurück.

»Weil ich mich frag, ob Lukas noch lebt. Oder ob er Alexa umgebracht hat und danach sich selbst.«

Hardenberg wusste, dass er gefühllos wirken musste. Doch er hatte Lukas Schuster noch nie sonderlich gemocht, und falls der von der Wolfsjagd wusste, war es gut, wenn er darüber nicht mehr reden konnte.

Und auch Philipp Carow musste er nahelegen, kein Wort darüber zu verlieren.

10

Gütschows Tochter und ihre Freundin Alicia standen schon aufgeregt vor der Schule und winkten, als sie den dunkelbraunen Kastenwagen sahen.

»Entschuldigt bitte. Ich konnte einfach nicht früher weg von der Arbeit«, sagte er.

»Wir warten schon mindestens drei Minuten!«, rief Emily, und Gütschow musterte sie amüsiert. Wenn Alicia dabei war, war Emily viel frecher als sonst. Er öffnete die Heckklappe, und die Mädchen verstauten ihre Sachen darin. Sie hatten bereits ihre Reitkleidung angezogen und legten alles andere auf die Ladefläche. In kleinen Beuteln hatten sie Äpfel und Karotten dabei.

Gütschow hatte die zwei schon einmal mit seinem Kastenwagen abgeholt, und auch da hatte Alicia es lustig gefunden, dass dieser Wagen nur zwei Vordersitze hatte, hinter denen die fensterlose Ladefläche begann. Emily und Alicia mussten sich gemeinsam auf den Beifahrersitz quetschen und mit nur einem Gurt notdürftig anschnallen.

»Das ist cool hier vorn«, sagte Alicia. Sonst wurde sie in einem der großen Luxuswagen ihrer Eltern gefahren. Gütschow fragte sich, ob die Eltern erfahren würden, dass ihre Tochter heute nicht gerade vorschriftsmäßig zum Pferdehof gebracht wurde.

»Wisst ihr denn schon, was ihr heute macht? Seid ihr im offenen Laufstall, oder ...«

»Wir dürfen ausreiten! Mit Miriam! Hat sie gestern gesagt! Toffee und Snowball vertrauen uns, deshalb dürfen wir das! Kannst du Fotos von uns machen? Und Videos, wenn wir ausreiten? Dann können wir das nachher Mama zeigen!«, riefen Emily und Alicia durcheinander. Gütschow lächelte und freute sich. Es war schön, wenn Emily glücklich war.

»Ja, natürlich, mach ich. Und ich film euch, wenn ihr reitet. Klar!«, versprach er.

Auf dem Pferdehof stürzten die Mädchen sofort aus dem Wagen und liefen zu einem der Ställe, wo Miriam ihnen schon winkte.

Gütschow war noch nie gern auf diesem Pferdehof gewesen, und beim Blick auf die vielen teuren Neuwagen und die teure Kleidung der anderen Reiter wusste er auch, warum. Die Selbstzufriedenheit wohlhabender Menschen hatte in ihm schon immer Verachtung ausgelöst.

Er blickte zur Uhr. In einer Stunde sollte er auf der nächsten Baustelle sein, das hatte er mit seinem Chef ausgemacht, doch vorher würde er die Mädchen filmen, wie er es versprochen hatte. Emily wurde immer größer und selbstständiger, und bald würde sie nicht mehr wollen, dass ihre Eltern überall dabei waren. Aber noch genoss er es, wenn seine Kleine glücklich auf einem Pony saß.

Im Polizeipräsidium gaben Paula und Wullitzer Nadeschda Boschurina das Foto des Ehepaares Schuster und baten sie, mit einem Suchprogramm herauszufinden, in welchem Ort es aufgenommen wurde.

»Wir sind mit diesem unbekannten Toten im Wald noch keinen Schritt weiter«, sagte Vanessa plötzlich und klang freundlicher als vorhin. »Nach wie vor vermisst niemand diesen Mann. Wir versuchen es jetzt auch bei Tätowierern. Ein Wolf als Tattoo ist leider nicht außergewöhnlich, aber es ist eine der wenigen Spuren, denen wir nachgehen können.«

Paulas Handy klingelte. Erneut war es die Nummer von vorhin. Betty Ludwig. Paula deutete entschuldigend auf das Display und ging auf den Flur.

»Ja?«

»Sie wollten mich zurückrufen!«

»Wir stecken mitten in Ermittlungen. Worum geht's denn?«

»Ich muss Sie treffen. Sie sind die Einzige, mit der ich reden kann.«

»Wie meinen Sie das?«, fragte Paula beunruhigt. Dass Vinzenz' Ehefrau ausgerechnet mit ihr reden wollte, war irritierend.

»Vinzenz hat mir vor seinem Tod erzählt, dass es nur eine Kollegin gibt, der er vertraut. Eine Frau Osterholz. Jetzt hab ich bei seinen Unterlagen Ihre Nummer gefunden.«

»Und worüber wollen Sie mit mir reden?«, unterbrach Paula. Im Grunde interessierte sie nur, ob die Ehefrau von Vinzenz' Liebe zu Paula wusste.

»Die Polizei mauert. Mittlerweile glaube ich, die wollen seinen Mörder gar nicht finden. Als ob es einer aus ihren eigenen Reihen ist. Sie sind die Einzige, die mir vielleicht helfen kann.«

»Aber ich bin nicht mehr in Cottbus«, erwiderte Paula. Was Betty Ludwig sagte, machte sie hellhörig.

»Egal. Ich halt die Ungewissheit nicht mehr aus. Ich kann nach Potsdam kommen. Morgen Mittag? Es ist wirklich wichtig.«

Paula atmete tief aus. Je eher sie erfuhr, ob die Ehefrau etwas herausgefunden hatte, desto besser.

»Okay. Morgen Mittag. Ich kann aber noch nicht genau sagen, wann. Wenn wir gerade im Einsatz oder bei einer Besprechung sind …«

»Kein Problem. Ich werde da sein. Danke.«

Betty Ludwig legte auf und Paula fragte sich, was Vinzenz' Ehefrau sich davon versprach, sie zu treffen, und zwar unbedingt. Gab es etwas, das Betty Ludwig herausgefunden hatte? Über den Mörder oder über Vinzenz?

Auf keinen Fall, das wusste Paula, sollten ihre neuen Kollegen davon erfahren, wenn sie morgen Betty Ludwig tatsächlich treffen sollte. Sie wollte herausfinden, wer Vinzenz getötet hatte, das war sie ihm schuldig. Aber sie merkte auch, dass sie gerade dabei war, ein neues Leben zu beginnen.

Als Paula zurück ins Büro kam, standen Wullitzer, Vanessa und Jonas um den Schreibtisch von Nadeschda Boschurina und blickten auf den Computermonitor.

»Kommen Sie, Frau Osterholz!«, rief Wullitzer. »Nadeschda ist wirklich fantastisch.«

Paula sah auf dem Bildschirm die Kirche, vor der auf dem Foto Alexandra und Lukas Schuster mit dem Schimmel Sugar standen.

»Angermünde. Ich hab mir gedacht, dass das nicht allzu weit entfernt sein kann. Das Ehepaar Schuster hat seinen Schimmel in Angermünde gekauft«, sagte Wullitzer und rief sofort die dortige Dienststelle an, damit die Kollegen verstärkt nach Lukas Schuster Ausschau hielten und sich umhörten, wo es in der Gegend Pferdezüchter gab.

Angermünde, das wusste Paula, war eine Kleinstadt im Nordosten Brandenburgs, etwa sechzig Kilometer von Berlin entfernt. Sie rief im Computer die Seite der Kleinstadt auf, erfuhr, dass sie nur gut dreizehntausend Einwohner, für eine Kleinstadt aber eine ungewöhnlich große Fläche hatte.

Angermünde war von der Ausdehnung so groß wie Dresden oder auch Bremen, und tatsächlich gab es mehrere Pferdehöfe. Sollten die Kollegen vor Ort nichts herausfinden, würde sie Wullitzer drängen, sich selbst dort umzusehen.

Gütschow stand am Rand des Pferdehofs vor einer Reihe von Eichen und filmte Emily und Alicia, als sie mit Miriam auf den Ponys strahlend und glücklich an ihm vorbeikamen. Sie erreichten einen Feldweg und ritten auf einen Wald zu, der einen Kilometer entfernt war.

»Bist du noch da, wenn wir zurückkommen? Bitte!«, hatte Emily ihm noch zugerufen, bevor sie auf Snowball gestiegen war, und er hatte es ihr versprochen. Selbst wenn er mit seinem Chef Probleme bekommen würde: Heute war seine Tochter wichtiger.

Gütschow sah, dass Philipp Carow und Wilhelm Hardenberg hinter einem Stall auftauchten. Gütschow mochte diesen massigen Mann nicht sonderlich, obwohl ihm klar war, dass Emily vielleicht nie hätte reiten können, wenn Hardenberg den Pferdehof nicht jahrelang unterstützt hätte. Dennoch war ihm dieser Mann, der sich in seiner Großzügigkeit gesonnt hatte, als er noch wohlhabend war, unsympathisch. Hardenbergs öffentlichen Beteuerungen, er sei von geldgierigen Investoren betrogen worden, glaubte er nicht. Gütschow hatte ein tiefes Misstrauen gegen Menschen, die zu Millionen gekommen waren, denn er konnte sich nicht vorstellen, dass dieses Geld ehrlich verdient war.

Hardenberg ging auf seinen Range Rover zu. Das Gespräch mit Philipp Carow war gut gelaufen. Auch wenn er nach der Pleite seiner Firma offiziell keinen Besitz mehr hatte, so hatte er doch einen Teil seines Vermögens rechtzeitig beiseitegeschafft und konnte den Pferdehof weiter unterstützen. Dank dieses

Wohlwollens würde Carow ihn auf dem Laufenden halten, wie die Polizei bei ihren Ermittlungen vorankam – und vor allem, ob sie von der nächtlichen Jagd wusste.

Hardenberg ging über den Parkplatz, öffnete schon aus der Ferne seine Wagentüren und stutzte, als er an einem dunkelbraunen, geschlossenen Kastenwagen vorbeikam. Solche Wagen gab es nicht oft, und Hardenberg wusste sofort, wo er so einen Wagen gesehen hatte: nachts im Wald. Nachdem er den unbekannten Mann erschossen hatte.

Hardenberg sah sich um. Niemand sollte merken, dass ihm dieser Kastenwagen bekannt vorkam. Zum Glück war niemand in der Nähe. Unauffällig fotografierte er den Wagen und dessen Kennzeichen, versteckte sich hinter seinem Range Rover und verglich das neue Foto mit denen, die er nachts im Wald gemacht hatte. Sofort wusste er: Es war derselbe Kastenwagen. Der Halter musste also irgendwo hier sein.

Plötzlich hörte Hardenberg aus der Ferne Schreie. Ein Kreischen von Mädchen, das immer lauter und schriller wurde. Im ersten Moment wollte er sich nicht darum kümmern, schließlich waren genug Erwachsene hier, und er wollte nicht auffallen. Doch dann hörte er zwei Erwachsene rufen: *Wölfe! Da sind Wölfe!*

Wölfe. Jetzt wagten sich diese Viecher schon bis an den Pferdehof. Hardenberg öffnete die Heckklappe seines Geländewagens.

Gütschow rannte über die Koppel Richtung Waldrand. Dort waren die Mädchen und Miriam mit ihren Ponys geritten. Toffee, auf dem Alicia saß, scheute und stieg hoch, und Alicia versuchte verzweifelt, im Sattel zu bleiben. Etwa fünfzig Meter von ihnen entfernt stand ein Wolf, hatte den Kopf gesenkt und kam neugierig näher.

»Der tut nichts! Der ist jung! Bleibt ganz ruhig!«, brüllte Gütschow, blieb an einem Maulwurfshügel hängen, stürzte zu Boden, sprang wieder auf und rannte weiter. »Bleibt ruhig!«, brüllte er erneut und sah, wie Toffee sich erneut aufbäumte und Alicia sich nicht mehr halten konnte. Sie rutschte aus dem Sattel, stürzte zu Boden und blieb weinend liegend. Miriam sprang von ihrem Pferd und rannte zu Alicia, während Emily noch versuchte, sich im Sattel zu halten. Von rechts raste ein Pick-up über die Koppel und hielt direkt auf den Wolf zu. Toffee drehte ab und galoppierte davon. Miriam stellte sich schützend zwischen den Wolf und Snowball, auf dem Emily sich immer noch hielt, jetzt aber auch kreischte, weil sie um ihre Freundin Angst hatte. Gütschow erreichte sie, rief völlig außer Atem: »Der tut euch nichts!«, machte einen Bogen um die Ponys und ging keuchend auf den Wolf zu. Es war ein junger Wolf mit einem neugierigen und scheuen Blick, dessen Fell heller als das ausgewachsener Wölfe war. Gütschow glaubte, die Situation sei jetzt unter Kontrolle, denn der Wolf drehte ab und lief Richtung Wald. Doch in dem Moment hörte er einen Schuss – und der Wolf sackte zu Boden. Entsetzt sah er, wie der Wolf sich noch ein Stück Richtung Wald schleppte, dabei eine blutige Spur hinter sich herzog und dann leblos liegen blieb. Er hätte am liebsten nachgesehen, ob der junge Wolf wirklich tot war, doch er hörte Emily rufen.

»Papa! Papa! Komm!«

Auch Emily lag jetzt auf dem Boden. Miriam kümmerte sich um Alicia, und alle drei Pferde waren durch den Schuss in Panik geraten und rannten verstört über die Koppel. Bevor Gütschow zu seiner Tochter ging, sah er sich noch einmal um. Ein Mann mit weißgrauem Bart, kariertem Hemd und Fellweste lehnte an einem Pick-up und behielt den reglosen Wolf im Blick.

»Papa!«

Gütschow lief zu Emily. Sie blutete an der rechten Hand und hatte Schrammen im Gesicht.

»Was ist mit Alicia?«, schrie Emily.

»Alicia hat nichts Schlimmes!«, rief Miriam, die bei Emilys Freundin kniete und sich um sie kümmerte.

Gütschow beugte sich zu Emily, und sie schlang ihre Arme um seinen Hals. Vorsichtig kam er hoch und trug seine Tochter zu ihrer Freundin, damit sie sich überzeugen konnte, dass sie nur leicht verletzt war.

Paulas Handy klingelte. Sie erkannte die Nummer und ging sofort ran.

»Philipp Carow hier. Bei uns ist geschossen worden. Auf einen Wolf.«

»*Was* ist passiert?«, rief Paula in ihr Handy.

»Zwei Mädchen sind leicht verletzt. Ich wollte nur, dass Sie das wissen. Der Wolf ist tot.«

»Hat der Wolf die Mädchen angegriffen?«

»Keine Ahnung. Ein Krankenwagen ist gleich hier, ich muss mich darum kümmern«, sagte Carow und legte auf.

Wullitzer sah Paula ebenso fragend an wie Jonas und Vanessa.

»Auf dem Pferdehof wurde auf einen Wolf geschossen. Wir sollten hinfahren«, sagte Paula.

Wullitzer stand auf.

»Und zwar sofort«, erwiderte er.

Während sie zum Pferdehof unterwegs waren, ging Philipp Carow nicht ans Handy, und beim Eintreffen machte der Pferdehof auf Paula einen menschenleeren und friedlichen Eindruck. Erst beim Aussteigen hörte sie in der Ferne Rufe und aufgeregte Stimmen. Sie umrundete mit Wullitzer ein Stallgebäude und entdeckte in einem knappen Kilometer

Entfernung auf einem Feldweg eine Menschentraube um einen Krankenwagen und einen Streifenwagen der Polizei herum. Zwei Rettungssanitäter kümmerten sich um die beiden Mädchen sowie um Miriam, die unverletzt und fassungslos war. Bei Alicia stand ein braun gebrannter, sportlicher Mann, den Paula gestern mit seinem roten Tesla hier gesehen hatte. Vermutlich war es Alicias Vater, und neben Emily stand ihre Mutter, die Paula ebenfalls gestern gesehen hatte. Die Mutter redete mit einem drahtigen Mann mit kurz geschorenen Haaren, dessen Gesicht Paula kaum erkennen konnte, weil er hinter der Mutter stand. Vermutlich war es der Vater.

Hagen Gütschow sah, dass sich eine Frau und ein Mann in Zivil den uniformierten Polizisten näherten, die den Bereich um den toten Wolf sicherten. Wahrscheinlich waren es Kripobeamte, und mit denen wollte er noch weniger zu tun haben als mit uniformierten Polizisten. Er nahm sein Handy und blickte auf das Display. Zweimal schon hatte sein Chef vergeblich versucht, ihn zu erreichen.

»Fahr ruhig«, sagte Lena, seine Frau. »Nicht, dass du Ärger bekommst. Ich hab mir für den Rest des Tages freigenommen.«

»Sicher?«, fragte Gütschow.

»Ja. Aber sag Emily, dass du gehst. Wird ihr nicht gefallen, aber ich bin ja da.«

Gütschow nickte und beugte sich zu Emily. Er wusste, wie tapfer seine Tochter war, und sie behauptete auch jetzt, es sei nicht schlimm, wenn ihr Papa geht.

»Mir ist ja auch nichts passiert. Aber Alicia …«

»Der Arzt hat gesagt, Alicia hat nur Schürfwunden und ein Knöchel ist verstaucht. Und der linke Arm tut ihr weh, aber der ist nicht gebrochen. Das wird alles wieder gut«, sagte Gütschow leise.

»Aber dann können wir morgen nicht reiten«, erwiderte Emily traurig.

»Morgen noch nicht. Aber bald wieder.«

»Hagen, du musst los.« Lena Gütschow beugte sich zu ihm und Emily.

»Ja.« Gütschow gab Emily einen Kuss. »Ich bin stolz auf dich. Du hast keine Angst gehabt.«

»Nein! Nur als Alicia von Toffee gefallen ist …«

Emily lächelte tapfer, schlang noch einmal die Arme um ihren Papa und ließ ihn dann gehen. Gütschow richtete sich auf, küsste Lena und ging Richtung Pferdehof. Vorsichtig sah er sich um und hoffte, dass die Polizisten ihn nicht bemerkten.

Paula entging nicht, dass der drahtige Mann mit den kurz geschorenen Haaren Richtung Pferdehof ging.

»Haben Sie mit dem Mann gesprochen?«, fragte sie einen der uniformierten Kollegen.

»Ja. Das ist der Vater des Mädchens, das kaum verletzt ist. Der war als Erster hier, der ist wohl über die Wiese gerannt. Er sagt, dass der Wolf völlig harmlos war, und schien entsetzt zu sein, dass jemand ihn erschossen hat.« Der Polizist kratzte sich am Kopf und blickte zu dem toten Tier, das einige Meter entfernt hinter dem Absperrband lag. »Mein Eindruck war, dass er sich um diesen Wolf mehr Sorgen macht als um seine Tochter.«

»Wisst ihr denn, wer den Wolf getötet hat?«, fragte Wullitzer.

»Nein, aber vorhin war ein Schäfer hier. Der war mit seinem Pick-up quer über die Wiese gerast, um den Wolf zu vertreiben.« Der Polizist deutete auf Reifenspuren, die sich in die Koppel eingegraben hatten. »Der kann Wölfe nicht leiden und hat sich geweigert, länger zu warten, obwohl wir ihm gesagt hatten, dass wir noch Fragen haben. Aber hier war viel zu organisieren, und plötzlich hat er gewendet und war weg. Immerhin hat er uns seinen Namen und eine Nummer dagelassen.«

»Und was heißt, der kann Wölfe nicht leiden? Könnte er den Wolf erschossen haben?«, hakte Paula nach.

»Er beteuert, dass er nicht geschossen hat. Aber angeblich sind seine Schafe schon öfter Wölfen zum Opfer gefallen. Wölfe hätten in einer Kulturlandschaft nichts zu suchen, hat er geschimpft«, sagte der Polizist. »Ich geb euch seine Daten, dann könnt ihr mit ihm reden.«

»Philipp Carow, der Besitzer des Pferdehofs, wo ist der?«, fragte Paula.

»Der fängt mit ein paar Leuten die Pferde ein. Zwei Ponys und eine Stute. Die haben wohl gescheut, als der Wolf auftauchte, und sind in Panik geraten, als geschossen wurde«, erwiderte der Polizist.

Paula sah sich um. Für einen Reitunfall war die Kriminalpolizei nicht zuständig, und für einen getöteten Wolf auch nicht. Doch auf einem Pferdehof, wo vor einem Tag eine Frau erschossen wurde, waren weitere Schüsse, selbst wenn sie auf einen aus einem Wald aufgetauchten Wolf abgegeben wurden, auffällig. Vielleicht gab es ja einen Zusammenhang.

»Vermutlich kann uns die Studentin am ehesten sagen, was hier passiert ist«, sagte Paula und deutete auf Miriam, die erschüttert zu den Mädchen blickte.

Miriam lehnte erschöpft am Krankenwagen. Sie war irritiert, von der Kriminalpolizei angesprochen zu werden, und sie brauchte einen Moment, bis sie sich erinnerte, dass Paula und Wullitzer schon gestern hier gewesen waren.

»Die Mädchen hatten sich so auf das Reiten gefreut«, sagte sie. »Ich hatte ihnen seit Tagen versprochen, dass wir einen Ausritt machen. Ich dachte, das tut ihnen gut, nach dem, was gestern mit meiner Tante ... Aber vielleicht hätte ich vorsichtiger sein müssen. Wir hatten hier schon mal Wölfe, ich hab das wohl unterschätzt ... Toffee hat den Wolf als Erstes bemerkt und sofort gescheut. Ich wollte mit den beiden noch ruhig zurückreiten, aber der Wolf kam näher. Da sind alle drei Pferde durchgedreht. Toffee hat Alicia abgeworfen, und ich bin aus dem Sattel, um mich um sie zu kümmern. Als dann jemand geschossen hat, war es vorbei. Emily ging auch zu Boden, und die Pferde sind geflüchtet, aber die bekommen wir schon wieder.« Miriam schüttelte den Kopf.

»Haben Sie jemanden gesehen, der geschossen haben könnte? Oder woher die Schüsse kamen?«, fragte Paula.

»Nein«, sagte Miriam. »Der Wolf konnte uns nichts mehr tun, ich hab mich um die Mädchen gekümmert. Emily ist fast unverletzt, aber Alicia, die hat geweint und hatte Schmerzen.« Die Studentin kniff die Augen zusammen.

»Und hier ist schon mal ein Wolf aufgetaucht?«, fragte Paula.

»Ja … vor zwei Wochen etwa. Und irgendwann im Frühsommer, glaub ich. Ich war an den Tagen nicht hier, und es ist wohl auch nichts passiert. Zum Glück.«

Paula sah, dass Emily sich nach Miriam umsah.

»Ich würde gern …«, sagte Miriam.

»Kein Problem«, entgegnete Paula. »Kümmern Sie sich um die Mädchen.«

Miriam lächelte und ging zu Emily und Alicia.

»Was meinen Sie?«, fragte Paula. »Hat das mit unserem Fall zu tun?«

»Einen Wolf töten, darauf stehen empfindliche Strafen, aber wenn ein Wolf Kinder angreift, ist das im Grunde Notwehr oder Gefahr in Verzug. Da dürfte keine hohe Strafe drohen, und es wird ja auch kein Scharfschütze aus einem halben Kilometern Entfernung gewesen sein. Eigentlich hätte ihn jemand sehen müssen.« Wullitzer kratzte sich kurz am Kopf. »Normalerweise würde ich sagen, das ist nichts für uns, lassen Sie uns wieder fahren. Aber nach dem Mord an der Pferdezüchterin ... Ich ruf die Spurensicherung an, die sollen sich das angucken. Und dann reden wir mit dem Schäfer. Warum der einfach abhaut, obwohl die Polizei mit ihm reden will, soll er uns erklären.«

Gütschow musste sich an einen Wagen lehnen. Emily war nichts passiert, aber ausgerechnet auf diesem Hof war vor seinen Augen ein Wolf erschossen worden. Ermordet. Ja, für Gütschow war es Mord. Und der Täter kam aus dem Umfeld dieses Pferdehofs, da war er sicher. Wer sonst wäre so schnell mit einem Gewehr vor Ort gewesen? Es gab Jäger unter diesen Reitern, und Gütschow konnte nicht zulassen, dass diese Leute sich das Recht herausnahmen, geschützte Tiere zu ermorden.

Er schüttelte sich und ging langsam zu seinem Wagen. Als er die Fahrertür öffnete, hörte er, dass der Motor eines anderen Wagens angelassen wurde. Aus dem Augenwinkel sah er, wie ein olivgrüner Geländewagen die Ausfahrt des Pferdehofs erreichte, auf die Straße einbog und im Verkehr verschwand.

Gütschow hatte diesen Geländewagen nur kurz gesehen, aber er sah aus wie der, den er nachts im Wald fotografiert hatte. Er fuhr sofort los und hoffte, den Wagen noch zu erwischen.

11

»Das wird er sein, oder?«

Paula näherte sich einem großen asphaltierten Innenhof, an den zwei Ställe sowie ein Wohnhaus grenzten. Ein Mann Ende fünfzig mit weißgrauem Bart und zerzausten Haaren lud mit einer Forke Heuballen auf die Ladefläche eines Pick-ups. Trotz der Septemberwärme trug er über einem karierten Hemd eine offen stehende Fellweste. Paula und Wullitzer hatten ihre Lederjacken hingegen längst auf die Rückbank gelegt.

Paula blickte auf ihr Handy und die Daten, die der Kollege ihnen geschickt hatte. »Ja, das müsste Andreas Lisewski sein.«

Sie hielten an und gingen auf den Mann zu.

»Herr Lisewski? Wir hätten ein paar Fragen!«, rief Wullitzer dem Schäfer zu. Der hob in aller Ruhe einen Heuballen auf die Ladefläche, stach die Forke in einen weiteren Ballen und wandte sich erst dann missmutig um.

»Worum geht's? Ich hab keine Zeit«, erwiderte er unfreundlich.

Wullitzer hielt seinen Dienstausweis hoch.

»Kriminalpolizei. Es wäre schön, wenn Sie sich etwas Zeit nehmen würden.«

Lisewski nahm den nächsten Heuballen.

»Kommen Sie wegen diesem Scheißwolf? Das sag ich Ihnen gleich. Ich freu mich, dass den jemand geschossen hat. Die Viecher haben hier nichts zu suchen. Meine Tiere sind vor denen nicht sicher, und jetzt greifen die schon Kinder an. Ich bin froh, wenn die einer abknallt«, sagte er verächtlich.

»Haben Sie gesehen, wer geschossen hat?«, fragte Wullitzer.

»Ich hab versucht, die Mädchen zu retten. Zur Not hätte ich diesen Wolf über den Haufen gefahren. Und nein, ich hab nicht gesehen, wer geschossen hat. Aber wenn, dann würde ich es Ihnen auch nicht sagen. Ich weiß doch, was diese Fanatiker mit jemandem machen, der sich gegen diese Viecher wehrt. Der hätte keine ruhige Minute mehr. Terroristen sind das, diese Wolfsromantiker.«

»Sie haben also nicht geschossen?«, fragte Paula.

Andreas Lisewski musterte Paula von oben bis unten. Es war klar, dass er sie für harmlos hielt und nicht ernst nahm. Paula nahm ihren Dienstausweis und hielt ihn hoch.

»Kriminalhauptkommissarin Osterholz. Es wäre gut, wenn Sie meine Frage beantworten. Haben Sie auf den Wolf geschossen?«

Der Schäfer verzog den Mund.

»Nein, hab ich nicht. Noch Fragen?«, sagte er, stieg auf die Ladefläche und stapelte die Heuballen aufeinander.

»Haben Sie eine Waffe?«, fragte Paula.

Lisewski richtete sich auf und sah Wullitzer an.

»Muss ich darauf antworten?«

»Herr Lisewski«, sagte Wullitzer. »Sie haben selbstverständlich das Recht, die Aussage zu verweigern. Aber wenn Sie antworten, sind Sie uns schnell wieder los.«

»Und dann kommen Sie wieder. Und haben noch mehr Fragen«, erwiderte der Schäfer.

»Wir müssten nur dann wiederkommen, wenn Sie uns dafür Gründe geben. Sonst nicht«, sagte Wullitzer freundlich.

»Ja, ich hab ein Gewehr und natürlich einen Waffenschein. Ich muss meine Tiere verteidigen können. Da kommen nicht nur Wölfe. Marder im Stall, das wollen Sie auch nicht. Und die Wildschweine. Die haben schon die Schutzzäune gegen die Wölfe umgegraben. Die graben alles um, wenn ich die nicht vertreib.«

Es lag Paula auf der Zunge zu fragen, warum der Mann Wölfe so sehr hasste, wenn er Schutzzäune hatte, die seine Tiere schützten. Aber sie musste gar nicht fragen, Lisewski hatte solche Gespräche wohl schon oft geführt.

»Und wenn Sie jetzt denken, da soll sich der Schäfer doch nicht so anstellen, der Staat zahlt ihm doch sogar seine Schutzzäune.« Lisewski schnaubte verärgert. »Vergessen Sie's. Die Viecher sind schlau. Wenn die nicht oben rüberkommen, dann graben die sich unten durch. Und außerdem ...« Er merkte, dass er sich in Rage redete, und zögerte.

»Ja?«, fragte Wullitzer.

»Mir haben schon Leute den Strom von den Schutzzäunen abgeklemmt. Ich baue diese Zäune stundenlang auf, und morgens liegen meine Tiere tot auf der Wiese. Und dann stell ich fest, dass kein Strom mehr auf den Drähten war.« Lisewski sprang von seinem Pick-up. »So was, das machen diese Wolfsromantiker. Und die Reiter, die sind fast genauso schlimm.« Er deutete Richtung Pferdehof, der in etwa zwei Kilometern Entfernung lag. »Einige Zäune hab ich fest installiert. Die stehen an meinen Wiesen, da bau ich die Zäune nicht ab. Wenn meine Schafe nicht drauf sind, ist der Strom natürlich aus. Aber dann kommen diese Reiter und wollen da durch. Über meinen Grund! Die nehmen einfach meine Drähte ab, weil die ihnen im Weg sind. Ich hab den Pferdehof schon verklagt, denn das sind Reiter von denen, da bin ich sicher. Auch wenn ich noch keinen erwischt hab.« Der Schäfer wurde immer wütender. Paula nickte Wullitzer kurz zu. Es war besser, den Mann reden zu lassen. »Reiter, das sind Leute mit Geld, denen ist alles egal. Und die meisten von denen sind aus dem Westen. Die sind mit Geld hierhergekommen, und für die bin ich einer, der stört. Dabei hatten wir diesen Betrieb schon zu Ost-Zeiten. Und das war schwer genug.«

»War ja nicht willkommen, so ein eigener Betrieb. Zu Ost-Zeiten«, sagte Wullitzer, weil der Schäfer eine Pause machte.

»Mein Vater musste dafür in die Partei eintreten. Sonst wäre das nicht gegangen, sonst hätten die uns alles weggenommen. Und dann kam die Wende und damit die mit dem Geld.« Der Schäfer fuchtelte mit einem Arm und deutete erneut Richtung Pferdehof. »So wie die da drüben. Die Carows. Sie wissen, wo die herkommen?«

»Nein«, erwiderte Paula, obwohl Philipp Carow ihnen gestern gesagt hatte, woher die Familie stammte. Aber sie wollte ihn nicht unterbrechen. Vielleicht würde er in seinem Redefluss etwas verraten, das ihnen helfen konnte.

»Frankfurt. Und die Villa im Taunus. Da sitzen sie doch, die West-Millionäre«, fuhr der Schäfer voller Verachtung fort. »Das Gelände da drüben war früher volkseigen. Mein Vater wollte es nach der Wende kaufen und unseren Betrieb erweitern. Es hieß ja, das geht jetzt. Im Kapitalismus. Aber die Carows, die haben einfach das Doppelte geboten. Und jetzt sitzt dieser Pferdehof vor meiner Nase und die Reiter behandeln mich wie den letzten Dreck, weil ich sie in ihrem Luxusleben störe.«

»Das lief damals nicht gut. Das hätten unsere Leute besser verhandeln müssen. Der Krause und so«, sagte Wullitzer, und Paula war überrascht, dass er in den Ärger des Schäfers einstimmte. »Mein Vater hat damals auch gedacht, er wird als Fischer jetzt sein eigener Herr. Aber einen eigenen Kutter, den konnte er sich nicht leisten. Die Preise schossen hoch, weil welche aus Schleswig-Holstein kamen. Und dann die Fangquoten aus Brüssel. Mein Vater musste erst in die Fischfabrik, und dann hat er gekellnert. Hatte er sich auch anders vorgestellt.«

»Dann wissen Sie ja, wovon ich rede. So.« Lisewski sah Wullitzer an. »Noch Fragen?«

»Nein. Vielen Dank.«

Lisewski stemmte den nächsten Heuballen auf die Ladefläche.

»Doch, eine Frage noch«, sagte Paula. »Obwohl Sie die Reiter nicht mögen, sind Sie über die Wiese gefahren, um die Mädchen zu beschützen? Warum?«

»Ich lass doch nicht zu, dass Wölfe kleine Mädchen angreifen. Und das ist ja auch nicht das erste Mal. Vor zwei Wochen erst war hier ein Wolf, und vor drei oder vier Monaten auch. Denen laufen doch die Reiter weg, wenn die nichts unternehmen«, erwiderte der Schäfer, rammte die Forke in einen Heuballen und verschwand im Wohnhaus.

»Ich denke, wir haben mehr erfahren, als er wollte«, sagte Paula. »Und wir sollten mit Philipp Carow sprechen. Mich würde interessieren, wann genau der Schäfer in der Nähe der Mädchen aufgetaucht ist. Außerdem sollten wir herausfinden, ob es in letzter Zeit Probleme zwischen dem Schäfer und Alexandra Schuster gab.«

»Denken Sie, er könnte die Pferdezüchterin erschossen haben?«, fragte Wullitzer.

»Er hat eine Waffe, und vielleicht hat er ja ein Motiv. Und falls er kein Alibi hat, sollten wir eine Hausdurchsuchung beantragen und uns seine Waffe ansehen«, sagte sie.

»Dafür bräuchten wir Gründe, sonst genehmigt uns das niemand. Und bloß, weil er Wölfe nicht leiden kann, ist er kein Tatverdächtiger für einen Mord«, erwiderte Wullitzer und stieg in den Wagen

Paula überlegte, den Schäfer jetzt sofort nach seinem Alibi zu fragen. Doch Wullitzer schien ungeduldig zu sein, und sie hielt es für den falschen Zeitpunkt, sich mit ihm anzulegen.

»Ich glaube nicht, dass der Schäfer etwas mit der toten Pferdezüchterin zu tun hat«, sagte Wullitzer auf der Fahrt zum Pferdehof. »Das ist einer, der schimpft gern. Auch auf Reiche aus dem Westen. Aber der bringt niemanden um. Da bin ich sicher.«

»Warum sind Sie da so sicher?«

Wullitzer zuckte mit den Schultern.

»Ich hab oft mit Leuten wie ihm zu tun gehabt. Die suchen sich Gründe, um sich zu ärgern, aber im Grunde kommen sie zurecht. Damit wäre es vorbei, wenn er einen Mord begeht. Da muss vorher mehr passieren. Und das ist hier nicht so.«

Paula beobachtete ihren neuen Partner von der Seite. Vermutlich hatte Wullitzer viel Erfahrung und Menschenkenntnis und versucht, einen Draht zu dem Schäfer herzustellen, um mehr von ihm zu erfahren. Trotzdem war sie nicht sicher, ob er es sich nicht zu einfach machte.

»Und der Wolf? Würden Sie ihm zutrauen, einen Wolf zu schießen?«, fragte sie.

»Einen Wolf?« Wullitzer überlegte. »Ja, zutrauen würde ich ihm das, Wölfe kann er wirklich nicht ausstehen. Aber das würde er nicht vor Zeugen machen, dafür ist er zu klug. Er bekäme ein Strafverfahren, eine hohe Geldstrafe und den Hass von Wolfsschützern. Das riskiert der nicht.«

Wullitzer warf Paula einen Blick zu.

»Trotzdem sollten wir herausfinden, ob es einen Zusammenhang gibt. Zwischen dem Mord an der Pferdezüchterin und den Schüssen auf diesen Wolf«, sagte er.

Norbert Eigendorf, der Chef der Spurensicherung, stand mit einem Tierarzt bei dem toten Wolf, als Paula und Wullitzer zurückkamen. Die Reiter und auch der Krankenwagen waren verschwunden, nur der Polizeiwagen mit den beiden uniformierten Polizisten war noch vor Ort.

»Euch interessiert sicherlich, ob der Wolf mit derselben Waffe getötet wurde wie die Pferdezüchterin«, sagte Eigendorf. »Sonst hättet ihr wohl kaum darauf gedrängt, dass ich mir das hier ansehen soll. Tote Tiere sind ja nicht gerade eure Zuständigkeit.«

»Vielleicht gibt es einen Zusammenhang oder ein Detail, das uns weiterhilft«, erwiderte Wullitzer.

»Da kann ich euch kaum Hoffnung machen. Der Kollege« – Eigendorf deutete auf den Tierarzt – »wird den Wolf genau untersuchen, denn er ist eine geschützte Art und sein Töten streng verboten. Wir sind uns aber schon jetzt einig, dass der Wolf mit einem Kaliber zweiundzwanzig erschossen wurde. Alexandra Schuster ist hingegen mit einer Pistole erschossen worden. Neun Millimeter.«

»Hast du Hinweise gefunden, von wo geschossen wurde?«, fragte Wullitzer.

»Ihr seht da hinten das Gebüsch?« Eigendorf deutete auf einige halbhohe Sträucher, die knapp dreihundert Meter vom Pferdehof entfernt standen. »Da hab ich Patronenhülsen gefunden.«

»Wir sollten uns ansehen, ob es einen Weg zu den Büschen gibt und wie nah jemand mit einem Wagen dahin käme. Und ich würde gern mit Philipp Carow reden«, sagte Paula und sah, dass Wullitzer den Kopf schüttelte. Er schien es für einen viel zu großen Aufwand zu halten, wegen eines toten Tieres noch mehr Zeit hier zu verbringen.

Paula wandte sich an die beiden Polizisten.

»Wissen Sie, ob der Besitzer des Pferdehofs zurück ist?«

»Ja, der ist mit den ausgebüxten Pferden wieder auf dem Hof.«

»Gut. Wollen wir?«, fragte sie Wullitzer und ging los, weil er nicht gleich antwortete.

»Ich nehm den Wagen. Wir treffen uns auf dem Pferdehof«, rief Wullitzer ihr nach, weil sie auf das Gebüsch zusteuerte.

Paula überquerte die Koppel, erreichte das Gebüsch und blickte sich um. Ein schmaler Fußweg führte von hier zum Pferdehof, ansonsten gab es nur Wiesen und vor allem keinen Fahrweg, um mit dem Auto hierherzugelangen. Wäre jemand mit einem Geländewagen über die Wiese gefahren, hätten Reifenspuren zu erkennen sein müssen, doch es gab keine. Jemand musste also diesen Fußweg mit seinem Gewehr vom Pferdehof gekommen sein. Paula nahm diesen Weg und sah schon von Weitem, dass Wullitzer mit dem Dienstwagen auf dem Hof angekommen war.

Philipp Carow stand mit Miriam auf einer großen, eingezäunten Weide. Die drei eingefangenen Pferde standen in einer Ecke nah beieinander und fraßen unruhig. Miriam wirkte aufgewühlt, ließ die Tiere nicht aus den Augen und verfolgte jede ihrer Bewegungen, als habe sie Angst, die Pferde könnten erneut aufgeschreckt werden.

Als Carow sich zu Paula und Wullitzer umdrehte, winkte er ihnen und sprach leise mit Miriam.

»Ein Albtraum«, sagte er, als er zu Paula und Wullitzer kam, und sah so grau und erschöpft aus, als habe er seit dem Tod seiner Schwester nicht geschlafen. »Ich kann jetzt wirklich nur kurz. Die drei Tiere sind noch sehr nervös, und Miriam ist auch völlig durch den Wind.«

»Es dauert auch nicht lange«, entgegnete Paula. »Uns interessiert, ob Sie einen Verdacht haben, wer geschossen haben könnte.«

»Nein«, antwortete der Reitlehrer leise. »Ich hab auch Miriam schon gefragt. Sie hat niemanden bemerkt und hatte auch keine Zeit, sich umzusehen, sie war ja damit beschäftigt, die Mädchen zu beruhigen.« Er sah Paula an. »Sie denken, es könnte mit dem Tod von Alexa zu tun haben?«

Deshalb haben Sie mich doch angerufen, dachte Paula.

»Der Möglichkeit müssen wir nachgehen«, sagte sie jedoch nur.

»Wir haben uns eben mit Herrn Lisewski, dem Schäfer, unterhalten. Halten Sie es für denkbar, dass er …«

»Dem trau ich alles zu. Wirkliches alles«, sagte Carow schnell. »Der hasst uns, seit wir hier sind. Und das sind jetzt gut dreißig Jahre. Für den sind wir immer noch die reichen Wessis, die seiner Familie das Land weggeschnappt haben. Was wir hier für die Region tun, wie wir sozial schwache Familien unterstützen und teilweise umsonst Reittherapie anbieten, das ignoriert er.«

»Sie halten es also für denkbar, dass er den Wolf getötet hat?«, hakte Paula nach.

»Ich hab nichts gegen ihn in der Hand, ich hab ihn nicht gesehen. Aber zutrauen würde ich es ihm, ja«, entgegnete Carow.

»Trauen Sie ihm auch zu, Ihre Schwester umgebracht zu haben?«

Philipp Carow sah Paula überrascht an.

»Wenn ich jetzt Ja sage und Lisewski erfährt davon, hab ich die nächste Anzeige am Hals. Wegen übler Nachrede«, erwiderte er vorsichtig.

»Aber zutrauen würden Sie es ihm.«

Der Reitlehrer nickte.

»Was meinen Sie mit ›die nächste Anzeige‹?«, fragte Wullitzer und Paula war froh, dass er sich auch einschaltete.

»Die Lisewskis überziehen uns mit Anzeigen, seit wir hier sind. Seit der Alte tot ist, ist es noch schlimmer geworden. Zuletzt hat er die Polizei gerufen, weil unsere Reiter angeblich seine Schutzzäune geöffnet haben, um über seine Wiesen zu reiten. Was für ein Schwachsinn! Unsere Leute wissen genau, wo öffentlicher Grund ist. Die reiten nicht über private Wiesen. Und schon gar nicht bei Lisewski. Die sind froh, wenn Wölfe abgehalten werden, die öffnen keine Zäune.«

»Stimmt es denn, dass es hier öfter Probleme mit Wölfen gab?«, fragte Paula.

»Hat Lisewski Ihnen das erzählt?«

»Auch.«

Carow zögerte. »Sie können sich denken, dass das für uns ein Problem ist.«

»Ihre Reiter wandern ab und suchen sich einen Pferdehof, der sicherer ist?«

»Die ersten Reiter haben sich und ihre Pferde schon abgemeldet. Und ich fürchte, in den nächsten Tagen wird es neue Abmeldungen geben. Dabei sind wir nach Alexas Tod auf jede Unterstützung angewiesen.«

Das klingt, als hätte der Pferdehof finanzielle Probleme, dachte Paula. Wir sollten die Genehmigung einholen, die finanziellen Verhältnisse des Hofs einzusehen, überlegte sie. Vielleicht ergaben sich daraus weiterführende Hinweise.

Auf der Weide kam unter den drei Pferden Unruhe auf. Toffee, das Pony, das vorhin Alicia abgeworfen hatte, schnaubte und warf die Hinterbeine hoch. Miriam ging zu ihm und versuchte es zu beruhigen. Daraufhin galoppierte das andere Pony plötzlich über die Weide.

»Ich müsste mich um die Pferde kümmern. Miriam steht noch etwas unter Schock, glaube ich, aber sie hat sich vorhin geweigert, nach Hause zu fahren«, sagte Carow.

»Kein Problem. Gehen Sie ruhig«, erwiderte Wullitzer. »Wir melden uns, wenn es noch Fragen geben sollte.«

Die Fahrt zurück ins Präsidium verlief schweigend. Vorhin hatte Paula den Eindruck gehabt, Wullitzer sei verärgert, jetzt aber wirkte er erschöpft und fast verstört, und Paula fragte sich, was mit ihm los war. Strengten ihren Kollegen die Ermittlungen so sehr an? Oder gab es etwas, von dem sie bisher nichts wusste?

12

»Warum wisst ihr nichts über das Alibi dieses Schäfers?«

Paula begriff im Büro von Verona Neuendorf schnell, dass Wullitzer kein Wort sagen würde. Verona Neuendorf tat, als sei das normal, und sprach nur mit Paula.

»Bevor wir fragen konnten, hat er das Gespräch beendet. Da er mit Philipp Carow und seiner toten Schwester schon immer Probleme hatte, schlage ich eine Hausdurchsuchung vor«, sagte Paula und blickte zu Wullitzer. Der reagierte nicht. »Vielleicht stoßen wir bei dem Schäfer auf die Waffe, mit der Alexandra Schuster erschossen wurde, oder auf das Gewehr, mit dem der Wolf getötet wurde«, fuhr sie deshalb fort. Und obwohl sie damit das Gegenteil von dem vorschlug, was Wullitzer vorhin über den Schäfer gesagt hatte, blieb er stumm und widersprach nicht. Sie hätte gern gewusst, was mit ihm los war. Da Verona Neuendorf so tat, als sei es normal, dass Wullitzer abwesend wirkte, schien es häufiger vorzukommen. Vermutlich wussten die langjährigen Kollegen, was dahintersteckte.

»Passt das dazu, dass jemand aus diesem Gebüsch heraus geschossen hat?«, fragte Verona Neuendorf.

»Wir kennen nicht einmal den genauen Ablauf. Der Schäfer wird alles abstreiten, und die junge Reitlehrerin war zu sehr mit den Pferden und den Mädchen beschäftigt«, entgegnete Paula. »Es gibt noch den Vater des einen Mädchens, der sehr früh dort war und sich um den Wolf gekümmert hat. Wir haben seine Daten, wir werden mit ihm reden. Aber falls der Schäfer etwas zu verbergen hat, sollten wir ihm möglichst wenig Zeit geben, Spuren zu beseitigen.«

Verona Neuendorf sah Wullitzer an, der noch immer wie erstarrt wirkte.

»Gut. Ich kümmere mich um einen Durchsuchungsbeschluss«, sagte sie. »Und Henry, ich würde gern …«

Bevor sie weiterreden konnte, stand Wullitzer wortlos auf und verließ das Büro.

»Ich melde mich, sobald ich den Beschluss habe«, sagte Verona Neuendorf, ohne auf Wullitzers Verhalten einzugehen.

»Wir sollten uns auch die Genehmigung holen, um die Konten des Pferdehofs einsehen zu können. Carow hat angedeutet, dass es finanzielle Probleme gibt. Vielleicht kommen wir da weiter«, sagte Paula.

»Auch darum werde ich mich kümmern«, erwiderte Verona Neuendorf und gab Paula zu verstehen, dass diese Besprechung beendet war.

Paula ging auf den Flur, hörte aus den Büros Stimmen und irgendwo lief ein Radio, doch Wullitzer war verschwunden. Weder hörte sie seine Stimme, noch sang er irgendwo.

Dieses verdammte Umarmen von Bäumen. Niemand umarmte freiwillig Bäume, zumindest niemand, den Wullitzer kannte. Früher, zu Hause in Rostock, da hätte man sich lieber den Arm abgehackt, als ihn um einen feuchten, moosbewachsenen Stamm zu schlingen. Nur seine Therapeutin, die war ganz versessen darauf. Als wäre Wullitzer sofort wieder der Alte, wenn er nur seinen Körper an Baumrinde pressen würde. Ein absurder Gedanke. Aber weil seine Therapeutin merkte, dass er um

Bäume einen immer größeren Bogen machte, je mehr sie ihn drängte, hatte sie vor einigen Monaten eine Therapiesitzung in einen Park verlegt und nicht lockergelassen, bis seine Oberarme eine Ulme berührten. Und, hatte es etwas gebracht? Nein. Nur dass seitdem diese Rotbuche, deren Umfang fast zwei Meter betrug und die hinter dem Präsidium stand und von den Büros aus nicht zu sehen war, eine irritierende Anziehungskraft auf ihn ausübte.

Er wusste, dass er unprofessionell geworden war, als er dem Schäfer bei dessen Verachtung für wohlhabende Westdeutsche beigepflichtet hatte. Das ärgerte ihn, doch es gab noch etwas anderes, das ihn ärgerte. Er hatte etwas wahrgenommen, aber das war ihm wieder entglitten. Für einen winzigen Augenblick war auf dem Hof des Schäfers etwas aufgeblitzt, das sofort wieder verschwand. Früher, vor den tödlichen Schüssen auf Carlo, hätte ihn so ein Moment auf eine Spur geführt und wäre ihm nicht verloren gegangen. Auch deshalb war er so erfolgreich gewesen, weil er solchen Augenblicken vertraute. Diese Fähigkeit womöglich für immer verloren zu haben, deprimierte ihn. Ohne das Vertrauen in dieses winzige Aufblitzen würde er im Dienst wie ein alter Gaul noch eine Zeit lang ein Gnadenbrot gewährt bekommen und dann in den Vorruhestand versetzt werden. Schweigen war keine Lösung, aber vorhin, im Wagen mit Frau Osterholz und dann im Büro mit Verona, war er hilflos gewesen. Vollkommen hilflos.

Widerwillig näherte er sich der Rotbuche, als täte er etwas Verbotenes. Er sah sich um, ob ihn jemand beobachtete, und fühlte sich wie früher, wenn er und seine Freunde sich nachts an den Grenzposten vorbei in die Dünen schlichen. Genauso heimlich berührte er jetzt mit beiden Händen die Rotbuche, schloss die Augen und konzentrierte sich auf seinen Atem. Sein Puls ging viel zu schnell. Doch nach einigen Minuten und vielen langsamen Atemzügen wurde er ruhiger. Wullitzer lächelte und hoffte inständig, dass ihn nie jemand so sehen würde.

Annemarie saß mit zwei Freundinnen auf der Terrasse bei Kaffee und Kuchen. Hardenberg begrüßte die Freundinnen seiner Frau und hoffte, sie würden ihn nicht drängen, sich zu ihnen zu setzen. Zum Glück legten sie keinen großen Wert auf ihn und er konnte telefonieren.

Als Ersten erreichte er Valentin Urbanczyk.

»Die Polizei war schon wieder auf dem Hof. Und in der Nähe ist ein Wolf geschossen worden. Wir müssen uns treffen. Wenn die Polizei bei einem von uns auftaucht, dürfen wir keine Fehler machen«, sagte Hardenberg.

»Ich kann heute nicht, ich muss zu den Teichen«, erwiderte Urbanczyk unwirsch. »Wir brauchen für heute Abend frische Forellen.«

»Dann treffen wir uns bei deinen Teichen. 17 Uhr.«

Bevor Urbanczyk widersprechen konnte, legte Hardenberg auf.

Sonja Meisinger war im OP nicht zu erreichen. Ihr Handy war ausgeschaltet, und Hardenberg bat in ihrer Privatklinik um Rückruf. Weil er nach zwanzig Minuten noch nichts gehört hatte, wurde er energischer, aber die Frau am Empfang vertröstete ihn. Bis vor einigen Jahren hatte Hardenberg Schönheitschirurgie für eine Marotte von Models und Schauspielerinnen gehalten und erst durch Sonja erfahren, dass auch Büroangestellte oder Männer in seinem Alter *etwas machen ließen*. Er wusste, dass Sonja in der Klinik ungeheuer eingespannt war und wenig Zeit hatte. Dennoch überlegte er, ob sie sich womöglich verleugnen ließ. Schon bei Urbanczyk war er nicht sicher, ob er sich auf ihn verlassen konnte. Doch bei Sonja konnte er nicht ausschließen, dass sie der Polizei erzählen würde, was in der Nacht im Wald passiert war.

»Ihr seid mit dem Toten im Wald noch nicht weitergekommen?«, fragte Paula, während sie am Computer über den Schäfer Lisewski recherchierte. Wullitzer war noch nicht wieder aufgetaucht, und Nadeschda Boschurina saß schweigend an ihrem Schreibtisch und schien sich um niemanden zu kümmern. Daran würde Paula sich erst noch gewöhnen müssen.

»Niemand vermisst diesen Mann«, antwortete Jonas. »Entweder war er ein kompletter Einzelgänger oder alle, die ihn kannten, sind froh, dass er weg ist.«

Verona Neuendorf kam ins Büro.

»Hier ist der Beschluss zur Durchsuchung bei dem Schäfer. Norbert ist informiert, und ihr« – sie sah Vanessa und Jonas an – »kommt bitte mit. Vielleicht brauchen wir Verstärkung, falls der Schäfer aggressiv werden sollte.«

In Wahrheit, dachte Paula, ging ihre Vorgesetzte wohl davon aus, dass Wullitzer nicht dabei sein würde. Doch plötzlich stand der in der Bürotür und hatte offenbar gehört, was die Chefin gesagt hatte.

»Das ist gut, dann lasst uns fahren«, sagte er, nahm seine Jacke und ging nach draußen. Paula schüttelte verwundert den Kopf, wollte den Durchsuchungsbeschluss nehmen und ihm folgen. Verona Neuendorf behielt das Schreiben jedoch in der Hand.

»Ich komme mit. Der Staatsanwalt liegt mir in den Ohren, und ich wüsste gern aus erster Hand, ob dieser Schäfer eine Spur sein könnte«, sagte sie. »Und wegen der Durchsuchung der Konten zögert er noch. Ich gebe ihm Bescheid, sobald es in der Richtung neue Informationen gibt.«

Wie selbstverständlich setzte sich Verona Neuendorf auf den Beifahrersitz, und Paula musste auf der Rückbank Platz nehmen. Es gefiel ihr nicht, dass die Vorgesetzte ihren Platz einnahm und wie eine Aufpasserin bei den Ermittlungen dabei sein wollte. Vielleicht misstraute sie Paula, aber vielleicht wollte sie sich auch nur selbst ein Bild davon machen, ob Paula zu Wullitzer passte. Auch der schien nicht begeistert davon zu sein, dass ihre Vorgesetzte neben ihm saß. Noch immer sprach er kaum.

Weil die Amundsenstraße wegen eines Unfalls gesperrt war, fuhren sie die Maulbeerallee am Schlosspark Sanssouci entlang. Verona Neuendorf überspielte das unangenehme Schweigen, indem sie wie eine Fremdenführerin auf den Botanischen Garten, das prächtige Orangerieschloss und das verspielte Drachenhaus hinwies, obwohl Paula lange genug in Potsdam gelebt hatte, um all diese Prachtbauten und Anlagen zu kennen. Wullitzer nahm hinter dem Schloss Sanssouci nicht die Bornstedter Straße, sondern den Voltaireweg, und Paula ahnte, dass er sich über ihre Vorgesetzte und deren touristische Erklärungen amüsierte. Ihm musste klar sein, dass diese Strecke zur Russischen Kolonie *Alexandrowka* führte, von der Neuendorf offenbar besonders beeindruckt war und sofort von langen Spaziergängen und dem Essen in einem der vierzehn aufwendig verzierten Holzhäuser schwärmte.

Als sie den Hof des Schäfers erreichten, war Norbert Eigendorf bereits mit einer Assistentin eingetroffen.

»Ich hab übrigens vorhin in unseren Datenbanken nachgesehen, ob gegen den Schäfer etwas vorliegt«, sagte Paula, bevor sie ausstieg. »Er hat ein paarmal Anzeige gegen Leute erstattet, die mit ihren Hunden seinen Schafen zu nahe gekommen waren. Eine Frau hat ihn mal angezeigt, weil er sie auf dem Pferdehof beschimpft hatte. Angeblich war sie mit ihrem Pferd über eine seiner eingezäunten Wiesen geritten, aber das Verfahren ist genauso wie die anderen eingestellt worden.«

»Dann wollen wir doch mal sehen, ob wir nicht etwas Ernsthafteres gegen ihn finden«, erwiderte Neuendorf, stieg entschlossen aus und ging auf Vanessa und Jonas zu. Als sie die beiden vorhin aufgefordert hatte, mitzukommen, hatte Paula das auf Wullitzers Fehlen zurückgeführt. Dass Vanessa und Jonas jetzt mit hier waren, erschien Paula überflüssig.

Wullitzer blieb ebenso wie Paula noch sitzen und zuckte mit den Schultern. Sie ahnte, dass es ihm ebenso wenig gefiel, wie ihre Chefin diese Ermittlungen an sich zog. Als sie sah, wie Verona Neuendorf mit Vanessa und Jonas auf das Wohnhaus zuging, stieg sie aus und folgte ihnen. Wullitzer hingegen blieb sitzen.

Bisher wurde Paula aus ihrer Vorgesetzten nicht recht schlau. Mal war sie, wie jetzt, ein wenig herrisch und mal kollegial und aufgeschlossen. Manchmal hatte Paula den Eindruck, ihre Chefin wollte sie testen, aber vor allem schien es ihr darum zu gehen, Wullitzer zu schützen.

Der Schäfer kam aus einem Stall und betrachtete kopfschüttelnd die Polizeifahrzeuge und die Beamten.

»Was wollen Sie?«, fragte er.

»Wir haben einige Fragen und fordern Sie auf, uns Ihre Waffen auszuhändigen«, erwiderte Verona Neuendorf und hielt den Durchsuchungsbeschluss hoch.

»Und wer sind Sie?«, fragte er wütend.

»Ich bin die Leitende Hauptkommissarin der Mordkommission Potsdam«, entgegnete sie und zeigte ihren Dienstausweis. »Und jetzt zeigen Sie uns bitte als Erstes Ihre Waffen.«

Paula sah sich nach Wullitzer um, der jetzt an der Einfahrt des Hofs stand und tat, als habe er mit alldem nichts zu tun.

»Eine Waffe fehlt«, erklärte Eigendorf vor dem geöffneten Waffenschrank. Es gab drei Halterungen, und eine war leer.

»Ach, das Mauser, ja«, sagte der Schäfer. Paula hatte den Eindruck, dass er schwitzte. »Das ist noch im Wagen. Ich hatte heute früh einen Marder im Stall.« Er bemühte sich um ein Lächeln. »Jetzt hab ich ihn nicht mehr.«

Er hat also heute mit einer Waffe geschossen, die jetzt in seinem Wagen liegt, dachte Paula. Vor allem interessierte sie, wo der Mann vorletzte Nacht, als die Pferdezüchterin getötet wurde, gewesen war.

Paula blieb zurück, als Verona Neuendorf mit Vanessa und Jonas sowie Eigendorf zu dem Wagen des Schäfers ging und sich das Gewehr zeigen ließ. Als sie vorgeschlagen hatte, in diesem Haus eine offizielle Durchsuchung vorzunehmen, war Paula davon ausgegangen, sie und Wullitzer würden den Einsatz leiten und herausfinden, ob der Mann als Mörder von Alexandra Schuster infrage kam. Dafür müsste sie ihn in Ruhe befragen können, aber das war so, wie es im Moment lief, nicht möglich.

Paula hörte, dass jemand durch eine Hintertür das Haus betrat. Kurz darauf kam eine Frau um die fünfzig in einer alten Jeans und mit festen, schmutzigen Schuhen herein.

»Was haben Sie hier zu suchen?«, fragte die Frau verwundert.

»Entschuldigen Sie. Paula Osterholz, Kriminaldirektion Potsdam. Wir haben einige Fragen an Ihren Mann.«

»Wegen diesem Wolf?«

»Auch.«

»Was noch?«, fragte die Frau.

»Frau Lisewski, nehme ich an?« Die Frau nickte. »Vorgestern Nacht. Da waren Sie doch sicherlich hier im Haus?«, fragte Paula.

Die Frau musterte sie misstrauisch.

»Warum wollen Sie das wissen? Glauben Sie etwa, mein Mann hätte diese Pferdezüchterin erschossen?«

»Nein, das glauben wir nicht. Aber es ist unsere Pflicht, danach zu fragen. Also. Wo waren Sie, und wo war Ihr Mann in der Nacht?«

Frau Lisewski kniff die Augen zusammen.

»Ich war bei meiner Schwester in Leipzig. Wir besuchen uns öfter.«

»Und Ihr Mann?«

»War hier.«

»Allein?«

Sie lachte. »Das will ich ihm sehr raten.«

Wenn das stimmte, dann hatte der Schäfer für den Mord an Alexandra Schuster kein Alibi, dachte Paula.

»Vielen Dank. Das war es erst einmal«, sagte sie und ging Richtung Haustür. Durch ein kleines Fenster sah sie, wie Eigendorf am Pick-up ein Gewehr an sich nahm. Wullitzer war nicht in der Nähe, und Paula blickte Richtung Einfahrt. Auch dort konnte sie ihn nicht entdecken, dafür standen dort jetzt zwei ältere Wagen und eine gute Handvoll jüngerer Leute, die aufgebracht miteinander redeten und auf den Schäfer deuteten.

Paula ging nach draußen und entdeckte Wullitzer in einer Nische der Hauswand, als wollte er nicht gesehen werden.

»Würden Sie bitte kurz kommen?«, fragte er leise und ging hinter das Haus.

»Ich weiß jetzt, was mich vorhin gestört hat«, flüsterte Wullitzer. »Aber ich kann Ihnen nicht sagen, warum mir das jetzt eingefallen ist.« Er sah Paula direkt an.

»Ich kann nicht ganz folgen, glaube ich«, sagte sie.

Wullitzer sah sich noch einmal um.

»Wir sollten noch mal in den Wald fahren. Dort, wo der Tote gefunden wurde«, sagte er und klang beinahe verschwörerisch.

»Warum? Was finden wir da?«, flüsterte Paula überrascht.

»Das weiß ich noch nicht. Aber ich bin sicher, wir haben da etwas übersehen. Irgendetwas ist da noch im Wald.«

Paula zögerte. Gestern hatte ihre neue Chefin angeblich *ein Gefühl* gehabt, und heute klang ihr Partner Wullitzer wie ein Orakel. Doch sie erinnerte sich auch, wie zielstrebig und orientierungssicher er sich gestern im Wald bewegt hatte. Vielleicht hatte er dort eine Witterung aufgenommen, die anderen nicht zugänglich war.

»Wenn Sie sicher sind, dann sehen wir uns dort noch mal um«, sagte Paula. »Hier hat ja ohnehin unsere Vorgesetzte das Kommando übernommen«, fügte sie spöttisch hinzu.

»Ja, das hat sie«, erwiderte Wullitzer mit einem Hauch Bitterkeit. »Und im Grunde könnte sie sich dann auch gleich um diese Leute da draußen kümmern.« Er ging zur Ecke des Hauses und deutete auf eine Gruppe aufgebrachter, vorwiegend junger Leute an der Einfahrt.

»Wer ist das?«, fragte Paula.

»Wolfsschützer. Ziemlich militante, wenn Sie mich fragen. Ich hab sie aufgefordert zu verschwinden, aber die kennen ihre Rechte, die bleiben. Und ich frage mich, woher die so schnell von dem toten Wolf wissen. Der Schäfer ist für sie ein Wolfsmörder. Einige kennen ihn wohl schon länger, weil er auch öffentlich keinen Zweifel daran lässt, dass ihm ein toter Wolf lieber ist als ein lebender.«

Auch der Schäfer schien die Gruppe von Wolfsschützern bemerkt zu haben. Er stürmte plötzlich auf sie los und beschimpfte sie. Vanessa Weber und Jonas Gärtner liefen ihm hinterher und versuchten, die Situation zu beruhigen. Verona Neuendorf blickte sich nach Wullitzer um, entdeckte ihn und forderte ihn mit einer Geste auf, die Kollegen gefälligst zu unterstützen. Wullitzer zuckte nur mit den Schultern und bewegte sich nicht. *Du hast dich hier eingemischt, also regelst du das jetzt auch*, signalisierte er. Verona Neuendorf schüttelte den Kopf, ging auf die erregt streitende Gruppe zu, hielt ihren Dienstausweis in die Luft und brüllte die Beteiligten plötzlich so lange energisch an, bis die Wolfsschützer ruhig waren. Paula war überrascht, wie laut ihre Vorgesetzte werden konnte.

Kurz darauf stiegen die Wolfsschützer in ihre Wagen und fuhren ab. Einige der jüngeren, darunter ein Bärtiger und eine

181

Frau mit kurz rasierten Haaren, reckten dem Schäfer und den Polizisten aus den Fenstern noch den Mittelfinger entgegen.

Neuendorf blickte erneut zu Wullitzer, doch der reagierte nicht. Daraufhin deutete sie auf sich, Vanessa und Jonas, stieg in deren Dienstwagen und fuhr mit ihnen los.

»Am liebsten würde ich von hier aus direkt in den Wald fahren«, sagte Wullitzer. »Aber wie ich Verona kenne, wäre sie dann beleidigt und würde uns Probleme bereiten. Außerdem sollten Jonas und Vanessa wissen, dass wir uns da noch mal umsehen. Ist ja eigentlich ihr Fall.«

13

Hardenberg hielt vor einem kleinen, heruntergekommen wirkenden Einfamilienhaus, in dessen wild wucherndem Garten ein rundes Trampolin stand, dessen seitliche Netze im Lauf der Jahre zerfetzt worden waren. Er war nicht sicher, ob die Adresse stimmte, setzte seine Lesebrille auf und nahm den Zettel, auf dem er sie notiert hatte. Es war gut, in der Zulassungsstelle jemanden zu kennen, der ihm einen Gefallen schuldig war und ihm sofort den Halter des Kastenwagens und dessen Adresse rausgesucht hatte. Dass dieser Wagen im Wald und heute auf dem Pferdehof gestanden hatte, konnte kein Zufall sein.

Hardenberg stieg aus und ging vorsichtig auf das Haus zu. Der Kastenwagen war nicht zu sehen, aber vielleicht würde er einen Hinweis finden, mit wem er es zu tun hatte. Kurz bevor er die wild wuchernde Hecke neben der Auffahrt erreichte, wurde die Haustür aufgerissen und ein etwa achtjähriges Mädchen rannte Richtung Trampolin, stoppte jedoch abrupt, als es Hardenberg bemerkte. Es durchzuckte ihn, denn er wusste sofort, dass er dieses Kind schon auf dem Pferdehof gesehen hatte. Heute hatte das Mädchen auf einem der Ponys gesessen, die dem Wolf begegnet waren. Es war ein Fehler, hierherzukommen, denn das Mädchen versteckte sich hinter einem Gebüsch neben dem Trampolin, und er war sicher, dass es ihn erkannt hatte. Genau das hätte nicht passieren dürfen.

Hardenberg drehte um und ging eilig zu seinem Geländewagen zurück.

Noch während Paula und Wullitzer zum Präsidium fuhren, rief Verona Neuendorf an. Wullitzer ging ran und Paula konnte hören, was ihre Vorgesetzte sagte.

»Henry, du kommst sofort zu mir ins Büro, sobald du wieder im Haus bist«, teilte sie ihm mit und klang verärgert.

Eben, als er auf dem Hof des Schäfers vorgeschlagen hatte, sich erneut im Wald umzusehen, schien Wullitzer voller Energie gewesen zu sein. Jetzt aber konnte Paula zusehen, wie ihr neuer Partner mit jedem Kilometer, den sie sich dem Präsidium näherten, in sich zusammensackte und in Lethargie versank. Als sie ankamen, ging er zu Neuendorf ins Büro und setzte sich wenig später Paula gegenüber an seinen Schreibtisch. Er schloss kurz die Augen und wirkte sehr müde.

»Die Chefin will euch sehen«, sagte er zu Jonas und Vanessa, und die beiden machten sich auf den Weg zu Verona Neuendorf.

Wullitzer legte eine Mappe auf Paulas Tisch. »Die Telefonverbindungen von Alexandra Schuster in ihren letzten vierundzwanzig Stunden. Ich hab schon mal draufgeschaut. Es wird ein ziemlicher Aufwand, all die Nummern rauszusuchen. Die Frau muss den ganzen Tag telefoniert haben, es gibt kaum Pausen. Mit einer Ausnahme.«

Paula überflog die Liste.

»Der Abend vor ihrem Tod.«

»Genau«, erwiderte Wullitzer. »An dem Abend hat sie fast sechs Stunden lang nicht telefoniert. Und danach nur noch mit ihrer Lebensgefährtin Gaby Paczinsky.« Er nahm die Liste, ging zu Nadeschda Boschurina, flüsterte ihr etwas zu und ließ die Liste auf ihrem Tisch liegen.

»Ich hab vorhin übrigens noch mal bei den Kollegen in Angermünde nachgefragt«, sagte er, als er sich wieder zu Paula gesetzt hatte. »Die haben sich umgehört und sind auch zu zwei Pferdehöfen gefahren. Ein Pferdezüchter erinnert sich sogar an Lukas Schuster, hat ihn aber seit Jahren nicht gesehen.«

Wullitzer rollte mit seinem Stuhl zu Paula und flüsterte. Auch Nadeschda Boschurina sollte im Hintergrund wohl nicht hören, was er sagte.

»Verona hat mich eindringlich daran erinnert, dass der Tote im Wald nicht unser Fall ist. Die Fahrt in den Wald fällt deshalb aus«, sagte er und vermied es, Paula anzusehen.

»Wissen Sie denn inzwischen genauer, was wir dort finden könnten?«, fragte sie ebenso leise wie Wullitzer. Der schüttelte den Kopf.

»Vielleicht täusch ich mich ja auch. Aber etwas ist da noch. Jemand wird ja nicht einfach so erschossen. Auch wenn den Mann niemand vermisst. Es gibt einen oder mehrere Täter, und irgendjemand hinterlässt immer Spuren.«

»Glauben Sie, das könnte mit dem Tod von Alexandra Schuster zu tun haben?«

»Ich würde zumindest gern prüfen, ob es einen Zusammenhang gibt«, sagte Wullitzer.

»Dann sollten wir dort nachsehen. Oder haben wir eine bessere Spur?«

»Nein. Und meine Erfahrung sagt mir, dass wir im Wald etwas finden würden«, sagte Wullitzer und blickte in die Richtung, in der das Büro von Verona Neuendorf lag. »Allerdings ist meine Erfahrung hier im Haus heute nicht so gefragt.«

Paula nickte. Auch sie ging davon aus, dass hinter dem Tod der Pferdezüchterin etwas anderes steckte als ein Mord aus Eifersucht.

»Der Schäfer hat kein Alibi«, sagte sie. »Aber ich sehe kein Motiv, warum er Alexandra Schuster töten sollte. Auch bei einer jahrzehntelangen Feindschaft müsste es einen Auslöser für einen Mord geben, und noch kennen wir keinen. Außerdem ist die Pferdezüchterin mit einer Pistole erschossen worden und der Schäfer besitzt ausschließlich Gewehre.« Sie blickte Wullitzer an. »Umso wichtiger wäre es, dass wir uns im Wald noch mal umsehen.«

Wullitzer musterte Paula mit einer Mischung aus Skepsis und Überraschung. Sie ahnte, dass er sich fragte, ob sie ihm und seiner vagen Eingebung tatsächlich glaubte.

»Hier im Haus sind die Dinge nicht immer einfach«, erwiderte er noch leiser als vorher und blickte zu Nadeschda Boschurina. Vermutlich hatte sie mehr gehört, als Wullitzer gewollt hätte, zeigte aber keinerlei Reaktion.

Vanessa Weber und Jonas Gärtner kamen zurück.

»Du würdest uns also gern noch mal in den Wald jagen«, sagte Vanessa zu Wullitzer. »Wobei Verona nicht sagen konnte, was wir da noch einmal sollen. Sagst du es uns?«

Wullitzer zuckte mit den Schultern.

»Es gibt etwas, das wir übersehen haben. Wenn ich wüsste, was es ist, wären wir längst dort. Dann hätte Verona mich nicht davon abhalten können«, erwiderte er.

Vanessa sah Wullitzer an und kniff die Augen zusammen.

»Wir waren sehr gründlich da im Wald. Auch die Spurensicherung«, sagte sie, und wie schon am ersten Tag war Paula sicher, dass es besser war, mit dieser Frau vorsichtig zu sein. So freundlich sie wirkte, so sehr schien sie sogar bei Wullitzer auf eine Schwäche zu lauern.

Wullitzer schwieg, und Paula ahnte, dass er ähnlich dachte.

Kurz vor fünf hielt Hardenberg hinter dem Kombi von Urbanczyk vor dem schmalen Fußweg, der von einer sandigen Piste zu den Fischteichen führte. Diese Teiche waren ein kleines Paradies, das musste Hardenberg zugeben. Er war zwar nicht sicher, ob die Teichwirtschaft, die Urbanczyk hier betrieb, wirklich zu hundert Prozent ökologisch war, wie der Wirt behauptete. Einmal hatte er Urbanczyk beobachtet, wie er mehr Futter aus Fischmehl in die Becken warf, als er durfte. Aber Hardenberg war sicher, dass alle so etwas machten. Die Vorschriften waren einfach zu streng.

Urbanczyk stand in Anglerhose mit Stiefeln im Zulauf eines Teichs und holte mit einem Kescher Forellen aus dem Wasser. Er gab Hardenberg ein Zeichen, so lange ruhig zu sein, bis er fertig war, sonst könnten sich die Forellen im Teich zurückziehen.

»Sonja müsste doch auch schon hier sein«, sagte Hardenberg, als Urbanczyk neun lebende Forellen in einer großen Tonne vorsichtig zu seinem Kombi trug.

»Sie hat mich angerufen. Sie kommt so früh nicht raus aus dem OP und wollte von mir wissen, was angeblich so dringend ist. Aber sie hat jetzt eine Viertelstunde Zeit, wir können sie als Videocall dazuschalten«, sagte Urbanczyk.

»Die soll gefälligst herkommen. Wir haben einen Wolf getötet, und die Polizei lässt nicht locker. Was glaubt die denn, was passiert, wenn die den Wolf finden? Ihre Klinik wird sich für den Shitstorm bedanken«, schimpfte Hardenberg.

»Selbst wenn die Polizei im Wald auf den Wolf stößt, dann kommen die doch nicht auf uns.« Urbanczyk blickte Hardenberg misstrauisch an. »Es gibt etwas, das du uns nicht sagst. Sonst würdest du doch Ruhe geben.«

»Jemand hat Alexa getötet. Und keiner von uns weiß, ob sie noch jemandem vorher erzählt hat, dass sie mit uns unterwegs war.«

Urbanczyk stöhnte.

»Dann ruf ich jetzt Sonja an und du sagst uns, was du willst.«

Das Verhalten von Urbanczyk und Sonja ließ Hardenberg wieder einmal spüren, wie viel weniger Respekt ihm entgegengebracht wurde, seit er seine Firma hatte aufgeben müssen. Früher hätte Urbanczyk sich diesen Ton nicht erlaubt. Da war er froh gewesen, dass Hardenberg vermögend war und ein Jagdrevier gepachtet hatte, in dem Urbanczyk sich für sehr wenig Geld regelrecht bedienen durfte, um in seinem Restaurant frisches Wild anzubieten. Seit Hardenberg das Pachtrevier hatte aufgeben müssen, war Urbanczyk sehr viel weniger freundlich als früher.

Sonja tauchte auf dem Display von Urbanczyks Handy auf. Sie trug einen grünen OP-Umhang und ein Haarnetz und wirkte müde und angestrengt.

»Wilhelm. Was ist so dringend?«, fragte sie ungehalten.

»Was so dringend ist? Sonja, wir haben vor zwei Tagen einen Wolf geschossen. Darauf stehen hohe Geldstrafen, das ist dir vermutlich egal. Aber es wäre auch nicht gut für dich und deine Klinik, wenn rauskommt, dass du dabei warst«, erwiderte Hardenberg und konnte auf dem kleinen Display erkennen, dass Sonja verärgert den Mund verzog.

»Der Wolf, das war tief im Wald, da mach ich mir keine Sorgen«, sagte sie und Hardenberg merkte, dass sie ihn taxierte. »Aber beim Pferdehof ist heute ein Wolf getötet worden. Meine Tochter hat sich verletzt, als er ihr Pony bedroht hat. Um den Wolf ist es nicht schade. Aber …«

»Ja?«, fragte Hardenberg und ahnte, was sie wollte.

»Ich frage mich, ob du das warst. Ob du uns deshalb unbedingt sprechen willst.«

Hardenberg schnappte nach Luft. Er musste Zeit gewinnen und sich fangen. Wenn Sonja schon auf diese Idee kam, wer würde noch daraufkommen?

»Natürlich war ich das nicht! Dann könnte ich die Polizei ja gleich direkt zu uns führen«, entgegnete Hardenberg deshalb energisch.

»Sonst noch was? Bei mir warten drei Patientinnen«, sagte Sonja, und Hardenberg sah an ihrem Blick, dass sie ihm nicht glaubte.

»Nein. Nein, es ist nur …«

»Dann ist ja gut«, erwiderte Sonja, und im nächsten Moment war ihr Gesicht vom Display verschwunden.

Urbanczyk sah Hardenberg an.

»Du bist sicher, dass du mit dem Wolf heute nichts zu tun hast?«, fragte er.

»Ich bin doch nicht bescheuert.«

»Und mit dem unbekannten Toten, den die Polizei im Wald gefunden hat, hast du auch nichts zu tun?«, hakte Urbanczyk nach.

»Das meinst du nicht ernst, oder? Der, den ich im Wald vertrieben hab, der ist abgehauen. Ihr habt ja seinen Wagen gehört«, sagte er und hoffte, dass die beiden nichts von dem Kastenwagen, den er im Wald gesehen hatte, mitbekommen hatten.

»Wilhelm, ich muss jetzt ins Restaurant. In einer Stunde fangen wir in der Küche an.«

»Wenn diese Wolfsschützer etwas von dem toten Wolf erfahren und dass du dabei warst, dann hast du ein Problem. Die tauchen dann vor deinem Restaurant auf, das schwör ich dir.«

Urbanczyk sah Hardenberg misstrauisch an.

»Du willst mir nicht etwa drohen, oder?«, sagte er.

»Wir müssen zusammenhalten. Nur dann bleibt alles, wie es ist«, erwiderte Hardenberg.

Urbanczyk stieg in seinen Kombi und fuhr wegen der Forellen in den Tonnen sehr langsam. Hardenberg sah ihm nach und war noch besorgter als vor diesem Gespräch. Es war ein Riesenfehler gewesen, heute beim Pferdehof den Wolf zu töten. Aber er hatte einfach nicht mitansehen können, wie eins dieser grausamen Tiere Mädchen und Ponys angriff. Doch noch schlimmer war, dass Urbanczyk und Sonja den unbekannten Toten im Wald mit ihm in Verbindung brachten. Hardenberg hatte letztes Jahr die Vorwürfe der Bilanzfälschung straffrei überstanden, er wollte nicht wegen eines Idioten, der nachts im Wald auf sie geschossen hatte, im Gefängnis landen. Alexa hatte die Wolfsjagd organisiert, um ihren Pferdehof zu schützen. Hardenberg hatte dabei helfen wollen – und dafür sollte er womöglich bestraft werden? Alexa hatte ihm das Gefühl gegeben, er sei verpflichtet, dabei zu sein, weil er vor einigen Monaten schon mit im Wald gewesen war. Und jetzt schien Urbanczyk sicher zu sein, dass er den Unbekannten im Wald getötet hatte. Musste er deshalb jetzt in Angst leben? Würde Urbanczyk ihn erpressen oder ihn verraten? Hardenberg musste ihm klarmachen, dass er das bereuen würde.

»Papa!«

Emily rannte aus dem Haus, als Gütschow gerade gehalten hatte. Sie trug ein Pflaster auf der Stirn, hatte an einer Hand einen Verband und am Bein ein paar Schürfwunden, aber ihr schien nichts wehzutun. Sie sprang auf Gütschow zu, wie sie es tat, seit sie laufen konnte, und er fing sie auf und wirbelte sie herum. Irgendwann, das wusste er, würde sie dafür zu schwer sein, und irgendwann, in nicht allzu ferner Zeit, würde sie auch nicht mehr ihrem Papa auf den Arm hüpfen. Aber noch genoss er es, dass sie ein Mädchen war, das seinen Vater liebte und ihm vertraute.

Emily erzählte aufgeregt, was auf dem Pferdehof noch passiert war, nachdem Gütschow zur Arbeit aufbrechen musste, und welche Verletzungen Alicia hatte und wie die Ponys wieder eingefangen wurden und wann sie wieder reiten durften. Ihr Redeschwall nahm kein Ende, und Gütschow und seine Frau Lena gaben sich einen Kuss, während Emily unentwegt weiterplapperte und plötzlich »Weißt du, wer heute hier war?« fragte und für einen Moment auf eine Antwort wartete.

»Nein. Wer war denn hier?«, fragte Gütschow.

»Der dicke Mann, der immer ganz viel Geld hatte und dem Hof immer Geld geschenkt hat, damit die Pferde was zu fressen haben, und der jetzt kein Geld mehr hat. Der war heute hier«, sagte Emily und wollte schon weiterreden, doch Gütschow unterbrach sie.

»Stopp, stopp, der Mann war heute hier? Und was wollte der?« Er sah seine Frau an. »Hast du ihn auch gesehen?«

»Nein. Nur Emily. Der ist dann gleich gefahren, als sie draußen war. Aber das muss Wilhelm Hardenberg gewesen sein. Emily kennt ihn vom Pferdehof.«

Gütschow ließ sich von Emily genau berichten, was der Mann gemacht hatte, und vor allem ließ er sich den olivgrünen Geländewagen, mit dem er weggefahren war, beschreiben. Denn er war sicher, dass er diesen Wagen vorgestern Nacht im Wald gesehen hatte und er heute vom Pferdehof gefahren war.

»Bleibst du heute bei uns?«, fragte Emily nach dem Abendbrot.

»Leider nein«, sagte Gütschow, obwohl ihm die traurigen Augen seiner Tochter fast das Herz brachen. Emily und Lena, die beiden waren sein großes Glück. Aber heute musste er mehr über Hardenberg herausfinden. Dass der hier aufgetaucht war, war ein schlechtes Zeichen.

»Willst du zu den Wölfen?«, fragte Emily traurig.

»Ja. Heute ist einer gestorben, und ich muss zu denen, die leben«, sagte Gütschow.

»Und wann nimmst du mich endlich mit? In den Wald?«, fragte Emily.

»Bald. Bald nehm ich dich mit.«

»Noch vor meinem Geburtstag?«

»Vielleicht. Vielleicht sogar noch vor deinem Geburtstag.«

Emilys Augen strahlten für einen Moment. Lena, ihre Mutter, wirkte weniger begeistert.

»Und du gibst mir einen Kuss, wenn du heute nach Hause kommst?«, fragte Emily.

»Natürlich. Das mach ich doch immer.«

14

Paula war unzufrieden, als sie nach Hause fuhr. Von Lukas Schuster fehlte noch immer jede Spur, obwohl alle Dienststellen in Brandenburg informiert waren. Auch der Hinweis auf Angermünde hatte keine Fortschritte gebracht. Auf dem Pferdehof war ein Wolf erschossen worden, aber ob das etwas mit dem Tod von Alexandra Schuster zu tun hatte, war unsicher. Es gab den Schäfer, der wenig kooperativ war und kein Alibi hatte. Der Tote im Wald war nach wie vor nicht identifiziert, und Henry Wullitzer hatte sich heute irritierende Auszeiten genommen. Und dann hatte er auch noch die Eingebung, im Wald könnten sie etwas finden, das bisher übersehen wurde. Er hatte sich aber gegen Verona Neuendorf nicht durchgesetzt, deshalb führte das zu nichts. Außerdem hatte sich Vinzenz' Ehefrau gemeldet und wollte sich morgen mit Paula treffen. Der Tag war irritierend, musste Paula sich eingestehen, als sie über die Maulbeerallee am Park Sanssouci entlangfuhr, hinter der Langen Brücke den Hauptbahnhof passierte und die Teltower Vorstadt erreichte. Schon vor einigen Tagen, als sie mit ihren Sachen aus Cottbus hierhergekommen war, hatte sie festgestellt, wie vertraut ihr in Potsdam alles war, auch wenn die Stadt sich in den letzten zwanzig Jahren sehr verändert hatte. Viel Geld war nach Potsdam gekommen, vieles sah jetzt weniger grau aus als früher, und prachtvolle Gebäude waren neu entstanden oder wieder aufgebaut worden. Mitten in der Stadt stand jetzt in früherem Glanz das Stadtschloss, auch wenn dort kein König mehr residierte, sondern der Landtag seine Sitzungen abhielt. An einer Fassade prangte in goldenen Lettern der Schriftzug *Ceci n'est pas un chateau – Dies ist kein Schloss.* In den Augen derjenigen, die den Wiederaufbau finanziert hatten, war das vermutlich ein Scherz, aber es klang ein wenig wie Hohn. Denn mit dem Geld waren auch Leute gekommen, die sehr viel davon hatten, und diese Leute waren in Potsdam nicht sonderlich beliebt. So wie der Schäfer heute dachten viele, denn sie erkannten ihr altes Potsdam kaum noch wieder und waren der Meinung, früher sei vieles besser gewesen. Obwohl fast alle von ihnen damals die Wende und die Wiedervereinigung bejubelt hatten.

Paula war überrascht, vor dem Haus ihrer Tante Helene den weißen Alfa Romeo ihrer Schwester zu sehen. Linda kam selten her, hatte Helene erzählt, und normalerweise wäre jetzt Abendbrot und die Zeit, Mona an den Gedanken zu gewöhnen, dass sie bald schlafen sollte. Heute jedoch rannte die Kleine mit ihrem Onkel Raffa kreischend durch den Garten, während draußen der große Tisch für das Essen gedeckt war. Mona war ein fröhliches Kind mit langen dunkelbraunen Haaren, das kaum etwas lieber tat, als mit Raffa zu toben. Paula hingegen war für Mona fast eine Fremde, denn sie sahen sich selten, und da das Verhältnis zu Linda nicht sehr herzlich war, hatte Paula bisher auch kaum Zeit mit ihrer Nichte verbracht.

Es gefiel Mona deshalb auch nicht, dass für einen Augenblick nicht sie im Mittelpunkt stand, sondern alle ihre Tante Paula begrüßten. Doch schon nach wenigen Minuten sah Paula, dass Helene Raffa ein Zeichen gab und er losrannte, um mit Mona Fangen zu spielen. Und zwar, wie Paula begriff, auf der anderen Seite des Hauses. Auch Helene stand auf, um in der

Küche etwas vorzubereiten. Paula wollte helfen, doch Helene winkte ab.

»Bleib sitzen«, sagte sie, und das war eine Aufforderung.

Paula war selten mit ihrer Schwester allein, und bei den wenigen Momenten war die Atmosphäre meistens verkrampft. Linda hatte es Paula nie leicht gemacht, sie zu mögen, und auch jetzt wusste sie nicht, was sie sagen wollte. Doch plötzlich sah sie: Ihre Schwester weinte. Paula wusste nicht, was sie sagen sollte. Sie nahm Lindas Hand und spürte, wie dankbar ihre Schwester diese Hand ergriff und nicht wieder losließ. Linda schluchzte, und als nach einigen Minuten ihr Tränenfluss nachließ, sah sie Paula bedauernd an und versuchte zu lächeln.

»Es ist alles zu viel«, sagte sie plötzlich leise, »ich weiß nicht, wie lange ich das noch durchhalte.« Sie hob den Kopf und sah Paula an. »Könntest du für Mona da sein? Falls ich mal einige Zeit in eine Klinik muss? Oder … sonst länger ausfalle?«

»Ja. Ja, natürlich. Ich, ich, äh, ich komm gern zum Spielen und zum Aufpassen, Mona kennt mich ja kaum, und jetzt, wo ich in Potsdam …«, erwiderte Paula schockiert und überlegte hektisch, was Linda meinen könnte. Helene hatte vor Kurzem gesagt, dass es in Lindas Ehe gerade nicht gut lief, aber das hier wirkte wie eine Panikattacke oder Depression. Oder hatte Linda womöglich eine Krankheit, bei der nicht sicher war, ob sie daran sterben könnte?

»Mach das bitte. Falls ich nicht mehr kann … Du bist ihre Tante«, hauchte Linda und umklammerte Paulas Hand regelrecht.

Paula kannte ihre große Schwester gut genug, um zu wissen, dass sie schon immer auch eine dramatische Seite hatte. Linda würde sich nichts antun, da war Paula sicher, und sie wollte gerade vorsichtig fragen, was mit ihr los war, als Monas Stimme lauter wurde und näher kam. Linda stand schnell auf.

»Mona soll mich so nicht sehen«, sagte sie leise und ging eilig ins Haus, bevor Raffa und Mona um die Ecke bogen. Mona hielt eine Hand von Raffa und zog ihn hinter sich her.

»Wo ist denn Mama?«, rief Mona. »Wir wollen *Engelchen, Engelchen, flieg!* spielen!«

Paula sah, dass Raffa leicht die Augen verdrehte. Vermutlich tobte er schon lange mit Mona herum, und langsam reichte es ihm.

»Darf ich das mit euch spielen? Deine Mama hilft gerade drinnen Helene«, sagte Paula und stand auf. Mona zögerte kurz, dann schnappte sie sich auch Paulas Hand, rannte los und holte Schwung, um in der Luft zu schweben und dabei von ihrem Onkel und ihrer Tante gehalten zu werden. Mit ihren fünf Jahren war sie im Grunde zu schwer für *Engelchen, Engelchen, flieg,* und sie war ausdauernd. Paula war froh, als Linda nach einigen Minuten zum Essen rief, und auch Raffa schien erleichtert zu sein.

»Aber nach dem Essen spielen wir weiter!«, kündigte Mona an, als sie sich setzten, und lachte fast triumphierend, weil niemand widersprach.

Es war nicht schwer gewesen, die Anschrift von Wilhelm Hardenberg herauszufinden. Als es ihm noch gut gegangen war, hatte der Binnenschiffer es genossen, in Potsdam eine öffentliche Figur zu sein, die von allen geliebt zu werden schien. Deshalb war Gütschow im Netz schnell auf die Adresse gestoßen. Jetzt saß er in einiger Entfernung in seinem Kastenwagen und beobachtete die Straße und das Haus. Zu Fuß war er bereits zu dem Grundstück gegangen und hatte weder einen Wagen noch jemanden im Garten oder im Haus wahrgenommen. Doch immerhin wusste er jetzt, wo einer, der mit den Schüssen auf die Wölfe zu tun haben konnte, wohnte.

Warum war Hardenberg heute zu ihm nach Hause gefahren? Es konnte kein Zufall sein, dass er dort gewesen war. Hatte er Gütschow auf dem Pferdehof entdeckt, und vor allem: Hatte er etwas mit dem toten Wolfsschützer im Wald zu tun? Der Tote im Wald war von der Polizei entdeckt worden, das wusste er. Sicherlich hatte die Polizei dort alles abgesucht, vielleicht sogar abgesperrt. Dennoch wollte er dorthin. Vielleicht konnte er dem ermordeten Wolf zu einer letzten Ruhe verhelfen.

Lindas Augen waren noch gerötet, doch sonst verriet nicht viel, dass sie geweint hatte. Paula merkte, dass Raffa sich große Mühe gab, Mona abzulenken. Das war nicht schwer, denn Mona liebte ihren Onkel, und so kam die Kleine kaum dazu, auf ihre Mutter zu achten.

Mona aß zwei Scheiben Toast und etwas rote Paprika – *wegen der Vitamine,* wie sie selbst verkündete –, trank etwas Saft und stand auf.

»Und jetzt klettern wir!«, rief sie, und damit ihre Mutter das gar nicht erst verbieten konnte, rannte sie sofort los. Paula blickte zu Raffa, der sich gerade Salat aufgefüllt hatte, stand auf und folgte Mona, die hinter der Hausecke wartete und hoffte, ihr würde jemand folgen. Für einen kurzen Moment wirkte sie enttäuscht, dass Paula und nicht Raffa auftauchte, aber dann lief sie zu einem Klettergerüst, das im hinteren Teil des Gartens stand.

Ich bin nur Ersatz, aber besser als nichts, dachte Paula amüsiert.

An dem Klettergerüst gab es eine Art Parcours, den Mona offenbar häufig turnte und jetzt ihrer Tante stolz vorführte.

»Kannst du das auch?«, fragte sie nach ihrer ersten Runde. »Raffa kann das nicht, der ist zu groß dafür.«

»Natürlich kann ich das«, sagte Paula.

»Dann mach!«, rief Mona, kletterte auf die höchste Stelle des Gerüsts und sah von dort aus zu, wie Paula durch und über die Sprossen und Seile kletterte. Raffa war mehr als einen Kopf länger als sie, und Paula konnte sich gut vorstellen, dass er sich hier schwertat. Er hatte breite Schultern und kräftige Muskeln, aber er war nicht sonderlich gelenkig. Weil sie klein war und gern unterschätzt wurde, hatte Paula die Nahkampfschulung in der Ausbildung sehr ernst genommen und trainierte regelmäßig. Gelegentlich half ihr das bei der Überwältigung Verdächtiger, die nicht damit rechneten, dass eine so harmlos wirkende Frau bei Kampfgriffen derart geschult war und energisch zupacken konnte. Dass dieses Training jetzt auch half, eine Fünfjährige zu beeindrucken, war ihr nur recht.

Paula hatte diesen Parcours fast beendet, als Raffa auftauchte und applaudierte.

»Und jetzt du!«, forderte Mona ihn auf. »Wenn Paula das kann, dann musst du das doch auch können.«

Raffa probierte es zwar, aber Paula sah, dass er sich bewusst ungeschickt anstellte, damit er demnächst nicht ständig würde klettern müssen. Er gab schnell auf und ließ sich in den Sand unter dem Gerüst fallen.

»Dann eben auf den Baum!« Mona lief zu einem alten, knorrigen Apfelbaum, auf den Paula als Kind selbst schon geklettert war, und zog sich sofort nach oben. Bis in zwei Metern Höhe kam sie problemlos voran, dann musste sie einen Ast erwischen, für den ihre Arme noch zu kurz waren.

»Einer muss mir helfen«, rief sie von oben.

»Kannst du das machen?«, fragte Raffa leise. »Sie will dann immer höher, und ich komm oben kaum noch zwischen den Ästen durch.«

»Klar«, sagte Paula und kletterte los. Sie half Mona auf die nächsten hohen Äste, doch als sie schon in fast vier Metern Höhe waren, wurde Mona unsicher.

»So hoch war ich noch nie«, sagte sie leise, und als sie dann auch noch sah, dass Linda auftauchte, schien sie etwas Angst zu bekommen. Auf keinen Fall wollte sie vor ihrer Mutter vom Baum fallen, und sie wusste, dass nach unten zu klettern schwieriger war, als sich nach oben zu ziehen. Paula kletterte voran, sodass Mona sich an ihr festhalten konnte, und nur das letzte Stück kletterte sie allein, sprang zu Boden und wollte wegrennen, denn sie wusste, was jetzt kam: nach Hause fahren und ins Bett gehen. Erst als Raffa und Paula vorschlugen, morgen Abend zum Spielen zu kommen, stieg Mona in den Wagen. Linda wirkte entspannter als vor dem Essen und Paula ging davon aus, dass Helene ihr ein Medikament gegeben hatte.

»Ich wusste gar nicht, dass du so ein Kletterbiest bist«, sagte Raffa, als sie zu dritt am Tisch saßen. »Wie läuft es denn mit der Verbrechersuche? Ich hab gehört, dass auf diesem Pferdehof schon wieder geschossen wurde. Auf Wölfe.«

»Woher weißt du das?«, fragte Paula.

»Insta und TikTok, glaub ich«, erwiderte Raffa. »Gibt viele Leute, die es richtig übel finden, dass Wölfe abgeschossen werden. Die sind richtig sauer.«

Paula erzählte vage, was heute passiert war, ohne etwas von den Ermittlungen zu verraten.

»Eigentlich wollten mein neuer Partner und ich heute Abend noch mal in den Wald gehen. Aber offenbar hat ihm das unsere Chefin verboten. Die beiden scheinen sich schon ewig zu kennen, aber wirklich durchschauen tue ich die zwei noch nicht.«

»Waren die mal ein Paar?«, fragte Raffa spöttisch.

Paula lachte.

»Keine Ahnung. Auf die Idee bin ich noch gar nicht gekommen. Aber ein bisschen benehmen sie sich so.«

»Und was wolltet ihr im Wald?«

»Na ja.« Paula überlegte, wie viel sie sagen sollte. »Wir kommen bisher nicht voran. Im Wald gab es gestern einen Toten, dessen Identität unklar ist. Eigentlich ist das nicht unser Fall, aber Wullitzer hatte plötzlich eine Ahnung, wir hätten da etwas übersehen. Bin nicht sicher, ob da was dran sein könnte. Aber ich weiß, dass Wullitzer bisher sehr erfolgreich war. Vielleicht gibt es da ja wirklich einen Zusammenhang, den nur er sieht.«

»Und du wärst gern heute Abend mit ihm im Wald spazieren gegangen.«

»Spazieren … ich hätte es gern überprüft. Wenn er schon eine Eingebung hat.«

Raffa lehnte sich zurück.

»Also ich hätte ja Lust auf einen Spaziergang«, sagte er. »Gern auch im Wald.«

»Was soll denn das jetzt?«

»Ja, komm, lass uns das machen. Wenn wir nichts finden, hast du deine Heimat besser kennengelernt. Und wenn wir etwas finden, bist du die Heldin, die den Fall gelöst hat. Wär doch cool bei deinem ersten Fall hier.«

Paula zögerte.

»Oder hast du was anderes vor?«, fragte Raffa. »Den ganzen Abend hier im Garten abhängen oder dir 'ne Serie reinziehen? Dann können wir genauso gut spazieren gehen. Wir können ja auch unsere Tante mitnehmen, dann ist es ein richtiger Familienausflug.«

»Oh nein, das ist nichts für mich«, wehrte Helene ab. »Das macht ihr schön unter Geschwistern.«

»Ja, dann komm! Ihr seid fertig, oder?« Raffa stand auf und begann, den Tisch abzuräumen.

»Das war gut mit dir und Mona«, sagte Helene leise, als Raffa drinnen war. »Linda braucht dich.«

»Geht es ihr sehr schlecht?«

Helene wiegte den Kopf.

»Wenn sie es schafft, weniger zu arbeiten, und wenn Bene öfter hier ist und mit Mona hilft, dann kommt sie da vielleicht so raus. Wenn nicht … dann bräuchte sie wohl eine Klinik. Einige Wochen. Vielleicht Monate. Wenn wir sie unterstützen, könnte sie es vielleicht ohne schaffen.«

15

Gütschow hielt im Wald, wo er schon vor zwei Tagen gehalten hatte. Kurz vor der Schranke folgte er dem Querweg so weit wie möglich, um vom Hauptweg aus nicht zu erkennen zu sein. Er stieg aus, öffnete die Heckklappe und griff unter den Ersatzreifen. Dort hatte er die Pistole, die dem Wolfsschützer gehört hatte, versteckt. Vielleicht würde er sich heute schützen müssen.

Auf dem Weg atmete er den harzigen Duft der Kiefern tief ein. In den Wipfeln hörte er das Schlagen von Vogelflügeln, vermutlich Krähen. Ohne dass seine Schuhe Geräusche machten, ging er tiefer in den Wald. Alles schien wie immer zu sein – doch Gütschow spürte, dass nichts so war wie sonst. Dieser Tag hatte ihn fast noch mehr verstört als die Nacht, in der ein Wolf sowie der Fremde erschossen worden waren. Heute hatte jemand vor Emilys Augen einen Wolf getötet, und er war sicher, dass es dieser Hardenberg getan hatte. Dass dieser Mann dann auch noch bei ihm zu Hause auftauchte, war … Was war es eigentlich? Eine Katastrophe?

Gütschow blieb stehen. Hardenberg war nicht grundlos bei ihm aufgetaucht. Er musste es gewesen sein, der nachts im Wald seinen Kastenwagen fotografiert hatte. Und dann wusste er womöglich, dass Gütschow im Wald gewesen war, als die Schüsse auf den Wolf und den Fremden fielen.

Gütschow musste sich schützen. Vielleicht würde er die Pistole des Fremden tatsächlich noch brauchen.

Paula musste sich konzentrieren, um den Weg zu der Schranke zu finden, die der Förster ihnen gestern geöffnet hatte. Sie erinnerte sich, dass Wullitzer hinter Kartzow nach rechts in die Döberitzer Heide abgebogen war, und folgte dort einem Weg, der ihr bekannt vorkam. Nach einigen Hundert Metern standen an einem winzigen Weg Birken, an die Paula sich erinnerte.

Der Kiefernwald wurde dichter und der unbefestigte Weg, der bisher gut zu befahren gewesen war, schmaler und unwegsamer. Kurz vor der Schranke fuhr Paula in einen Querweg und hielt an der Seite an.

»Wie weit ist es jetzt noch?«, fragte Raffa, und Paula ahnte, dass er es inzwischen etwas bereute, zu diesem Ausflug gedrängt zu haben.

»Gute Stunde, etwa«, erwiderte Paula. »Beim letzten Mal sind wir mit dem Geländewagen des Försters noch zwei Kilometer weitergefahren und erst dann gelaufen.«

Raffa stieg aus, ging zu der Schranke und hob sie an.

»Die ist offen!«, rief er. Das wunderte Paula, denn beim letzten Mal hatte der Förster die Schranke hinter sich sofort verschlossen. War jemand im Wald, der hier nichts zu suchen hatte? Und noch etwas fiel ihr auf. Dort, wo sie geparkt hatte, führten auf dem schmalen Querweg neben ihrem Wagen frische Reifenspuren tiefer in den Wald.

Raffa kam zurück.

»Das Schloss an der Schranke hat jemand geknackt«, sagte er leise. »Das ist schon etwas *strange* hier.«

Paula sah sich um.

»Ist es dir lieber, wir kehren um?«

»Nein!« Auch Raffa sah sich um. »Oder kann das hier gefährlich werden?«

»Ich hoffe nicht.«

»Jetzt sind wir ja schon hier. Ich will doch, dass meine Schwester morgen die Heldin im Revier ist.«

»Schon gut. Ich nehm zur Sicherheit meine Waffe mit.«

»Du hast deine Dienstpistole dabei? Bei 'nem Waldspaziergang?«

»Vor ein paar Tagen ist hier ein Mann erschossen worden. Ist besser, wenn ich vorbereitet bin.«

»Okay ...« Raffa wirkte beeindruckt. Paula legte ihr Holster an, steckte ihre Dienstpistole hinein und blickte in die Richtung, in die die Reifenspuren führten.

»Die Spuren würde ich mir gern angucken«, sagte sie. »Und falls dir mulmig werden sollte, drehen wir um.«

»Wenn meine Schwester sich traut, hier rumzulaufen, dann schaff ich das auch gerade noch.«

»Deine Schwester ist Polizistin, vergiss das nicht.«

Die beiden folgten den Reifenspuren und stießen nach hundert Metern auf einen geschlossenen dunkelbraunen Kastenwagen, bei dem der hintere Bereich keine Fenster hatte und nicht einzusehen war.

»Was ist denn das für 'ne Karre?«, fragte Raffa.

»Handwerker fahren so was. Diebe können von außen nicht sehen, ob teure Geräte drinnen sind, und bei sperrigem Material oder Werkzeug können hinten keine Scheiben kaputtgehen.«

Paula machte Fotos von dem Wagen und seinem Kennzeichen und ging voran zur Schranke. Das Schloss sah aus, als habe es jemand mit einem Bolzenschneider geknackt. Paula machte auch davon Fotos.

Zunächst schwiegen sie und lauschten auf jedes Geräusch. Hin und wieder waren Krähen zu hören, dann raschelte es im Unterholz und irgendwo klopfte ein Specht. Noch war es taghell, und Paula nahm sich vor, vor Anbruch der Dunkelheit zurück zu sein. Sie fragte sich, wer die Schranke aufgebrochen hatte, ob jemand jetzt heimlich im Wald war – und gefährlich werden konnte. Der holperige, schmale Weg war von Reifenspuren übersät, die vermutlich vom Förster stammten. Kurz vor der Stelle, wo der Förster sie gestern hatte aussteigen lassen, bogen Reifenspuren nach links ab.

»Du meinst, hier ist jemand?«, fragte Raffa leise.

»Die Spuren sehen halbwegs frisch aus«, sagte Paula. »Aber wir müssen geradeaus weiter. Der Förster hatte uns gesagt, hier würden sich gern Leute rumtreiben, wenn die Schranke offen ist. Kann gut sein, dass das nichts zu bedeuten hat.«

Sie machte von den nach links abzweigenden Reifenspuren Fotos, folgte dann dem Weg, den sie mit Wullitzer gegangen war, und war froh, dass sie gestern einige Fotos gemacht und sich die Abzweigungen eingeprägt hatte. Der Wald wurde dunkler und unübersichtlicher, und bald würde die Dämmerung einsetzen. Allzu lang würden sie nicht bleiben können.

»War dir klar, wie schlecht es Linda gerade geht?«, flüsterte Raffa unvermittelt.

»Helene hatte das vor Kurzem angedeutet«, sagte Paula ebenso leise. »Wusstest du das schon länger?«

»Ich hab mir in den letzten Wochen so was gedacht. Sie war anders, und … manchmal sieht sie aus, als hätte sie geweint.«

Sie gingen weiter, bis Paula Stimmen zu hören glaubte und stehen blieb. Auch Raffa bewegte sich nicht. Links von ihnen, in einigen Hundert Metern Entfernung, sprachen Menschen sehr leise miteinander. Dann war Ruhe.

»Spaziergänger?«, fragte Raffa.

»Vermutlich ja. Wie gesagt, der Förster meinte, hier sind öfter Leute.«

Nach einer halben Stunde erreichten sie den Fundort des unbekannten Toten. Vereinzelt hingen an den Bäumen noch Reste des Absperrbandes.

»Was suchen wir jetzt genau?«, flüsterte Raffa.

»Keine Ahnung. Irgendetwas, das ungewöhnlich ist. Das hier nicht hingehört oder darauf hindeutet, dass jemand hier war.«

Leise sahen sie sich um und erweiterten langsam ihren Radius. Paula deutete auf eine Ansammlung von Birken.

»Da«, sagte sie, doch Raffa sah nicht sofort, was sie sah: In zwei Metern Höhe gab es eine kleine helle Einkerbung im Stamm der Birke.

Mit Raffas Hilfe stemmte Paula sich zu dieser Einkerbung nach oben und sah, dass ein Projektil im Stamm steckte. Sie machte Fotos von der Einschussstelle und holte das Projektil mit einem Schlüssel vorsichtig aus dem Holz, legte es in einen Plastikbeutel und sprang nach unten.

»Das ist doch schon mal was«, sagte sie und bat Raffa, für einen Moment hier zu warten. Von der Fundstelle des Toten holte sie einen Rest des Absperrbands und befestigte es an der Birke, um den Ort später wiederfinden zu können. Zusätzlich machte sie Fotos von der Stelle und setzte in ihrer Navigations-App an dieser Stelle einen Pfeil.

»Ich hab was gehört«, sagte Raffa. »Während du weg warst. Stimmen. Da drüben.« Er deutete in die entgegengesetzte Richtung, aus der vorhin die Stimmen gekommen waren. Jetzt war es jedoch ruhig.

Gütschow kauerte hinter kräftigen Kiefern und hoffte, nicht bemerkt zu werden. Auch ihm waren die Leute, die Paula und Raffa für Spaziergänger hielten, nicht entgangen, vor allem aber hatte er die beiden gehört und sogar kurz gesehen, als sie sich der Fundstelle des Unbekannten genähert hatten. Die kleine und fast zierliche Zivilpolizistin war Gütschow heute schon auf dem Pferdehof aufgefallen, nachdem dort der Wolf getötet worden war. Dass eine Polizistin in der Nähe eines Tatorts einen privaten Spaziergang unternahm, war unwahrscheinlich. Wobei der Mann, mit dem sie unterwegs war, nicht wie ein Polizist wirkte. Während die Polizistin an der Birke nach oben stieg und dort etwas aus dem Holz holte, schlich Gütschow zurück. Heute würde er hier im Wald keinen Frieden finden. Und vor allem musste er überlegen, wie gefährlich dieser Hardenberg für ihn und vor allem Emily war.

»Guck mal hier«, sagte Raffa und deutete auf eine kleine Erhöhung. Sie hatten entschieden, einen größeren Bogen zu machen, um wieder auf den Waldweg zu stoßen und zum Wagen zurückzugehen. Jetzt standen sie vor einer Stelle, auf die jemand Zweige, Laub und Kiefernnadeln gelegt hatte. Paula suchte einen Ast und drückte ihn vorsichtig in die Erde. Innerhalb der Erhöhung mit einem Radius von knapp einem Meter war der Boden locker, als wäre er vor Kurzem aufgeschüttet worden.

»Wir bräuchten einen Spaten«, flüsterte Paula und sah sich um. Die Sonne war gerade untergegangen, und bald würde es dunkel sein. Wenn sie sich beeilten, kämen sie noch bei Tageslicht zurück zum Wagen. »Wir markieren die Stelle, und ich komme morgen früh mit den Kollegen wieder.«

»Ich guck nur kurz. Vielleicht ist da ja auch nichts«, erwiderte Raffa, schob die Zweige, das Laub und die Nadeln zur Seite und grub mit bloßen Händen. Paula sah ihm ungeduldig zu und glaubte plötzlich, Geräusche in der Nähe zu hören. Sie blickte sich um, doch es war wieder ruhig.

»Hier ist Fell«, sagte Raffa plötzlich. Paula beugte sich zu ihm und sah, was er gefunden hatte: feuchtes, mit Erde verschmiertes, graubraunes Fell. Vorsichtig legte Raffa es frei. »Das könnte ein ganzes Tier sein.«

206

Erneut glaubte Paula, Stimmen und kurz auch das Knacken von Zweigen zu hören. Sie war jedoch zu gebannt und abgelenkt, um sich zu vergewissern. Denn Raffa legte die Überreste eines Tieres frei, das wie ein großer Schäferhund aussah. Als auch der Kopf des Tieres zu erkennen war, wusste Paula: Das war kein Schäferhund. Es war ein Wolf. Und die Feuchtigkeit in seinem Fell war Blut.

»Und jetzt?«, fragte Raffa leise, doch bevor Paula antworten konnte, waren sie plötzlich von fünf Leuten umringt.

»Was machen Sie da? Weg da!«, rief einer von ihnen. Es war ein Mann Ende zwanzig mit Bart und einem kräftigen Knüppel in der Hand, den er drohend in der Luft hielt.

»Ganz ruhig«, sagte Paula. »Kriminalhauptkommissarin Osterholz. Legen Sie den Knüppel weg und erklären Sie mir, was Sie hier zu suchen haben.«

»Polizistin? Und was haben Sie hier zu suchen?«, sagte eine Frau, die Anfang zwanzig sein mochte.

Ein zweiter Mann, der ebenfalls einen Knüppel hatte, stieß Raffa zur Seite, um das Tier besser sehen zu können.

»Fassen Sie uns nicht an!«, herrschte Paula ihn an, doch der Mann ignorierte sie.

»Da liegt ein Wolf. Tot!«, rief er, und die fünf kamen bedrohlich näher.

»Bleiben Sie zurück!«, rief Paula und versuchte herauszufinden, wer in der Gruppe das Sagen hatte und am gefährlichsten war. Eine Frau mit kurz rasierten Haaren fiel ihr auf, die sie schon heute Nachmittag vor dem Hof des Schäfers gesehen hatte.

»Sie!«, sprach Paula die Frau an. »Sie wissen, dass ich Polizistin bin. Sorgen Sie dafür, dass Ihre Leute zurückgehen. Wir werden den Tod dieses Wolfs untersuchen. Das verspreche ich Ihnen.«

»Untersuchen? Und was ist, wenn Sie ihn selbst umgebracht haben?«, rief diese Frau jedoch. Sie war es gewesen, die heute Nachmittag dem Schäfer und der Polizei den Mittelfinger entgegengereckt hatte, erinnerte sich Paula.

Und dann ging alles sehr schnell.

»Wie reden Sie eigentlich mit einer Polizistin?«, fuhr Raffa die Frau an und ging einen Schritt auf sie zu.

»Wir reden mit der so, wie es eine Mörderin verdient!«, rief die andere Frau.

»Halten Sie doch einfach den Mund«, entfuhr es Raffa, und in dem Moment stürzte sich einer der Männer mit seinem Knüppel auf ihn. Raffa wich aus, der Mann strauchelte und fing sich wieder, wollte erneut angreifen, und Paula sah, dass auch der zweite Mann mit seinem Knüppel auf ihren Bruder losgehen wollte. Sie packte den ersten Mann, schleuderte ihn mit einem Griff zu Boden, entriss ihm den Knüppel und wich dem zweiten Mann aus, dessen Stock neben ihr ins Leere traf. Mit einem schnellen Tritt holte sie ihn von den Beinen, packte seinen Arm und fixierte ihn am Boden.

»Und jetzt ist hier Ruhe!«, sagte sie und behielt die Gruppe im Auge. Sie sah, dass der dritte Mann sein Handy in die Hand nahm und auf sie richtete.

»Keine Fotos!«, rief sie, aber der Mann machte mehrere Bilder und rannte dann los.

»Stehen bleiben!«, rief Paula, doch der Mann lief weiter. Raffa sprintete ihm hinterher, holte ihn nach dreißig Metern ein, riss ihn zu Boden, nahm ihm das Handy ab und führte ihn zu der Gruppe zurück.

Dort hielt Paula ihren Dienstausweis in die Höhe. Ihre Pistole war im Holster gut sichtbar und schüchterte die Gruppe offensichtlich ein.

»Ich rate Ihnen jetzt dringend, keine weiteren Probleme zu machen«, sagte Paula energisch. »Wegen des Angriffs auf eine Polizistin und Widerstands gegen die Staatsgewalt werde ich Sie jetzt zu meinen Kollegen bringen und wir werden Ihre Personalien aufnehmen. Falls doch jemand von Ihnen versucht zu flüchten: Ich wäre befugt, Sie an Bäumen zu fixieren, bis Verstärkung eintrifft. Lassen Sie es nicht darauf ankommen. Es geht um Mordermittlungen, die Sie erschwert haben. Ich rate Ihnen dringend, friedlich zu sein.«

Paula wusste, dass sie Verstärkung brauchte, und überlegte, wen sie informieren sollte. Im Polizeipräsidium gab es um diese Zeit nur eine Notbesetzung, die sie noch nicht kannte. Verona Neuendorf würde ihr Vorwürfe machen, weil sie ohne Absprache in den Wald gegangen war. Es blieb Wullitzer, den sie nicht einschätzen konnte. Wäre er verärgert, weil sie hinter seinem Rücken überprüft hatte, was er zu ahnen glaubte? Er war aber auch derjenige, der sofort wüsste, wohin er Verstärkung schicken musste, denn nur er kannte die Schranke. Paula wählte seine Nummer, und während es klingelte, fragte sie sich, ob er überhaupt noch wach war.

»Ja? Wullitzer?«, meldete er sich und klang nicht verschlafen.

»Paula Osterholz hier. Ich brauche Verstärkung. An der Schranke im Wald, Sie wissen, was ich meine. Ich habe mich hier umgesehen und bin angegriffen worden. Aber alles in Ordnung.«

»Sie haben *was?*«, fragte Wullitzer fassungslos.

»Ich bin im Wald. Mit meinem Bruder. Und Sie hatten recht. Wir haben hier etwas gefunden. Könnten Sie bitte Verstärkung schicken?«

»Gibt es Verletzte? Muss ich noch irgendetwas wissen?«

»Nein. Alles gut. Ich bin mit denen, die mich angegriffen haben, auf dem Weg zu der Schranke.«

»Ich schick sofort die Kollegen los«, sagte Wullitzer und legte auf.

»So. Abmarsch!«, rief Paula der Gruppe zu und deutete in die Richtung, aus der sie gekommen waren. Es dauerte einen Moment, bis sich die fünf murrend in Bewegung setzten.

Lena Gütschow war überrascht, als sie erst den Kastenwagen und dann die Haustür hörte. Nachdem Emily eingeschlafen war, hatte sie aufgeräumt und Wäsche zusammengelegt und nicht damit gerechnet, dass Gütschow schon käme. Wenn er im Wald war, kam er selten vor dem Morgengrauen zurück. Sie befürchtete, etwas Unangenehmes könnte passiert sein, doch sie würde ihren Mann nicht danach fragen. Wenn er reden wollte, würde er es tun, aber er mochte nicht ausgefragt werden.

»Du bist noch wach?«, fragte Gütschow und gab Lena einen Kuss.

»Emily ist spät eingeschlafen. Ich wollte gerade ins Bett.«

»Willst du sofort schlafen? Oder soll ich uns ein Bier aufmachen?«

»Gern«, erwiderte Lena überrascht. Meistens, wenn Gütschow aus dem Wald kam, war er in sich gekehrt. Heute jedoch schien er reden zu wollen.

»Wie ging es Emily heute Abend? Hat sie das mit dem Wolf noch beschäftigt?«, erkundigte sich Gütschow und stellte zwei Gläser und Bier auf den Couchtisch.

»Den Wolf hat sie nur kurz erwähnt«, sagte Lena, »aber dass Alicia von ihrem Pony gefallen ist und sich verletzt hat, das hat sie immer wieder erzählt.«

»Und tut ihr selbst noch etwas weh?«

»Schon. Aber darüber redet sie nicht. Weißt ja, wie tapfer sie ist.«

»Ja, das ist sie. Mutig. Und sie hat fast nie Angst«, sagte Gütschow.

Lena lächelte. Schon als Emily keine zwei Jahre alt war, war er überzeugt gewesen, sie sei ihm schon deshalb ähnlich, weil sie unerschrocken alles ausprobierte und fast nie weinte, wenn sie sich dabei wehtat. Aber manchmal vergaß er, dass sie ein Kind war, und es gefiel Lena nicht, dass er der Kleinen immer wieder versprach, sie schon bald nachts mit in den Wald zu nehmen.

Mittlerweile war nur noch ein letzter Rest Dunkelblau auszumachen, ansonsten war der Himmel bereits schwarz. Der Mond stand noch tief hinter den Bäumen, sodass der Waldweg nur schemenhaft zu erkennen war. Die Gruppe schwieg in der Dunkelheit und folgte Paulas Anweisungen. Sie war froh, dass sie diesen Weg jetzt schon zum vierten Mal ging und wusste, welche Abzweigungen sie nehmen mussten. Sie wunderte sich allerdings, dass niemand aus der Gruppe versuchte, abzuhauen. Sie waren alle um die dreißig und vermutlich halbwegs sportlich und schnell. Dass sie die fünf derart eingeschüchtert hatte, konnte Paula sich nicht vorstellen. Vermutlich waren sie überzeugte Wolfsschützer, die sich im Recht und moralisch überlegen fühlten. Vielleicht würden sie morgen in den sozialen Medien posten, dass sie für ihren Kampf um das Leben der Wölfe in Konflikt mit der Polizei geraten waren, und wären stolz darauf.

Aus der Ferne hörte Paula Martinshörner, und wenig später glaubte sie, an den Gipfeln einiger Kiefern flackerndes Blaulicht zu erkennen. In dem Moment rannte plötzlich eine der Frauen los.

»Stehen bleiben!«, rief Paula ihr nach, doch die Frau mit den kurz rasierten Haaren lief weiter. Sie stürzte, fluchte und schien zu humpeln, während sie in der Dunkelheit des Waldes verschwand.

»Soll ich hinterher?«, fragte Raffa leise, doch Paula winkte ab. Wichtiger war, wenigstens einige dieser Wolfsschützer zu den Kollegen zu bringen. Die Identität der flüchtigen Frau würden sie schon ermitteln.

Paulas Handy klingelte. Wullitzer.

»Wo sind Sie gerade?«, fragte er.

»Auf dem Weg, den wir mit dem Förster gefahren waren. Etwa einen Kilometer vor der Schranke. Ich hab Blaulicht gesehen, ich schätze, die Kollegen sind schon in der Nähe. Könnten Sie ihnen bitte sagen, dass eine flüchtige Frau in ihre Richtung läuft?«

»Mach ich. Wir kommen Ihnen entgegen.« Bevor Paula fragen konnte, wen er mit *Wir* meinte, hatte er aufgelegt.

An dem Querweg, an dem ihr vorhin Reifenspuren aufgefallen waren, blieb Paula kurz stehen. Im Dunkeln waren die Spuren kaum zu erkennen. Vermutlich war es diese Gruppe gewesen, die das Schloss an der Schranke aufgebrochen hatte, und wenn ihr Wagen in dem Querweg stand, würde die Polizei dort vermutlich einen Bolzenschneider oder ähnliches Werkzeug finden.

Paula sah das Licht von Taschenlampen, und wenig später kamen ihr Wullitzer, Verona Neuendorf sowie vier uniformierte Kollegen entgegen. Kurz musste Paula grinsen. Sie hätte sich denken können, dass ihre Vorgesetzte und ihr neuer Partner zusammen hierherkämen. Vermutlich würde sie sich gleich Vorwürfe anhören müssen, wie sie es wagen konnte, die Anweisung ihrer Vorgesetzten zu ignorieren und in einem fremden Fall zu ermitteln. Aber damit musste sie leben. Paula war sicher, hier etwas gefunden zu haben, das ihnen helfen würde.

Paula sah, dass zwei der Kollegen die Frau mit den kurz rasierten Haaren festhielten, und übergab die Gruppe an die uniformierten Beamten.

»Nehmen Sie bitte von allen die Personalien auf. Gegen alle ergeht Anzeige wegen Missachtung polizeilicher Anordnungen, und die zwei« – sie deutete auf die Männer, die Knüppel gehabt hatten – »werden zusätzlich wegen Angriffs auf eine Polizistin angezeigt.«

Die Wolfsschützer murrten, die Frau mit den kurz rasierten Haaren versuchte sich loszureißen, und auch zwei andere mussten energisch festgehalten werden, doch dann machten sich die Polizeikollegen mit ihnen auf den Weg zu den Wagen.

Wullitzer sah Paula an.

»Frau Osterholz«, sagte er, während Verona Neuendorf neben ihm stand und in den dunklen Nachthimmel blickte, als ginge sie das hier nichts an. »Frau Osterholz, ich gehe davon aus, Sie haben hier heute Abend einen privaten Spaziergang unternommen?«

Paula sah ihren Partner verwundert an, und auch Raffa war irritiert. Verona Neuendorf ging ein paar Schritte weiter, als wollte sie die nächtliche Natur genießen, und Paula begriff, dass die beiden auf der Fahrt besprochen hatten, wie sie mit der Situation umgehen sollten. Vermutlich wollte Verona Neuendorf verhindern, ihren Vorgesetzten erklären zu müssen, warum Paula allein im Wald ermittelt hatte. Wenn es keinen offiziellen Einsatz gab, gab es auch kein Problem.

Paula sah kurz ihren Bruder an.

»Ja. Ich habe mit meinem Bruder einen Spaziergang gemacht. Er war schon oft hier und wollte mir ein paar besondere Stellen zeigen«, sagte sie.

»Gut. Haben Sie sich vielleicht verlaufen und wussten deshalb nicht mehr genau, wo Sie waren?«, fragte Wullitzer.

Paula sah Wullitzer fragend an. Der sah Paula eindringlich an und nickte kurz in Richtung Verona Neuendorf, die noch immer tat, als habe sie mit allem nichts zu tun.

»Ja«, sagte Paula, denn sie begriff, dass Verona Neuendorf genau das hören sollte. »Wir haben uns verlaufen.« Sie merkte, dass Raffa sie irritiert anblickte.

»Und Sie sind dann, weil Sie sich verlaufen hatten, rein zufällig dort vorbeigekommen, wo gestern ein toter Mann gefunden wurde.«

»Ja. Rein zufällig«, antwortete Paula und fragte sich, wie lange dieses Spiel gehen würde.

»Und das kann Ihr Bruder bestätigen«, sagte Wullitzer und sah Raffa an.

»Ja, logo«, sagte der sofort.

»Dann ist das ja geklärt«, sagte Neuendorf entschlossen. »Henry sagte mir, Sie hätten hier im Wald etwas gefunden. Worum handelt es sich dabei?«

»Zwei Dinge. Oder drei, mit den Wolfsschützern. Als Erstes habe ich nicht weit von dem Fundort der Leiche Einschüsse in einem Baum entdeckt. Ein Projektil habe ich gesichert. Neun Millimeter, ich schätze, aus einer Pistole. Von der Entfernung her könnte von dort geschossen worden sein, wo der Tote lag«, berichtete Paula.

»Und was noch?«

»Wir haben das Grab eines toten Wolfs gefunden. Vermutlich mit Schusswunde. Und genau dort sind diese Leute aufgetaucht. Die Frau, die abhauen wollte, war heute auch vor dem Hof des Schäfers. Ich schätze, die fünf sind Wolfsschützer, und ich frag mich, woher die von dem Wolf wussten. Die waren nicht zufällig da. Die wussten etwas.«

Verona Neuendorf nickte. »Auch wenn es mittlerweile dunkel ist, würde ich Sie bitten, uns zu zeigen, was Sie gefunden haben.«

»Ja, gern«, sagte Paula und sah Raffa an.

»Nimmst du meinen Wagen? Ein Kollege kann dich begleiten. Ich werd später schon irgendwie nach Hause kommen.«

»Okay«, erwiderte Raffa.

»Und würdest du mir einen Gefallen tun?«

»Ja, klar.«

»In dem Querweg an der Schranke stand doch vorhin ein Kastenwagen. Könntest du mit einem meiner Kollegen nachsehen, ob der dort noch steht, und mir eine Nachricht schicken?«

»Ja, mach ich.«

Paula fiel auf, dass Wullitzer in der Dunkelheit heute sehr langsam ging. Gestern, im Hellen, hatte er eine beeindruckende Orientierung gehabt und ein hohes Tempo angeschlagen. Jetzt aber wirkte er gehemmt, als würde ihn die Dunkelheit einschüchtern, obwohl er und Verona Neuendorf starke Taschenlampen mitgebracht hatten.

Paula war froh, dass sie diesen Weg inzwischen gut kannte, und dachte nach. Gestern war ein unbekannter Toter gefunden worden, und heute hatte sie ein Einschussloch und ein Projektil gefunden, allerdings nicht dort, wo der Tote gelegen hatte. Hatte dieser Mann womöglich auch geschossen, und wo war dann seine Waffe? Hatte jemand sie ihm abgenommen, und hatte derjenige auch den Wolf begraben? Und was wussten die Wolfsschützer? Es konnte kein Zufall sein, dass sie heute Nacht genau hier im Wald gewesen waren. Ob einem oder einer von ihnen ein Mord zuzutrauen wäre, konnte Paula nicht einschätzen, aber zumindest sollten ihre Alibis überprüft werden.

»Ich informiere die Spurensicherung«, sagte Verona Neuendorf, als Paula ihr und Wullitzer die Birke mit dem Einschussloch und den toten Wolf in seinem Grab gezeigt hatte. »Vorgewarnt habe ich sie schon. Auch wenn es Nacht ist, müssen sie sich an die Arbeit machen. Jonas und Vanessa ebenfalls.«

Während sie telefonierte, redete Wullitzer so leise, dass die Chefin ihn nicht hören konnte.

»Ich hatte das mit Verona abgesprochen. Es würde viele unangenehme Fragen geben, wenn Sie offiziell hier gewesen wären. In einem fremden Fall, am Tatort von Kollegen. Mit Jonas und Vanessa redet Verona jetzt auch. Die werden sauer sein, aber gegen einen privaten Spaziergang können sie offiziell nichts sagen.«

Paula nickte. Vanessa und Jonas würden verärgert sein, davon ging sie aus, aber trotzdem war es richtig gewesen, hierherzukommen.

»Die Patronen, die Einschusslöcher, der tote Wolf … Hatten Sie gedacht, wir würden so etwas hier finden?«, fragte sie.

»Ich weiß es nicht«, erwiderte Wullitzer. »Es war ein Gefühl. Nichts Konkretes.«

»Und Sie hatten recht damit.«

»Ja«, sagte Wullitzer und kniff die Augen zusammen. Paula fragte sich, ob es ihn beunruhigte, richtiggelegen zu haben.

»Werden wir hier noch mehr finden?«, hakte sie vorsichtig nach.

Wullitzer schüttelte nur den Kopf und wandte sich ab. Er wirkte erschöpft. Zumindest heute Nacht, ahnte Paula, würde er nur noch froh sein, wenn er wieder zu Hause war.

Eine Stunde später war der Wald vom Licht starker Lampen der Spurensicherung hell erleuchtet.

»Du hast also einen Spaziergang gemacht«, spottete Jonas, nachdem er mit Vanessa eingetroffen war. »Und zwar ausgerechnet hier.«

»Nein, nicht hier«, erwiderte Verona Neuendorf, bevor Paula antworten konnte. »Frau Osterholz hat sich im Wald verlaufen und ist dann zufällig hier gelandet.«

»Zufällig. Alles klar«, sagte Vanessa und wandte sich wütend ab.

Paula erklärte den Kollegen, was ihr aufgefallen und was mit den Wolfsschützern passiert war. Sie erwähnte auch die Reifenspuren, die möglicherweise vom Wagen der Wolfsschützer stammten. Die Spurensicherung würde sich die Reifenspuren später ansehen und den Wagen durchsuchen, falls er dort tatsächlich stand. Der Kastenwagen hingegen war verschwunden, hatte Raffa geschrieben.

Als Paula sich umblickte, stellte sie fest, dass Wullitzer nicht mehr da war.

»Henry ist mit zwei Kollegen schon vorgegangen«, sagte Verona Neuendorf. »Und wir sollten jetzt auch nach Hause fahren und die Kollegen an ihrem Fall arbeiten lassen.«

Verona Neuendorf wirkte angespannt und redete unentwegt von früheren Fällen und erzählte Anekdoten aus dem Präsidium. Paula befürchtete schon, das würde die ganze Zeit so weitergehen, doch plötzlich blieb ihre Vorgesetzte stehen.

»Wullitzer …«, sagte sie leise. »Henry war immer unser bester Ermittler. Der beste des Präsidiums. Er hat Zusammenhänge gesehen, wo niemand sie vermutet hätte. Alle lieben ihn, für alle hat er ein gutes Wort, und bei Polizeifesten … Wir alle hoffen, dass er wieder so wird wie früher.« Verona Neuendorf stockte. »Der Tod seiner Frau. Der hat ihn aus der Bahn geworfen. Es ist schon besser geworden, aber manchmal … Falls mal etwas passiert, das nicht passieren sollte, dann seien Sie nachsichtig mit ihm. Er kann dann nicht anders. Aber wir alle unterstützen ihn. Und außerdem …«

Verona Neuendorf sprach nicht weiter, und Paula spürte, dass es etwas gab, das ihre Vorgesetzte hier heute noch nicht erzählen würde. Vielleicht wartete sie, ob Wullitzer es ihr irgendwann selbst sagen würde.

»Ja, manchmal reagiert Wullitzer ungewöhnlich«, sagte Paula vorsichtig. »Aber bisher ist die Zusammenarbeit mit ihm sehr angenehm.«

»Das freut mich. Das freut mich sehr.«

Neuendorf nickte und ging weiter.

Eine Zeit lang waren nur ihre Schritte auf dem Waldboden zu hören, und manchmal ein Waldkauz oder ein Uhu. Plötzlich hörte Paula jedoch Gesang. Einen Gesang, den sie schon einmal gehört hatte. *Ein Schiff ist aus Holz oder Eisen,* sang Wullitzer irgendwo in der Dunkelheit des Waldes. Paula lächelte, während Verona Neuendorf weiterging.

An der Schranke stiegen sie in Verona Neuendorfs Wagen und Wullitzer setzte sich auf den Beifahrersitz. Es war inzwischen weit nach Mitternacht, und ihre Chefin bestand darauf, Paula nach Hause zu fahren. Das Radio lief, sie erreichten die ersten Wohngebäude und das nächtliche Potsdam zog an ihnen vorbei. Hier hatte Paula ihre Jugend verbracht, und sie merkte, wie vertraut ihr diese Stadt noch immer war. Plötzlich fiel ihr jedoch auf, wie selten sie heute an Vinzenz gedacht hatte. Der Tag war turbulent gewesen, doch fing sie jetzt etwa schon an, ihn zu vergessen? Sie erinnerte sich, heute mit seiner Ehefrau gesprochen zu haben. Morgen sollte sie diese Frau treffen. Ein irritierender Gedanke.

Verona Neuendorf hielt im Heidereiterweg vor Helenes Haus. Paulas Kleinwagen stand in der Einfahrt. Raffa war also gut nach Hause gekommen.

»Gute Arbeit, Frau Osterholz. Sehr gute Arbeit«, sagte Verona Neuendorf, und Wullitzer nickte.

16

Es war der erste Morgen seit Monaten, an dem Wullitzer erst wach wurde, als der Wecker klingelte. Sonst schlief er meistens unruhig und wachte viel zu früh auf, doch heute fühlte er sich ausgeschlafen, obwohl er erst so spät im Bett gewesen war. Letzte Nacht, in der Dunkelheit des Waldes, war ihm der Rückweg immer schwerer gefallen, denn mit jedem Schritt hatte er befürchtet, Panik könnte in ihm aufsteigen. Doch sie war ausgeblieben, und statt zusammenzubrechen, war er zwar müde, aber vor allem erleichtert nach Hause gekommen. Noch war es zu früh dafür, aber er ahnte, dass diese Paula Osterholz ihm guttat. Seine Tochter hatte zum Glück schon geschlafen, denn er hätte nicht gewusst, was er ihr sagen sollte. Als Paula Osterholz am Abend anrief, hatte er mit Mel *Zug um Zug* gespielt, ein Brettspiel, das sie seit Jahren spielten und das ihn entspannte.

»Papa, du solltest das nicht machen. Das im Wald ist nicht dein Fall, und deine Therapeutin hat gemeint …«, hatte Mel gesagt.

Ja, seine Therapeutin hatte ihn immer wieder ermahnt, unübersichtliche Situationen, in denen er die Kontrolle verlieren könnte, zu meiden. Und nachts im Wald, in der Dunkelheit …

Es hätte für ihn gefährlich werden können, doch er hatte seine neue Partnerin nicht allein lassen wollen. Paula Osterholz war ihm sympathischer, als er gedacht hätte, und sie hatte sich darüber hinweggesetzt, dass Verona die Untersuchung des Tatorts im Wald untersagt hatte. Früher hätte Wullitzer es genauso gemacht, und es stachelte ihn an, eine Kollegin mit dieser Unerschrockenheit neben sich zu haben. Eine Kollegin, der niemand, der sie zum ersten Mal sah, so etwas zutrauen würde.

Die morgendliche Sonne und der erste Kaffee halfen nicht, um Hardenbergs Stimmung zu verbessern. Er hatte schlecht geschlafen, und als er auf dem iPad die Nachricht las, wusste er endgültig, dass die ganze Sache immer bedrohlicher wurde. *Die Polizistin und der tote Wolf – wollte sie den Mord an dem geschützten Tier vertuschen?*, las er als Nachricht, und darunter war ein dunkles, etwas unscharfes Foto, das eine Frau in einem Kiefernwald zeigte. Diese Frau war schlecht zu erkennen, doch Hardenberg war sofort sicher, dass es die Polizistin war, die Alexandras Tod untersuchte. Wenn sie im Wald nach dem toten Wolf gesucht hatte, dann sah sie offenbar einen Zusammenhang mit dem unbekannten Toten und den tödlichen Schüssen auf Alexa.

Hardenberg rief sofort Urbanczyk an.

»Wo bist du?«, fragte er.

»Unterwegs«, sagte Urbanczyk kurz angebunden. »Was ist?«

»Du hast die Nachricht gelesen?«

»Dass irgendwelche Wolfsromantiker eine Kommissarin im Wald mit einem toten Wolf erwischt haben?«

»Dir ist klar, was das bedeutet?«, fragte Hardenberg.

Urbanczyk zögerte, bevor er antwortete.

»Das bedeutet, dass wir die Füße stillhalten müssen«, sagte er. »Jetzt gibt es zwei Tage einen Shitstorm, und wenn wir Glück haben, bekommt diese Kommissarin dadurch so viel Druck, dass sie froh ist, wenn niemand mehr nach dem Wolf fragt. Und das Beste ist, wenn wir nicht ständig telefonieren. Nicht dass denen irgendwann auffällt, wie nervös du bist.«

Hardenberg schnappte nach Luft. Es war eine Unverschämtheit, was Urbanczyk sagte. Und vor allem klang es in seinen Ohren wie eine Drohung. Wenn es hart auf hart käme, würde Urbanczyk nicht schweigen.

»Du bist im Restaurant?«, fragte Hardenberg.

»Nein. Unterwegs. Hab ich doch gesagt.«

»Bei den Fischen?«

»Wilhelm, das geht dich nichts an. Ich mach jetzt meine Arbeit«, erwiderte Urbanczyk und legte auf. Fassungslos blickte Hardenberg sein Handy an, trank seinen Kaffee aus und ging zu seinem Range Rover. Urbanczyk war bei den Fischteichen, da war er sicher.

Hardenberg wollte gerade auf die Straße einbiegen, als er auf der anderen Straßenseite einen dunkelbraunen Kastenwagen mit einem Mann am Steuer bemerkte. Es gab nicht viele solcher Kastenwagen, und er war sicher: Dies war der Wagen aus dem Wald, den er schon gestern auf dem Pferdehof gesehen hatte. Hatte das Mädchen, diese Emily, ihn also erkannt, und folgte ihr Vater ihm jetzt?

Hardenberg wendete, stieg aus und ging in den Keller. In den Rohren rauschte Wasser, Annemarie war also aufgestanden. Sie sollte denken, er war längst unterwegs, und vor allem sollte sie nicht mitbekommen, dass er seine Pistole aus dem Waffenschrank holte. Sonst diente sie dazu, angeschossenes Wild zu erlösen. Doch sollte dieser Mann im Kastenwagen es auf ihn abgesehen haben, wollte er in der Lage sein, sich zu wehren.

Tatsächlich folgte ihm der dunkelbraune Kastenwagen, als Hardenberg sich auf den Weg zu den Fischteichen machte. Er wollte den Mann nicht zu Urbanczyk lotsen, deshalb wendete er, bog an mehreren Kreuzungen im letzten Moment ab und war sicher, den Kastenwagen abgeschüttelt zu haben.

Hardenberg muss gemerkt haben, dass ich ihm folge, dachte Gütschow. Der Geländewagen beschleunigt vor Ampeln, die gerade auf Gelb umsprangen, und bog bei Rot noch schnell ab. Eine Zeit lang hatte er den Wagen deshalb aus den Augen verloren und wollte schon aufgeben, doch dann sah er, wie der Geländewagen in einer Querstraße auftauchte, und folgte ihm mit weitem Abstand.

Gütschow hatte Emily vorhin zur Schule gefahren und sich dann für heute krankgemeldet. Sein Chef war zwar verärgert, aber das war ihm egal. Er musste herausfinden, wie gefährlich dieser Hardenberg war, und er musste verhindern, dass er noch einmal in Emilys Nähe auftauchte.

Nadeschda Boschurina saß bereits vor ihrem Computer im Büro und hob kurz den Arm, als Paula sie begrüßte. Sonst war es im Büro noch vollkommen ruhig. Paula war froh, nicht auf Vanessa und Jonas zu treffen. Vermutlich hatten die beiden eine lange Nacht im Wald verbracht, und vor allem Vanessa war schon gestern verärgert gewesen, weil sie diese Nacht Paula zu verdanken hatten. Das Auftauchen der Wolfsschützer machte es jedoch wahrscheinlich, dass es eine Verbindung zum Pferdehof gab, und die Auswertung der Spuren würde weitere Hinweise ergeben. In erster Linie war es das Gespür von Wullitzer gewesen, das Paula in den Wald gezogen hatte. Und sie war beeindruckt, dass er recht gehabt hatte.

Paula nutzte die Zeit und recherchierte über Wölfe in Brandenburg. Im letzten Jahr gab es mehr als fünfzig Rudel, die etwa sechzig Territorien besetzten und fast zweihundert Wolfswelpen großzogen. Vor fünfzehn Jahren waren die ersten Wölfe wieder in Brandenburg aufgetaucht, und sie hatten sich

seitdem ungeheuer vermehrt. Für das Töten der streng geschützten Tiere drohte eine Geldbuße von fünfundsechzigtausend
Euro, und trotzdem wurden immer wieder Wölfe gefunden, die
gezielt getötet worden waren.

Paula hatte schon beim Aufwachen auf ihrem Handy eine
Nachricht von Raffa gelesen, dass es wegen ihr einen Shitstorm
gab. Wullitzer und Verona Neuendorf hatten ihr ebenfalls geschrieben, und sie alle waren froh, dass Paula auf dem dunklen, unscharfen Foto kaum zu erkennen war. Dennoch ärgerte sie sich.

Um neun bei mir Besprechung im Büro, hatte Verona
Neuendorf geschrieben, und Paula war früher gekommen, um
vorbereitet zu sein.

Jonas und Vanessa begrüßten Paula nicht einmal, und die
Stimmung war frostig, als sie alle bei Verona Neuendorf im
Büro saßen.

»Es kann mir doch keiner erzählen, dass Frau Osterholz
rein zufällig nachts an unserem Tatort spazieren geht und dann
rein zufällig nicht nur einen vergrabenen Wolf findet, sondern
auch noch Projektile«, fauchte Vanessa regelrecht.

Vanessa scheint wieder zum Sie überzugehen, dachte Paula.

»Frau Osterholz hat sich gestern Abend mit ihrem
Bruder verlaufen. Bedauerlich, aber das kann passieren«, sagte
Neuendorf energisch. Sie hatte Paula schon vorhin zugeraunt,
dass sie unbedingt bei dieser Version bleiben sollten, alles andere
würde im Haus Probleme bereiten. »Und auch, wenn ich das
wirklich nicht gerne sage: Der Radius um den Toten, den ihr
untersucht habt, war offenbar nicht groß genug. Das ist viel verlangt, das weiß ich, aber im Grunde solltet ihr Frau Osterholz
dankbar sein«, fuhr sie fort.

Vanessa schnaubte.

»Wir sind also zu blöd, das allein aufzuklären. Und wenn
die großartige neue Kollegin an dem Fall arbeiten würde, dann

wüssten wir vermutlich auch längst, wer der Tote ist und wer ihn getötet hat«, erwiderte sie sarkastisch und legte ihr Handy mit dem Foto aus dem Wald auf den Tisch. »Und dann lässt sich die Kollegin auch noch fotografieren, und wir haben jetzt einen Shitstorm am Hals.«

»Jetzt reiß dich mal zusammen! Wir sind ein Team, und wir arbeiten zusammen. Und wenn dir das nicht passt, dann sagst du mir das unter vier Augen. Möchte jemand etwas hinzufügen? Oder hat jemand neue Erkenntnisse, von denen ich noch nichts weiß?« Neuendorf blickte in die Runde. Für einen Augenblick schwiegen alle, denn die Chefin war laut geworden.

»Es kann kein Zufall gewesen sein, dass diese Wolfsschützer im Wald waren, wo mein Bruder und ich den Wolf gefunden haben«, sagte Paula. »Und das heißt, dass sie von dem Wolf wussten, und vielleicht wissen sie dann auch etwas über den toten Unbekannten.«

»Wollt ihr die fünf noch mal zu einer Befragung vorladen?«, fragte Verona Neuendorf und blickte Vanessa und Jonas an.

»Falls das unser Fall ist, können wir das gern machen«, sagte Vanessa spöttisch. In dem Moment knallte die Hand von Verona Neuendorf auf den Tisch.

»Jetzt hör auf, die Beleidigte zu spielen!«, fuhr die Chefin Vanessa an, die kurz zusammenzuckte. »Lad diese Leute vor und befrag sie!«

»Alle fünf?«, fragte Jonas, denn Vanessa lehnte sich verärgert zurück.

»Was würden Sie vorschlagen?«, fragte Verona Neuendorf und sah Paula an.

»Ich möchte den Kollegen nicht vorgreifen«, sagte Paula vorsichtig.

»Das tun Sie auch nicht. Ich habe Sie gefragt und ich hätte gern eine Antwort.«

»Mein Vorschlag wäre, zunächst die beiden Frauen herzubitten. Eine von ihnen muss das Foto gemacht haben, und vielleicht könnt ihr sie unter Druck setzen. Einen Shitstorm gegen eine Polizistin auszulösen, ist kein Kavaliersdelikt«, sagte Paula.

»Gut. Dann macht ihr das bitte. Frau Osterholz, Sie bleiben noch hier.«

Paula war schon aufgestanden und fragte sich, was ihre Vorgesetzte von ihr wollte.

Verona Neuendorf wartete, bis Wullitzer als Letzter die Tür hinter sich geschlossen hatte.

»Vanessa ist nicht einfach. Dass Sie mit ihr vorsichtig sein müssen, werden Sie selbst gemerkt haben«, sagte sie. »Wir können von Glück sagen, dass Sie auf diesem Foto nicht gut zu erkennen sind. Der Staatsanwalt und der Kriminaldirektor haben sich schon bei mir gemeldet und denen kann ich nicht erzählen, dass Sie zufällig da waren.« Sie sah Paula an. »Dank Ihres Ausflugs gestern Abend sind wir der Aufklärung des Mordes im Wald näher gekommen. Sowohl dem Kriminaldirektor als auch dem Staatsanwalt habe ich angedeutet, dass wir kurz davor stehen, Fortschritte zu machen. Dass die Wolfsschützer im Wald und auch beim Schäfer waren, könnte auf eine Verbindung zwischen den beiden Morden hindeuten. Aber solange es da nichts Konkretes gibt, sollten wir das noch für uns behalten.«

Paula hörte aus ihrem Büro laute Stimmen. Sekunden später klopfte es an Verona Neuendorfs Tür.

»Moment noch!«, rief die Chefin.

»Dringend!«, hörte Paula Wullitzer rufen. Er klopfte erneut und riss die Tür auf.

»Der nächste Tote. Wieder jemand, der mit dem Pferdehof zu tun hat. Valentin Urbanczyk, der Wirt.«

»Urbanczyk?«, fragte Paula ungläubig.

»Sein Mann hat ihn bei seinen Fischteichen gefunden. Die beiden wollten sich da wohl treffen.«

17

»Fahren Sie«, sagte Wullitzer, als sie das Präsidium verließen, und warf Paula den Schlüssel zu. Es war das erste Mal, und kurz wollte sie *Warum?* fragen, aber dann entschied sie sich, einfach Gas zu geben.

»Wir haben es eilig?«, fragte sie, als sie sich der ersten Ampel näherten, und als Wullitzer nickte, stellte sie das Blaulicht auf das Autodach, ignorierte Tempobeschränkungen und überquerte mit Martinshorn Kreuzungen auch bei Rot. Über die Breite Straße und die Leipziger Straße erreichten sie Richtung Süden die Michendorfer Chaussee, die schon bald nur noch von Kiefern und Birken gesäumt war, als sie das Stadtgebiet verlassen hatten.

Wullitzer hatte das Navi eingeschaltet, und Paulas rasante Fahrweise schien ihn nicht zu beunruhigen. Ohnehin wirkte ihr Partner aufgeräumt und aufgekratzt. Gestern Nacht im Wald hatte er kaum noch gesprochen. Dagegen wirkte er heute wie ausgewechselt. Noch waren diese Stimmungswechsel für Paula schwer einzuschätzen.

Bei Michendorf fuhr sie auf die Autobahn, brachte die anderen Autofahrer mit Blaulicht und Martinshorn dazu, die linke Spur frei zu machen, nahm die Ausfahrt Ludwigsfelde-West und näherte sich dem Größinsee. In dessen Nähe lagen die Fischteiche, an denen Leo Urbanczyk seinen Mann Valentin tot aufgefunden hatte. Das letzte Stück führte über eine sandige Piste, und ein Notarztwagen war schon aus der Ferne zu sehen. Paula hielt neben einem Polizeiwagen, ein weiterer Einsatzwagen stand hinter einem größeren Kombi sowie einem kleinen Smart.

Wullitzer stieg aus und gab einem Kollegen die Hand.

»Herbert, guten Tag. Wo müssen wir hin?«, fragte er, und Paula nahm zur Kenntnis, dass ihr Partner sogar hier, gut zwanzig Kilometer südlich von Potsdam, offenbar jeden Polizisten persönlich kannte. Sie selbst ging als Erstes zu dem Notarzt.

»Der Mann war längst tot, als wir kamen«, sagte der. »Es gibt einen Einschuss, vermutlich direkt ins Herz. Und sein Mann, der ihn gefunden hat …« Der Arzt kniff die Augen zusammen und schüttelte den Kopf. »Er redet nicht. Oder kaum. Er hatte wohl noch die Polizei alarmiert, aber als wir kamen, saß er bereits apathisch auf der Bank. Werden Sie ja gleich sehen. Wir wollten ihm helfen, aber er hat kaum reagiert. Ich habe ihn untersucht, er ist zumindest stabil. Vielleicht steht er unter Schock, aber ich könnte mir auch vorstellen, dass er was genommen hat. Irgendwas, das ihn ruhigstellt.«

»Gut. Danke.«

Um keine eigenen Fußabdrücke zu hinterlassen, hatte Wullitzer blaue Überzieher über die Schuhe gezogen und war auf einem schmalen Fußweg langsam vorgegangen. Paula zog die Überzieher ebenfalls an und folgte ihm.

»Sportliche Fahrweise übrigens«, sagte Wullitzer anerkennend, als Paula ihn eingeholt hatte. »Gefällt mir.«

Sie näherten sich den Fischteichen, wo drei uniformierte Polizisten den Tatort abgesperrt hatten. Schon aus der Ferne sah Paula den zusammengesunkenen Ehemann. Leo Urbanczyk saß vornübergebeugt reglos auf einer verwitterten Holzbank.

Wenige Meter von ihm entfernt lag sein Ehemann Valentin tot auf dem Boden. Neben ihm standen große Wannen, in denen Forellen schwammen.

Schon vor zwei Tagen, als sie sich der toten Pferdezüchterin genähert hatten, und ebenso im Wald bei dem Unbekannten war es für Paula angenehm gewesen, dass Wullitzer Mordopfern gegenüber eine ähnliche Demut zeigte wie sie. Auch heute blieben beide in respektvollem Abstand wortlos stehen. Nur das leise Plätschern von Wasser war zu hören, und an den Ufern der Fischteiche raschelte manchmal etwas in den Gräsern. In der Ferne krächzten Krähen, ansonsten war es still. Damit würde es, sobald Spurensicherung und Rechtsmedizin eingetroffen waren, vorbei sein, jetzt aber konnte Paula einige Minuten lang ungestört ein Gefühl für diesen Ort entwickeln. Bei manchen Fällen war es für sie dadurch leichter zu verstehen, was an einem Tatort passiert war.

Wullitzer näherte sich dem Toten, und Paula trat auf dessen andere Seite. Urbanczyk trug eine Anglerhose mit Hosenträgern und Gummistiefeln. Seine Augen waren geöffnet und wirkten ungläubig. Ein einziger Schuss schien ihn von vorn in der Herzgegend getroffen zu haben. Ein derart präziser Schuss sprach entweder für eine kühle, geplante Tat oder aber für einen sehr guten Schützen. Nicht jedoch für ein unkontrolliertes Töten im Affekt.

Wullitzer nickte Paula zu und deutete mit dem Kopf auf Leo Urbanczyk. Im ersten Moment hatte sie den Wirt kaum erkannt, denn während er vor drei Tagen abends im *Urbanczyk* einen dunkelgrauen Anzug mit dünner weißer Krawatte getragen hatte, trug der groß gewachsene, schlanke Mann jetzt ein übergroßes kariertes Flanellhemd und eine grobe Cordhose. Seine langen Haare waren auch heute am Hinterkopf zum Dutt geknotet.

Paula sprach Leo Urbanczyk an, doch der hob nicht einmal den Kopf.

»Der Notarzt hat schon gesagt, dass er völlig apathisch ist«, sagte Paula so leise, dass Urbanczyk sie nicht hören konnte. »Vielleicht steht er unter Schock, aber vielleicht hat er auch etwas genommen.«

»Wir lassen ihn auf Schmauchspuren untersuchen. Dann können wir ausschließen, dass er selbst geschossen hat«, sprach Wullitzer aus, was Paula ebenfalls dachte. Es bestand die Möglichkeit, dass Leo Urbanczyk verstummt war, um sich nicht selbst zu belasten. »Ich ruf Verona an. Sie soll eine Polizeipsychologin herschicken«, fügte Wullitzer hinzu.

Die drei Fischteiche waren mit Netzen abgedeckt. Ein kleiner Bach floss sehr langsam durch sie hindurch und sorgte für Sauerstoff und Nährstoffe. Als einzigen Zugang gab es den schmalen Fußweg, an dem links und rechts hohe Gräser standen. Paula konnte keine Hinweise darauf entdecken, dass ein Täter durch das hohe Gras und Gebüsch gekommen oder geflüchtet war. Auch die schmalen Wege, die zwischen den Fischteichen lagen, wirkten unberührt. Am Ende des Grundstücks stand ein kleiner Holzschuppen, dessen Tür offen war. Mehrere Kescher, große Wannen und Tonnen, lange Anglerhosen mit Stiefeln sowie Werkzeug und verschlossene kleine Tonnen waren zu erkennen.

Norbert Eigendorf, der Chef der Spurensicherung, traf ein. Nach der langen Nacht im Wald war er noch müde und wortkarg. Kurz nach ihm kam auch Anita Stockhausen, die Rechtsmedizinerin. Wieder begrüßte sie zunächst nur Wullitzer und schien Paula zu ignorieren, doch dann blickte sie ihr plötzlich ins Gesicht.

»Seit Sie bei uns sind, Frau Osterholz, haben wir plötzlich viel mehr zu tun«, sagte sie spöttisch und ging weiter.

Paula schwieg und war nicht sicher, ob das eine Beleidigung war. Doch nachdem die Rechtsmedizinerin außer Hörweite war, lächelte Wullitzer.

»Aus Anitas Mund ist so was ein Lob. Betrachten Sie es als Friedensangebot«, sagte er.

Anita Stockhausen bestätigte wenig später, wovon Paula und Wullitzer ausgingen: Valentin Urbanczyk war dort, wo er gefunden wurde, mit einem gezielten Schuss ins Herz aus kurzer Distanz getötet worden. Die Spurensicherung teilte die Einschätzung, dass ein Täter über den schmalen Fußweg gekommen sein musste.

»Kannst du den Todeszeitpunkt schon einschätzen?«, wollte Wullitzer von der Rechtsmedizinerin wissen.

»Der Körper ist noch warm. Er ist eine, höchstens drei Stunden tot«, teilte Anita Stockhausen mit. Wenig später traf eine Polizeipsychologin ein und bestätigte den Verdacht, den schon der Notarzt gehabt hatte.

»Der Mann steht sicherlich unter Schock, aber ich gehe davon aus, dass er ein starkes Beruhigungsmittel genommen hat. *Tavor* zum Beispiel, damit könnte er sich regelrecht wegschießen, wenn er zu viel nimmt. Ich habe seine Sachen abgetastet und eine fast leere Packung gefunden«, sagte sie. »Als ich dem Mann vorgeschlagen hab, ihn ins Krankenhaus bringen zu lassen, hatte ich den Eindruck, er nickte. Der Notarzt wird ihn ins Sankt Josefs einliefern.«

»Wäre es vertretbar, ihn vorher auf Schmauchspuren zu untersuchen?«, fragte Wullitzer. »Wir können ihn als Verdächtigen nicht ausschließen.«

»In seinem jetzigen Zustand könnte er nicht zustimmen und dann später dagegen vorgehen«, erwiderte die Polizeipsychologin. »In einigen Stunden müsste das *Tavor* so weit abgebaut sein, dass er ansprechbar ist. Vielleicht entscheiden die Ärzte im Sankt Josefs auch, ihm den Magen auszupumpen.«

»Gut, dann schicken wir die Spurensicherung zu ihm, sobald er ansprechbar ist«, sagte Wullitzer.

18

Auf dem Weg zurück ins Präsidium fuhr Paula normales Tempo. Wullitzer informierte Verona Neuendorf über das, was sie bisher zum Tod von Valentin Urbanczyk wussten, und schlug vor, einen uniformierten Kollegen ins Krankenhaus zu schicken, der aufpassen sollte, dass Leo Urbanczyk nicht etwa floh, und der sie auch informieren sollte, sobald er wieder ansprechbar war.

Als Paula vor einer auf Gelb springenden Ampel vorschriftsmäßig anhielt, statt Gas zu geben, grinste er kurz.

»Vanessa und Jonas haben übrigens die beiden Frauen vorgeladen, die gestern Nacht im Wald waren«, sagte Wullitzer.

»Dann bin ich gespannt, ob sie von denen etwas erfahren. Vom Aussehen her könnte der Unbekannte jemand sein, der viel Zeit in Wäldern verbracht hat«, erwiderte Paula. »Vielleicht selbst ein Wolfsschützer, und vielleicht kannten sie ihn ja.«

Während die Ampel grün wurde, dachte Paula daran, dass sie nachher die Ehefrau von Vinzenz treffen sollte. *13 Uhr Normannischer Turm* hatte Betty Ludwig heute früh geschrieben. Ein Spaziergang in der Nähe des Parks Sanssouci also. Solange sie nicht wusste, was die Frau von ihr wollte, hätte Paula einen belebten Ort in der Innenstadt bevorzugt.

Die beiden Wolfsschützerinnen saßen noch bei Vanessa und Jonas, als Paula und Wullitzer zurückkamen.

»Ist besser, wenn die mich nicht sehen«, sagte Paula, denn sie wollte sich in die laufende Befragung durch die Kollegen nicht einmischen. Der Tote im Wald, das war der Fall von Vanessa und Jonas, und Paula wusste, dass sie sich jetzt zurückhalten sollte.

»Ja, besser so«, sagte Wullitzer und ging zur Kaffeeküche. »Auch einen?«

Paula nickte und folgte ihm.

»Hab ich das gestern Nacht eigentlich richtig verstanden, dass Sie diese beiden großen Wolfsschützer vermöbelt haben?«, fragte Wullitzer, während der Kaffee in die Becher lief.

Paula lachte kurz. *Vermöbeln*, das Wort hatte sie lange nicht gehört und schon gar nicht von einem Polizeihauptkommissar.

»Die beiden haben mich angegriffen. Als Polizistin muss ich mit so einer Situation umgehen können«, erwiderte sie sachlich und musste lächeln. Dieses Lächeln wurde breiter, als Wullitzer sie kurz von oben bis unten musterte.

»Respekt«, sagte er. »Mit Ihnen sollte man sich also lieber nicht anlegen.«

»Es hat Vorteile, unterschätzt zu werden«, erwiderte Paula. »Gerade in solchen Situationen. Wenn ich entschlossen genug zulange, ist der Überraschungseffekt auf meiner Seite, weil niemand damit rechnet.«

Wullitzer nickte. Paula blickte auf ihre Uhr. Es war kurz nach zwölf.

»Ich hab übrigens gleich eine Wohnungsbesichtigung«, sagte sie. Das war die unverfänglichste Ausrede, denn alle wussten, wie schwierig auch in Potsdam der Wohnungsmarkt war. »Auf Dauer geht das nicht in einem Dachzimmer bei meiner Tante«, fügte sie hinzu, weil Wullitzer sie überrascht ansah.

Sie hörten, dass Vanessa und Jonas die beiden Wolfsschützerinnen verabschiedeten, nahmen ihren Kaffee und gingen ins Büro.

»Habt ihr aus den beiden was rausbekommen?«, fragte Wullitzer.

»Ja. Verona will dabei sein, wenn wir berichten«, erwiderte Jonas, und kurz darauf kam ihre Vorgesetzte zu ihnen.

»Also?«, fragte sie und setzte sich auf Wullitzers Tisch.

»Die beiden haben zunächst behauptet, sie wären nur spazieren gegangen, hätten nichts von einem Wolf oder einem Toten gewusst, und Fotos wollte auch keine von ihnen gemacht haben«, begann Vanessa. »Aber die Frau, die dir gestern Nacht abgehauen war, wurde nervös, als es um ihren Wagen ging. Paula, du hattest recht.« Sie sah Paula an und wirkte wieder freundlich. »Der Wagen ist auf die Frau zugelassen, und die Spurensicherung hat im Kofferraum einen Bolzenschneider mit Metallspänen von der Schranke entdeckt. Als wir dann gedroht haben, ihre Handys zu beschlagnahmen und auch gelöschte Fotos wiederherzustellen, wurden die zwei dann doch gesprächig. Die eine Frau hat das Foto von dir gemacht, Paula, und es auch ins Netz gestellt und den Shitstorm losgetreten. Löschen kann sie es nicht mehr, weil es tausendfach geteilt wurde. Die Community der Wolfsschützer scheint ziemlich gut vernetzt zu sein. Und was den Wolf und den Toten angeht …« Vanessa sah Jonas an.

»Da wurden die beiden sehr misstrauisch«, übernahm Jonas. »Aber wir haben erfahren, dass sie durch ein Forum im Internet von einem Wolfsschützer wussten, der nördlich von Potsdam Wölfe gesichtet haben wollte. Er hat aber nicht unter seinem richtigen Namen gechattet. *Jack London* hat er sich wohl genannt und seit ein paar Tagen nichts mehr gepostet und nicht mehr reagiert. Als die beiden Frauen dann von dem Toten im Wald gehört haben, wollten sie sich im Norden Potsdams mal umsehen.« Jonas kratzte sich an der Stirn.

»Es ist nicht gerade naheliegend, dass sich Wolfsschützer ausgerechnet dort umsehen wollen, wo ein erschossener Mann gefunden wird. Aber die ticken wohl so«, fuhr Vanessa fort. »Wir werden versuchen, über diesen Nickname *Jack London* weiterzukommen. Die Spurensicherung wertet noch aus, was sie gestern Nacht gefunden hat. Vielleicht hilft uns das ja auch noch.«

»Habt ihr den beiden das Foto des toten Unbekannten gezeigt?«, fragte Verona Neuendorf.

»Selbstverständlich«, erwiderte Vanessa. »Beide behaupten, sie hätten den Mann noch nie gesehen.«

»Gut«, sagte Verona Neuendorf und wandte sich an Paula und Wullitzer. »Bei Valentin Urbanczyk müssen wir abwarten, bis der Ehemann ansprechbar ist oder die Spurensicherung Erkenntnisse hat.« Sie sah auf ihre Uhr. »Viertel nach zwölf. Ich schlage vor, wir gehen alle zusammen in die Kantine.«

»Gern«, meinte Jonas und stand auf.

»Äh, ich hab leider gleich eine Wohnungsbesichtigung«, sagte Paula vorsichtig. Sie konnte nicht einschätzen, ob ihre neuen Kollegen und Kolleginnen regelmäßig zusammen aßen oder ob ihre Chefin das vorschlug, um den Zusammenhalt im Team zu verbessern.

»Ah. Schade. Wo denn?«, fragte Verona Neuendorf, und Paula geriet kurz ins Schleudern. So genau hatte sie sich ihre Ausrede noch nicht überlegt.

»Brandenburger Vorstadt«, sagte sie vage und war froh, als ihre Vorgesetzte nicht nach einem Straßennamen fragte.

Paula blieb allein im Büro zurück – bis auf Nadeschda Boschurina, die nicht mitgegangen war, sondern an ihrem Computer arbeitete und aus einer Plastikbox etwas aß, das sie zu Hause vorbereitet hatte. Nadeschda Boschurina war nicht einmal gefragt worden, ob sie mit in die Kantine gehen wollte, da sie alle Einladungen, Aufforderungen und Bitten seit Jahren ausschlug, wie Paula erfuhr.

Paula gab Nadeschda Boschurina einen Zettel mit dem Kennzeichen des Kastenwagens, der gestern Nacht im Wald gestanden hatte.

»Könnten Sie bitte den Halter ermitteln?«, bat sie. Nadeschda Boschurina nickte nur und schickte Paula wenige Minuten später eine Mail mit dem Namen und der Adresse.

Paula wollte gerade zu dem Treffen losfahren, als sie von Betty Ludwig eine Nachricht bekam: *Jemand folgt mir. Wir müssen verschieben. Melde mich.* Verwundert überlegte Paula, was das zu bedeuten hatte. Sie wusste nicht, was Vinzenz' Ehefrau von ihr wollte, und jetzt wurde sie angeblich verfolgt. War sie in Gefahr, oder war sie nach dem Tod ihres Mannes psychisch angeschlagen und unberechenbar, und Paula sollte froh sein, sie nicht zu treffen?

Paula hätte jetzt den anderen in die Kantine folgen und behaupten können, die Wohnungsbesichtigung sei abgesagt worden. Doch stattdessen setzte sie sich an ihren Computer und tat etwas, das sie sich bisher verboten hatte: Sie gab in der Datenbank des Präsidiums die Namen Vinzenz Ludwig und Torben Schiller, den möglichen Mörder von Vinzenz, ein. Zu beiden fand sie je einen Ordner, und bevor sie diese öffnete, suchte sie auch das Wort *Tillsing*. Jenes Wort, das Vinzenz ihr kurz vor seinem Tod genannt hatte und dessen Bedeutung sie noch immer nicht kannte. Die Datenbank fand das Wort nicht, und bevor Paula den Ordner *Vinzenz Ludwig* öffnen konnte, hörte sie Schritte. Sie schloss den Bildschirm, und im nächsten Moment trat Josie, eine Mitarbeiterin der Spurensicherung, an ihren Schreibtisch. Josie war Mitte zwanzig und Paula war ihr sowohl auf dem Pferdehof als auch heute bei den Fischteichen begegnet.

»Ah, Sie sind allein. Norbert hat mich gleich hergejagt, er ist noch beschäftigt, und Frau Neuendorf und Henry gehen nicht ans Handy. Aber was wir bisher herausgefunden haben, wird Sie sehr interessieren«, sagte sie.

»Was denn?«

»Zwei Sachen. Wir haben das Projektil untersucht, das Sie letzte Nacht im Wald gefunden haben. Wir konnten es erst kaum glauben, aber Norbert ist sicher: Es stammt aus derselben Waffe, mit der auch diese Pferdezüchterin getötet wurde. Diese …«

»Alexandra Schuster?«, fragte Paula ungläubig.

»Genau die. Und außerdem …«

»Ja?«

»Da sind wir noch nicht ganz sicher. Aber wir haben bei den Fischteichen heute verschiedene Reifenspuren gefunden. Eine dieser Spuren hatten wir auch schon im Wald entdeckt. Also in der Nähe, wo der tote Unbekannte gefunden wurde.«

Paula atmete tief durch.

»Gut. Großartig. Vielen Dank an Sie und Herrn Eigendorf. Das hilft uns sehr.« Paula nahm ihr Handy, doch sowohl bei Wullitzer als auch bei Verona Neuendorf sprang sofort die Mailbox an. Die beiden wollten beim Essen wohl nicht gestört werden. Paula fuhr den Rechner runter, nahm ihre Sachen und ging in die Kantine. Alexandra Schuster war Jägerin gewesen, und sie war mit einer Waffe erschossen worden, die auch im Wald benutzt worden war. Noch war der Zusammenhang unklar, doch Paula war sicher, auf der richtigen Spur zu sein. Als Erstes sollten sie mit Philipp Carow auf dem Pferdehof reden. Er könnte wissen, ob und mit wem seine Schwester in letzter Zeit im Wald gewesen war. Und außerdem interessierte sie, wie gut Alexandra Schuster Valentin Urbanczyk gekannt hatte.

Wullitzer stand sofort auf und ließ sein Essen fast unberührt zurück.

»Damit ist es sehr wahrscheinlich, dass es einen Zusammenhang zwischen den beiden Morden gibt«, sagte er, während sie zum Wagen eilten. »Und ich bin sicher, dass Philipp Carow mehr weiß, als er uns bisher gesagt hat.«

Auf dem Parkplatz des Pferdehofs wartete auf die beiden eine Überraschung: Die Assistentin von Gaby Paczinsky, die sie von dem Studiogelände in Berlin-Adlershof kannten, stand in ihrem schwarzen Kostüm neben einer dunklen Limousine und rauchte.

»Dann wird Frau Paczinsky wohl auch hier sein«, meinte Wullitzer.

Etwas schnippisch teilte ihnen die Assistentin mit, dass Gaby Paczinsky mit Philipp Carow zum Wohnhaus von Alexandra Schuster gegangen war. Auf dem Weg dorthin fiel Paula auf, dass heute deutlich weniger Reiter und vor allem keine Kinder zu sehen waren. Die Begegnung mit dem Wolf hatte sich wohl herumgesprochen.

Gaby Paczinsky erschrak, als sie Paula und Wullitzer bemerkte. Sie stand in der offenen Terrassentür und hielt ein kleines gerahmtes Foto in der Hand. Philipp Carow, der heute ganz in Schwarz gekleidet war, kam hinter ihr aus dem Haus. Durch die großen, bodentiefen Fenster sah Paula, dass auf dem Sofa Bettzeug lag.

»Ah, Sie«, sagte Gaby Paczinsky zögerlich. Heute war die attraktive Frau stark geschminkt, als würde sie damit rechnen, jederzeit fotografiert oder gefilmt zu werden. Ihre hohen Wangenknochen wurden ebenso wie ihre großen, warmen Augen dezent betont, und sie sah jünger aus als vorgestern auf dem Studiogelände.

»Ich wollte mich ohnehin noch bei Ihnen melden. Mir ist noch etwas eingefallen. Und das hier, ich wollte nicht, dass jemand es findet und es in die Öffentlichkeit gelangt.« Sie hielt das Foto hoch, dass sie und Alexandra Schuster an der Reling eines Schiffs vor malerischen Häusern und alten Holzseglern zeigte. »Es ist das einzige Foto, dass es von uns beiden gibt. Wir waren im Sommer ein Wochenende lang heimlich in Kopenhagen.«

»Dennoch dürfen Sie hier kein fremdes Eigentum entwenden. Oder womöglich ein Beweismittel«, sagte Wullitzer und bemühte sich, freundlich zu klingen.

»Dieses Foto ... Alexa hatte es in ihrem Schlafzimmer versteckt. Ihr Mann weiß nichts davon.« Gaby Paczinsky sah Wullitzer unglücklich an. Der blickte zu Paula, und die nickte. Sie wusste nur zu gut, was es bedeutete, eine heimliche Liebesbeziehung und fast keine Fotos davon zu haben.

»Behalten Sie das Foto«, sagte Wullitzer, und die Moderatorin lächelte dankbar.

»Aber Sie wollten sich vermutlich nicht wegen des Fotos bei uns melden?«, fragte Paula.

»Nein. Mir ist noch etwas eingefallen. Ich hab vorgestern nicht daran gedacht.«

»Dann kümmert sich meine Kollegin um Sie, und ich habe noch einige Fragen an Herrn Carow«, sagte Wullitzer.

»An mich?«, fragte Philipp Carow überrascht.

»Es gibt kaum jemanden, der Ihre Schwester so gut kannte wie Sie«, sagte Wullitzer und betrat mit dem Reitlehrer das Haus.

Paula und Gaby Paczinsky gingen Richtung Gartenpforte und blieben stehen, als sie sicher waren, dass niemand sie hören konnte.

»Was ist Ihnen also eingefallen?«

Die Moderatorin atmete tief durch.

»Philipp hat mir erzählt, dass gestern erneut Wölfe hier waren«, sagte sie, und Paula nahm zur Kenntnis, dass sie den Bruder ihrer toten Geliebten duzte. »Die Probleme mit Wölfen haben in letzter Zeit zugenommen. Alexa wusste, dass das den Pferdehof ruinieren könnte. Sie sehen ja. Heute ist kaum jemand hier.«

»Was heißt das?«, fragte Paula.

»Vor gut zwei Wochen war hier schon ein Wolf aufgetaucht. Um Potsdam herum gibt es wohl mehrere Rudel.«

»Und?« Paula ahnte, worauf Gaby Paczinsky hinauswollte.

»Wölfe abzuschießen ist streng verboten. Aber Alexa wollte nicht mitansehen, wie diese Tiere ihr Lebenswerk ruinieren. Dieser Hof und ihre Pferdezucht, die bedeuteten ihr alles. Also, fast alles. Deshalb wollte sie das Problem selbst lösen.«

»Alexandra Schuster wollte Wölfe schießen?«, fragte Paula.

»Ja. Genau das.«

»Und das ist Ihnen heute eingefallen?«

»Ich könnte jetzt sagen, ja, das ist mir heute eingefallen«, erwiderte die Moderatorin und klang einen Hauch herablassend, »aber Sie können sich vielleicht denken, was passiert, wenn nicht nur an die Öffentlichkeit gelangt, dass Alexa und ich ein Paar waren, sondern auch, dass sie Wölfe getötet hat. Den Shitstorm will ich mir gar nicht vorstellen.« Sie lächelte kurz. »Sie haben das ja auch gerade erlebt. Ich hab das Foto mit Ihnen heute früh gesehen. Sie sind nicht gut zu erkennen, aber wer Ihnen schon mal begegnet ist, weiß es sofort. Bei Ihnen ist dieser Shitstorm vermutlich in drei Tagen vergessen. Aber ich, ich stehe in der Öffentlichkeit. Wenn diese Wolfsromantiker wollen, dann können die mich ruinieren. Dann machen die so lange Druck, bis der Sender mich nicht mehr vor die Kamera lässt. *Die Moderatorin, die die Wolfsmörderin liebte.* Sie ahnen, was ich meine.«

»Ja, das kann ich nachvollziehen. Aber warum haben Sie Ihre Meinung geändert?«, fragte Paula.

»Weil …« Gaby Paczinsky blickte zum strahlend blauen Himmel, schloss kurz die Augen und wischte sich eine Träne aus dem Gesicht. »Weil ich erfahren habe, dass Valentin Urbanczyk tot ist. Und weil er vor drei Tagen gemeinsam mit Alexa auf Jagd war. Jagd auf Wölfe. Und jetzt ist er tot. Genauso wie Alexa. Ich dachte, das sollten Sie wissen.«

»Wie bitte?«, entfuhr es Paula beeindruckt. »Die beiden waren zusammen auf Jagd? War noch jemand dabei?«

»Ich musste Alexa hoch und heilig versprechen, dass ich nie jemandem davon erzähle. Aber jetzt … Sie waren zu viert. Eine Sonja, das ist wohl eine Schönheitschirurgin, aber die habe ich nie getroffen. Und dann dieser Binnenschiffer, der letztes Jahr so spektakulär pleitegegangen ist.«

»Wilhelm Hardenberg?«, fragte Paula.

»Genau der.«

»Sonst noch jemand?«

»Meines Wissens nur die vier.«

»Und hat Ihre Freundin Ihnen gesagt, ob die Jagd erfolgreich war?«, wollte Paula wissen.

Gaby Paczinsky seufzte.

»Sie haben wohl tatsächlich einen Wolf geschossen. Und es muss noch etwas passiert sein, aber das wollte Alexa mir erst sagen, wenn wir uns sehen. Sie klang aufgewühlt bei unserem letzten Telefonat.«

»Fühlte sie sich bedroht?«

»Bedroht? Nein. Nein, so klang sie nicht.«

»Und hatte sie den Wolf selbst geschossen?«

»Auch das wollte sie mir erst sagen, wenn sie bei mir ist.« Gaby Paczinsky sah Paula in die Augen. »Vier Menschen gehen auf Jagd, töten einen Wolf, und drei Tage später sind zwei von ihnen tot. Das konnte ich nicht länger für mich behalten.«

»Das wird uns helfen. Es wäre allerdings besser gewesen, wir hätten das früher gewusst«, sagte Paula. »Denn vielleicht könnte Valentin Urbanczyk dann noch leben.«

»Ich weiß. Ich mache mir auch Vorwürfe.«

»Hatte Frau Schuster Ihnen gesagt, wo die vier auf Wolfsjagd waren?«, fragte Paula.

Gaby Paczinsky überlegte. »Nein«, sagte sie dann. »In Brandenburg gibt es viele Reviere, in denen Alexa gejagt hat. Mit den Jahren kannte sie fast alle Pächter. Alexa mochte es, durch die Wälder zu streifen.«

»Waren Sie mal mit ihr im Wald?«

»Auf Jagd nicht, aber …«

»Ja?«

»Hinter Treuenbrietzen ist ein Waldgebiet, da gibt es eine Hütte. Kein Strom, kein Wasser, und man muss über eine Stunde dorthin laufen. Traumhaft. Nachts hören Sie Kauze, und Rehe und Hirsche ziehen vorbei. Und Wildschweine. Die sind wirklich laut. Mit dem ersten Licht sind wir morgens raus, und um die Hütte herum war der Boden von den Wildschweinen regelrecht umgepflügt. Alexa kannte das, aber für mich war das … ungeheuerlich.« Paczinsky presste die Lippen aufeinander und blickte zu Boden. »Ich wäre Ihnen dankbar, wenn mein Name nicht in der Öffentlichkeit auftaucht. Auch wenn das jetzt vermutlich noch schwerer wird.«

»Wir werden so diskret wie möglich vorgehen. Mehr kann ich Ihnen nicht versprechen.«

»Gut«, sagte die Moderatorin resigniert. »Brauchen Sie mich noch? Ich müsste zurück ins Studio.«

»Nein. Vielen Dank erst einmal.«

»Übrigens, falls Sie noch Fragen haben. Ich gebe Ihnen meine private Handynummer. Wenn mein Umfeld mitbekommt, dass die Polizei mich befragt, geht das Gerede los. Fernsehen ist eine Schlangengrube. Rufen Sie mich bitte direkt an.«

»Gern«, erwiderte Paula.

Gaby Paczinsky schrieb eine Nummer auf einen Zettel und verabschiedete sich. Auch die Befragung von Philipp Carow war offenbar beendet, denn Wullitzer kam aus dem Haus und ging auf Paula zu.

»Sie hatten recht«, sagte er leise. »Alexandra Schuster und Valentin Urbanczyk waren eng befreundet und sind oft gemeinsam auf Jagd gegangen.«

»Ja, und es wird noch interessanter. Die beiden waren auch an dem Abend, bevor Alexandra Schuster ermordet wurde, auf Jagd. Jagd auf Wölfe. Und zwar mit einer Schönheitschirurgin, die wir noch nicht kennen, und mit diesem Binnenschiffer, der pleitegegangen ist.«

»Wie bitte?«, entfuhr es auch Wullitzer. »Mit Wilhelm Hardenberg?«

»Ganz genau. Und sie haben dabei wohl auch einen Wolf getötet«, ergänzte Paula.

»Und Sie haben gestern Nacht einen toten Wolf gefunden und ein Projektil aus der Waffe, mit der Alexandra Schuster getötet wurde. Die Morde hängen also tatsächlich zusammen«, schlussfolgerte Wullitzer.

Und noch etwas fiel Paula ein: Als sie vor drei Tagen mit ihrer Familie im *Urbanczyk* war, hatte sich der Wirt verabschiedet, weil er angeblich zu einer Sitzung musste. Das war eine Lüge gewesen, und vielleicht wusste ja sein Mann Leo, wo der Wirt wirklich gewesen war.

»Es ist irritierend, dass von Lukas Schuster noch immer jede Spur fehlt«, sagte Wullitzer. »Denken Sie, er könnte auch Valentin Urbanczyk getötet haben?«

»Sobald dessen Ehemann ansprechbar ist, müssen wir mit ihm reden. Vielleicht gab es eine Verbindung, die wir noch nicht kennen«, erwiderte Paula. »Aber als Erstes sollten wir zu Hardenberg fahren. Vielleicht redet er mit uns, und wir erfahren, was in der Nacht im Wald passiert ist.«

»Und wir sollten ihn auch fragen, wo er heute früh war, als Valentin Urbanczyk erschossen wurde.« Wullitzer kratzte sich am Hinterkopf. »Es wird Verona nicht gefallen, aber Hardenberg könnte ein Verdächtiger sein. Auch wenn seine Firma pleite ist, er kennt immer noch die richtigen Leute und ist einflussreich. Da ist Verona zurückhaltend. Und unser Staatsanwalt mag es auch überhaupt nicht, wenn mächtige Menschen ohne konkreten Verdacht befragt werden.« Wullitzer verzog den Mund. »Aber damit werden die beiden in diesem Fall leben müssen.«

Sie machten sich auf den Weg zum Dienstwagen.

»Das Bettzeug auf dem Sofa ist Ihnen doch sicher auch aufgefallen«, sagte Wullitzer. »Carow behauptet, bei ihm zu Hause seien beide Kinder krank und schlafen schlecht, deshalb ist er für ein paar Nächte hierhergezogen. Er braucht den Schlaf, jetzt, wo er sich allein um den Hof kümmern muss, sagt er. Ich bin nicht sicher, ob ich das glaube. Für mich klingt das nach Ehekrise.«

19

Schon auf der Autobahn hatte Gütschow dem Wagen von Hardenberg kaum noch folgen können und ihn auf der Michendorfer Chaussee, als der Verkehr immer dichter wurde, endgültig aus den Augen verloren. Seit einer Stunde wartete er jetzt schon vor Hardenbergs Haus, aber der Mann war nicht aufgetaucht. Seinen Kastenwagen hatte Gütschow in einer Seitenstraße abgestellt, drückte sich im Schutz einer Bushaltestelle herum und merkte, dass er unaufmerksam wurde. Der dunkle Mittelklassewagen, der vor der Einfahrt zu Hardenbergs Grundstück hielt, wäre ihm fast entgangen, und er sah nur noch, wie eine jüngere Frau und ein älterer Mann auf das Haus zugingen. Als die Frau sich umdrehte, erkannte er sie: Es war die Polizistin, die gestern nach dem Mord an dem Wolf auf dem Pferdehof aufgetaucht war.

Die Polizei hatte Hardenberg also ebenfalls im Visier. Es war besser, wenn sie ihn hier nicht bemerkten. Eilig ging er zu seinem Wagen.

»Alles in Ordnung?«, fragte Paula, als sie auf dem Weg zur Haustür waren. Wullitzer hatte selbst bemerkt, dass er langsamer wurde, und es wurmte ihn, dass es für seine Partnerin unübersehbar zu sein schien.

»Ja. Ja, natürlich«, erwiderte er nur und klingelte. Schon auf der Fahrt zu Hardenbergs Haus hatte er gemerkt, wie erschöpft er war. Und je näher sie dem Haus jetzt kamen, desto mehr stieg ein Gefühl von Angst in ihm auf. Früher hatte er das nicht gekannt, und es gab jetzt auch keinen Grund, Angst zu haben, das wusste er. Aber sie war da. Am besten wäre es, jetzt eine halbe Stunde allein zu sein, in Ruhe zu atmen und einen dieser verdammten Bäume zu umarmen. Aber diese Blöße wollte er sich vor seiner neuen Kollegin nicht geben.

Annemarie Hardenberg öffnete die Haustür nur einen Spalt weit und musterte Paula und Wullitzer misstrauisch.

»Kripo Potsdam. Frau Hardenberg, nehme ich an?«, sagte Wullitzer freundlich. »Wäre es möglich, Ihren Mann zu sprechen?«

»Der ist nicht da. Was wollen Sie von ihm?«

»Wir hätten einige Fragen. Reine Routine«, erwiderte Paula höflich.

»Routine. Dann kündigen Sie sich doch vorher an.«

»Das ist bei polizeilichen Ermittlungen leider nicht immer möglich«, erwiderte Paula so gewinnend wie möglich.

»Polizeiliche Ermittlungen? Ermitteln Sie etwa wieder gegen meinen Mann? Ihre Behörden haben uns das Leben doch wirklich schwer genug gemacht in den letzten Jahren«, sagte Annemarie Hardenberg vorwurfsvoll. Wullitzer konnte durch den Türspalt erkennen, dass die Frau ein Kostüm in dezentem Blumenmuster trug und offenbar ausgehen wollte. Ihre halblangen, frisch frisierten und gefärbten Haare schienen mit viel Haarspray in Form gebracht worden zu sein. Die strenge Frisur unterstrich das resolute Auftreten der Frau.

»Nein, wir ermitteln nicht gegen Ihren Mann. Wir würden ihn gern als Zeugen befragen«, sagte Wullitzer.

»Geben Sie mir eine Nummer, wo er sie erreichen kann. Ich richte ihm aus, dass Sie hier waren«, sagte die Frau kühl.

»Einfacher wäre es, wenn Sie uns eine Nummer von Ihrem Mann geben«, sagte Paula. »Dann könnten wir ihn …«

»Dazu bin ich nicht verpflichtet. Das wissen Sie sicherlich. Geben Sie mir eine Nummer, mein Mann ruft Sie an.«

Paula reichte Frau Hardenberg ihre Karte und verabschiedete sich. Sofort zog Annemarie Hardenberg die Haustür zu.

»Die beiden haben in den letzten Jahren mit Behörden sicherlich schlechte Erfahrungen gemacht«, sagte Wullitzer, als sie wieder im Wagen saßen. »Trotzdem riecht es danach, dass die Frau zumindest Zeit gewinnen will.«

»Und wir können nicht ausschließen, dass Hardenberg zu Hause ist und sich verleugnen lässt.«

Wullitzer sah Paula von der Seite an. »Es ist übrigens durchaus möglich, dass der Staatsanwalt und Verona bereits wissen, dass wir bei Hardenberg waren, wenn wir im Präsidium eintreffen.«

»So funktioniert das hier?«

»Nicht immer. Aber in diesem Fall würde es mich nicht wundern«, erwiderte Wullitzer und spürte, dass seine Angst größer wurde. Dass Paula so bereitwillig das Fahren übernahm, kam ihm gerade sehr entgegen.

Hardenberg stand auf der Schwanenbrücke und blickte über den Jungfernsee. Die Pistole hatte er in eine Leinentasche gewickelt und wollte sie in einem unbeobachteten Moment ins Wasser werfen. Doch ständig kamen Fußgänger und vor allem Radfahrer, und auf dem Jungfernsee fuhren zu viele Boote in Sichtweite. Er musste auf einen günstigen Moment warten.

Sein Handy klingelte. Annemarie. Sie rief ihn nicht mehr oft an, deshalb ging er sofort ran.

»Mein Schatz? Was gibt es?«, flötete er regelrecht, obwohl er wusste, dass Annemarie seine Versuche, liebevoll zu wirken, nicht mochte. Für seine Frau waren sie eine Zweckgemeinschaft, die gut funktionieren sollte, nicht mehr.

»Die Polizei war hier. Kriminalpolizei. Ein Herr sowie eine Frau Osterholz«, hörte Hardenberg seine Frau sagen und erschrak.

»Und was wollten die?«

»Dich als Zeugen befragen. Ich schick dir die Nummer. Dann kannst du entscheiden, was du tust.«

Damit legte seine Frau auf. Die guten Zeiten ihrer Ehe waren vorbei, das wusste Hardenberg. Jetzt ging es im besten Fall noch darum, gemeinsam alt zu werden und das Haus zu behalten. Er hatte Annemarie rechtzeitig fast alles übertragen, aber seitdem war er, was das Haus anging, von ihr abhängig. Und das ließ Annemarie ihn immer stärker spüren, auch wenn sie nicht ahnte, dass er einen Teil seines Vermögens beiseitegeschafft hatte. Doch das war nur für Notfälle gedacht.

Vor einem Jahr wäre Hardenberg wegen angeblicher Bilanzfälschung beinahe in Haft gekommen. Seine Anwälte konnten das gerade noch verhindern. Auf keinen Fall würde er riskieren, wegen dieses Wolfsfanatikers im Gefängnis zu landen. Denn das war er doch, dieser Typ im Wald. Ein Fanatiker, der wegen seiner Wölfe auch das Leben von Mädchen, die friedlich reiten wollten, riskieren würde.

Sie hatten beide heute Mittag noch nichts gegessen, deshalb schlug Wullitzer vor, am Potsdamer Brandenburger Tor zu halten und in der Fußgängerzone zu einem Imbiss zu gehen, der einige Bistrotische in der Sonne hatte.

»Die haben so arabisches Zeug. Ich weiß nicht, ob Sie das mögen. Geht schnell und ist für den Preis gut«, sagte Wullitzer. Nicht nur Mel, seine Tochter, sondern auch seine Ärztin hatte ihm dringend geraten, weniger Fleisch zu essen. Und im Moment hoffte er vor allem, stabiler zu werden, denn es kostete ihn ungeheure Mühe, sich zusammenzureißen.

Wullitzer bestellte Falafel in Kürbissuppe, und Paula wählte einen Taboulé-Salat.

»Ich müsste mal kurz verschwinden«, sagte er und ließ Paula am Bistrotisch allein. Als er sicher war, dass sie ihn nicht beobachtete, ging er um die nächste Straßenecke und bog in die Dortusstraße ein. Dort lehnte er sich an die Wand, schloss erschöpft die Augen und versuchte, sich auf seinen Atem zu konzentrieren. Um mit seiner selbstbewussten neuen Kollegin mitzuhalten, hatte er sich überfordert. Gleich, so hoffte er, würde es besser sein.

Paula nutzte die Zeit und rief den Kollegen an, der im Krankenhaus vor dem Zimmer von Leo Urbanczyk aufpasste.

»Urbanczyk ist nicht mehr so apathisch wie vorhin«, sagte der Polizist. »Aber die Ärztin bittet darum, ihm noch ein oder zwei Stunden zu geben. Ich sag euch Bescheid, sobald sie grünes Licht gibt.«

»Danke«, sagte Paula, legte auf und sah, dass die Frau hinter dem Verkaufstresen winkte, weil das Essen fertig war. Sie bezahlte, trug ihren Teller und Wullitzers Schale zum Bistrotisch und sah sich nach ihrem Kollegen um. Er wird jeden Moment kommen, dachte sie und wollte höflich sein und auf ihren Partner warten. Nach einigen Minuten nahm sie ein paar Gabeln von ihrem Taboulé-Salat und wurde unruhig. Ihr war nicht entgangen, dass Wullitzer in der letzten Stunde schweigsamer geworden war und kraftloser gewirkt hatte. War er womöglich kollabiert? Sie sah sich um, ging in den Innenraum, klopfte an der Herrentoilette und öffnete die Tür, weil niemand reagierte. Die Toilette war leer.

Wullitzer riss sich von der Hauswand los, an der er noch immer mit geschlossenen Augen lehnte, und ging langsam zurück. Er musste sich abstützen und sah, dass das Essen auf dem Tisch stand, Paula aber nicht da war. Mit vorsichtigen Schritten ging er zu dem Tisch, setzte sich auf einen Bistrohocker und wartete, bis Paula aus dem Innenraum kam.

»Ah, da sind Sie«, sagte Paula.

»Ja, ich musste noch etwas ... erledigen«, erwiderte Wullitzer und wich ihrem Blick aus.

»Ihre Kürbissuppe ist jetzt leider kalt«, sagte Paula.

»Macht nichts.«

»Die können sie garantiert schnell in die Mikrowelle stellen. Darf ich?« Paula wartete keine Antwort ab, sondern nahm die Schale und trug sie nach innen. Sie nimmt auch solche Sachen einfach in die Hand, dachte Wullitzer anerkennend. Und tatsächlich dampfte die Suppe mit Falafel leicht, als Paula zwei Minuten später damit zurückkehrte.

»Ein angenehmer Laden«, sagte Paula, »und das Essen ist gar nicht schlecht.«

Sie aßen schnell und schweigend, und Wullitzer war froh, dass Paula nicht fragte, wo er gewesen war.

»Ich hab eben mit dem Kollegen im Krankenhaus gesprochen. Die Ärztin bittet uns, Leo Urbanczyk noch etwas Zeit zu geben«, sagte sie, als sie fertig war, nahm ihr Handy und öffnete eine Mail, die Nadeschda Boschurina vorhin geschickt hatte.

»Nadeschda hat mir den Halter dieses Kastenwagens rausgesucht, der letzte Nacht im Wald stand und später verschwunden war«, sagte sie. »Ich würde gern bei ihm vorbeifahren und wissen, ob er etwas gesehen oder gehört hat. Oder ob er vielleicht sogar etwas mit dem Unbekannten oder dem toten Wolf zu tun hat.«

Wullitzer warf Paula einen skeptischen Blick zu.

»Noch ist der Wald offiziell der Fall von Vanessa und Jonas«, sagte er.

»Aber wir gehen doch alle davon aus, dass die Fälle zusammenhängen. Zwei tote Jäger und ein toter Unbekannter in einem Wald, wo diese Jäger möglicherweise einen Wolf geschossen haben. Und vielleicht gibt es einen Zeugen, und mit dem sollten wir reden. Möglicherweise hat er etwas gehört. Oder sogar gesehen.«

Wullitzer verzog den Mund. Er war nicht sicher, ob er noch eine Befragung durchhalten würde, aber seine Kollegin hatte recht.

»Gut, dann fahren wir dorthin«, erwiderte er. Außerdem war ihm das lieber, als Verona Bericht erstatten zu müssen. Vermutlich würde es Ärger geben, weil sie bei Wilhelm Hardenberg gewesen waren, doch vor allem fürchtete Wullitzer, dass ihn endgültig die Kraft verlassen könnte, falls er sich rechtfertigen musste. Noch immer wusste er nie vorher, wann die Grenze erreicht war, wo er sich kaum noch auf den Beinen halten konnte. Die Angst vor diesem Moment war fast noch schlimmer als die Erschöpfung selbst. Damals, in den ersten Wochen nach den Schüssen auf Carlo, hatte er sich meistens schon nach einer halben Stunde hinlegen müssen. Nach einigen Monaten war diese Zeitspanne länger geworden, und seit er wieder arbeitete, war es manchmal bereits ganze Tage lang gut gegangen. Doch das waren unkomplizierte Tage ohne Aufregungen gewesen, ganz anders als jetzt. Zumal er sich vor seiner neuen Kollegin keine Blöße geben und mithalten wollte.

Gütschow hatte Emily von der Schule abgeholt und saß mit ihr am Esstisch und spielte *Memory*. Emily gewann auch sonst dabei fast immer, doch heute war er so unkonzentriert wie selten. Von seinem Platz aus konnte er die Straße sehen, und plötzlich hielt dort der dunkle Mittelklassewagen, der schon vor

Hardenbergs Haus aufgetaucht war. Und auch diesmal stiegen der ältere Mann und die jüngere Frau aus.

»Die beiden da draußen dürfen nicht wissen, dass ich hier bin«, sagte Gütschow leise zu Emily und stand auf.

»Warum?«, fragte seine Tochter.

»Das ist ein Geheimnis. Und wenn du nichts verrätst, verrate ich es dir später«, flüsterte Gütschow und ging zu seiner Frau.

»Die Polizei steht vor der Tür«, sagte er. »Ich bin nicht da. Emily weiß Bescheid.«

Lena Gütschow sah ihren Mann beunruhigt an.

»Ist was passiert? Warum darf die Polizei nicht …«

»Ich will mit denen einfach nichts zu tun haben. Ist besser für uns«, sagte Gütschow.

Es klingelte. Lena Gütschow seufzte und ging zur Tür. Gütschow versteckte sich in der Abstellkammer und ließ die Tür einen Spalt offen. Sollte die Polizei ins Haus kommen, würden sie ihn hier kaum suchen.

»Frau Gütschow?«, sagte Paula, als Lena Gütschow die Haustür öffnete. Verblüfft begriff sie, dass sie diese Frau schon mehrmals auf dem Pferdehof gesehen hatte. Zuletzt, als die Mädchen wegen des Wolfs von ihren Ponys gefallen waren.

»Ja?«

»Hagen Gütschow, das ist Ihr Mann?«

»Ja.«

»Ist er zu Hause? Wir würden gern mit ihm sprechen.«

»Nein, er ist nicht da. Worum geht es?«

»Das müssten wir mit ihm selbst besprechen. Ist er wirklich nicht da? Sein Wagen steht draußen.« Paula hatte den Kastenwagen vor der kleinen Holzgarage entdeckt.

»Ja. Stimmt. Aber … Hagen ist mit dem Rad unterwegs. Etwas erledigen«, sagte Lena Gütschow zögernd. In dem

Moment drängte sich eins der Mädchen, die gestern von ihren Ponys gestürzt waren, von hinten an seine Mutter.

»Du bist Emily, oder?«, fragte Paula freundlich.

Emily sah ihre Mutter verängstigt an und verschwand wieder.

»Woher kennen Sie meine Tochter?«

»Wir waren gestern auf dem Pferdehof. Nachdem der Wolf aufgetaucht war und die Mädchen von den Ponys …«, sagte Paula vage. Offenbar waren die beiden gestern so schockiert gewesen, dass sich weder die Mutter noch das Mädchen an Paula und Wullitzer erinnerte.

»Sonst noch etwas?«, fragte Lena Gütschow.

»Sagen Sie Ihrem Mann bitte, er soll sich melden«, sagte Paula und reichte der Frau ihre Karte. »Es ist wichtig.«

»Ich werde es ihm ausrichten. Schönen Tag noch«, erwiderte Lena Gütschow und zog die Tür zu.

Als sie die Straße erreicht hatten, drehte Paula sich noch einmal zu dem Haus um. Ihr fiel auf, wie gepflegt das Haus wirkte, und sie war sicher, dass sie beobachtet wurden, doch sie konnte niemanden hinter den Fenstern ausmachen. Der Zaun war zwar alt und verwittert, das Trampolin im Vorgarten teilweise zerfetzt, das Dach voller Moos und an einer Seite hing die Regenrinne nach unten. Doch die Fensterscheiben waren frisch geputzt, und auch der Flur hatte sehr ordentlich gewirkt.

»Ins Präsidium?«, fragte Wullitzer. Er hatte die ganze Zeit über kein Wort gesagt, und Paula sah ihm an, dass er sich regelrecht zum Dienstwagen schleppte.

»Präsidium, ja«, sagte Paula. »Ich würde aber gern kurz abwarten, ob Hagen Gütschow nicht doch im Haus ist.« Sie fuhr etwa zweihundert Meter bis ans Ende der Straße, wendete und hielt am Straßenrand. Nach einigen Minuten tauchte der Kopf des Mädchens an der Hecke vor dem Haus auf. Emily

blickte sich vorsichtig um, schien den Dienstwagen zu entdecken und zog den Kopf sofort zurück.

»Die Kleine hat uns gesehen. Dann können wir lange warten«, sagte Wullitzer matt. Sein Handy klingelte. Er ließ es ein
paarmal klingeln, stöhnte und ging dann ran.

»Ja?«

»Wo seid ihr?«, hörte Paula die Stimme von Verona
Neuendorf.

»Wir haben jemanden überprüft, der mit dem Fall zu tun
haben könnte.«

»Kommt bitte sofort ins Büro. Es gibt Neuigkeiten.«

»Was für welche?«

»Das erfahrt ihr, wenn ihr hier seid«, sagte Verona
Neuendorf und legte auf.

»Die Polizei ist weg!«, rief Emily und rannte ins Haus. Sofort
nahm Gütschow eine Jacke und seinen Wagenschlüssel und
ging zur Tür. Lena versuchte, ihm den Weg zu versperren.

»Hagen. Bitte. Sag mir, was los ist. Was will die Polizei von
dir?«, fragte sie.

»Nichts.«

Lena schüttelte den Kopf und sah ihre Tochter an.

»Emily, geh bitte nach oben in dein Zimmer. Papa und ich
müssen etwas besprechen«, sagte sie.

Emily reagierte erst, als Gütschow nickte und zur Treppe
deutete. Langsam ging sie hoch, blieb aber am Treppenabsatz
stehen.

»Geh in dein Zimmer und mach die Tür zu«, wurde sie von
ihrer Mutter ermahnt.

»Muss ich das wirklich?«, fragte Emily und sah ihren Papa
an.

»Ja. Aber nicht lange. Wir müssen nur etwas besprechen«,
erwiderte Gütschow.

Emily ging weiter, und er hörte, wie sie ihre Zimmertür zuknallte. Es tat ihm weh, wenn sie seinetwegen wütend war, aber sie war noch zu klein, um ihr zu erklären, worum es gerade ging.

»Muss ich mir Sorgen machen?«, fragte Lena Gütschow leise.

»Nein. Nein, das musst du nicht.«

»Hagen, du bist heute nicht zur Arbeit gegangen. Und jetzt taucht hier die Polizei auf. Wo warst du den ganzen Tag? Und wo willst du jetzt hin?«

»Ich war unterwegs. Und jetzt muss ich noch was erledigen«, erwiderte Gütschow. Er hatte ein schlechtes Gewissen. Lena und Emily waren das Beste, das ihm im Leben hatte passieren können. Er hasste sich dafür, die beiden unglücklich zu machen, aber er konnte nicht anders. Er musste sich um etwas kümmern, das Lena nicht verstehen würde. Da war es besser, wenn sie es gar nicht erst wusste.

»Gehst du in den Wald? So früh schon?«, fragte Lena, und Gütschow sah in ihren Augen den Wunsch, es mochten einfach nur der Wald und die Wölfe sein. Nichts anderes.

»Ja. Wir sehen uns heute Nacht. Gib Emily einen Kuss von mir«, sagte er und drängte sich an Lena vorbei aus der Haustür. Sie machte einen Schritt zur Seite und er sah noch, wie sie unglücklich den Kopf schüttelte. Dann eilte er zu seinem Wagen, drehte sich noch einmal um und erkannte, was er sich gedacht hatte: Emily stand im ersten Stock am Fenster und blickte ihn traurig an. Der Anblick gab ihm einen Stich ins Herz, und er winkte, warf ihr einen Kuss zu und riss sich los.

20

Wullitzer hatte auf der Fahrt ins Präsidium kein Wort gesagt, und er sagte auch nichts, als sie mit dem Fahrstuhl zum Büro fuhren. Paula merkte, dass Wullitzer sich an die Wand lehnen musste, und fragte sich, ob er Hilfe brauchte. Doch als die Fahrstuhltür aufging, schüttelte Wullitzer sich kurz, richtete sich auf und ging mit vorsichtigen Schritten Richtung Büro. Dort warteten Verona Neuendorf, Vanessa und Jonas bereits auf sie. Nadeschda Boschurina arbeitete in ihrer Ecke, als sei sie nicht anwesend. Verwundert sah Paula, dass auch Eigendorf, der Chef der Spurensicherung, hier war. Verona Neuendorf stand neben ihm und schien zu erschrecken, als sie Wullitzer sah.

»Ich komm gleich«, sagte Wullitzer leise und ging nicht ins Büro, sondern den Gang hinunter. Paula blickte ihm nach. Sie ging davon aus, dass er Richtung Küche wollte, doch er bog plötzlich ab und verschwand in Verona Neuendorfs Büro. Die sah ihm beunruhigt nach und folgte ihm.

»Dann warten wir doch noch einen Moment«, sagte Eigendorf vollkommen ruhig.

Paula hätte gern gewusst, was es an Neuigkeiten gab, und sie wollte vor allem möglichst schnell ins Krankenhaus, um mit

Leo Urbanczyk zu reden. Doch Vanessa und Jonas taten so, als wären sie beschäftigt, und der freundliche, seriöse Eigendorf lächelte Paula zu.

»Haben Sie sich denn schon eingelebt?«, fragte er. Paula war eigentlich nicht in der Stimmung für Small Talk, aber sie wollte nicht unhöflich sein.

»Ich hatte bisher ja kaum Zeit zum Einleben. Aber ich kenne Potsdam von früher ja noch sehr gut«, erwiderte sie vage.

»Verona hat erwähnt, dass Sie eine Wohnung suchen. Der Wohnungsmarkt ist nicht einfach in Potsdam. Ich hoffe, Sie haben Glück«, fuhr Eigendorf fort.

»Ja, die Suche nach einer Wohnung wird nicht einfach«, erwiderte Paula und war froh, als eine Tür leise geschlossen wurde und Verona Neuendorf auftauchte.

»So, dann fangen wir an«, sagte sie. »Norbert, du hast neue Erkenntnisse.«

»Ja, die habe ich«, begann er in demselben entspannten Tonfall, in dem er eben mit Paula geplaudert hatte. »Da das Projektil, das Sie, Kollegin Osterholz, gestern Abend im Wald entdeckt haben, zu der Waffe führt, mit der auch die Pferdezüchterin getötet wurde, haben wir auch alle anderen Projektile miteinander verglichen. Zu Herrn Urbanczyk, der heute Vormittag getötet wurde, gibt es noch keine Parallelen. Aber ...« Er machte eine bedeutungsvolle Pause. »Meine Assistentin Josie ist auf die Idee gekommen, sich auch das Projektil, das gestern den Wolf bei dem Pferdehof getroffen hat, genau anzusehen. Und sie ist zu einem für uns sehr überraschenden Ergebnis gekommen.«

Paula musste sich bremsen, um nicht laut zu seufzen. Sie hatte es schon oft erlebt, dass Spurensicherer und auch Rechtsmedizinerinnen es endlos herauszögerten, bis sie endlich ihre Neuigkeit verkündeten.

»Mit derselben Waffe wie dieser Wolf gestern wurde im Wald auch der unbekannte Wolfsschütze, wenn ich ihn so nennen darf, getötet«, sagte Eigendorf.

»Wie bitte?«, entfuhr es Paula ungläubig. »Da sind Sie sicher?«

»Absolut«, erwiderte der Spurensicherer gelassen.

Paula dachte nach. Immer mehr sprach dafür, dass der Mord an dem Unbekannten mit dem an Alexandra Schuster etwas zu tun hatte. Gleichzeitig erschien es ihr immer unwahrscheinlicher, dass der Ehemann die Pferdezüchterin aus Eifersucht getötet haben könnte.

»Dann mach ich mich wieder an die Arbeit«, sagte Eigendorf und ging.

»Ich wollte nicht, dass sich diese Nachricht schon rumspricht, deshalb habt ihr es jetzt aus Norberts Mund gehört«, sagte Verona Neuendorf und blickte in die Runde. Sogar Nadeschda Boschurina hörte aufmerksamer zu als sonst. »Mein Eindruck verdichtet sich, dass die Morde an Alexandra Schuster und dem unbekannten Mann im Wald zusammenhängen. Ob der Mord an Valentin Urbanczyk ebenfalls damit zu tun hat, wissen wir bisher nicht.«

»Dazu kann ich etwas sagen«, unterbrach Paula.

»Ja, gleich.« Verona Neuendorf sah Vanessa und Jonas an. »Ich betrachte diese Todesfälle jetzt als einen Fall, und damit werdet ihr zwei mit Henry und Frau Osterholz zusammenarbeiten. Da die beiden den ersten der Morde bearbeiten und Henry zudem der Älteste unter euch ist, werdet ihr den beiden im Zweifelsfall zuarbeiten. Aber ich gehe davon aus, dass ihr vier reibungslos zusammenarbeiten werdet.« Sie blickte dabei vor allem Vanessa Weber an und wandte sich dann an Paula.

»Sie haben etwas Neues für uns?«

Paula war kurz abgelenkt, denn sie ärgerte sich, dass so etwas in Wullitzers Abwesenheit verkündet wurde. »Herr Wullitzer und ich haben heute auf dem Pferdehof Gaby Paczinsky getroffen, die Moderatorin«, sagte sie. »Sie hat uns gestanden, dass die Pferdezüchterin am Abend vor ihrem Tod mit drei Jägern unterwegs war, um Wölfe zu schießen. Eine Jägerin war eine Schönheitschirurgin, von der wir bisher nur den Vornamen kennen. Sonja.« Paula sah, dass Nadeschda Boschurina sich an ihrem Computer sofort auf die Suche machte. »Einer der anderen war Valentin Urbanczyk. Und der vierte ist Wilhelm Hardenberg. Den kennen hier vermutlich …«

»Hardenberg?«, riefen Vanessa, Jonas und auch Verona Neuendorf fast gleichzeitig.

»Gut, dann muss ich ja nicht erklären, wer das ist. Wir waren heute schon bei ihm, konnten aber nur mit seiner Frau reden. Angeblich war er nicht zu Hause, aber wir sind nicht sicher, ob das stimmt.«

»Ich habe bereits gehört, dass Sie bei Hardenberg waren«, sagte Verona Neuendorf beunruhigt.

»Hat er sich schon beschwert? Das würde ihn eher noch verdächtiger machen«, sagte Paula.

»Verdächtigen Sie ihn? Haben Sie etwas gegen ihn in der Hand? Hardenberg ist noch immer einflussreich. Mit ihm müssen wir vorsichtig sein«, erwiderte Verona Neuendorf.

In dem Moment klingelte Paulas Handy und sie erkannte die Nummer des Polizisten, der im Krankenhaus bei Leo Urbanczyk war. Sie drückte den Anruf weg. Das musste einen Moment warten.

»Vier Menschen waren nachts im Wald auf Wolfsjagd«, fuhr sie fort und sah ihre Chefin an. »Zwei davon sind tot. Die Schönheitschirurgin ermitteln wir noch, aber der andere ist Wilhelm Hardenberg, und der hat uns seit zwei Stunden nicht zurückgerufen. Ich wüsste keinen Grund, ihn nicht zu verdächtigen. Sollte er nicht erreichbar sein und auch weiterhin nicht zurückrufen, würde ich vorschlagen, ihn zur Fahndung auszuschreiben«, sagte Paula.

»Auf keinen Fall«, entgegnete Verona Neuendorf sofort. »Ohne etwas gegen ihn in der Hand zu haben, werden wir Herrn Hardenberg nicht zur Fahndung ausschreiben.«

»Er ist Jäger. Er war in der Nacht auf Jagd, und er ist häufig auf dem Pferdehof. Wenn er nicht freiwillig mit uns redet, müssen wir ihn im Rahmen unserer polizeilichen Ermittlungen dazu bringen, es zu tun. Oder zumindest seine Waffen untersuchen«, erwiderte Paula.

»Erklären Sie mir nicht, wie polizeiliche Ermittlungen funktionieren. Gegen Wilhelm Hardenberg wird ohne meine ausdrückliche Zustimmung nichts unternommen«, sagte Verona Neuendorf streng und schnaufte wütend. »Haben Sie mich verstanden?«, fügte sie hinzu und wartete auf eine Antwort von Paula.

»Ja. Ja, das habe ich verstanden«, sagte Paula so höflich wie möglich und fragte sich, warum ihre Vorgesetzte so heftig reagierte. Sie musste an das denken, was Wullitzer ihr gesagt hatte: Manches hier im Haus lief zu bequem, und frischer Wind konnte der Ermittlungsarbeit nur guttun.

»Das habe ich auch erwartet«, sagte Verona Neuendorf ungehalten. »Wie weit sind Sie bei Valentin Urbanczyk?«

»Herr Wullitzer und ich warten noch auf die Berichte von Rechtsmedizin und Spurensicherung. Und mit dem Ehemann konnten wir bisher nicht sprechen, aber mich hat gerade der Kollege aus dem Krankenhaus versucht zu erreichen.«

»Dann rufen Sie ihn zurück und informieren mich, wenn es etwas Neues gibt. Und ihr …«, sie sah Vanessa und Jonas an, »macht euch auf die Suche nach dieser Schönheitschirurgin.«

Paula sah, dass im Hintergrund Nadeschda Boschurina einen Arm hob. Sie hatte die Schönheitschirurgin wohl bereits ausfindig gemacht.

»Okay, das ging schnell. Dann kümmert ihr euch um die Berichte von Norbert und Anita.« Damit drehte Verona Neuendorf sich um und ging.

Paula atmete durch und sah, dass Vanessa und Jonas dasselbe taten. Sie alle wirkten nach diesen schroffen Ansagen ihrer Chefin betreten. Jonas öffnete zwei Fenster, um frische Luft hereinzulassen, und Paula ging zu Nadeschda Boschurina, auf deren Bildschirm die Homepage einer Privatklinik und ein Foto der Schönheitschirurgin Sonja Meisinger zu sehen war. Paula stutzte, nahm ihr Handy und scrollte zu einem der Fotos, die sie am ersten Morgen auf dem Pferdehof gemacht hatte. Sonja Meisinger war mit einem weißen BMW-Cabrio dort angekommen und hatte Philipp Carow, den Reitlehrer, nach dem Tod seiner Schwester umarmt. Sie war, wenn Gaby Paczinsky recht hatte, nachts mit den anderen im Wald auf Jagd gewesen und wusste morgens als eine der Ersten vom Mord an Alexandra Schuster. So schnell wie möglich mussten sie mit der Schönheitschirurgin reden. Doch als Erstes mussten sie erfahren, was Leo Urbanczyk wusste.

»Ich ruf den Kollegen im Krankenhaus an. Möchte jemand einen Kaffee?«, fragte sie in die Runde, denn sie selbst brauchte dringend einen. Jonas hob eine Hand und Vanessa nickte. Paula nahm ihr Handy, wählte die Nummer des Polizisten und machte sich auf den Weg zur Küche und zum Kaffeeautomaten. Während sie darauf wartete, dass der Kollege ans Handy ging, kam sie am Büro von Verona Neuendorf vorbei. Die Tür stand einen Spalt offen, und Paula konnte der Versuchung nicht widerstehen, einen Blick hineinzuwerfen. Was sie durch den Spalt erkennen konnte, war mehr als ungewöhnlich: Auf dem Boden lag eine dünne, ausklappbare Matratze. Und auf dieser Matratze lag Wullitzer und schnarchte. Im Büro seiner Vorgesetzten.

Paula ging leise weiter und hörte, wie hinter ihr die Tür zu Verona Neuendorfs Büro zugezogen wurde.

»Leo Urbanczyk ist wieder ansprechbar, und die Spurensicherung untersucht ihn gerade auf Schmauchspuren. Danach würde seine Schwester ihn nach Hause fahren, sofern Sie keine Einwände haben. Sie können ihn dort jederzeit erreichen, soll ich Ihnen ausrichten. Er wohnt direkt hinter seinem Lokal«, sagte der Polizist.

Paula überlegte kurz. »Gut, lassen Sie ihn fahren«, sagte sie dann. In seinem privaten Umfeld würde eine Befragung vermutlich einfacher sein als im Krankenhaus. »Aber schicken Sie mir seine Handynummer«, fügte sie hinzu. Nur Sekunden später ploppte die Nummer bei ihr auf.

Paula legte auf, ließ Kaffee aus dem Automaten in die Becher fließen und fragte sich, was in diesem Polizeipräsidium los war. Wullitzer schlief während einer wichtigen Besprechung im Büro seiner Vorgesetzten, und diese Chefin untersagte Paula, gegen einen Verdächtigen zu ermitteln, weil er einflussreich war.

Paula hörte Schritte und war froh, dass es Jonas Gärtner und nicht Verona Neuendorf war.

»Ich wollt helfen, mit dem Kaffee«, sagte er vorsichtig. Paula lächelte, deshalb kam er etwas näher und flüsterte: »Unsere Vorgesetzte scheint sehr unter Druck zu stehen. Sie ist sonst nicht so. Eigentlich ist sie angenehm, und es macht Spaß, mit ihr zu arbeiten. Aber ich schätze …« Er wurde noch leiser. »Vermutlich hat sich Wilhelm Hardenberg ganz oben beschwert und Verona hat Druck bekommen. Und mit so etwas tut sie sich immer schwer. Sie will, dass in unserer Abteilung nach außen alles gut läuft. Beschwerden, und dann noch, wenn Verona nicht weiß, worum es geht, damit kann sie nicht gut umgehen. Nimm das nicht persönlich. Wollte ich nur sagen.«

Als die beiden mit drei Kaffeebechern zurück ins Büro kamen, saß Wullitzer gähnend, aber gut gelaunt an seinem Schreibtisch. Jonas stellte ihm ungefragt seinen eigenen Kaffee auf den Tisch.

»Ich habe gehört, unsere Fälle hängen jetzt offiziell zusammen. Dann freue ich mich auf die Zusammenarbeit mit euch«, sagte Wullitzer in die Runde. Sogar Vanessa lächelte. Wullitzer muss hier wirklich ungeheuer beliebt sein, dachte Paula, und vermutlich war es das, was diese Zusammenarbeit möglich machen würde.

»Gibt es Neuigkeiten von Leo Urbanczyk aus dem Krankenhaus?«, wollte Wullitzer von Paula wissen.

»Ja. Er ist wieder ansprechbar und hat sich nach Hause fahren lassen. Dort können wir jederzeit mit ihm sprechen«, erwiderte Paula.

»Dann sollten wir das tun.« Wullitzer trank seinen Kaffee aus und stand auf.

Die halbe Stunde Schlaf hat ihm gutgetan, dachte Paula. Wullitzer wirkte zwar noch nicht wieder so tatkräftig wie heute Vormittag, aber zumindest stabil.

21

»Verona hat mir gestanden, dass sie Ihnen gegenüber etwas schroff war«, sagte Wullitzer während der Fahrt. Wie selbstverständlich saß Paula am Steuer und ahnte, dass das jetzt immer so sein würde. »Nehmen Sie das nicht persönlich. Sie hat es im Haus nicht leicht. Und manchmal braucht sie ein Ventil.«

Wullitzer würde nicht mehr dazu sagen, da war Paula sicher, und auf keinen Fall wollte sie ihn auf seinen Schlaf im Büro seiner Vorgesetzten ansprechen. Sie würde im Umgang mit Verona Neuendorf vorsichtig sein, und sie ging davon aus, dass es gelegentlich zwischen ihnen knallen würde. Aber anders konnte und wollte Paula nicht arbeiten, und Rücksicht auf einflussreiche Menschen nehmen, das wollte sie schon gar nicht.

Nur drei Tage war es her, seit Paula mit ihrer Familie im *Urbanczyk* gewesen war, das von außen wie ein rustikaler Landgasthof und nicht wie ein angesagtes, teures Lokal für wohlhabende Großstädter aussah. In diesen drei Tagen war Paula in ihr neues Leben regelrecht hineingeschleudert worden. Sie erinnerte sich, wie nervös sie vor drei Tagen gewesen war und überzeugt, die Sehnsucht nach Vinzenz könnte sie zerreißen. Seitdem wurde sie durch komplizierte Ermittlungen abgelenkt, und das tat ihr gut.

An der Eingangstür hing ein handgeschriebener Zettel. *Vorläufig geschlossen* stand darauf. Im Gastraum bewegte sich jedoch jemand, deshalb drückte Paula die Klinke und stellte fest, dass die Tür nicht abgeschlossen war.

»Bevor Sie sich gleich wundern«, sagte Paula, »ich war vor drei Tagen mit meinen Geschwistern und meiner Tante zum Essen hier.«

»Ah?«, fragte Wullitzer nur, und sie betraten den Gastraum.

»Wir haben geschlossen. Steht an der Tür«, sagte eine Frau, verschwand kurz hinter dem Tresen und tauchte mit einem Schlüsselbund wieder auf. Die junge Frau blieb stehen, als sie Paula und Wullitzer erkannte. Es war Miriam, die Studentin, die auf dem Pferdehof mit den Kindern arbeitete.

»Ach, Sie. Ich schließ trotzdem eben ab«, sagte Miriam und deutete zu einem der hinteren Tische. Dort saß Leo Urbanczyk mit einer Frau. Paula und Wullitzer gingen zu ihnen.

»Wir würden gern mit Ihnen sprechen. Wäre das möglich?«, fragte Paula vorsichtig.

Leo Urbanczyk blickte die Frau an. Die nickte.

»Ja. Setzen Sie sich«, sagte er daraufhin leise.

»Ich bin Leos Schwester«, sagte die Frau, nachdem Paula und Wullitzer Platz genommen hatten. »Ich hab ihn vom Krankenhaus hierhergefahren. Stört es, wenn ich hierbleib?«

Paula und Wullitzer sahen sich kurz an. Es wäre besser, mit Leo Urbanczyk allein zu sprechen, aber er wirkte so erschöpft, dass die Anwesenheit einer vertrauten Person vielleicht half. Und da die Spurensicherung keine Hinweise auf Schmauchspuren gefunden hatte, wurde er nur als Zeuge, nicht als Verdächtiger befragt.

»Nein, bleiben Sie ruhig«, sagte Wullitzer deshalb, und Leo Urbanczyk nickte erleichtert. Er griff in eine Tasche und holte ein kleines Medikamenten-Döschen heraus, auf dem *Tavor* stand. Ein sehr starkes Medikament gegen Angststörungen, wusste Paula.

»Es ist schon seit Wochen zu viel. Eigentlich seit Monaten«, sagte Leo Urbanczyk entschuldigend und warf einen Blick durch das Restaurant. Paula fiel auf, dass der Mann nicht nur erschöpft, sondern verändert aussah. Mit seiner weißen Krawatte und den zum Dutt geknoteten Haaren hatte der lange, fast dürre Mann streng gewirkt. Jetzt fielen die langen Haare über seine Schultern, und er sah eher wie ein zielloser Hippie aus als wie der souveräne Wirt eines erfolgreichen Restaurants.

»Der Laden ist zwar meistens voll, aber die Kosten sind für die Qualität, die von uns verlangt wird, viel zu hoch«, fuhr Leo Urbanczyk resigniert fort. »Das fing an, als Hardenberg sein Jagdrevier aufgeben musste. Bis dahin konnte Valentin dort alles schießen, was wir brauchten. Für wenig Geld. Damit war es dann vorbei. Valentin wollte das nicht sehen. Er hat sich für Zahlen und Abrechnungen nicht interessiert.«

»Heute früh«, sagte Paula vorsichtig, »warum waren Sie bei den Fischteichen?«

»Wir waren verabredet.«

»Wann genau?«, fragte Wullitzer.

»Um neun.« Leo Urbanczyk lächelte wehmütig. »Eine ungewöhnliche Zeit, wenn man zusammenlebt, ich weiß. Aber wir lieben beide die Morgenstunden. Und tagsüber bleibt einfach kaum Zeit.«

»Ihr Mann war vor Ihnen da?«

»Wir kochen mit Forellen aus biologischer Fischwirtschaft. Ein Bach fließt durch unsere Teiche und wir setzen so wenig Futter wie möglich ein und pumpen auch keinen Sauerstoff in die Teiche. Normalerweise. Aber dieses Jahr …« Leo Urbanczyk stöhnte und schloss kurz die Augen. »Sie wissen ja selbst, wie der Sommer war. Der letzte längere Regen war im Juni, wir haben viel zu wenig Wasser. Unsere Forellen wachsen langsamer, und wir müssen manchmal Gäste enttäuschen. Das darf uns nicht oft passieren, sonst bleiben die Leute weg. Sie zahlen viel Geld dafür, dass die Fische aus eigener Produktion sind und das Wild von Valentin selbst gejagt wird. Wir können nicht einfach etwas dazukaufen. Sobald sich das rumspricht, sind wir erledigt.«

Paula nahm zur Kenntnis, dass Leo Urbanczyk von seinem Mann in der Gegenwart sprach. Als sei Valentin Urbanczyk nicht tot, sondern nur gerade nicht im Raum.

»Ich war kurz vor neun da. Da lag Valentin neben den Teichen. Erst dachte ich, er schläft.« Leo Urbanczyk schloss die Augen. Tränen liefen ihm übers Gesicht. Seine Schwester legte einen Arm um ihn.

»Haben Sie jemanden gesehen oder etwas gehört, vielleicht ein Auto?«, fragte Wullitzer, als Leo Urbanczyk die Augen wieder geöffnet hatte.

»Nein. Zumindest nichts, woran ich mich erinnere. Valentin lag einfach nur da. Ich bin zu ihm, und … nach ein paar Minuten hab ich dann Ihre Kollegen angerufen. Als ich in der Lage dazu war. Und dann …« Wieder hob er das Döschen *Tavor* an. Und danach weiß ich nicht mehr viel, wollte er damit wohl sagen.

»Ich war vor drei Tagen abends hier. Mit meiner Familie«, sagte Paula.

»Ich erinner mich. Sie sind die Schwägerin von Bene. Benedikt Engelbrecht.«

»Genau. Als wir hier waren, ist Ihr Mann abends aufgebrochen.«

»Stimmt. Da war die Verbandssitzung. Verband der ökologischen Teichwirtschaft Brandenburg. In Neustrelitz. Weiter weg geht es ja kaum.«

»Eine Zeugin hat ausgesagt, dass Ihr Mann an dem Abend noch auf Jagd war.«

»Auf Jagd? Das wüsste ich. Dass hätte Valentin mir gesagt«, erwiderte Urbanczyk irritiert.

Paula hatte den Eindruck, dass er tatsächlich nichts davon wusste. Sie merkte, wie schwer dem Mann diese Befragung fiel und wie er immer mehr in sich zusammensackte, und warf Wullitzer einen fragenden Blick zu. Der nickte und reichte Leo Urbanczyk eine Visitenkarte.

»Vielen Dank. Das war es erst einmal. Melden Sie sich bitte, falls Ihnen noch etwas einfällt«, sagte er.

Bevor sie das Restaurant verließen, hörte Paula, dass Miriam in der Küche arbeitete.

»Einen Moment noch«, sagte sie und ging zu der Studentin.

»Ich war vor drei Tagen abends hier. Mit Familie. Sie haben uns bedient«, sagte sie.

»Ja. Ich weiß«, erwiderte Miriam.

»Sie kamen recht spät abends, als Valentin Urbanczyk gerade aufgebrochen ist. Da wir Sie mehrfach auf dem Pferdehof gesehen haben – waren Sie vielleicht auch an dem Abend vorher dort?«

Miriam blickte Paula misstrauisch an.

»Ja … Ja, war ich. Warum?«

»Eine Zeugin hat uns gesagt, dass Ihre Tante mit mehreren anderen an dem Abend auf Jagd gegangen war. Können Sie das bestätigen?«

Paula sah, dass die Frau mit sich rang.

»Es war komisch«, sagte sie dann. »Hardenberg und Sonja waren auch da.«

»Sonja?«

»Sonja Meisinger. Die drei gehen öfter gemeinsam auf Jagd, und sie waren auch alle so angezogen. Sie haben aber behauptet, sie wüssten noch nicht, ob sie losgehen. Ich hab mich dann um ein Pferd gekümmert und bin später hierher.«

»Aber Valentin Urbanczyk, der war nicht dort?«

»Valentin? Nein. Der war doch in Neustrelitz. Deshalb musste ich hier aushelfen.«

Paula bedankte sich, gab auch Miriam eine Visitenkarte und ging zu Wullitzer, der draußen am Wagen wartete.

»Die Studentin hat die Pferdezüchterin mit Hardenberg und der Schönheitschirurgin abends auf dem Pferdehof gesehen. Valentin Urbanczyk war allerdings nicht da. Kann er auch nicht, er war ja noch hier«, sagte Paula.

»Und sein Mann weiß nichts von einer Jagd«, erwiderte Wullitzer und blickte zum Himmel.

»Es klingt so, als sei diese Wolfsjagd eine geheime Sache gewesen. Da das Töten von Wölfen unter Strafe steht, wäre das auch nicht verwunderlich«, sagte Paula. »Wir müssen dringend mit Hardenberg und dieser Sonja Meisinger reden.«

»Aber nicht mehr heute, und mit Hardenberg auf keinen Fall, ohne dass Verona das abgesegnet hat. Bei Sonja Meisinger wäre mir egal, was Verona denkt. Aber sie könnte Hardenberg warnen, wenn wir als Erstes zu ihr fahren. Außerdem ...« Wullitzer blickte zur Uhr. »Es ist jetzt Viertel nach sechs. Ich musste Verona versprechen, dass wir nach dem Gespräch mit Leo Urbanczyk für heute Schluss machen.«

Paula nickte. Sie hätte zwar gern weitergemacht, und sie hielt es auch für einen Fehler, Hardenberg nicht sofort zu befragen. Aber falls sie wirklich die nächsten Jahre in diesem Polizeipräsidium arbeiten wollte, sollte sie sich fügen.

»Ihre Tante wohnt doch auch in der Teltower Vorstadt, oder?«, fragte Wullitzer, als Paula losgefahren war. »Das ist nicht weit von mir. Könnten Sie mich vielleicht zu Hause absetzen?«

»Ja, natürlich. Aber ich müsste erst zum Präsidium und meinen Wagen holen.«

»Wenn ich Sie wäre, würde ich mit dem Dienstwagen nach Hause fahren. Das machen viele, und das ist auch von oben abgesegnet. Solange Sie heute Abend nicht noch größere Ausflüge geplant haben.«

»Nein. Das nicht.« Paula sollte Wullitzer den Gefallen tun, das war ihr klar. »Sie müssten mich nur lotsen.«

Wullitzer öffnete im Navi die gespeicherten Ziele.

»Ist längst drin«, sagte er.

Paula setzte ihren Kollegen ab und merkte, dass auch sie müde war. Es war ein langer Tag, und er war durch das immer wieder irritierende Verhalten von Wullitzer und Verona Neuendorf zusätzlich kompliziert gewesen. Wullitzer schien nicht sehr belastbar und deshalb unberechenbar zu sein, und Verona Neuendorf schien ihn einerseits zu decken, andererseits aber mit der Polizeiführung keine Probleme haben zu wollen. In jedem Präsidium gab es spezielle Probleme, aber für die ersten Tage waren es etwas viele.

Paulas Handy klingelte. Helene.

»Hast du schon Feierabend?«, fragte ihre Tante.

»Ja. Gerade eben.«

»Könntest du zu Linda fahren? Ich hab noch zwei Patientinnen, und Raffa kann erst in einer Stunde bei Mona sein. Linda geht es nicht gut. Jemand von uns sollte bei ihr sein. Zur Not müsste ich meinen Patientinnen absagen …«

»Nein, nein, musst du nicht. Ich fahr hin. Zehn Minuten werd ich wohl brauchen.«

»Danke. Ich schreib Raffa, er soll sich beeilen.«

Linda ging es nicht gut. Bis gestern Abend hatte Paula geglaubt, ihre Schwester habe ihr Leben tatsächlich so gut im Griff, wie sie immer behauptet hatte. Doch ihre Tante Helene würde nicht anrufen, wenn es heute nicht dringend wäre.

22

Mona musste Paula schon gesehen haben, denn sie riss die Haustür auf, bevor ihre Tante klingeln konnte.

»Ja!«, rief Mona nur, schnappte sich Paulas Hand und zog sie ins Wohnzimmer. Paula kam nicht einmal dazu, ihre Schuhe auszuziehen, denn Mona hüpfte auf das Sofa, dirigierte Paula vor sich hin und sprang ihr ohne Vorwarnung in die Arme. Paula taumelte ein paar Schritte zurück und konnte sich gerade noch auf den Beinen halten. Ihre Nichte kletterte an ihr herunter zu Boden, hüpfte erneut auf das Sofa, quietschte vor Vergnügen – und ignorierte vollkommen, dass auch ihre Mutter auf dem Sofa saß.

»Wieder hinstellen!«, rief sie. Paula hatte zwar wenig Lust, sich herumkommandieren zu lassen, aber Mona wirkte glücklich und hatte es offenbar enorm vermisst, mit jemandem zu toben.

»Jetzt noch einmal, und dann sag ich deiner Mama Hallo und zieh mir die Schuhe aus. Oder darf man neuerdings bei euch mit Straßenschuhen rumlaufen?«, sagte Paula.

»Nein!«, rief Mona vergnügt und machte sich wieder zum Sprung bereit. Diesmal war Paula vorgewarnt, fing Mona sicher auf, ließ sie zu Boden gleiten und sah Linda an. Die kauerte in der äußersten Ecke des Sofas, hatte die Beine angewinkelt, trotz der spätsommerlichen Wärme eine Decke über sich ausgebreitet und sah blass und müde aus. Paula wusste nicht, was sie sagen sollte, deshalb lächelte sie einfach. Während Mona erneut auf dem Sofa hüpfte, formte Linda mit den Lippen ein stummes Danke!, und Paula sah, dass die Augen ihrer Schwester feucht wurden.

»Kann ich dir etwas anbieten? Kaffee oder etwas anderes?«, fragte Linda dann mit möglichst ruhiger Stimme und wischte sich die Augen trocken.

»Nur wenn es keine Mühe macht«, erwiderte Paula, die gern einen Kaffee gehabt hätte.

»Das ist ein Knopfdruck. Vorher einen Becher drunterstellen«, sagte Linda und bemühte sich um ein Lächeln.

»Immer müsst ihr Kaffee trinken. Aber Paula bleibt hier!«, verkündete Mona. Das Rumkommandieren hat sie von ihrer Mutter, dachte Paula.

»Madame, jetzt fahr mal runter«, sagte Linda zu Mona und bemühte sich, streng zu klingen. »Paula spielt bestimmt gern mit dir, aber sie ist kein Spielzeug, mit dem du machen kannst, was du willst.«

»Jaja«, maulte Mona provozierend, und Paula war sicher, dass dieser freche Ton zu anderen Zeiten für Ärger gesorgt hätte. Heute aber hatte Linda keine Kraft, um ihre Tochter zu erziehen, und ging wortlos in die Küche. Paula zog ihre Schuhe aus, und dann folgte eine halbe Stunde, in der ein Spiel das nächste jagte. Ein paarmal noch sprang Mona vom Sofa in die Arme ihrer Tante, dann kletterte sie an ihr hoch, setzte sich auf ihre Schultern und ließ sich nach hinten auf das Sofa fallen. Beim ersten Mal stockte Paula kurz der Atem, denn sie befürchtete, Mona könnte mit dem Kopf gegen die Rückwand des Sofas knallen, doch Mona spielte das vermutlich oft mit Raffa und wusste genau, wann sie sich einrollen musste.

Monas Energie schien grenzenlos zu sein, und sie wollte in der ganzen Wohnung Fangen spielen und am liebsten auch noch in den Garten gehen, doch das verbot Linda.

»Ihr geht nicht mehr raus. Gleich ist Abendbrot, und irgendwann musst du auch ins Bett«, sagte Linda, die zwischendurch den Kaffee für Paula hingestellt hatte.

»Noch muss ich nicht ins Bett«, rief Mona, doch Paula merkte, dass ihre Nichte sich allmählich ausgetobt hatte. Die Spiele wurden ruhiger, und als Raffa auftauchte, wollte Mona zwar vom Sofa auch in seine Arme springen, aber sie schaffte es nur noch zweimal und ließ sich dann überreden, mit Raffa Verstecken zu spielen. Paula nutzte die Gelegenheit und half Linda in der Küche, den Tisch für das Abendbrot zu decken.

»Danke. Du machst das toll«, sagte Linda. »Ich hätte das heute Abend einfach nicht mehr geschafft.«

»War in der Praxis viel los heute?«, fragte Paula, obwohl sie im Grunde mehr interessierte, ob Bene wusste, wie schlecht es Linda ging, und ob er nicht zwischen seinen Auftritten besser nach Hause kommen sollte. Aber Paula wollte nicht so direkt nach Lindas Mann fragen, denn das war vermutlich ein sehr wunder Punkt.

»In der Praxis, und hier und …«, sagte Linda stockend. Dann sah Paula, dass ihre Schwester zu weinen begann, und legte einen Arm um sie. Linda lehnte den Kopf an Paulas Schulter, doch dann hörten beide, dass Mona und Raffa auf dem Weg zu ihnen waren. Bevor sie in der Tür auftauchten, drehte Linda sich weg. Paula stellte sich in den Türrahmen, damit Mona nicht mitbekam, dass ihre Mutter weinte.

»Einmal noch *Engelchen, Engelchen, flieg* und dann Abendbrot?«, schlug Paula vor.

»Zweimal! Und einmal Sofaspringen!«, rief Mona und lief ins Wohnzimmer, das groß und hoch genug war, um das Mädchen fliegen zu lassen.

»Abendbrot ist fertig«, verkündete Linda nach einigen Minuten, und ihr war kaum noch anzumerken, dass sie geweint hatte.

Seit dem Anruf seiner Frau überlegte Hardenberg, wie er sich retten könnte. Vor zwei Jahren, als seine Investoren ihn wegen angeblicher Bilanzfälschung vor Gericht bringen wollten, hatte er die Gefahr zu spät erkannt. Das würde ihm nicht noch einmal passieren, das hatte er sich geschworen. Nie wieder würde er am Abgrund stehen, weil er anderen erlaubt hatte, ihn dorthin zu drängen. Es gab immer eine Lösung, auch wenn es eine war, die anderen nicht gefiel. Aber besser stürzten die anderen in den Abgrund als er.

Um besser nachdenken zu können, fuhr Hardenberg in die Tuchmacherstraße im Weberviertel. Über viele Jahre hatte er von hier aus seine Frachtkähne dirigiert, die jahrzehntelang auf den Havel-Kanälen zwischen Oder und Elbe vor allem Kohle und Baustoffe transportiert und ihn zu einem wohlhabenden und respektierten Mann gemacht hatten. Nie hätte er gedacht, dass es damit so schnell vorbei sein könnte, aber dann führten Oder und Elbe plötzlich zu wenig Wasser, der Schiffsdiesel wurde immer teurer und es lohnte sich nicht mehr, wegen der niedrigen Wasserstände die Frachtkähne nur halb beladen fahren zu lassen. Zwei Jahre lang hatte er gehofft, alles würde wieder so werden wie früher, aber die Sommer waren immer trockener geworden. Angeblich wegen dieses Klimawandels, und da war er machtlos.

Wie früher, wenn er wichtige Entscheidungen treffen musste, lief Hardenberg durch den Park zur Glienicker Lake. An der Babelsberger Enge wusste er dann, was er tun musste. Als Erstes die Pistole loswerden und dann herausfinden, was dieser Gütschow wusste. Wusste er überhaupt etwas? Wenn ja, dann musste er dafür sorgen, dass dieser Mann ihn nicht verraten konnte. Vor allem aber musste Hardenberg die Ruhe bewahren und keine Fehler mehr machen. Auch seine Frau sollte denken, alles sei normal. Er musste sich nur einen guten Grund dafür einfallen lassen, warum die Polizei etwas von ihm wollte.

Doch auf dem Weg nach Hause tauchte im Rückspiegel plötzlich der dunkelbraune Kastenwagen auf. Hardenberg beschleunigte und glaubte schon, den Wagen abgehängt zu haben, aber auf der Drewitzer Straße bemerkte er den Wagen erneut. Dieser Mann folgte ihm, und Hardenberg wusste: Er musste etwas unternehmen. Noch vom Auto aus rief er Annemarie an und sagte ihr, es werde etwas später werden. Sie entgegnete kühl, dass sie ohnehin mit Freundinnen unterwegs und später im Theater sei, und sie fragte nicht einmal, was die Polizei von ihm gewollt hatte.

Hardenberg fuhr nach Hause, holte sein Jagdgewehr aus dem Waffenschrank und entschied, südlich von Potsdam an einer abgelegenen Stelle zu warten, ob der Kastenwagen auftauchte. Wieder nahm er die Michendorfer Chaussee, überquerte diesmal die Autobahn, passierte Beelitz und folgte der Straße nach Luckenwalde. Den Kastenwagen hatte er nicht mehr gesehen, seit die Autobahn hinter ihm lag, und er bog nach einigen Kilometern rechts in einen Feldweg ein. Dort fuhr er bis zum Waldrand, parkte so, dass der Wagen von der Straße aus nicht zu sehen war, und wartete. Vielleicht war der Mann im Kastenwagen ja doch keine Gefahr und würde nicht auftauchen. Dann würde Hardenberg wenigstens die Pistole im Wald vergraben.

Nach dem Essen wollte Mona erneut toben, doch jetzt war es Raffa, der ihr klarmachte: Ein ruhiges Brettspiel noch, dann Zähneputzen und Vorlesen und dann schlafen. Paula war überrascht, wie ernst ihr Bruder seine Rolle als Onkel nahm und wie sehr Mona auf ihn hörte. Schon beim Vorlesen gähnte die

Kleine immer wieder und ließ sich danach von ihm und Linda ins Bett tragen.

Beim Spielen hatte Paula ihr Handy stumm geschaltet. Jetzt warf sie einen Blick darauf und sah, dass Wullitzer sie vor ein paar Minuten angerufen hatte. Es war gleich Viertel vor neun, und es musste einen guten Grund geben, wenn ihr Partner so spät noch anrief.

»Gut, dass Sie zurückrufen«, sagte Wullitzer und klang müde. »Ein Kollege aus Eberswalde hat mich angerufen. Wir kennen uns von früher, und er dachte, er informiert mich besser direkt. Lukas Schuster hat versucht, sich mit Autoabgasen umzubringen, und liegt jetzt in Eberswalde im Krankenhaus.«

»Wie bitte?«, sagte Paula. »Dann sollten wir so schnell wie möglich mit ihm sprechen.«

»Ja, das sollten wir«, sagte Wullitzer. »Was schlagen Sie vor?«

Die Frage überraschte Paula. Lukas Schuster hatte zunächst als untergetauchter Hauptverdächtiger gegolten, war jetzt gefunden worden, und wenn sie sofort aufbrachen, wären sie in anderthalb Stunden in Eberswalde und könnten ihn befragen. War Wullitzer zu erschöpft für die Fahrt? Oder wollte er nicht, dass Verona Neuendorf vorher davon erfuhr?

»Es gibt zwei Möglichkeiten. Oder drei«, erwiderte Paula dann. »Ich hole Sie in einer Viertelstunde ab, wir fahren nach Eberswalde, sind hoffentlich um Mitternacht zurück und einen großen Schritt weiter.«

»Oder?«

»Wir treffen uns morgen früh, sind ausgeruht und fahren dann nach Eberswalde. Sind gegen Mittag zurück, haben aber vielleicht einen halben Tag verloren.«

»Und die dritte Möglichkeit?«

»Wir informieren unsere Vorgesetzte und lassen sie entscheiden.«

Wullitzer schwieg einen Moment.

»Holen Sie mich doch bitte in einer Viertelstunde ab«, sagte er und legte auf.

Paula spürte eine kleine Enttäuschung. Sie hatte die letzten zwei Stunden genossen und war davon ausgegangen, mit ihren Geschwistern noch zusammenzusitzen und zu reden. So wie früher. Doch dann musste sie grinsen, denn sie hatten früher nie zu dritt friedlich zusammengesessen und geredet. Raffa und sie hatten sich immer gegen Linda verbündet, um von ihr nicht rumkommandiert zu werden. Und jetzt war Linda angeschlagen, und die Gespräche wären sicherlich nicht gerade fröhlich.

Aus Monas Zimmer drangen nur noch leise die Stimmen von Linda und Raffa. Paula wollte nicht stören, falls Mona gerade beim Einschlafen war, aber sie wollte auch nicht gehen, ohne sich zu verabschieden. Deshalb drückte sie die Zimmertür einen Spalt auf, winkte Linda und Raffa zu und versuchte anzudeuten, dass sie aufbrechen musste. Linda wirkte enttäuscht, aber Paula konnte ihr jetzt nicht erklären, worum es ging. Sie würde ihr gleich schreiben, und vor allem würde sie Helene anrufen und berichten, wie der Abend verlaufen war. Vielleicht konnte die ja noch zu Linda fahren.

23

Wullitzer stand bereits vor der Haustür, als Paula ankam. Eine junge Frau, etwa in Paulas Alter, stand neben ihm und winkte, als er in den Wagen einstieg.

»Meine Tochter. Mel«, sagte Wullitzer. »Sie lebt in Köln und ist jetzt ein paar Tage bei mir. Morgen früh muss sie wieder zurück.«

»Würden Sie lieber den Abend mit Ihrer Tochter verbringen? Soll ich allein nach Eberswalde fahren?«

»Nein. Nein, da muss ich dabei sein. Mel hat jetzt ohnehin noch zwei Videokonferenzen mit Leuten in den USA. Aber vielleicht …«, Wullitzer sah Paula an. »Ich weiß ja jetzt, dass Sie gern schnell fahren. Ich hätte nichts dagegen, wenn Sie hinter der Stadtgrenze das Blaulicht einschalten. Vielleicht sind wir dann wirklich um Mitternacht zurück.«

»Kein Problem«, erwiderte Paula. Sie fuhr über die Marquardter Chaussee zur Autobahn, und schon als es ihr auf der Bundesstraße zu langsam ging, schaltete sie das Blaulicht ein. Und sobald sie die Autobahn erreicht hatte, gab sie richtig Gas.

Es war die erste längere Autofahrt mit Wullitzer, und Paula hatte überlegt, ob die Situation unangenehm sein könnte. Sie würden nicht eine Stunde lang über die Ermittlungen reden, und vermutlich auch nicht über Verona Neuendorf und darüber, welche Seilschaften es im Präsidium gab. Fast noch mehr hoffte Paula, dass Wullitzer sie nicht nach ihrem Privatleben und schon gar nicht nach Vinzenz fragen würde.

Doch diese Sorgen waren unbegründet. Noch bevor sie auf der Höhe von Wustermark waren, sank Wullitzers Kopf zur Seite, und wenig später war er eingeschlafen. Die Sonne verschwand hinter dem Horizont und der Himmel wurde orangerot. Das Blaulicht flackerte an den Bäumen und den Autos, die Paula überholte. All das schien Wullitzer nicht wahrzunehmen, sondern tief und fest zu schlafen.

Hinter Nettgendorf hatte Gütschow den Geländewagen aus den Augen verloren. Bis Luckenwalde folgte er der Straße noch und fragte sich, wohin Hardenberg wollte. Er wendete, fuhr zurück nach Nettgendorf und wartete dort. Vielleicht hatte Hardenberg etwas zu erledigen und würde später denselben Weg nehmen, und dann wäre Gütschow da und würde ihn in Empfang nehmen. Die Pistole des Toten aus dem Wald lag sicher unter dem Beifahrersitz.

Mittlerweile war Hardenberg sicher, dass der Kastenwagen ihm nicht gefolgt war. Im letzten Licht der Dämmerung vergrub er die Pistole so tief im Waldboden, dass niemand zufällig auf sie stoßen konnte. Dann stieg er in seinen Wagen und ärgerte sich, dass die Scheinwerfer automatisch angingen. Sofort schaltete er sie aus und fuhr ein paar Meter im Dunkeln.

Plötzlich sah er, wie in einigen Hundert Metern Entfernung ein Wagen sehr langsam an dem Feldweg vorbeifuhr. Hardenbergs Geländewagen schaukelte auf dem unebenen Gelände, und er konnte den Weg kaum erkennen. Er überlegte, das Licht wieder einzuschalten, als der andere Wagen wendete und zurückkam. Sehr langsam näherte er sich dem Feldweg, bog ein, schaltete die Scheinwerfer aus, fuhr noch ein Stück und blieb stehen.

Hardenberg hielt den Atem an. So leise wie möglich stieg er aus, öffnete die Heckklappe, nahm sein Jagdgewehr, befestigte das Nachtsichtgerät und versteckte sich hinter seinem Wagen.

Für einen Moment war es vollkommen ruhig. Auf der Straße fuhr ein Wagen mit hoher Geschwindigkeit vorbei. Als dessen Geräusche verklungen waren, hörte Hardenberg den Ruf eines Waldkauzes sowie das Öffnen einer Wagentür. Ein Mann stieg sehr langsam aus dem Kastenwagen. Hardenberg legte das Gewehr an, blickte durch das Nachtsichtgerät und erkannte Gütschow. Als die Wolken den Mond freigaben, blitzte in dessen Hand etwas auf. Eine Pistole. Der Mann war bewaffnet.

Seit über dreißig Jahren war Hardenberg Jäger. Gerade in den ersten Jahren hatte er über Stunden auf der Lauer gelegen und den entscheidenden Moment für den Schuss gelegentlich verpasst. Daraus hatte er gelernt, er wusste inzwischen, wann der richtige Augenblick für den Schuss war. Und dieser Augenblick war jetzt. Gütschow war zwar noch etwa dreihundert Meter entfernt, im Dunkeln zu viel für einen sicheren Treffer, aber Hardenberg wusste, dass er den Mann ausschalten musste, und schoss, bevor er näher kam. Durch das Nachtsichtgerät sah er, dass Gütschow auf dem Boden zu seinem Wagen robbte. Er schoss ein zweites Mal, doch Gütschow sprang plötzlich auf, stieg in den Kastenwagen, raste rückwärts Richtung Straße und geriet dabei ins Schlingern. Hardenberg schoss auf den Wagen, und an dessen Motorhaube und Fahrertür blitzte beim Aufprall das Metall kurz auf. Der Kastenwagen wendete auf der Wiese und wurde schneller. Erneut legte Hardenberg an, diesmal sorgfältiger. Die Heckscheibe zersprang, und mit einem weiteren Schuss traf Hardenberg einen Reifen. Als der Wagen den Asphalt erreicht hatte, sprühten am linken Hinterrad Funken.

Dennoch fuhr der Kastenwagen mit hohem Tempo weiter, auch wenn er so nicht weit kommen würde.

Hardenbergs erster Impuls war, dem Wagen zu folgen, doch er bremste sich. Sollte er auf offener Straße eine Schießerei riskieren und die Polizei auf sich aufmerksam machen? Er würde eine bessere Gelegenheit finden, da war er sicher.

Die Funken an seinem linken Hinterrad waren sicherlich schon von Weitem zu sehen. Erst kurz vor Nettgendorf wurde Gütschow langsamer, hielt an und überlegte, was er tun sollte. Dieser Hardenberg war skrupelloser, als er gedacht hatte. Gütschow stieg aus, wollte die Heckklappe öffnen und schnitt sich an dem zerschossenen Glas, sodass er für einen Moment stark blutete. Er presste einen Lappen auf die Wunde, stopfte sein Tarnnetz und das Fernglas in eine Tasche, nahm die Pistole vom Beifahrersitz und ging los.

Irgendwie musste er es nach Hause schaffen. Einen Bus konnte er, so dreckverschmiert und blutig, wie er aussah, nicht nehmen und ein Taxi erst recht nicht. Vielleicht fand er ein Fahrrad, das nicht abgeschlossen war, und vielleicht konnte er sich auch irgendwo waschen.

Erst als Paula vor der Ausfahrt Finowfurt langsamer wurde, schreckte Wullitzer hoch.

»Hab ich lang geschlafen?«

»'ne Stunde. Wir sind gleich da«, erwiderte Paula und grinste.

Wullitzer fuhr sich durch die Haare und gähnte.

»Ich bin sicher, wir finden im Krankenhaus einen Kaffee«, sagte Paula und bog von der Rudolf-Breitscheid-Straße in die Grabowstraße ab. Kurz darauf tauchte das Krankenhaus mit dem alten Turm in seiner Mitte und der lang gezogenen Backsteinfassade vor ihnen auf.

Wullitzer hatte die Eberswalder Kollegen angewiesen, einen Polizisten vor Schusters Zimmer zu postieren, und ließ sich von ihm erklären, wie genau Lukas Schuster gefunden worden war. Nachbarn hatten aus einer Garage Rauch quellen sehen, die Feuerwehr gerufen, und die hatte ihn bewusstlos in seinem Wagen entdeckt. Der Motor lief, und ein Schlauch leitete die Abgase in das Wageninnere. An der frischen Luft war Schuster wieder zu sich gekommen.

»Aber … Sie glauben doch nicht etwa, dass ich Alexa umgebracht hab?«, fragte Lukas Schuster leise, nachdem Paula und Wullitzer ihm gesagt hatten, warum sie hier waren. Seine Stimme war brüchig, die Abgase hatten wohl seine Stimmbänder angegriffen.

»Ihre Frau wird tot aufgefunden, Sie tauchen mit Ihrer Waffe unter und sind tagelang nicht erreichbar. Was würden Sie an unserer Stelle denken?«, fragte Wullitzer.

Der Mann sah ihn ungläubig an und schüttelte den Kopf.

»Alexa hat sich von mir getrennt. Ich hab es befürchtet, aber an dem Abend hat sie es dann gesagt«, hauchte er fast. »Ich … ich wollte mit meinem Leben Schluss machen. Ohne Alexa … ich will ohne sie nicht leben. Und dann hab ich gelesen, dass sie tot …« Seine Augen wurden feucht und er sprach stockend. »Ich bin ein paar Tage rumgefahren. Hab im Auto geschlafen. Und gestern Nacht … Ich bin ich auf den Parsteiner See gerudert. Mitten auf dem See wollte ich mich erschießen.« Er drehte den Kopf zur Seite und schloss die Augen. »Ich hab's nicht geschafft. Die Pistole liegt jetzt irgendwo im See. Mit dem Auto, da hätte es heute fast geklappt«, sagte er leise.

»Wann haben Sie Ihre Frau denn zuletzt gesehen?«, fragte Wullitzer vorsichtig.

Lukas Schuster starrte ins Leere.

»Alexa … Nachts. Nachts, als sie von dieser Frau kam«, sagte er tonlos.

»Wann war das ungefähr?«, hakte Wullitzer nach und sah Paula an. Dass Alexandra Schuster bei der Moderatorin gewesen sein sollte, passte nicht zum Ablauf der Nacht, wie sie ihn bisher kannten.

»Wann das war … Ich hatte schon geschlafen und bin aufgestanden, als ich sie hörte. Draußen war es noch dunkel. Nur in einem der Ställe brannte Licht. Also war es … gegen drei. Glaube ich.«

»Ist es normal, dass nachts in Pferdeställen Licht brennt?«, fragte Paula.

»Natürlich nicht. Pferde brauchen nachts Dunkelheit. Aber Philipp war wohl noch da. Also, sein Wagen stand vor dem Stall«, erwiderte Lukas Schuster.

»Philipp Carow? Der war nachts noch im Stall?«, fragte Wullitzer überrascht.

»Gesehen hab ich ihn nicht. Ich bin abgehauen. Ich wollte mit niemandem mehr reden.«

»Wussten Sie, dass Ihre Frau an dem Abend auf Jagd war?«, fragte Paula. Bisher gingen sie davon aus, dass Alexandra Schuster sich nach der Jagd umgezogen hatte, um zu Gaby Paczinsky zu fahren.

Lukas Schuster schien etwas Zeit zu brauchen, um die Frage zu verstehen.

»Auf Jagd? Nein. Sie war bei dieser Frau …«

Sein Kopf sank zur Seite, und er schloss die Augen.

»Herr Schuster? Wir müssten Ihre Hände auf Schmauchspuren untersuchen«, sagte Paula. Es war nicht sehr wahrscheinlich, aber manchmal waren Schmauchspuren sogar nach drei Tagen noch nachweisbar. Doch Lukas Schuster reagierte nicht.

»Herr Schuster?«

»Von ihm erfahren wir heute nichts mehr, fürchte ich. Wir sagen dem Pfleger Bescheid«, sagte Wullitzer. Sie ordneten an, dass auch weiterhin ein Polizist vor dem Zimmer saß, und gingen zurück zum Auto.

Eine Zeit lang fuhren sie auf der Autobahn schweigend durch die Nacht. Das flackernde blaue Licht ließ die Kiefernwälder, an denen sie vorbeikamen, unwirklich erscheinen. Als der Mond über den Bäumen auftauchte, wurde das Blau blasser.

»Lukas Schuster bestreitet die Tat und weiß angeblich nichts davon, dass seine Frau auf Jagd war. Stattdessen glaubt er, sie sei bei der Moderatorin gewesen«, sagte Wullitzer. »Falls er sich morgen noch erinnert, wo auf dem See er seine Pistole über Bord geworfen hat, könnten Taucher danach suchen. Vielleicht ist es doch die Waffe, mit der seine Frau getötet wurde. Aber meine Hoffnung ist gering.«

»Meine auch«, erwiderte Paula. »Aber neu ist, dass Philipp Carow womöglich nachts noch auf dem Hof war und uns das verschwiegen hat. Vielleicht weiß er dann doch von der Jagd? Immerhin ist auch seine Existenz bedroht, wenn der Pferdehof wegen der Wölfe immer weniger Reiter hat.«

»Wir werden ihn morgen befragen. Er hat kein richtiges Alibi für den Mord an seiner Schwester, und vielleicht gibt es ja noch mehr, das er uns verschweigt«, sagte Wullitzer.

»Bisher hat ja nur die Moderatorin ausgesagt, dass Alexandra Schuster mit drei anderen Jägern nachts auf Jagd war. Die Studentin hat drei der vier Jäger vorher auf dem Pferdehof gesehen, aber weiß nicht, ob sie wirklich losgegangen sind.«

»Was überlegen Sie?«, fragte Wullitzer.

»Es erscheint mir immer unwahrscheinlicher, dass Schuster seine Frau umgebracht haben soll. Wen haben wir bisher noch? Den Schäfer. Der hat kein Alibi, aber wir kennen auch kein konkretes Motiv. Und dann gibt es Hardenberg. Der meldet sich nicht und will offenbar nicht mit uns reden.«

Wullitzer nickte. »Wir machen bei ihm Druck. Und wenn er dann nicht erreichbar ist, bring ich Verona dazu, nach ihm fahnden zu lassen.«

Paula warf einen kurzen Seitenblick auf Wullitzer und erinnerte sich, wie er im Büro seiner Chefin geschlafen hatte. Was war das für ein Verhältnis zwischen den beiden? Könnte ihr Bruder Raffa recht haben, und die zwei waren mal ein Paar gewesen?

»Vielleicht gibt es ja auch noch jemanden, den wir bisher nicht kennen. Oder den wir schon kennen, aber nicht mit den Morden in Verbindung bringen«, sagte Paula. »Sie sind gestern auf die Idee gekommen, wir würden im Wald noch etwas finden. Gibt es vielleicht noch etwas, das Ihnen aufgefallen ist?«

Wullitzer schwieg, und Paula glaubte schon, sie habe etwas gesagt, das ihrem Partner nicht gefiel.

»Seien Sie sicher«, erwiderte er dann leise, »Sie wären die Erste, die es erfährt.«

Paula ahnte, dass das ein Lob war, weil sie seine Eingebung, oder was es gewesen war, ernst genommen hatte. Doch sie verzichtete lieber darauf, nachzufragen.

Draußen zog die dunkle Landschaft vorbei. Eine knappe Stunde noch, dann wären sie wieder in Potsdam.

»Diesen Vinzenz Ludwig«, fragte Wullitzer plötzlich, »kannten Sie ihn gut?«

Paula zuckte zusammen, denn sie hatte nicht mehr damit gerechnet, auf Vinzenz angesprochen zu werden.

»Wir waren Kollegen«, sagte sie vage. »Aber wir haben nie gemeinsam an einem Fall gearbeitet, wenn Sie das meinen.«

Wullitzer nickte und schwieg. Paula spürte, dass in Wullitzer etwas vorging.

»Können wir mal kurz rausfahren?«, bat er plötzlich.

Nach einigen Kilometern bog Paula an einer kleinen, menschenleeren Raststätte ab, wo es nur einige Betonbänke sowie ein Toilettenhäuschen gab. Sie ging davon aus, dass Wullitzer dorthin wollte, und schaltete das Blaulicht aus. Wullitzer blieb jedoch neben dem Wagen stehen und wartete, bis sie ebenfalls ausgestiegen war.

»Vor zwei Jahren«, begann er plötzlich leise. »Meine Frau war gerade gestorben. Das hat Verona Ihnen ja erzählt.« Er nickte, und sogar im Halbdunkel des Mondlichts und einiger entfernter Laternen konnte Paula erkennen, wie sich sein Gesichtsausdruck verfinsterte. »Carlo war mein Partner. Einer Ihrer Vorgänger. Fünfzehn Jahre waren wir ein Team, aber wir waren mehr als nur Kollegen. Wir waren Freunde. Carlo hat viel gelacht, und er war ein fantastischer Tänzer. Nur singen, das konnte er überhaupt nicht.« Er lachte bei dem Gedanken, doch Paula hörte, dass dieses Lachen verzweifelt klang und Wullitzers Stimme belegt war. »Vor drei Jahren hatten wir einen Einsatz. Nachts. Zwei Hauptverdächtige einer Mordserie. Hatten sich in einer Werkstatt versteckt. Wir hatten Verstärkung angefordert, aber die beiden wollten flüchten. Carlo wollte, dass wir warten, bis die Verstärkung da ist. Ich wollte rein, damit die zwei nicht entkommen.«

Wullitzer stockte. Paula sah, dass er weinte.

»Carlo ist neben mir erschossen worden. Direkt neben mir. Er könnte noch leben.«

Wullitzer versuchte, seine Tränen abzuwischen, doch das war aussichtslos. Er begann zu schluchzen, wandte sich ab, und Paula näherte sich ihm langsam. Sie war fast zwei Köpfe kleiner als er und es würde ungelenk aussehen, wenn sie ihren Arm um ihn legte. Dennoch tat sie es, und Wullitzer ließ es nicht nur geschehen, sondern beugte sich zu ihr herunter. Sie blieben so stehen und rührten sich auch nicht, als ein Wagen neben dem Toilettenhäuschen hielt und ein Mann hineinging. Erst als der Wagen in der Dunkelheit wieder verschwunden war, richtete Wullitzer sich auf.

»Lassen Sie uns fahren«, sagte er leise, presste die Lippen aufeinander, sah Paula mit feuchten Augen an und versuchte zu lächeln.

Bis sie vor seinem Haus hielten, sprachen sie kein Wort, und es war ein angenehmes Schweigen. Einmal nahm Wullitzer kurz Paulas Hand und drückte sie. In anderen Situationen wäre das eine übergriffige Grenzüberschreitung gewesen, die Paula sich niemals hätte gefallen lassen, doch jetzt freute es sie. Sie wusste, welch enormer Vertrauensbeweis es war, ihr davon zu erzählen, und sie begriff, welche Last Wullitzer mit sich trug. Innerhalb kurzer Zeit waren seine Frau und wenig später sein Partner und Freund gestorben. Und das bei einem Einsatz, an dem Wullitzer sich die Schuld gab. Paula wusste, dass jemand mit dieser Vorgeschichte normalerweise im Vorruhestand oder bestenfalls noch im Innendienst war. Wie hatte Verona Neuendorf gestern im Wald gesagt? *Er kann dann nicht anders. Aber wir alle unterstützen ihn.* Die Sonderbehandlung, die er erhielt, war unübersehbar, und seine geringe Belastbarkeit wurde von den Kollegen nicht nur hingenommen, sondern sogar gedeckt. Und jetzt wusste Paula, warum. Wullitzer hatte ihr sein Vertrauen geschenkt, und von nun an würde auch sie eine von denen sein, die ihn gegenüber der obersten Polizeiführung schützten. Anders würde sie in dieser Mordkommission und in diesem Team nicht lange arbeiten können.

Vor seinem Haus stieg Wullitzer nicht gleich aus. Er blieb auch sitzen, als sich die Haustür öffnete und seine Tochter Mel auftauchte.

»Danke«, sagte Wullitzer leise. »Auch dafür, dass Sie keine Fragen stellen.«

Erneut drückte er kurz Paulas Hand. Dann lächelte er, stieg aus und ging zu seiner Tochter, ohne sich noch einmal umzusehen.

Aufgewühlt fuhr Paula nach Hause. Vorhin hatte sie eine Nachricht von Helene bekommen, die sie erst jetzt las: *Ich war bei Linda, es geht ihr etwas besser, und sie freut sich sehr, wie toll du mit Mona spielst und wie sehr die Kleine dich mag. Danke.* Paula hätte zwar gern noch mehr erfahren, aber sie war froh, dass bei ihrer Tante alles dunkel war und sie schnell ins Bett gehen konnte. Auch Raffa schien unterwegs zu sein.

Vor ihrer Tür fand Paula einen Zettel von Helene. *Ich hab dir einen Wein in den Kühlschrank gestellt.* Tatsächlich stand dort ein spanischer Sauvignon, und Paula genoss es, in der halbdunklen Wohnung ein Glas Weißwein zu trinken, das Foto von Vinzenz in der Hand zu halten und diesen Tag an sich vorbeiziehen zu lassen. Ein Tag, der ihr das Gefühl gab, immer mehr in Potsdam anzukommen. Plötzlich gab es ein fünfjähriges Kind, mit dem sie gern spielte, und es gab einen Kollegen, der sie in die dunkelsten Momente seines Lebens einweihte.

Irgendwann, ahnte Paula, würde sie Wullitzer so sehr vertrauen, dass sie ihm von Vinzenz erzählen konnte.

»Ihr seid schnell zurück«, sagte Mel, und Wullitzer merkte an ihrem Blick, dass sie erleichtert war. Vermutlich hatte sie genauso wie er befürchtet, die späte Fahrt nach Eberswalde könnte ihn überfordern. »Und dafür, dass es mitten in der Nacht ist, siehst du sogar ziemlich frisch aus«, fügte sie hinzu.

»Meine neue Kollegin ist eine rasante Autofahrerin. Sollte man nicht vermuten«, erwiderte Wullitzer, schnitt eine eingelegte Gurke in vier Teile und legte sie auf ein Käsebrot. »Aber man würde ihr vieles nicht zutrauen, wenn man sie zum ersten Mal sieht.«

»Du magst sie.«

»Sie könnte die beste Kollegin werden, die ich seit Carlo hatte.«

»Das hast du bisher über niemanden gesagt«, sagte Mel.

»Da gab es auch keinen Grund für«, erwiderte Wullitzer und lächelte.

»So aufgeräumt hast du lange nicht geklungen. Dann kann ich dich morgen hier allein lassen?«, fragte Mel.

Wullitzer nahm einen Schluck Bier.

»Ja«, sagte er. »Ja, du musst dir keine Sorgen machen.«

»Diese Paula scheint dir gutzutun.«

Wullitzer nickte. Ja, Paula Osterholz tat ihm gut, und das hätte er vor vier Tagen niemals gedacht. Er wusste bisher wenig über seine neue Kollegin, aber er war sicher, er konnte ihr vertrauen.

24

Paula war aufgewacht, weil sie im Traum mit Vinzenz im Hochgebirge unterwegs gewesen war und sie plötzlich verfolgt wurden. Von wem, daran erinnerte Paula sich nicht, aber es war ein Traum, aus dem sie alarmiert hochgeschreckt war. Schon auf der Fahrt ins Präsidium nahm sie sich vor, heute in der Datenbank die Ordner zu Vinzenz und Torben Schiller einzusehen. Gestern war sie nicht mehr dazu gekommen, nachdem Josie von der Spurensicherung aufgetaucht war.

Sie war sehr früh im Büro, und wie sie gehofft hatte, waren ihre Kollegen noch nicht hier. Für einen Augenblick dachte Paula sogar, sie sei allein im Büro, doch Nadeschda Boschurina saß bereits unauffällig wie immer an ihrem Schreibtisch und drehte sich auch nicht um, als Paula ihr *Guten Morgen* zurief. Irgendwann, dachte Paula, werde ich schon noch erfahren, warum sie fast immer schweigt.

Paula fuhr den Rechner hoch, gab die Namen ein, doch jeweils kam *Null Treffer* als Meldung. Sie stutzte, gab die Namen erneut ein, probierte verschiedene Schreibweisen – doch immer wieder gab es keinen Treffer. Gestern hatte sie die Ordner sofort gefunden, und es durchzuckte sie: Die Daten waren seit gestern entweder gelöscht oder in einen für sie nicht zugänglichen Teil des Systems verschoben worden. War jemandem aufgefallen, dass sie von ihrem Computer aus nach diesen Ordnern gesucht hatte? Hatte jemand im Blick, was sie tat? Dass sich Vinzenz' Ehefrau angeblich gestern verfolgt gefühlt hatte – konnte es etwas damit zu tun haben?

Paula hörte Stimmen und begriff, dass Wullitzer im Büro von Verona Neuendorf gewesen war. Als die beiden das Büro betraten, lächelte ihre Vorgesetzte fast verschwörerisch und begrüßte Paula sehr freundlich. Vermutlich wusste sie, dass Wullitzer Paula vom Tod seines Kollegen Carlo erzählt hatte.

»Die Kollegen in Eberswalde werden Lukas Schuster nachher auf Schmauchspuren untersuchen, und sie werden auch Taucher im See zum Einsatz bringen. Das hab ich schon geklärt«, sagte Verona Neuendorf. »Aber die Hoffnung, damit könnte der Mord an Alexandra Schuster aufgeklärt sein, ist wohl gering.«

»Das sehe ich auch so«, erwiderte Paula. »Wir sollten dringend mit Wilhelm Hardenberg …«

»Ich habe gleich einen Termin bei unserem Kriminaldirektor«, unterbrach Verona Neuendorf. »Hardenberg ist in Potsdam noch immer eine große Nummer. Da dürfen wir uns keine Fehler erlauben.«

»Dass Hardenberg sich bisher nicht gemeldet hat, wird den Kriminaldirektor aber überzeugen«, sagte Wullitzer. »Verona hat eben noch mal versucht, ihn zu erreichen, aber nur die Mailbox erreicht.«

Es lag Paula auf der Zunge zu fragen, woher Verona Neuendorf eine Nummer von Hardenberg hatte, denn die Ehefrau hatte sich gestern geweigert, ihnen eine zu geben. Aber sie hielt sich lieber zurück.

»Dann sollten wir als Erstes mit Philipp Carow reden. Wenn er wirklich in der Nacht, als seine Schwester getötet wurde, noch auf dem Pferdehof war, hat er uns belogen«, sagte sie stattdessen. »Und ob er wirklich im Haus seiner toten Schwester übernachtet, weil die Kinder krank sind, würde mich auch interessieren.«

In dem Moment stand Nadeschda Boschurina in ihrer Ecke auf und kam auf die drei zu. Paula war nicht sicher, ob sie in den ersten Tagen überhaupt schon einmal erlebt hatte, dass die Assistentin aufstand.

»Sie hatten gestern nach dem Halter eines Kastenwagens gefragt«, sagte sie freundlich zu Paula, »und ich hatte Ihnen den Namen und die Adresse des Herrn Gütschow gegeben. Jetzt habe ich eine Meldung der Kollegen vom Verkehr gelesen. Dieser Kastenwagen steht stark demoliert bei Nettgendorf. Die Kollegen schreiben, auf den Wagen könnte geschossen worden sein. Es ist aber niemand im Wagen.«

»Wie bitte?«, entfuhr es Paula und Wullitzer zeitgleich, und sie ließen sich die Meldung zeigen.

»Wir fahren sofort dorthin«, sagte Wullitzer. »Nadeschda, informieren Sie bitte die Kollegen vor Ort, die sollen uns den genauen Standort schicken und den Wagen so lassen, wie er ist. Verona, schickst du bitte die Spurensicherung los?«

»Ich kümmer mich drum«, erwiderte Verona Neuendorf, doch das hörten Paula und Wullitzer kaum noch, denn sie waren schon auf dem Weg zum Wagen.

Weil es in der Innenstadt mehrere Staus gab, jagte Paula mit Blaulicht und Martinshorn stadtauswärts zur Autobahn, fuhr an der Ausfahrt Brück ab und hielt wenig später neben drei Einsatzwagen der örtlichen Kollegen, die den Verkehr einspurig am Fundort des braunen Kastenwagens vorbeileiteten.

»Vor gut einer Stunde ist uns der Wagen gemeldet worden«, sagte der Einsatzleiter. »Erst dachten wir, der hat 'nen Platten gehabt und jemand wollte durch die Heckscheibe einbrechen. Aber dann sind uns die Einschusslöcher aufgefallen.«

Paula und Wullitzer gingen um den Kastenwagen herum, der halb auf der Straße, halb auf dem Seitenstreifen stand. An der Motorhaube und auf der Fahrerseite waren Einschusslöcher zu erkennen. Der linke hintere Reifen war zerfetzt, und es hingen nur noch Reste des Gummis an der Felge. Diese wirkte zusammengepresst und abgeschliffen, als sei jemand mit dem nackten Metall auf dem Asphalt gefahren.

»Es gibt fünfhundert Meter entfernt einen Resthof, da hat eine Frau gestern Abend Funken gesehen. Vermutlich hier auf der Straße«, sagte der Einsatzleiter. »Sie ist nicht sicher, aber vielleicht hat sie vorher auch so etwas wie Schüsse gehört.«

»Erinnert sich die Frau daran, wann das war?«, fragte Wullitzer.

»Gegen halb zehn, sagt sie.«

»Sie haben sicherlich den Namen und eine Nummer der Frau?«

»Selbstverständlich. Wir haben uns übrigens die Straße ein wenig angesehen. Sie und Ihre Spurensicherung werden das ja genauer untersuchen, aber uns sind Streifen im Asphalt aufgefallen, die von der Felge stammen könnten. Etwa dreihundert Meter lang. Wir haben die Straße auf dem Stück halbseitig gesperrt, falls diese Streifen wichtig sein sollten.«

»Sehr gut. Und nach diesen dreihundert Metern?«, fragte Wullitzer.

»Entweder ist da auf den Wagen geschossen worden oder ...«

»Ja?«

»Dort biegt ein Feldweg ab, der führt in den Wald. Wir haben den Weg ebenfalls gesperrt und ich hab meinen Leuten wegen der Fußabdrücke untersagt, sich dort selbst umzusehen.«

Paula betrachtete die Heckscheibe genauer und entdeckte dunkle Flecken.

»Das dürfte Blut sein. Die Spurensicherung wird sich das ansehen. Vielleicht finden die Kollegen auch ein Projektil im Wagen«, sagte sie und blickte in das Auto. Im hinteren, fensterlosen Bereich lagen Werkzeug, Metallrohre und verschiedene Bohraufsätze. Auf und unter dem Beifahrersitz lagen Kaffeebecher und zerknüllte Tüten mit Resten belegter Brötchen.

Paula und Wullitzer gingen die Straße bis zur Einbiegung in den Feldweg ab. Die Streifen auf dem Asphalt waren gut zu erkennen, und auf dem Feldweg gab es mehrere Reifenspuren, die Richtung Wald führten.

»Was kann hier passiert sein?«, fragte Wullitzer.

»Auf jeden Fall etwas Beunruhigendes. Wir sollten zu Gütschow nach Hause fahren. Vielleicht ist er da oder seine Frau weiß etwas«, erwiderte Paula.

Als Eigendorf und seine Assistentin eintrafen, besprachen sie mit ihnen, was ihnen aufgefallen war, und brachen auf.

Seit Stunden wartete Gütschow in dem Fiesta seiner Frau vor Hardenbergs Haus darauf, was dieser unternehmen würde. Heute früh hatte er ihn kurz in die Garage gehen und mit einer Munitionsschachtel herauskommen sehen. Jetzt sah er, wie Hardenberg aus dem Haus kam, eine Tasche dabeihatte, in seinen Geländewagen stieg und losfuhr. Dass er von dem grünen Fiesta wusste, hielt Gütschow für ausgeschlossen. Dennoch blieb er in weitem Abstand und fragte sich, wohin Hardenberg wollte, denn der schien kreuz und quer durch die Stadt zu fahren. Einmal fuhr er sogar an Gütschows Haus vorbei und dann nahm er einen Weg, der Gütschow vertraut war, seit Emily zur Schule ging. Denn dorthin fuhr er und blieb schräg gegenüber dem großen alten Backsteingebäude stehen. Vor Emilys Schule.

Eine grenzenlose Wut stieg in Gütschow auf. Es konnte kein Zufall sein, dass Hardenberg hierhergefahren war. Doch das würde er sich nicht gefallen lassen. Er würde sich nicht einschüchtern lassen. Er würde alles tun, um seine Tochter zu schützen.

»Ja?«

Lena Gütschow schien zu erstarren, als sie die Haustür öffnete. Die Frau mit dem etwas abgetragenen T-Shirt und den zusammengebundenen Haaren wirkte heute erschöpft und fast verhärmt.

»Wir würden gern mit Ihrem Mann sprechen«, sagte Paula.

»Der ist nicht da«, sagte die Frau leise.

»Wir haben seinen Wagen gefunden.«

Die Frau schüttelte den Kopf und ging wortlos voraus ins Wohnzimmer. Paula und Wullitzer folgten ihr und sahen, wie Lena Gütschow sich auf das Sofa fallen ließ. Sie nahmen auf zwei Stühlen mit durchgesessenem Sitzpolster Platz, warfen sich einen schnellen Blick zu und warteten. Die Frau würde von sich aus reden, da waren sie sicher.

»Hagen ist ein guter Vater. Ja, das ist er wirklich«, sagte Lena Gütschow fast tonlos und sah Paula an. »Emily liebt ihren Papa, und er ist so stolz auf sie. Sie hat genauso wenig Angst wie er. Als die Ponys gescheut haben, da hatte Emily nur Angst um ihre Freundin, nicht wegen dem Wolf. Um sich schon gar nicht. Und sie hat sich ja auch kaum verletzt dabei.«

Paula fragte sich, warum die Frau ihnen das erzählte und ob sie womöglich Zeit gewinnen wollte, um ihrem Mann zur Flucht zu verhelfen. Doch sie stutzte plötzlich und schien sich daran zu erinnern, was Paula an der Tür gesagt hatte.

»Was ist mit Hagens Wagen?«, fragte sie.

»Er ist gefunden worden. In keinem guten Zustand. Deshalb müssen wir mit Ihrem Mann sprechen«, erwiderte Paula.

»Ich weiß nicht, wo er ist«, flüsterte Lena Gütschow und atmete tief durch. »Alle haben mich gewarnt damals. Aber wir waren so verliebt, und er … Er war anders. Unberechenbar.

Und er hat meinetwegen mit dem Trinken aufgehört, damals. Und als Emily kam, da hat er unglaublich viel gearbeitet, damit wir in dieses Haus einziehen konnten … Die Miete war günstig, weil es eine Bruchbude war, das wollte sonst niemand. Aber Hagen hat alles gemacht.« Lena Gütschow blickte sich um. »Aber irgendwann blieb er immer länger weg, und manchmal kam er erst ganz spät nachts. Manchmal total betrunken.« Sie schüttelte den Kopf. »Erst hat Hagen die Mahnungen vom Vermieter vor mir versteckt. Aber dann hab ich begriffen, dass er seinen Job verloren hatte. Ein halbes Jahr waren wir mit der Miete im Rückstand. Ich hab tagelang geheult, ich dachte, ich steh mit Emily auf der Straße. Wenn Sonja nicht gewesen wäre …«

»Sonja?«

»Ja. Sonja Meisinger.« Lena Gütschow lächelte versonnen. »Ich weiß. Unsere Leben haben sich sehr unterschiedlich entwickelt. Aber wir sind seit dem Kindergarten beste Freundinnen. Auch wenn sie und ihr Mann heute Millionen haben, und ich …« Sie zuckte mit den Schultern. »Unsere Töchter sind auch beste Freundinnen. Alicia und Emily. So, wie Sonja und ich damals.«

»Sonja Meisinger, die Schönheitschirurgin?«, fragte Paula überrascht.

»Ja. Sonja war damals auch eine der wenigen, die verstanden hat, warum ich Hagen heiraten wollte.«

»Wilhelm Hardenberg, kennen Sie den auch?«, fragte Paula.

»Hardenberg? Nur vom Pferdehof. Da hat er viel Geld gespendet, als er noch reich war. Damit auch Kinder mit wenig Geld reiten können. Aber ich hab mit ihm nie viel zu tun gehabt.« Lena Gütschow stockte. »Vor zwei Tagen stand er hier vor dem Haus. Also, Emily hat ihn gesehen. Nur kurz, weil er ist dann schnell in seinen Wagen rein, hat Emily gesagt.«

»Hardenberg war hier?«, fragte Wullitzer. »Ist Ihre Tochter sicher?«

»Ja. Sie kennt ihn ja vom Pferdehof.«

»Können Sie sich vorstellen, was er hier wollte?«

»Keine Ahnung. Wir haben abends Hagen davon erzählt. Das hat ihm nicht gefallen. Aber er mag Menschen mit Geld sowieso nicht.«

»Aber jetzt hat Ihr Mann wieder einen Job, oder?«, fragte Wullitzer.

»Er ist Heizungsinstallateur, und sein Chef ist froh, dass er ihn hat. Wenn er Hagen rausschmeißt, findet er keinen anderen. Vor zwei Jahren wär das nicht gegangen. Da ist Hagen mal eine Woche weggeblieben. Einfach weg. Kein Anruf, nichts. Emily hat jeden Abend geweint, sie dachte, ihr Papa kommt nie wieder ... Komischerweise hab ich gewusst, dass es ihm gut ging. Und als er wieder auftauchte, war er wie verwandelt. Er war eine Woche lang im Wald gewesen und zweimal auf Wölfe gestoßen. Wölfe sind für ihn Seelenverwandte. Ausgestoßene, zum Abschuss Freigegebene, aber im Wald stolz, unerschrocken, kraftvoll, mutig.« Lena Gütschow lächelte. »So sieht Hagen sich auch. Ungeliebt, aber mit unglaublicher Kraft und ohne Angst. Und seitdem ... Seit dem Tag trinkt er nicht mehr. Hat wieder einen Job, geht ziemlich regelmäßig hin, kümmert sich um Emily. Sie liebt ihren Papa und hofft jeden Tag, dass er sie in den Wald mitnimmt. Zu den Wölfen. Sie ist wie er. Mutig und unerschrocken.«

Lena Gütschow bekam feuchte Augen und lächelte verlegen.

»Entschuldigung, jetzt hab ich Sie ... Deshalb sind Sie doch bestimmt nicht hier«, sagte sie.

Vielleicht sind wir genau deshalb hier, dachte Paula.

»War Ihr Mann letzte Nacht auch im Wald? Und haben Sie ihn danach gesehen oder mit ihm gesprochen?«, fragte Wullitzer.

Lena Gütschow zögerte.

»Kurz vor halb fünf hab ich ihn gehört heute früh. Emily hat zum Glück noch fest geschlafen. Er war voller Blut. Um den Arm hatte er sich einen dreckigen Lappen gewickelt, ich hab das desinfiziert und verbunden und … Er hat dann meinen Fiesta genommen und ist weggefahren. Sein Handy ist aus, und er ruft auch nicht zurück. Bei der Arbeit ist er nicht, das hab ich versucht.«

»Und er hat nicht gesagt, was passiert ist?«

»Nein. Kurz hab ich gedacht, Wölfe könnten ihn angefallen haben, weil er ihren Jungen zu nah gekommen ist … Aber das waren keine Bisswunden. Eher, als hätte er sich den Arm an irgendwas aufgerissen.«

»Wir haben seinen Kastenwagen gefunden. Stark demoliert«, sagte Paula.

»Wo haben Sie den Wagen gefunden?«

»Hinter Beelitz«, sagte Wullitzer. »Noch ein Stück weiter Richtung Süden. Ist er öfter dort?«

»Er sagt mir nicht, wo er hinfährt. Aber hinter Beelitz … Emily hat mal Treuenbrietzen erwähnt. Wenn Hagen sie ins Bett bringt, fragt sie ihn aus. Vielleicht hat er ihr davon mal erzählt. Mir nicht.« Lena Gütschow lächelte versonnen, und Paula ahnte, wie sehr die Vorstellung, dass Emily und ihr Papa sich so vertraut waren, die Mutter rührte.

»Gut. Wir bräuchten das Kennzeichen und die Farbe Ihres Wagens und die Handynummer Ihres Mannes. Und falls er sich meldet oder auftaucht, geben Sie uns bitte sofort Bescheid.«

»Ja. Ja, das mach ich«, erwiderte Lena Gütschow. Paula war sicher, dass sie sich tatsächlich melden würde. Die Angst um ihren Mann schien groß zu sein.

»Und jetzt?«, fragte Wullitzer, als sie wieder zu ihrem Wagen gingen.

»Jemand hat auf das Auto von Gütschow geschossen. In einer Gegend, in der er möglicherweise war, um Wölfe zu beobachten. Aber wir haben bisher keine Hinweise, wer auf ihn geschossen haben könnte«, sagte Paula. »Auf dem Pferdehof wurde vorgestern ein Wolf getötet, und wenn Lukas Schuster uns die Wahrheit gesagt hat, dann hat der Reitlehrer bisher verschwiegen, dass er nachts noch auf dem Hof war. Vielleicht weiß er ja noch mehr, das er uns verschweigt.«

»Dann fahren wir noch mal zu ihm«, erwiderte Wullitzer. »Aber vorher sollten wir mit dieser Schönheitschirurgin reden. Vielleicht kann sie uns erklären, was in der Nacht passiert ist, als die vier Jäger Wölfe schießen wollten.«

»Das machen wir«, sagte Paula und ließ die Wagentüren aufschnappen.

»Wow«, entfuhr es Wullitzer wenig später beeindruckt, als sie sich der Schönheitsklinik, deren Miteigentümerin Sonja Meisinger war, näherten. Schon seit Nadeschda ihnen die Adresse gegeben hatte, ahnte er, was sie erwarten würde: ein großes, strahlend weißes und villenartiges Gebäude mit einem riesigen Garten, der an einen Park erinnerte und von dem aus die wohlhabenden Patienten direkt auf den Heiligen See blickten. Von der Straße aus war das Areal durch eine penibel geschnittene hohe Hecke hinter einem Metallzaun nicht einzusehen.

»Frau Meisinger ist bis heute Mittag durchgehend im OP«, sagte ein junger Mann an der Rezeption sehr freundlich. Alles in der Eingangshalle wirkte hell und unbeschwert. »Darf sie Sie zurückrufen, sobald sie einen Moment dafür findet?«

»Selbstverständlich«, sagte Wullitzer und reichte dem Mann eine Visitenkarte. »Sagen Sie Frau Meisinger bitte, dass es dringend ist.«

Auf dem Pferdehof war noch weniger los als gestern. Philipp Carow unterhielt sich mit einer Frau, deren Pferd von einem Tierarzt untersucht wurde.

»Wir würden gern mit Ihnen reden. Ungestört«, sagte Wullitzer.

»Ja, gern … Können wir hier in der Nähe bleiben? Damit ich die Pferde im Blick habe?«

»Kein Problem«, sagte Paula.

»Worum geht es?«, fragte Carow, als sie die Umzäunung eines offenen Reitstalls erreicht hatten. Er wirkte heute noch zerstörter als beim letzten Mal.

»Wir haben Ihren Schwager gefunden. Lukas Schuster. Ob er der Mörder Ihrer Schwester ist, wissen wir noch nicht. Aber er hat uns etwas anderes erzählt«, begann Wullitzer.

»Was denn?«, fragte der Reitlehrer verwirrt.

»Sie haben uns belogen.«

Philipp Carow starrte Paula und Wullitzer ungläubig an.

»Was hab ich?«

»Sie haben behauptet, Sie wären in der Nacht, als Ihre Schwester getötet wurde, zu Hause gewesen.«

»Wo soll ich denn sonst gewesen sein?«, fragte Carow.

»Ihr Wagen war hier, und im Stall brannte Licht«, sagte Wullitzer. »Und jetzt fragen wir uns, was Sie uns noch alles verschweigen.«

Philipp Carow machte einen unsicheren Schritt nach hinten und hielt sich an einem Pfosten fest. »Aber Sie glauben doch nicht etwa, ich hätte Alexa getötet?«, fragte Carow leise.

»Sagen Sie uns, was in der Nacht passiert ist. Und dann entscheiden wir, was wir glauben«, sagte Paula und lächelte freundlich.

»Also gut«, stammelte der Reitlehrer, »ich war nachts hier. Miriam hatte mich angerufen, weil eins unserer Pferde krank war. Ich hatte schon abends nach Jenny gesehen und war nicht sicher, ob ich den Tierarzt holen muss. Und nachts konnte ich nicht schlafen, weil Lasse immer geschrien hat, und bin noch mal hergefahren. Ich wollte wissen, ob ich bis zum Morgen warten kann mit dem Tierarzt.«

»Und haben Sie Ihre Schwester gesehen?«, hakte Paula nach.

»Sie kam zu mir in den Stall«, sagte Carow zögernd. »Sie wollte wissen, was los ist.«

»War das, nachdem sie von der Jagd zurück war?«

Der Reitlehrer nickte.

»Ja. Und Lukas war auch schon weg. Sie hatte ihm gesagt, dass sie sich trennt. Endgültig.«

»Hat sie etwas von der Jagd erzählt? Der Jagd auf Wölfe?«

Philipp Carow kniff die Augen zusammen.

»Das wissen Sie also schon …«

»Ja, das wissen wir. Und von vier Menschen, die in der Nacht losgezogen sind, um Wölfe zu töten, sind jetzt zwei tot.«

»Diese Jagd muss völlig aus dem Ruder gelaufen sein. Sie haben einen Wolf erwischt, aber dann sind sie selbst beschossen worden. Und Hardenberg hat zurückgeschossen. Hat wohl behauptet, das waren Warnschüsse und er hätte niemanden erwischt. Aber er hatte ein Nachtsichtgerät, und wenn der nachts etwas treffen will, dann trifft er. Und am nächsten Tag ist dann ein Toter gefunden worden. Döberitzer Heide. Genau da, wo die vier waren.«

Paula und Wullitzer sahen sich an. Wenn es stimmte, was Philipp Carow sagte, hatte Hardenberg einen Mord begangen. Mindestens einen.

»Wer von den vieren hatte den Wolf geschossen?«

Philipp Carow blickte zu Boden. »Alexa«, sagte er dann leise. »Sie hatte Angst, dass wir pleitegehen, wenn die Wölfe immer näher kommen. Sie sehen ja, wie wenig heute hier los ist.«

»Warum haben Sie uns das bisher verschwiegen?«, bohrte Paula nach.

»Ich hatte Angst, dass Sie mich verdächtigen. Aber vor allem … Was glauben Sie, was hier passiert, wenn sich herumspricht, dass Alexa einen Wolf geschossen hat? Sie haben doch bei dem Schäfer gesehen, was diese Wolfsromantiker dann anstellen.«

»Ihnen ist hoffentlich klar, dass Sie bisher der Letzte sind, der Ihre Schwester lebend gesehen hat. Alles, was Sie uns jetzt gestehen, macht die Situation für Sie einfacher.«

Philipp Carow stöhnte.

»Sie haben einen Verdacht?«

»Wahrscheinlich rede ich mich um Kopf und Kragen. Aber …«

»Ja?«

»Vor knapp vier Monaten hatten wir hier mit den Wölfen schon mal Probleme. Meine Schwester und Hardenberg wollten unbedingt etwas tun. Die Viecher einschüchtern«, begann Carow.

»Und?«

»Hardenberg wusste von einem Förster, dass es im Wald südlich von Treuenbrietzen ein kleines Rudel gab. Sein früheres Pachtrevier lag nicht weit davon entfernt, deshalb kannte Hardenberg sich in der Gegend aus. Der Förster glaubte, dass da nachts jemand im Wald ist. Vielleicht so ein Wolfsromantiker. Der hatte sich da einen Unterstand gebaut.«

Paula und Wullitzer sahen sich an. Treuenbrietzen war nicht weit von Nettgendorf entfernt, wo heute Gütschows Kastenwagen gefunden worden war.

»Wir sind zu dritt los. Alexa, Hardenberg und ich.«

»Ich denke, Sie jagen nicht?«, fragte Paula.

»Unser Vater hat mich früher dazu gezwungen. Und Alexa wollte unbedingt, dass ich mitkomme.« Carow schüttelte den Kopf.

»Was ist passiert?«, fragte Wullitzer.

»Wir sind tatsächlich auf ein Rudel gestoßen. Hardenberg hat einen Wolf erwischt. Und dann …«

»Ja?«, fragte Paula.

Wieder stöhnte Carow. »Seit seiner Pleite ist er anders, und manchmal …« Er blickte Paula und Wullitzer an. »Hardenberg wollte diese Wolfsromantiker abschrecken. Deshalb hat er dem Wolf den Kopf abgeschnitten und ihn zu dem Unterstand gebracht.« Carow schüttelte angewidert den Kopf. »Es war furchtbar.«

»Warum macht jemand so etwas? Einem Wolf den Kopf abschneiden?«, fragte Wullitzer fassungslos.

Philipp Carow stöhnte erneut. »Hardenberg will, dass alles wieder so ist wie früher. Wölfe gab es hier schon lange nicht mehr, deshalb müssen die weg. So denkt er.«

»Halten Sie es für möglich, dass er auch Ihre Schwester getötet hat?«

Philipp Carow schloss die Augen und legte den Kopf in die Hände. Dann blickte er erst hoch zum Himmel und dann über die Koppeln, wo eine einzige Reiterin auf ihrem Pferd saß.

»Ich kann es nicht ausschließen«, sagte er leise. »Seit Alexa tot ist, taucht er ständig hier auf und will besprechen, wie es weitergeht. Erst dachte ich, er will mich wirklich unterstützen, aber inzwischen …«

»Was denken Sie inzwischen?«, fragte Wullitzer.

»Wenn er im Wald diesen Mann erschossen hat und Alexa das wusste … Sie könnte gedroht haben, zur Polizei zu gehen.«

Daran hatte Paula auch gerade gedacht. Hardenberg hätte dann ein Motiv, die Mitwisser zum Schweigen zu bringen. Erst die Pferdezüchterin und dann vielleicht auch Valentin Urbanczyk. Denn auch der hatte sicherlich mitbekommen, was im Wald passiert war.

»Gibt es noch etwas, das wir wissen sollten?«, fragte Wullitzer.

Philipp Carow zuckte nur mit den Schultern. »Nein«, erwiderte er leise.

»Wann genau war das mit dem abgeschnittenen Wolfskopf?«, fragte Paula.

»Wann genau … Ende Mai. Den genauen Tag müsste ich nachsehen.«

»Tun Sie das bitte.«

»Wir müssen eine Fahndung nach Hardenberg rausgeben«, sagte Wullitzer, als sie wieder im Wagen saßen. »Aber das klär ich lieber persönlich mit Verona. Ist einfacher.«

»Und wir müssen mit der Schönheitschirurgin reden. Erst Alexandra Schuster, dann Valentin Urbanczyk. Vielleicht ist Hardenberg dabei, die Mitwisser zu töten.«

Wullitzer nickte.

»Woher hatte Verona Neuendorf vorhin eigentlich eine Nummer von Hardenberg?«, fragte Paula.

»Verona hat einen guten Draht zum Kriminaldirektor, und der kennt eine Menge Leute, die in Potsdam Einfluss haben«, erwiderte Wullitzer. »Das muss ich aber nicht alles wissen. Ich mach meine Arbeit, und manchmal regelt Verona Dinge im Hintergrund. Wenn es hilft, bei Ermittlungen voranzukommen, ist es mir nur recht.«

Das Gespräch mit Verona Neuendorf war dann sehr viel kürzer, als sie alle gedacht hatten.

»Unser Kriminaldirektor hat vorhin mit Frau Hardenberg gesprochen. Und sie hat versichert, dass ihr Mann sich bei uns melden wird. Und so lange warten wir ab.«

»Wilhelm Hardenberg könnte zwei Menschen getötet …«

»Habt ihr dafür Beweise? Oder nur das, was dieser Reitlehrer sagt, der sich vielleicht selbst retten will? Was ihr sagt, dürfte dafür reichen, die Konten dieses Pferdehofs zu durchsuchen. Aber für eine Fahndung nach Hardenberg muss ich dem Kriminaldirektor schon etwas mehr vorlegen können«, sagte Verona Neuendorf, und bevor Paula antworten konnte, klingelte ihr Handy. Eine Nummer, die sie nicht kannte.

»Kripo Potsdam, Osterholz, guten Tag«, sagte sie.

»Sonja Meisinger hier. Sie waren vorhin bei mir in der Klinik«, sagte eine Frauenstimme hektisch.

»Sehr gut, wir müssen dringend …«

»Unsere Kinder sind verschwunden. Unsere Tochter und die von Lena. Mein Mann wollte sie von der Schule abholen, aber es hatte sie schon jemand abgeholt. Sie gehen auch nicht ans Handy«, sagte die Frau aufgewühlt.

»Wir kommen sofort. Wo sind Sie?«

Sonja Meisinger nannte ihre Adresse, Paula informierte Verona Neuendorf, und wenig später jagten sie und Wullitzer mit Blaulicht durch Potsdam.

Während der Fahrt rief Verona Neuendorf an.

»Die Spurensicherung hat in dem Wald, wo der demolierte Kastenwagen heute früh stand, eine Pistole gefunden«, sagte sie zu Wullitzer. »Die Pistole war eingegraben, gut dreißig Zentimeter tief, und die Grube wirkte frisch, meint Herr Eigendorf. Wir prüfen jetzt, ob die Waffe etwas mit unserem Fall zu tun hat.«

25

Die helle, moderne Villa der Familie Meisinger war ein raffinierter, verschachtelter Bau über mehrere Etagen und stand ebenso wie die Klinik in der Berliner Vorstadt. Das Grundstück lag in zweiter Reihe, doch das oberste Stockwerk war vollkommen verglast und bot einen Blick weit über den Heiligen See. Hinter dem Haus lag ein riesiger Garten mit alten, hohen Laubbäumen. Auf der Auffahrt standen der offene weiße BMW und der rote Tesla, den Paula und Wullitzer bereits auf dem Pferdehof gesehen hatten, daneben ein älteres und leicht verrostetes Fahrrad.

Ulrich Meisinger, Alicias Vater mit dem roten Tesla, öffnete die Haustür und führte Paula und Wullitzer durch einen hohen, lichtdurchfluteten Flur in das Wohnzimmer, wo Lena Gütschow und Sonja Meisinger vor der offenen Terrassentür standen. Es roch nach Zigarettenrauch.

»Wir hatten ausgemacht, dass ich Alicia und Emily von der Schule abhole und zum Pferdehof bringe. Alicia kann zwar noch nicht wieder reiten, aber sie wollte bei den Pferden sein«, sagte Ulrich Meisinger. »Erst hab ich mir nichts dabei gedacht, dass sie nicht auftauchten, das passiert öfter, manchmal trödeln sie. Aber dann bin ich rein und hab ihre Lehrerin getroffen. Sie war sicher, dass die beiden schon vor einer Viertelstunde raus sind. Und die Lehrerin hat sich auch nichts dabei gedacht, denn sie hatte Lenas grünen Fiesta draußen gesehen.«

»Und die Mädchen haben beide Handys und gehen nicht ran?«, fragte Paula.

»Ja. Und sie haben ihr Handy sonst immer in der Nähe. Nur wenn sie bei den Pferden sind, dann nicht.«

»Den Fiesta hat doch Ihr Mann genommen. Könnte er die Mädchen zum Pferdehof gebracht haben?«, wollte Paula wissen.

»Er geht nicht ans Handy, und wir haben sofort Miriam angerufen. Auf dem Pferdehof sind sie nicht«, antwortete Lena Gütschow.

»Wenn Ihr Mann die Mädchen abgeholt hat, wohin könnte er dann mit ihnen gefahren sein?«, fragte Paula.

Lena Gütschow schüttelte verzweifelt den Kopf.

»Ich weiß es nicht«, sagte sie leise. »Emily träumt davon, dass Hagen sie zu den Wölfen mitnimmt. Aber er würde ja nicht mittags aufbrechen. Und nicht mit Alicia.«

»Gibt es sonst noch jemanden, den die Mädchen kennen und zu dem sie in den Wagen steigen würden?«

»Nein«, sagten Lena Gütschow und Sonja Meisinger gleichzeitig.

»Rufen Sie die Mädchen jetzt bitte noch mal an«, sagte Wullitzer.

Bei beiden sprang sofort die Mailbox an.

»Und bitte auch Ihren Mann«, forderte Wullitzer Lena Gütschow auf. Auch bei Hagen Gütschow sprang die Mailbox an.

»Wir werden die Nummern orten lassen«, sagte Wullitzer, ließ sich die Nummern der Mädchen sowie von Gütschow geben und gab sie an Nadeschda Boschurina ins Büro durch. »Und wenn Verona sich da auch anstellt und auf die Genehmigungen warten will, bekommt sie Ärger mit mir«, raunte Wullitzer Paula zu. Sie nickte und sah Sonja Meisinger an.

»Könnten wir kurz mit Ihnen allein sprechen?«

»Ja, natürlich«, sagte die Schönheitschirurgin irritiert.

Sonja Meisinger führte Paula und Wullitzer in ein Kaminzimmer, an dessen große Fensterfronten sich ein Wintergarten anschloss.

»Setzen Sie sich«, sagte die Schönheitschirurgin und deutete im Wintergarten auf gepolsterte Holzmöbel.

»Nicht nötig«, sagte Paula. »Es geht um Folgendes. In der Nacht, als Alexandra Schuster starb, war sie vorher auf Jagd. Mit drei Jägern. Unter anderem mit Ihnen.«

Sonja Meisinger erschrak.

»Ja…«, erwiderte sie zögernd. »Eine gemeinsame Leidenschaft.«

»Ist bei dieser Jagd etwas Ungewöhnliches passiert?«

»Was meinen Sie damit?«

»Wir ermitteln in mehreren Mordfällen. Sie waren zu viert auf Jagd«, drängte Paula. »Von diesen vier Personen wurden seitdem zwei erschossen, und jetzt sind Ihre Töchter verschwunden. Wir müssen wissen, was bei dieser Jagd passiert ist.«

Sonja Meisinger schüttelte ungläubig den Kopf. Die elegante Frau mit ihren kurzen, weißgrau gefärbten Haaren wirkte erschüttert.

»Frau Meisinger. Alexandra Schuster und Valentin Urbanczyk sind tot. Möglicherweise könnten Sie die Nächste sein oder Ihre Tochter. Also reden Sie.«

Sonja Meisinger schüttelte sich und sah Paula und Wullitzer an.

»In der Nähe des Pferdehofs waren in den letzten Wochen mehrfach Wölfe gesichtet worden. Vor zwei Wochen hatte schon mal ein Pferd gescheut. Alexa wollte die Wölfe vertreiben und hat uns gebeten, mit auf Jagd zu kommen. Weil Alicia den Hof so liebt, hab ich zugestimmt«, sagte sie. »Das hätte ich niemals tun dürfen.«

»Warum?«

»Wir haben uns aufgeteilt und mehrere Stunden gewartet. Und sind dann selbst beschossen worden.«

Paula und Wullitzer sahen sich kurz an. Das war das, was auch Philipp Carow gesagt hatte.

»Vielleicht war da ein Wolfsfanatiker.« Sonja Meisinger ließ ihren Kopf nach vorn sinken. »Wilhelm hat zurückgeschossen, der Idiot. Und am nächsten Tag war dann Alexa tot, und wir haben von dem Toten im Wald gehört«, sagte die Schönheitschirurgin leise.

»Glauben Sie, Hardenberg hat Alexandra Schuster getötet?«, fragte Wullitzer.

»Ich kann es nicht ausschließen. Ich kann gar nichts mehr ausschließen«, sagte Meisinger leise.

Wullitzers Handy klingelte. »Verona«, sagte er und verschwand.

Paula überlegte fieberhaft. Hatte Gütschow die Mädchen von der Schule abgeholt und machte einen Ausflug mit ihnen? Aber warum ging er dann nicht ans Handy? Konnte Hardenberg etwas damit zu tun haben?

»Kennen Sie Wilhelm Hardenberg gut? Würde er ans Telefon gehen, wenn Sie anrufen?«, fragte Paula.

Sonja Meisinger sah sie verständnislos an. »Nein. Ich hab mit ihm nicht viel zu tun. Wir mögen uns auch nicht sonderlich.«

In dem Moment kam Wullitzer zurück.

»Wir sind hier fertig, oder? Wir müssen weiter«, sagte er schnell.

»Gibt es etwas Neues?«, wollte Sonja Meisinger wissen.

»Wir tun alles, um Ihre Tochter zu finden«, erwiderte Wullitzer. »Und Sie informieren uns sofort, falls die Mädchen sich melden.«

»Die Handys der Mädchen senden kein Signal und das von Gütschow auch nicht. Gütschow muss die Akkus rausgenommen haben, sonst würden sich die Handys irgendwo bei einem Sendemast einloggen«, sagte Wullitzer auf dem Weg zum Dienstwagen. »Aber das Handy von Hardenberg konnte geortet werden, und zwar bei ihm zu Hause. Verona hat sofort mit dem Kriminaldirektor gesprochen, und der hat uns jetzt bei der Ehefrau angekündigt. Verona ist ebenfalls auf dem Weg dorthin.«

Paula schaltete das Blaulicht ein und gab Gas.

»Ich wusste gar nicht, dass Hardenbergs Handy geortet wird«, sagte sie plötzlich. »Hat unsere Chefin …«

»Ja, manchmal erstaunt sie mich. Das hat sie offenbar hinter dem Rücken des Kriminaldirektors in die Wege geleitet und niemandem davon etwas gesagt. Nicht einmal uns«, erwiderte Wullitzer und schüttelte ungläubig den Kopf. »Außerdem haben die Kollegen von der Spurensicherung etwas Hochinteressantes herausgefunden«, fuhr er fort, während Paula die Kurfürstenstraße entlangjagte. »In Nettgendorf, wo heute früh der Kastenwagen gefunden wurde, gibt es auf dem Feldweg zwei verschiedene Reifenprofile. Eins davon stammt von dem Kastenwagen. Und beide Profile wurden auch in der Nähe der Fischteiche gefunden, wo Valentin Urbanczyk getötet wurde. Wer auch immer das war, könnte letzte Nacht auch auf Gütschows Kastenwagen geschossen haben.«

»Hardenberg?«, überlegte Paula.

»Sein Handy war jedenfalls gestern Nacht bei einem Sendemast in Hennickendorf eingeloggt. Das ist etwa einen Kilometer von Nettgendorf entfernt.«

Paula wurde für einen Moment langsamer.

»Hardenberg könnte also auf Gütschow geschossen haben.«

»Der Verdacht drängt sich auf«, erwiderte Wullitzer. »Die Spurensicherung vergleicht jetzt die Einschüsse an dem Kastenwagen mit anderen Projektilen, die sie in den letzten Tagen gefunden haben. Bisher noch ohne Ergebnis.«

»Noch etwas?«, fragte Paula.

»Ja. Die Pistole, die im Wald vergraben war, ist auf Wilhelm Hardenberg zugelassen.«

»Wie bitte?«

»Vielleicht wollte Hardenberg sie dort verschwinden lassen. Und Gütschow hat ihn dabei überrascht.«

26

»Ist es denn noch weit?«, flüsterte Alicia. »Mein Fuß tut weh.«

»Wir sind bestimmt gleich da«, antwortete Emily ebenso leise. Ihr Vater ging etwa zwanzig Meter vor ihnen, und auch ihr gefiel es nicht, dass er immer tiefer in diesen Wald lief und sich kaum einmal umdrehte, obwohl Alicia humpelte. Seit dem Sturz vom Pony war deren Knöchel geschwollen, aber das schien ihren Vater nicht zu interessieren.

»Vielleicht sehen wir ja nachher Wölfe«, sagte Emily, denn das hatte Gütschow ihr vorhin versprochen, als er sie von der Schule abholte: Sie würden in einen Wald fahren und auf Wölfe warten. Doch auch Emily hatte sich diesen Ausflug ganz anders vorgestellt. Wenn ihr Papa abends vom Wald und den Wölfen erzählte, dann waren da viele Tiere, Rascheln im Unterholz und das Gefühl, ein Teil des Waldes zu sein. Doch jetzt mussten sie nur aufpassen, nicht zu stolpern und sich die Arme nicht an Zweigen aufzureißen, und durften nicht stehen bleiben. Dass ihr Papa ihnen vorhin die Handys abgenommen hatte, damit die Tiere im Wald nicht durch das Klingeln gestört würden, ärgerte Emily auch. Angeblich hatte ihr Vater Alicias Eltern Bescheid gesagt, aber Emily war nicht sicher, ob das stimmte.

Wenigstens hatte Gütschow vorhin an einer Tankstelle noch etwas zu trinken und einige Schokoriegel besorgt.

Gütschow wusste, dass sie sich beeilen mussten. Vorhin hatte er überlegt, Alicia vor der Schule zurückzulassen, doch inzwischen war er froh, sie dabeizuhaben, denn Emily fühlte sich für ihre Freundin verantwortlich und hatte dadurch eine Aufgabe. Nur dass Alicia humpelte und immer langsamer wurde, war ein Problem. Einmal hatte er im Rückspiegel Hardenbergs Geländewagen gesehen, und er durfte kein Risiko eingehen. Er musste die Mädchen in Sicherheit bringen.

Annemarie Hardenberg öffnete die Haustür, musterte Paula und Wullitzer und ging wortlos voraus in einen kleinen Salon, wo Verona Neuendorf bereits auf einem Stuhl saß. Vor ihr lag ein Handy.

»Herr Hardenberg ist nicht zu Hause. Frau Hardenberg hat das Handy ihres Mannes in seinem Schlafzimmer entdeckt«, sagte Neuendorf. »Es war stumm geschaltet.«

»Wilhelm wird es vergessen haben«, sagte Annemarie Hardenberg kühl. Es war nicht zu übersehen, wie wenig es ihr gefiel, die Polizei im Haus zu haben. Der Kriminaldirektor muss sie überredet haben, dachte Paula.

»Haben Sie denn eine Idee …«, setzte Paula an, wurde aber sofort von Verona Neuendorf unterbrochen.

»Nein, Frau Hardenberg weiß nicht, wo sich ihr Mann aufhält. Als sie vorhin nach Hause kam, war er nicht hier und hatte auch keine Nachricht hinterlassen.« Verona Neuendorf sah Paula streng an, doch bevor die sich darüber ärgern konnte, klingelte ihr Handy. Sie erkannte die Nummer von Sonja Meisinger, raunte Wullitzer *Wir brauchen die Daten von Hardenbergs Wagen* zu und ging nach draußen.

»Ja? Frau Meisinger?«, sagte sie, als sie auf der Auffahrt war.

»Mein Mann hat noch mal mit der Lehrerin gesprochen. Eine Kollegin hat von ihrem Klassenzimmer aus gesehen, wie Alicia und Emily in den Fiesta zu Lenas Mann gestiegen sind.«

»Könnten Sie mir die Nummer dieser Lehrerin besorgen? Ich würde gern mit ihr sprechen. Vielleicht erwähnt sie ein Detail, das bei der Suche hilft«, bat Paula.

»Ja, natürlich. Ich besorg die Nummer.«

Paula legte auf und überlegte fieberhaft. Falls Hardenberg tatsächlich letzte Nacht auf Gütschows Kastenwagen geschossen hatte, dann gab es zwischen den beiden auf jeden Fall eine Verbindung, die sie dringend herausfinden mussten. Im schlimmsten Fall hatte Hardenberg die Pferdezüchterin und Valentin Urbanczyk getötet und machte jetzt Jagd auf Gütschow und die Mädchen. Wusste auch Gütschow etwas, das für Hardenberg gefährlich war?

Kurz darauf kam Wullitzer mit Annemarie Hardenberg aus dem Haus. Verona Neuendorf folgte ihnen, und Paula sah überrascht, dass die Hausherrin angeregt mit Wullitzer plauderte und sogar ein wenig lächelte. Wullitzer hat wirklich erstaunliche Talente, mit Menschen umzugehen, dachte Paula.

Wullitzer und Verona Neuendorf verabschiedeten sich von Annemarie Hardenberg und gingen zu Paula.

»Eine Lehrerin hat gesehen, wie die Mädchen zu Gütschow in den Wagen gestiegen sind«, sagte Paula leise. »Ich lass mir die Nummer schicken und kläre, ob sie auch Hardenbergs Geländewagen gesehen hat. Haben wir die Daten von dem Wagen?«

»Haben wir«, sagte Verona Neuendorf. »Wir treffen uns im Büro.«

»Hardenberg hat eine zweite Handynummer. Eine geheime, die über seine Frau läuft«, sagte Wullitzer, als sie in die Schopenhauerstraße einbogen. »Verona kümmert sich um die

Genehmigung, aber unsere Kollegen sind schon jetzt dran, sie zu orten.«

»Wie haben Sie es denn geschafft, Frau Hardenberg zum Reden zu bringen?«, fragte Paula.

Wullitzer lächelte kurz. »Bei ihr hängt ein altes Schwarz-Weiß-Foto von einer Gaststätte. Ist in Boltenhagen an der Ostsee, und da war meine Familie mit mir früher oft. Diese Gaststätte haben die Eltern von Frau Hardenberg zu Ostzeiten betrieben. Als sie begriff, dass ich den Laden wirklich gut kenne, war das Eis gebrochen. Da wurde sie richtig nett.« Wullitzer kniff die Augen zusammen. »Die Frau macht sich Sorgen um ihren Mann. Und ich glaube, dass sie wirklich nicht weiß, wo er steckt.«

Hinter einer mächtigen, im Sturm umgestürzten Buche pressten sich Emily und Alicia an den Waldboden und wagten kaum zu atmen. Im Laub und auf den Kiefernadeln hörten sie die Schritte des Mannes, der sie nicht sehen durfte. Hagen Gütschow kauerte neben ihnen. Seinen Rucksack hatte er abgenommen, die rechte Hand hineingeschoben und umklammerte dort die Pistole. Die Mädchen sollten nicht wissen, dass er eine Waffe dabeihatte, sonst würden sie nur noch mehr Angst bekommen. Doch wenn es nötig wäre, würde er als Erster schießen und seine Emily schützen.

Schon als Hardenberg den Kastenwagen vor ein paar Tagen nachts im Wald entdeckt hatte, war ihm klar gewesen, dass es ein Problem gab. Wusste dieser Gütschow, dass er, Hardenberg, den Wolfsfanatiker getötet hatte? Doch Hardenberg würde nicht zulassen, dass jemand ihn ruinierte. Lieber büßten die anderen ihr Leben ein, als dass sie seins zerstörten. Das hatten nicht einmal die Investoren, die er in seine Firma holen musste, geschafft. Wie die Raubtiere hatten sie sich auf seine kleine Reederei gestürzt. Wie Wölfe, die im Blutrausch mehr Schafe töteten, als sie jemals fressen konnten, hatten auch diese Investoren alles vernichtet, was sie vorfanden. Nie wieder würde er so etwas zulassen. Wenn Urbanczyk das verstanden hätte, würde er noch leben.

Vor zehn Minuten hatte er Gütschow und die Mädchen entdeckt, doch seitdem waren sie wie vom Waldboden verschluckt. Es gab umgestürzte Buchen, hinter denen sie hocken konnten, aber es war zu gefährlich, hinter jedem dieser Stämme nachzusehen. Er durfte selbst kein Ziel abgeben, denn er wusste nicht, wie weit dieser Wolfsromantiker gehen würde. Würde er auf ihn schießen, obwohl kleine Mädchen bei ihm waren?

»Das Handy von Hardenberg war ein einziges Mal eingeloggt. Seitdem kein Signal«, erklärte Verona Neuendorf. Sie standen vor einer großen Landkarte der Region Fläming. »Der Sendemast steht hier bei Niemegk. Es ist der einzige Mast weit und breit, in der Region gibt es noch immer oft keinen Empfang. Deshalb können wir Hardenberg auch nicht durch mehrere Signale einkreisen und peilen.«

»Lena Gütschow hat gesagt, dass ihr Mann die Gegend bei Treuenbrietzen gut kennt. Er war wohl oft da und hat nachts auf Begegnungen mit Wölfen gehofft«, sagte Paula.

»Der Wald südlich von Treuenbrietzen ist ein Riesengebiet. Ungefähr …«, überlegte Wullitzer, blickte auf die Landkarte und versuchte, die Ausdehnung abzuschätzen.

»Ungefähr fünfzehn Kilometer längs und fünf Kilometer breit«, rief Nadeschda Boschurina, ohne aufzusehen.

»Danke, Nadeschda«, sagte Wullitzer. »Das ist zu viel, um es mit ein paar Leuten zu durchkämmen.«

»Wir könnten es mit Drohnen und Kameras aus der Luft versuchen«, schlug Vanessa vor.

»Wie lange würde es brauchen, bis die startklar sind und wir Ergebnisse bekommen?«, fragte Wullitzer.

»Wir hatten letztes Jahr einen solchen Einsatz. Von der Anforderung bis wir die ersten Bilder hatten, waren es fast drei Stunden. Vielleicht können wir diesmal schneller sein«, erwiderte Jonas.

Wullitzer blickte auf die Uhr.

»Es ist jetzt kurz nach vier. Halb acht geht die Sonne unter. Das wird eng.«

»Wenn wir die Drohnen im Einsatz haben, können wir sie mit Wärmebildkameras bestücken. Dann könnten sie uns auch im Dunkeln helfen«, sagte Jonas.

»Was denken Sie, Frau Osterholz?« Wullitzer wandte sich an Paula, die zuletzt geschwiegen hatte.

»Drohnen können uns helfen, keine Frage«, überlegte Paula. »Aber wir bräuchten Leute, die sich vor Ort auskennen, und zwar sofort. Wenn Gütschow und Hardenberg wirklich in dem Wald sind, müssen ihre Wagen ja irgendwo stehen und könnten Leuten auffallen. Dem Förster oder Bauern oder Jägern. Vielleicht auch einfach Spaziergängern.«

»Sehr gut«, sagte Neuendorf. »Nadeschda, finden Sie doch bitte heraus, welcher Förster zuständig ist. Die kennen sich am ehesten aus.«

»Und Naturschutzvereine. Vielleicht gibt es da seltene Arten, und Rentner, die viel Zeit haben, sind da viel unterwegs«, fügte Wullitzer hinzu.

Nadeschda Boschurina winkte kurz und machte sich an die Arbeit.

»Jonas, du kümmerst dich um die Drohnen«, sagte Verona Neuendorf.

»Mach ich«, erwiderte Jonas.

»Außerdem ...«, Paula überlegte.

»Ja?«, fragte Wullitzer.

»Das *Urbanczyk* hat bisher Wild angeboten, das Valentin Urbanczyk selbst geschossen hat. Wenn ich seinen Mann richtig verstanden habe, hatte Hardenberg früher ein eigenes Jagdrevier. Mich würde interessieren, wo das liegt.«

»Da kümmer ich mich drum«, sagte Vanessa. »Ich hatte vor Kurzem mit dem Jagdverband zu tun. Die werden das wissen.«

Verona Neuendorfs Handy klingelte.

»Ja?« Sie hörte zu und bekam einen ungläubigen Gesichtsausdruck. »Ihr seid sicher?« Neuendorf nickte, legte auf und sah die vier Kommissare und Kommissarinnen an.

»Norbert ist absolut sicher. Mit der Pistole, die im Wald bei Nettgendorf vergraben war, ist Valentin Urbanczyk erschossen worden«, sagte sie und warf Paula einen Blick zu. »Damit müssen wir davon ausgehen, dass Wilhelm Hardenberg Valentin Urbanczyk umgebracht hat.«

Alle schwiegen betreten.

»Ich hab vorhin der Lehrerin Hardenbergs olivgrünen Range Rover beschrieben«, sagte Paula dann. »Sie glaubt, den Geländewagen gesehen zu haben, nachdem Gütschow mit den Mädchen losgefahren ist. Es kann sein, dass Hardenberg die drei verfolgt.«

Gütschow hob langsam den Kopf. »Ihr könnt hochkommen«, flüsterte er. »Aber bleibt still.«

Emily und Alicia richteten sich auf.

»Was ist mit dem Mann?«, fragte Emily leise.

»Der ist nicht nett«, erwiderte Gütschow. Er hoffte, die Mädchen hätten Hardenberg noch nicht erkannt.

»Können wir jetzt nach Hause?«, fragte Alicia ängstlich. »Ich will hier nicht bleiben. Ich will keine Wölfe sehen.«

»Wir können nicht einfach nach Hause«, sagte Gütschow. »Der Mann darf uns nicht finden.« Denn Hardenberg war gefährlich, und er musste die Mädchen vor ihm in Sicherheit bringen.

Mindestens einen Wolf hatte Hardenberg getötet, und gestern hatte er auf Gütschow geschossen und ihn fast umgebracht. Aber hier im Wald waren sie vor ihm sicher. Der Wald, das war Gütschows Welt. Hier war er einem wie Hardenberg überlegen.

»Aber bald wird es dunkel«, sagte Alicia leise, und Gütschow merkte, dass sie kurz davor war zu weinen. Angestrengt überlegte er, was er tun sollte. Wenn sie jetzt zurückliefen, konnten sie Hardenberg in die Arme laufen. Vermutlich wusste der, wo der Fiesta stand.

»Wir gehen zu einer Hütte«, sagte er. »Das sind noch etwa zwei Kilometer. Und deinen Eltern hab ich Bescheid gesagt. Die freuen sich, wenn du etwas Schönes erlebst.«

»Wir haben zwei Spezialisten für Aufklärung aus der Luft. Die sind gerade bei Oranienburg im Einsatz, packen aber sofort ein und fahren nach Treuenbrietzen«, sagte Jonas Gärtner und sah die Kollegen an. »Wir müssen ihnen nur einen Treffpunkt nennen. Ich kann das übernehmen und dorthin fahren.«

»Gut«, sagte Verona Neuendorf. »Was gibt es noch?«

»Der Förster ist informiert. Er kennt dort seine Leute«, sagte Paula. »An einem Naturschutzverein bin ich noch dran. Der hat in Jüterbog ein Büro, aber bisher erreich ich dort niemanden.«

Vanessa hatte telefoniert und legte auf. »Hardenberg hatte zehn Jahre lang ein Pachtrevier in der Bardenitzer Heide, etwa zehn Kilometer weiter östlich. Er wird die Gegend also kennen.«

»Gut«, sagte Wullitzer. »Sobald wir einen konkreten Anhaltspunkt haben, machen wir uns auf den Weg.«

»Dafür werden wir mehr Leute benötigen«, erwiderte Verona Neuendorf. »Ich habe vorhin mit dem Kriminaldirektor gesprochen. Eine SEK-Einheit wird in Alarmbereitschaft sein.«

Ein Sondereinsatzkommando, das ist ein großes Kaliber, dachte Paula. Bisher hatte sie Verona Neuendorf als zögerlich erlebt, aber jetzt wollte sie wohl kein Risiko mehr eingehen.

Dass es gar nicht so weit gekommen wäre, wenn sie früher gegen Hardenberg ermittelt hätten, war eine andere Sache.

Außerdem fragte sich Paula, wie lange Wullitzer heute durchhalten würde. Bisher war er voller Energie und Entschlossenheit. Doch in den letzten Tagen hatten diese Phasen manchmal ein abruptes Ende gefunden. Paula hoffte, dass es heute nicht dazu kommen würde.

Mit einer Handbewegung brachte Gütschow die Mädchen zum Halten. Es war nur ein Schatten gewesen, den er wahrgenommen hatte. Ein Schatten, aufrechter und breiter, als es ein Wildschwein oder ein Hirsch hätte sein können. In der Ferne glaubte Gütschow ein Rascheln zu hören, doch das konnten auch Rehe oder Vögel sein, die unter dem Laub im ausgetrockneten Boden nach Würmern suchten. Vorsichtig holte er sein Fernglas aus dem Rucksack und blickte in die Richtung, in der er den Schatten wahrgenommen hatte. Eine massige Figur ging in einem knappen Kilometer Entfernung langsam von Baum zu Baum. Hardenberg musste sie also in einem großen Bogen überholt haben. Durch das Fernglas behielt Gütschow Hardenberg im Blick und sah, dass er die Richtung änderte. Noch war er weit entfernt, doch er würde näher kommen. Und er hatte sein Gewehr griffbereit in der Hand.

Gütschow holte die Handys der Mädchen aus seinem Rucksack und legte die Akkus wieder ein. So konnten sie zwar geortet werden, aber das Risiko musste er eingehen. Sollte ihm etwas zustoßen, könnten die Mädchen Hilfe holen – oder gefunden werden.

»Ihr seht da hinten die Birken?«, fragte er leise. Die Mädchen sahen ihn verständnislos an. »Birken. Die Bäume mit der weißen Rinde.«

»Ach die«, sagte Emily.

»Dahin geht ihr jetzt. Ganz leise. Und wenn ihr bei den Birken seid ...«

»Und du?«, fragte Emily entsetzt.

»Wenn ihr bei den Birken seid, seht ihr eine Holzhütte. Fünfhundert Meter vielleicht noch.« Er konnte nur hoffen, dass er sich richtig erinnerte.

»Und du?«, wiederholte Emily ihre Frage fassungslos.

»Rechts neben der Tür ist ein Fenster, da stehen Pflanzentöpfe. Unter einem von denen ist der Schlüssel zur Hütte.« Gütschow hoffte, dass es den Schlüssel dort noch gab. Seit er den abgetrennten Wolfskopf entdeckt hatte, war er nicht mehr hier gewesen. »Ihr seid große Mädchen. Das schafft ihr«, fügte er hinzu, weil ihn die beiden verängstigt ansahen.

»Und du?«

»Ich komm nach. Ich muss hier noch etwas erledigen«, erwiderte Gütschow und gab Emily und Alicia ihre Handys sowie zwei kleine Wasserflaschen und die Schokoriegel. »Emily, du bist verantwortlich. Es ist nicht schwer, die Hütte zu finden. Ihr bleibt da, seid leise und wartet, bis ich komm. Alles klar?«

Emily und Alicia nickten wie erstarrt.

»Ihr bleibt immer in der Hütte. Wenn ihr etwas hört, versteckt ihr euch. Aber ihr müsst keine Angst haben. Ich hol euch, und euch wird nichts passieren. Keine Sorge.«

Doch die beiden hatten sogar riesige Sorgen.

Auf dem Schreibtisch von Nadeschda Boschurina klingelte das Telefon. Sie hob ab und hörte kurz zu.

»Herr Wullitzer. Für Sie«, sagte sie. Er nahm den Hörer und hörte zu.

»Und wo genau?«, fragte Wullitzer nach einigen Sekunden. »Gut. Und Sie sind unter dieser Nummer erreichbar?«

Er legte auf und sah die Kollegen und Kolleginnen an.

»Hardenberg hat mit seinem Geländewagen auf einem Feldweg einen Abzweig blockiert. Zwei Landwirte haben den Wagen mit einem Trecker zur Seite gezogen. Und zwar genau bei …« Wullitzer ging zu der Landkarte. »Hier. Bei Rietz. Südwestlich von Treuenbrietzen.« Er sah Verona Neuendorf an. »Große Suchaktion? Mit allem, was wir an Leuten haben, auch aus der Region? Und später mit Drohnen?«

Verona Neuendorf zögerte.

»Die Information ist zuverlässig?«, fragte sie.

»Ja«, erwiderte Wullitzer.

»Dann legen wir los. Vier Teams hier aus dem Haus, alle verfügbaren Polizisten aus den Regionen Luckenwalde und Jüterbog, Verstärkung durch unsere Reviere in Potsdam, und das SEK ist in Bereitschaft. Jonas, wie weit sind die Kollegen mit den Drohnen?«

»Die sind auf dem Weg. In etwas weniger als einer Stunde treffen sie ein. Ich teile ihnen den Treffpunkt mit«, antwortete Jonas.

»Gut. Frau Osterholz, Sie kommen bitte kurz in mein Büro«, sagte Verona Neuendorf.

»Muss das jetzt sein?«, fragte Wullitzer.

»Ja«, antwortete Verona Neuendorf nur, ging voraus und schloss ihre Bürotür hinter Paula.

»Folgendes«, sagte sie dann. »Tun Sie mir und Wullitzer den Gefallen und behalten Sie ihn im Blick. Und zwar die ganze Zeit. Auf Sie wird er hören, hoffe ich. Am liebsten würde ich Henry von diesem Einsatz abziehen, aber das kann ich ihm nicht antun. Und mir auch nicht.« Sie atmete tief durch. »Was ich Ihnen jetzt sage, darf Henry nie erfahren. Aber sollten Sie in eine gefährliche Situation geraten, dann übernehmen Sie das Kommando. Auch wenn Henry älter ist. Sie haben dann das Kommando. Viel Glück.«

Paula nickte und hoffte, dass ihre Vorgesetzte wusste, was sie da sagte. Gleichzeitig fragte sie sich, ob es noch etwas gab, das sie vor diesem Einsatz wissen sollte. Doch jetzt war nicht der richtige Zeitpunkt, um danach zu fragen.

Die Birken, von denen Gütschow gesprochen hatte, erreichten sie schnell.

»Und was sollen wir jetzt machen? Hier ist keine Hütte!«, sagte Alicia verzweifelt. Emily wusste, sie musste tapfer bleiben. Ihr Papa hatte gesagt, dass sie verantwortlich war und dass es hier eine Hütte gab. Und wenn er das sagte, dann gab es diese Hütte auch, und sie würden sie finden. Doch ihr Papa hatte nicht gesagt, in welcher Richtung diese Hütte lag.

»Wir machen es so«, sagte Emily deshalb. »Mein Vater hat gesagt, dass wir von diesen Birken aus die Hütte sehen können.«

»Aber ich seh keine!«

»Dann sind vielleicht Bäume gewachsen. Oder was anderes. Auf jeden Fall werden wir die Hütte finden. Wir merken uns diese Birken. Die finden wir wieder, und von hier aus gehen wir hundert Meter weit. Und dann im Kreis. Und wenn wir die Hütte dann noch nicht sehen, dann machen wir den Kreis größer.«

Das hatte Emily in einem Buch gelesen. Ein Polarforscher hatte es so geschafft, im Nebel zu seiner Forschungsstation zurückzufinden.

»Und wenn wir die Hütte nicht sehen?«

»Dann machen wir den Kreis noch größer.«

Sie gingen in einem weiten Kreis um die Birken herum, und dann machten sie den Abstand so groß, dass sie die Birken kaum noch sehen konnten.

Und dann war es Alicia, die auf ein Gebüsch deutete.

»Da! Dahinten ist was!«

»Ja! Das ist sie!«, rief Emily und vergaß, leise zu sein. Sie rannten zu der Hütte und fanden die Pflanzentöpfe und den Schlüssel. Erleichtert schlossen sie auf und waren etwas enttäuscht: Es gab hier fast nichts. Einen Tisch, drei Stühle und zwei alte Matratzen, die schlecht rochen.

»Aber wir müssen hier nicht übernachten, oder?«, fragte Alicia.

»Nein, natürlich nicht«, antwortete Emily, obwohl sie nicht sicher war.

Alicia nahm ihr Handy und blickte auf das Display.

»Hier ist kein Netz …« Sie sah sich um. »Aber vielleicht ja draußen.«

27

Kurz vor sechs Uhr kamen Paula und Wullitzer in der Nähe von Rietz neben Hardenbergs Geländewagen an. Der Förster, zwei Streifenwagen aus Jüterbog sowie zwei Landwirte, die den Geländewagen von dem Abzweig weggezogen hatten, warteten dort bereits.

»Der hätte doch nur ein paar Meter weiterfahren müssen, dann wäre ich ja durchgekommen«, sagte einer der Landwirte. Er fuhr einen Unimog, auf dessen Anhänger Holz gestapelt war.

»Wann haben Sie den Wagen hier entdeckt?«, fragte Wullitzer.

»Wann das war? Kurz nach drei, glaub ich. Erst hab ich gehupt, manchmal sind solche Leute ja in der Nähe. Und dann hab ich Hajo angerufen, damit er mit seinem Trecker kommt. Ich kann ja nicht tagelang warten, bloß weil ein Großstädter im Weg steht.«

»Aber nicht, dass ich Ärger krieg, weil ich den weggezogen hab«, sagte der andere Landwirt. »Aber der kann hier nicht stehen, wir müssen arbeiten.«

»Kein Problem. Sie werden keinen Ärger bekommen«, sagte Wullitzer, obwohl auch Landwirte nicht einfach einen Wagen aus dem Weg ziehen durften. Aber Hauptsache, sie hatten Hardenbergs Wagen gefunden.

Paulas Handy klingelte. Sonja Meisinger.

»Ja, Osterholz?«

»Alicia hat geschrieben«, sagte Sonja Meisinger aufgeregt. »Sie sind im Wald und haben Hunger. Wir haben versucht, sie anzurufen, aber es springt sofort die Mailbox an.«

»Wenn die zwei im Wald sind, dann haben sie schlechten Empfang«, versuchte Paula die Mutter zu beruhigen.

Sonja Meisinger schwieg und Paula konnte hören, wie sie schluckte.

»Wir sind sicher, dass wir die beiden Mädchen wohlbehalten finden werden«, fügte Paula deshalb hinzu und rief sofort Nadeschda Boschurina an, damit erneut versucht wurde, die Handys der Mädchen zu orten.

Die Tür der Holzhütte stand einen Spalt offen. Emily guckte vorsichtig nach draußen. Alicia saß drinnen an dem Holztisch. Die Verpackung von zwei aufgerissenen Schokoriegeln lag auf dem Tisch, vier geschlossene lagen daneben.

»Das ist alles, was wir haben«, sagte Alicia leise.

»Dann müssen wir das einteilen«, erwiderte Emily. Das kannte sie aus einer Serie: Schiffbrüchige, die auf einer einsamen Insel ihre Vorräte einteilen mussten, bis sie gerettet wurden.

»Und wie lange? Wann kommt dein Vater denn?«

Emily zuckte mit den Schultern. Sie wusste es nicht, aber seit sie die Hütte erreicht hatten, fühlte sie sich etwas sicherer. Vorhin hatten sie vor der Hütte sogar für einen kurzen Moment Netz gehabt. Alicia hatte versucht, ihre Mutter anzurufen, aber da war der Empfang schon wieder weggewesen. Immerhin hatte sie ihr geschrieben und nach ein paar Minuten war die Nachricht gesendet worden.

»Willst du deiner Mama nicht auch schreiben?«, fragte Alicia.

Emily zog die Tür zu.

»Mein Papa hat gesagt, wir sollen in der Hütte bleiben, bis er kommt. Und deine Mama sagt meiner bestimmt Bescheid.«

»Und wenn dein Papa nicht kommt?«

»Der kommt!«, beteuerte Emily.

Seit über einem Jahr träumte sie davon, mit ihrem Vater nachts im Wald zu sein. Aber jetzt war sie ohne ihn hier, und das gefiel ihr nicht. Aber er hatte gesagt, sie hätte jetzt die Verantwortung. Also musste sie tapfer sein und durfte keine Angst haben.

Aber das war nicht einfach.

Auch Vanessa und Jonas trafen ein und klärten, wo die Drohnen starten konnten. Paula sah sich um und überlegte, warum Hardenberg gerade hier, und das auch noch an der Einbiegung in einen Waldweg, geparkt hatte. Rechts und links vom Weg ragten Kiefern auf und das Sonnenlicht schien durch die Nadeln auf den Waldboden. Der harzige Duft des Sommers lag noch in der Luft, doch wenn demnächst die Sonne unterging, würde es kalt werden. Immerhin war September, nicht mehr Hochsommer.

»Wenn wir davon ausgehen, dass Hardenberg Gütschow und die Mädchen verfolgt hat«, sagte sie zu Wullitzer, »dann könnte er hier gehalten haben, um nicht bemerkt zu werden. Vielleicht ist Gütschow tiefer in den Wald hineingefahren und Hardenberg wollte ihm möglichst unauffällig folgen.«

»Dann müsste der grüne Fiesta im Wald stehen«, überlegte Wullitzer. »Sobald die Drohnen in der Luft sind, sollen sie nach dem Wagen suchen.«

In der nächsten Viertelstunde trafen die Kollegen ein, die sich an der Suche beteiligen sollten. Verona Neuendorf hatte zwar nicht gesagt, ob sie vor Ort sein würde, aber es überraschte Paula nicht, als auch ihre Vorgesetzte aus einem der Dienstwagen stieg. Sie würde die Koordination der Such-Teams übernehmen.

»Mein Papa kommt bestimmt gleich«, hatte Emily schon ein paarmal gesagt, aber inzwischen wurde ihr und Alicia langweilig, und sie wussten nicht, wie sie die Zeit herumbekommen sollten. Emily hatte gedacht, es wäre ein spannendes Abenteuer, mit ihrem Papa im Wald zu sein und auf Wölfe zu warten, aber jetzt hockten sie in dieser Hütte, hatten nichts zu essen und in einigen Stunden würde es dunkel sein.

Die Hütte hatte einen Kamin, und etwas Brennholz lag in einem Korb daneben. Auch Streichhölzer gab es dort.

»Wir könnten uns ein Mikado basteln«, schlug Alicia vor. »Mit Streichhölzern, und aus dem Feuerholz schnitzen wir dünne Stäbe.«

Emily war nicht begeistert, aber sie hatte auch keine bessere Idee.

Nach einigen Hundert Metern gabelte sich die Strecke. Der Hauptweg führte in einem Bogen links tief in den Wald hinein und ein schmalerer, unwegsamer Pfad rechts am Rand entlang.

»Wohin?« Paula hatte erwartet, auf den grünen Fiesta zu treffen, doch es gab nicht einmal Reifenspuren. Warum aber hatte Hardenberg dann gehalten? Hatte er Gütschow und die Mädchen aus den Augen verloren? Irgendwo hier musste der Fiesta sein, und Paula hoffte, dass die Drohnen ihn bald entdeckten und sie sicher sein konnten, auf dem richtigen Weg zu sein.

»Wenn Gütschow sich möglichst schnell verstecken wollte, dann rechts«, erwiderte Wullitzer. »Aber falls er ein Ziel hat, hat er den breiteren Weg genommen.« Er blickte in die Tiefe des Hauptwegs, wo ihn die tief stehende Sonne blendete.

Wie schon in der Döberitzer Heide war Paula auch heute beeindruckt, wie sicher und schnell Wullitzer sich im Wald bewegte. Noch immer schien er voller Energie zu sein, und Paula hoffte, dass das möglichst lange so bleiben würde. Beim letzten Mal war es die Dunkelheit gewesen, die ihn aus der Bahn geworfen hatte.

Es war schwierig, ohne Werkzeug aus dem Feuerholz schmale Stäbe zu brechen, und Alicia schlug vor, aus dem Wald dünne Zweige zu holen. Vorsichtig schlichen sie nach draußen, blieben nah an der Hütte, nahmen dünne Zweige mit, und Alicia fand sogar einen rostigen Metallstreifen, mit dem sie aus dem Feuerholz Splitter herausbrechen konnten. Für einen Augenblick genossen sie die Sonne und die Wärme im Wald, und am liebsten hätten sie draußen gespielt. Aber sie gingen zurück in die Hütte, breiteten ihre Fundstücke auf dem Tisch aus, und als sie dann spielten, mussten sie sich so darauf konzentrieren, Stäbe aus dem Gewirr zu hebeln oder zu ziehen, dass sie kurz die Hütte, den Hunger und die Frage, wann Emilys Papa zurückkam, vergaßen. Sie lachten, und es war, als hätten sie zu Hause ein neues Spiel erfunden – bis sie plötzlich etwas hörten, das wie ein weit entfernter Schuss klang. Kurz darauf gab es einen zweiten Schuss. Dann einen dritten. Emily und Alicia wagten kaum zu atmen.

»Das sind bestimmt Jäger«, flüsterte Emily. »Die gibt es hier überall, hat mein Papa gesagt. Wegen der Wildschweine. Da gibt es so viele.«

»Ja, Wildschweine«, wiederholte Alicia wie erstarrt.

Auch Paula und Wullitzer hatten die Schüsse gehört.

»Drei Schüsse«, sagte Wullitzer leise. »Der erste von einer Pistole. Die anderen aus einem Gewehr.«

Paula sah, wie Wullitzer die Augen zukniff und sich ganz auf die Geräusche konzentrierte. Dann deutete er in die Richtung, aus der die Schüsse gekommen waren.

»Etwas mehr als einen Kilometer«, sagte er und hielt die Augen geschlossen.

Paula war beeindruckt, wie präzise ihr Partner die Schüsse zuordnen konnte. Doch sie sah auch, dass er sich nicht bewegte und die Augen nicht öffnete. Sie erinnerte sich, was Verona Neuendorf ihr gesagt hatte: *Sollten Sie in eine gefährliche Situation kommen, dann übernehmen Sie das Kommando.*

»Wir informieren die Einsatzleitung und fordern Verstärkung an«, sagte sie deshalb. »Und dann nähern wir uns vorsichtig.«

»Gut«, sagte Wullitzer leise, nickte und öffnete die Augen. Doch er bewegte sich noch immer kaum.

Wollen Sie Frau Neuendorf informieren?, wollte Paula schon fragen, doch dann entschied sie sich für ein Kommando.

»Sie rufen bitte unsere Vorgesetzte an«, sagte sie entschlossen. Wullitzer nahm sein Handy und sah, dass er kein Netz hatte.

»Vor ein paar Minuten hatte ich noch Empfang«, sagte er, ging den Waldweg ein Stück zurück und wählte.

»Ich habe Verona die Position der Schüsse beschrieben. Eine Drohne ist auf dem Weg dorthin, und ein Rettungshubschrauber ist ebenfalls angefordert«, sagte Wullitzer, als er zurückkam.

»Gehen wir«, sagte Paula entschlossen. »Wir bleiben immer dicht beieinander, und bei allem, was passiert, greifen wir nur ein, wenn unsere eigene Sicherheit gewährleistet ist.«

»Ich will, dass dein Vater jetzt kommt«, sagte Alicia verzweifelt. Sie hatten versucht, wieder Mikado zu spielen, doch es machte keinen Spaß mehr.

»Der kommt bestimmt gleich«, sagte Emily kleinlaut. Draußen vor dem Fenster wurde es allmählich dunkel.

»Und wenn nicht?«, fragte Alicia.

»Das hat er versprochen, und das hält er auch.«

»Wollen wir rausgehen und ihn suchen?«, fragte Alicia.

»Noch ist es hell. Wenn es dunkel ist, sehen wir nichts mehr.«

Vermutlich hatte Alicia recht. Doch Emily hatte Angst davor, die Hütte zu verlassen. Draußen, da waren Wölfe. Und … draußen, da hatte jemand geschossen.

Dieser Mann ist wirklich erstaunlich, dachte Paula. Seit die Sonne sich dem Horizont näherte und die Dämmerung allmählich einsetzte, hätte sie nur vage sagen können, von wo genau die Schüsse gekommen waren. Wullitzer schien jedoch absolut sicher zu sein, welches Ziel sie hatten, auch wenn sie immer wieder umgestürzten Bäumen und Gestrüpp ausweichen oder Senken umgehen mussten.

Plötzlich blieb Wullitzer stehen und lauschte. Paula hörte Rascheln im Unterholz, das Flügelschlagen von Vögeln und irgendwo das Grunzen einer Rotte Wildschweine.

»Da«, sagte Wullitzer, deutete in eine Richtung und ging weiter.

Nach hundert Metern blieb er stehen. Jetzt hörte auch Paula, was ihr Partner wahrgenommen hatte: ein leises, wimmerndes Stöhnen. Paula zog ihre Waffe. Wullitzer verharrte reglos.

»Nehmen Sie Ihre Waffe«, sagte Paula. »Ich gehe vor.«

Das Wimmern wurde deutlicher. Kurz darauf sah Paula, woher es kam: Gütschow lag blutüberströmt auf dem Boden. Neben ihm lagen ein Rucksack und eine Pistole. Paula gab

Wullitzer das Zeichen, zurückzubleiben, und näherte sich dem leblos wirkenden Mann mit gezogener Waffe. Der hagere, kräftige Gütschow zeigte keine Reaktion. Vorsichtig zog Paula dessen Pistole aus seiner Reichweite, und erst dann kam Wullitzer näher. Paula prüfte, ob Gütschow noch atmete, und untersuchte flüchtig zwei Einschüsse in seinem Bauchraum. Der Mann musste bereits sehr viel Blut verloren haben.

»Frau Neuendorf soll einen Rettungshubschrauber schicken. Ich versuch, die Blutung zu stoppen.« Paula nahm eine alte Fleecejacke aus Gütschows Rucksack und presste sie auf dessen Wunden.

Wullitzer ging zu einer kleinen Lichtung, wo er wenigstens schwachen Empfang hatte. Der genügte, um Verona Neuendorf zu informieren und den Standort durchzugeben. Drohnen würden sich auf die Suche nach Hardenberg machen und eine SEK-Einheit sofort nach Rietz gebracht, um zugreifen zu können, sobald er aufgespürt war.

Gütschow öffnete die Augen einen Spaltbreit. Paula fand in seinem Rucksack eine fast leere Flasche und träufelte Wasser auf seinen halb offenen Mund.

»Die Mädchen«, hauchte Gütschow kaum hörbar. »Hütte.«

In diesem Teil des Waldes war Hardenberg noch nie gewesen, und seit die Sonne untergegangen war, hatte er Sorge, sich zu verlaufen. Richtung Westen lag eine Hütte, in der er sogar schon übernachtet hatte, aber er war damals von Niemegk aus gekommen. Von dort gab es einen befahrbaren Weg, jetzt aber versperrten immer wieder umgestürzte Bäume den mühsam zu gehenden Pfad. Einmal hatte er das Surren einer Drohne am Himmel gehört. Suchten sie womöglich aus der Luft nach ihm? Er hatte sich an eine Kiefer gepresst, bis das Surren verklungen war. Seitdem bemühte er sich, schneller zu werden, doch er wollte sich auch nicht durch das Knacken von Zweigen verraten.

Plötzlich hörte er aus der Ferne das Knattern eines Hubschraubers.

Der Lärm machte Emily und Alicia noch mehr Angst, als sie ohnehin schon hatten. Als der Hubschrauber über die Hütte zu fliegen schien, hielten sich Emily und Alicia die Ohren zu.

»Vielleicht suchen sie uns? Vielleicht finden sie uns, wenn wir draußen winken?«, meinte Alicia und konnte sich selbst kaum hören, so laut war es.

Emily überlegte. Ihr Vater hatte gesagt, sie sollten in der Hütte bleiben und leise sein. Von einem Hubschrauber hatte er nichts gesagt, und auch nicht, was sie tun sollten, wenn es fürchterlich laut wurde.

Sie nickte. Sofort sprang Alicia auf und rannte raus.

Der Hubschrauber seilte über der Lichtung, von der aus Wullitzer telefoniert hatte, einen Rettungssanitäter und eine Trage ab. Der Sanitäter rannte zu Paula, während Wullitzer die Trage in Empfang nahm. Er ertrug den Anblick des blutüberströmten Gütschow kaum, deshalb war er erleichtert, dass Paula es übernahm, diesen mit dem Sanitäter auf die Trage zu heben und festzuschnallen, sobald ein Druckverband dessen Blutung notdürftig stillte. Gemeinsam trugen sie die Trage zu der kleinen Lichtung, und wenige Minuten später drehte der Hubschrauber ab. Mit jeder Sekunde ließ der Lärm nach.

»Was hat der Förster gesagt, wo die Hütte ist?«, fragte Paula. Während sie auf den Rettungshubschrauber warteten, hatte Wullitzer sich von dem Förster beschreiben lassen, wo in der Nähe eine Hütte lag, und sich deren Koordinaten schicken lassen. Sie konnten nur hoffen, dass es die Hütte war, die Gütschow gemeint hatte.

Wullitzer deutete in die Richtung, in der die Sonne untergegangen war.

»Knapp zwei Kilometer«, sagte er und blickte zum Himmel. Noch gab es einen Rest Tageslicht. »Wir können es schaffen, solange es hell ist. Aber dann müssen wir uns beeilen.«

»Gut. Sie gehen vor, und ich bleibe direkt hinter Ihnen. Sollten Sie etwas wahrnehmen, das gefährlich werden könnte, suchen wir Deckung.«

Wullitzer nickte. Er ahnte, dass Verona Paula geraten hatte, das Kommando zu übernehmen, sobald es gefährlich wurde. Und das half ihm, nicht in Panik zu geraten.

»Nicht so weit weg von der Hütte«, hatte Emily noch geflüstert, da entdeckte sie im letzten Licht der Dämmerung eine Gestalt.

»Runter!«, sagte sie und warf sich auf den Boden. Sofort ließ Alicia sich auch fallen und drängte sich ganz nah an Emily. Die Kiefernnadeln piksten und stachen durch ihre T-Shirts, aber das war egal. Ein großer dicker Mann ging leise auf die Hütte zu. Sie konnten nur seine Silhouette erkennen und sahen sich mit aufgerissenen Augen an. War das der Mann, der vorhin geschossen hatte?

Die Hüttentür stand offen. Das war kein gutes Zeichen. War der Förster hier? Oder die Mädchen? Hardenberg lauschte. Es war vollkommen ruhig. Das Gewehr hielt er im Anschlag, versteckte sich hinter einer breiten Kiefer und warf einen Stein gegen die Hütte. Der Aufprall war lauter, als er erwartet hatte, doch niemand tauchte auf, und aus der Hütte drang kein Geräusch.

Das Gewehr in der einen, riss er mit der anderen Hand die Tür weit auf. Die Hütte war leer. Auf dem Tisch lagen dünne Zweige und Holzsplitter. Daneben aufgerissene Schokoriegel und Wasserflaschen. Die Mädchen waren also hier gewesen. Wo aber waren sie jetzt?

Sobald der Mann in der Hütte verschwunden war, richteten Emily und Alicia sich ein wenig auf.

»Da«, flüsterte Emily und deutete auf drei Kiefern, die im Sturm umgestürzt sein mussten und ihnen Schutz bieten würden. Sie robbten zu den Baumstämmen, kletterten drüber und blieben in einer kleinen Mulde zwischen ihnen gerade noch rechtzeitig liegen. Nur Sekunden später drückte der dicke Mann die Tür der Hütte wieder auf. Emily und Alicia pressten sich auf den Waldboden, sosehr sie konnten. Der Mann kam näher. Sie waren sicher, er suchte sie, wagten kaum zu atmen und hörten, wie er im Bogen um sie herumlief. Einmal schien er in ihre Richtung zu gehen, doch dann hörte er wohl, was auch Emily und Alicia wahrnahmen: ein Surren in der Luft. Eilig ging der Mann zurück in die Hütte.

Emily und Alicia atmeten auf und trauten sich, ein wenig hochzukommen. Die Tür zur Hütte war geschlossen. Drinnen ging eine Kerze an.

»Was machen wir jetzt?«, fragte Alicia flüsternd.

»Wir gehen ganz langsam weg«, sagte Emily leise, denn sie wollte nicht bei dieser Hütte bleiben. Doch dann hörte sie Geräusche. Ein leises, tiefes Grunzen. Wildschweine, vielleicht hundert Meter entfernt.

»Lass uns lieber warten, bis die weg sind«, flüsterte Alicia. Wildschweine waren ihr unheimlich. Und sie waren laut.

»Wildschweine«, sagte Wullitzer leise und deutete auf fünf dunkle Schatten, die mehr zu hören als zu sehen waren. Noch immer ging er voraus, doch mit jeder Minute wurde es dunkler, und es fiel ihm schwerer, sich zu orientieren. Er riss sich zusammen, aber er wusste, dass es nicht mehr lange gut gehen würde.

»Da!«, sagte Paula plötzlich, und Wullitzer blickte in die Richtung, in die sie deutete. Ein Licht war schwach zu erkennen, und erst als sie näher kamen, sahen sie, dass es eine Kerze in einer Hütte war. Hinter der Hütte war der Mond bereits zu erahnen, und bald würde er hoch genug stehen, um die Orientierung zu erleichtern.

Etwa dreißig Meter vor der Hütte blieben sie im Schutz einiger Kiefern stehen. Für einen Moment war in der Hütte die Silhouette eines Mannes zu erkennen. Dann erlosch die Kerze.

»Wenn Hardenberg die Mädchen dadrinnen in seiner Gewalt hat …«, flüsterte Paula, doch Wullitzer gab ihr das Zeichen zu schweigen. Er hatte vor ihr gehört, was jetzt auch Paula wahrnahm. Ein fast unhörbares Gewisper von Kinderstimmen ganz in der Nähe. Waren Emily und Alicia nicht in der Hütte, sondern irgendwo hier draußen?

Plötzlich öffnete sich die Hüttentür einen Spalt und Hardenbergs Silhouette tauchte auf. In den Händen hielt er ein Gewehr. Paula musste Wullitzer nicht ansehen, um zu wissen, was in ihm vorging. Ein bewaffneter Mann im Dunkeln und vermutlich zwei Mädchen, für deren Schutz er und Paula verantwortlich waren. Ein Albtraum.

Paula griff nach einem Stein und schleuderte ihn in die entgegengesetzte Richtung der Kinderstimmen. Hardenberg ging sofort zurück in die Hütte und zog die Tür zu.

»Wir müssen Verona informieren. Wir brauchen Verstärkung. Hier. Jetzt«, sagte Wullitzer leise. Paula hörte die Angst in seiner Stimme und blickte auf ihr Handy. Kein Netz.

»Wir schreiben ihr«, flüsterte sie. »Vielleicht geht die Nachricht durch.«

Diese Hütte war eine Falle. Wenn da draußen wirklich die Polizei war, dann würden sie die Hütte umstellen. Doch vielleicht warteten sie auf Verstärkung. Das war seine Chance. Er musste sie überraschen und schneller sein.

Die Tür flog auf und Hardenbergs massige Gestalt stürmte aus der Hütte, bog an der Außenwand sofort rechts ab und tauchte im Dunkel des Waldes unter. Paula wollte schon in seine Richtung zielen, doch Wullitzer packte ihren Arm und hielt sie zurück. Er musste nichts sagen. Sie würden nicht versuchen, Hardenberg festzunehmen, sondern auf Verstärkung warten.

Noch waren Hardenbergs Schritte im Wald zu hören, für einen Moment auch das Geräusch brechender Äste, und dann ein Fluchen. Hardenberg musste hängen geblieben und gestolpert sein, doch offenbar lief er weiter. Seine Schritte wurden leiser.

Wullitzer deutete in die Luft. Paula wusste nicht sofort, was er meinte, doch dann hörte sie das Surren einer Drohne. Wieder war sie beeindruckt, wie geschärft Wullitzers Sinne waren. Paula hatte gute Ohren, das wusste sie, doch Wullitzers Gehör schien außergewöhnlich zu sein.

»Dann kümmern wir uns jetzt um die Mädchen«, sagte Wullitzer und stand auf.

»Ich gehe vor«, sagte Paula leise.

Emily und Alicia hatten sich ein wenig aus ihrem Versteck getraut und gesehen, wie Hardenberg im Wald verschwunden war. Jetzt aber tauchte ein anderer kräftiger, großer Mann vor der Hütte auf, und die Mädchen wollten schon wieder hinter den Kiefern abtauchen, als dieser Mann sein Handy nahm und mit dessen Taschenlampe eine Frau anleuchtete.

»Die Frau kenn ich«, sagte Emily leise. »Die war bei uns. Aber die sollte nicht wissen, dass mein Papa zu Hause war. Das ist eine Polizistin.«

»Die war auch auf dem Hof, als wir reiten wollten. Die wollte mit Philipp reden«, sagte Alicia.

»Emily? Alicia?«, rief die Frau mit gedämpfter Stimme. »Wir sind von der Polizei. Ihr seid in Sicherheit. Eure Eltern warten auf euch.«

»Und wenn das nicht stimmt, was die sagt?«, raunte Emily. In den Filmen, die sie eigentlich nicht sehen durfte, logen Erwachsene oft, bevor sie etwas Schlimmes taten.

»Emily? Mein Name ist Paula. Und das ist Henry.« Die Frau deutete auf den großen Mann mit dem Handy. »Emily, wir haben deinen Vater gefunden. Deshalb war es vorhin so laut. Er ist mit dem Hubschrauber ins Krankenhaus geflogen worden.«

Paula hoffte, dass Emily und Alicia sie hörten.

»Emily?«, rief Paula etwas lauter. Noch immer strahlte Wullitzer sie mit der Taschenlampe seines Handys an, damit die Mädchen wussten, wer sie suchte. »Emily, ich weiß nicht, ob ich hier Empfang habe. Aber ich versuche jetzt, deine Mama anzurufen. Ich schalte den Lautsprecher ein, und wenn ich deine Mama erreiche, kannst du sie hören.«

Emily konnte sehen, wie Paula an der Hütte entlangging, bis sie ein wenig Netz hatte. Und schon, als sie das Klingeln des Handys hörte, begann Emily zu weinen. Als sie dann die Stimme ihrer Mutter hörte, stand sie auf und rannte auf Paula zu.

»Mama!«, schrie sie und riss Paula das Handy aus der Hand. »Mama!«, weinte sie, und dann konnte sie vor lauter Schluchzen nichts mehr sagen.

»Sagen Sie Frau Neuendorf, dass wir bei der Hütte sind. Der Förster weiß, wo das ist«, sagte Paula noch, bevor die Verbindung abbrach.

Emily klammerte sich an Paula und konnte kaum reden. Sie deutete auf die umgefallenen Kiefern, auf denen Alicia wie erstarrt stand.

»Gehen Sie«, sagte Wullitzer leise, und Paula wusste, was er meinte. Das Mädchen würde zu einer jungen Frau eher Vertrauen haben als zu einem großen älteren Mann, der nachts im Wald einschüchternd wirken konnte.

»Ich bin gleich wieder da«, sagte Paula deshalb zu Emily, löste vorsichtig ihre Arme und ging auf Alicia zu. Der Mond stand jetzt so hoch, dass das erste silberne Licht auf den Kiefern lag, und Paula konnte sehen, dass Alicia gleichzeitig zu lächeln und zu weinen begann. Als Paula sie erreichte, ließ sie sich einfach nach vorn fallen, sodass Paula sie gerade noch auffangen konnte. Wie Mona, dachte Paula, doch anders als ihre kleine Nichte ließ Alicia nicht mehr los, und Paula trug sie bis zur Hütte. Wullitzer gab Paula ein Zeichen: Gehen Sie mit den Kindern in die Hütte. Er hatte von Verona Neuendorf eine Nachricht bekommen: *Sind auf dem Weg zu euch. Der Förster weiß, wo ihr seid.*

In der Hütte sanken die Mädchen auf die Stühle. Paula hatte erwartet, dass Wullitzer ihr folgen würde, doch er blieb zurück. Sie hoffte, dass er wusste, was er tat.

»Kommt meine Mama auch bald?«, fragte Alicia leise.

»Ja«, antwortete Paula. »Der Förster bringt eure Eltern hierher.«

»Und was ist mit meinem Papa?«, fragte Emily.

»Dein Papa ist jetzt im Krankenhaus«, sagte Paula. »Er wird operiert, und dann ist er bestimmt bald wieder gesund.«

Sie war froh, dass Emily nicht genauer nachfragte. Sie hätte es nicht übers Herz gebracht, das Mädchen zu belügen, aber noch weniger hätte sie Emily sagen können, dass ihr Papa womöglich schon nicht mehr lebte.

Wullitzer stand vor der Hütte und atmete schwer. Allein hier draußen zu sein, während er im Mondlicht ein gut sichtbares

Ziel abgab, das war für ihn schwer auszuhalten. Doch Paula hatte das Vertrauen der Mädchen, deshalb musste er sich zusammenreißen und nicht an das denken, was passieren konnte. Einer von ihnen musste die Hütte sichern, bis Verstärkung kam, auch wenn es ihm schwerfiel. Er sah sich um und suchte sich eine Stelle neben der Hütte, auf die kein Mondlicht fiel. Auch von hier würde er jeden bemerken, der sich der Hütte näherte.

Drinnen redeten die Mädchen schon wieder normal, und als sie einmal sogar kurz lachten, musste Wullitzer lächeln. Wenn er jetzt durchhielt, bis die Kollegen hier waren, dann hatten sie vieles richtig gemacht. Er und seine neue Kollegin.

Als sich die Hüttentür öffnete, erschrak Wullitzer.

»Ich löse Sie ab«, sagte Paula leise. »Die Mädchen haben sich ein Mikado gebastelt. Da war ich schon immer schlecht drin.«

Wullitzer zögerte. Die Vorstellung, Paula könnte in Gefahr geraten, wenn sie allein hier draußen war, war kaum zu ertragen.

»Machen Sie sich keine Sorgen. Ich such mir Deckung, und unsere Kollegen werden gleich eintreffen«, sagte Paula.

Wullitzer nickte. Seine Kollegin schien zu wissen, was es für ihn bedeutete, hier draußen im Dunkeln womöglich eine Zielscheibe zu sein, und ihr war offenbar auch klar, dass er um sie Angst hatte.

»Gehen Sie rein. Die Mädchen warten auf Sie«, sagte Paula und lächelte Wullitzer aufmunternd zu.

»Danke«, sagte er und riss sich los.

Paula hatte geahnt, wie viel Überwindung es Wullitzer gekostet haben musste, allein hier im Wald zu stehen, obwohl ein mutmaßlicher Mörder in der Nähe sein konnte. Sie rechnete es ihm hoch an, dass er es dennoch getan hatte. Es wäre fahrlässig gewesen, die Hütte und die Mädchen außen nicht zu sichern.

Paula ließ die Tür einen Spalt weit offen und sah, dass Wullitzer nicht sofort zu dem Tisch ging, an dem die Mädchen saßen, sondern bei der Tür stehen blieb.

»Paula hat gesagt, dass sie ganz schlecht ist in Mikado«, hörte sie ihn sagen.

»Paula kann das wirklich überhaupt nicht«, sagte Alicia und klang schon wieder normal und etwas frech.

»Darf ich denn ausprobieren, ob ich genauso schlecht bin wie Paula?«

»Du bist bestimmt noch viel schlechter!«, krähte Alicia.

Paula lächelte. Wullitzer schien auch mit Kindern gut umgehen zu können.

Kurz darauf hörte Paula erst Motorengeräusche, und dann sah sie Autoscheinwerfer. Je näher diese Lichter kamen, desto mehr schienen sie zu tanzen, denn nur ein holperiger, unscheinbarer Waldweg führte zur Hütte.

Wullitzer kam mit den Mädchen nach draußen. Zunächst versteckten sie sich noch hinter ihm, doch als die Wagen anhielten und die Eltern mit dem Förster zur Hütte liefen, rannten die Mädchen ihnen entgegen.

Verona Neuendorf trat zu Paula und Wullitzer.

»Gute Arbeit«, sagte sie. »Das Polizeipräsidium ist stolz auf euch. Und ich auch.«

»Wie geht es Hagen Gütschow?«, fragte Wullitzer.

»Er hat sehr viel Blut verloren, und er ist schon zweimal operiert worden. Aber er hat eine Chance. Die Ärzte klangen vorsichtig optimistisch.«

»Sehr gut«, sagte Paula erleichtert. »Und Hardenberg?«

»Die Wärmebildkameras haben ihn erfasst. Er bewegt sich Richtung Westen, Richtung Niemegk. Aber er ist langsamer geworden. Vielleicht hat er die Drohne bemerkt. Wir lassen sie jetzt so hoch fliegen, dass er sie kaum hören kann. Die Signale sind dadurch schwächer, aber sobald er die Deckung der Bäume verlässt, wartet eine Spezialeinheit auf ihn. Er wird nicht entkommen.«

28

In den nächsten Minuten trafen mehrere Geländewagen mit Kollegen und Kolleginnen ein, die die Umgebung der Hütte sicherten. Emily, Alicia und ihre Eltern wurden so schnell wie möglich nach Hause gebracht. Lena Gütschow und Sonja Meisinger bedankten sich immer wieder bei Paula und Wullitzer, bevor sie einstiegen.

»Wir müssten von den Mädchen noch erfahren, wie sie hierhergekommen sind«, sagte Paula. »Aber das hat Zeit bis morgen. Und vor allem«, sie sah Lena Gütschow an, »hoffe ich, dass Ihr Mann wieder gesund wird.«

Es war ein langer Tag gewesen. Letzte Nacht hatten Paula und Wullitzer in Eberswalde mit Lukas Schuster gesprochen, heute früh fehlten in der Datenbank die Ordner zu Vinzenz und Torben Schiller, der demolierte Wagen von Hagen Gütschow war gefunden worden, und gegen Mittag waren Emily und Alicia mit Gütschow verschwunden. Inzwischen war es tiefe Nacht, und Paula merkte, wie müde sie war.

Außerdem stellte sie fest, dass Wullitzer nicht mehr da war. Kurz überlegte sie, ob er wortlos in einen der Wagen gestiegen und nach Hause gefahren war, doch dann hörte sie ihn in der

Dunkelheit des Waldes singen. *Oh Shenandoah*, ein langsames und wehmütiges Seemannslied. Paula suchte sich einen dunklen Platz hinter einigen Bäumen und lauschte ihrem Partner. Er hatte eine volle, warme Stimme, und der Gesang klang, als würde er aus der Tiefe seiner Seele kommen.

Bis eben hatten die Polizisten die Hütte und die nähere Umgebung untersucht und sich dabei leise unterhalten. Diese Gespräche waren jetzt verstummt. Alle schienen auch noch zu lauschen, als der Gesang bereits verklungen war.

Nach einigen Minuten trat Wullitzer aus dem Schatten der Kiefern, und der Revierleiter aus Treuenbrietzen brachte ihn, Paula und Verona Neuendorf zurück zu ihren Wagen. Auf dem Waldweg schwankte der Geländewagen an einigen Stellen so sehr, dass sie sich festhalten mussten und es nicht auffiel, dass sie kaum sprachen.

»Henry, ich fahr dich nach Hause«, sagte Verona Neuendorf, als sie eine halbe Stunde später bei ihren Wagen waren.

»Danke, aber das macht Frau Osterholz«, erwiderte Wullitzer, ohne Paula gefragt zu haben. Verona Neuendorf wirkte überrascht, und auch Paula wunderte sich. Vielleicht, dachte sie, will er heute Nacht nicht von unserer Vorgesetzten ausgefragt werden. Aber vielleicht gab es ja auch einen anderen Grund.

Während der Fahrt zurück nach Potsdam sagte Wullitzer jedoch fast nichts. Das Radio lief leise, und Paula hatte ein paarmal den Eindruck, dass Wullitzer einschlief. Als sie vor seinem Haus hielt, schien er jedoch hellwach zu sein, stieg aber nicht aus.

»Sie dürften in den letzten Tagen ja gemerkt haben, dass mir unser Beruf nicht mehr so leichtfällt«, begann er leise, ohne Paula anzusehen. »Das war früher anders.« Paula schwieg, und Wullitzer schien auch nicht auf eine Antwort zu warten. »Sie haben mir heute sehr geholfen. Ohne Sie ...« Wullitzer sprach nicht weiter, sondern stieg aus, schloss die Wagentür leise und ging auf sein Haus zu. Vor dem Eingang drehte er sich um und blieb stehen. Paula wunderte sich, weil er nicht ins Haus ging, sondern zu zögern schien. Deshalb stieg sie aus und ging auf ihn zu.

»Alles in Ordnung?«, fragte sie.

Wullitzer nickte.

»Übrigens ... Weil wir ein Team sind und viel Zeit miteinander verbringen werden ...« Er streckte Paula die Hand entgegen. »Henry.«

Paula lächelte überrascht und nahm seine Hand. »Paula.«

»Den Quatsch, dass wir jetzt anstoßen müssten, sparen wir uns erst mal, okay?«

»Ist mir nur recht«, sagte Paula.

»Dann bis morgen.«

Wullitzer ging Richtung Wohnungstür, winkte einmal, ohne sich umzudrehen, und dann glaubte Paula, er würde schwanken. Doch er schwankte nicht. Er tänzelte.

Es war fast zwei, als Paula vor dem Haus ihrer Tante hielt. Heute hätte sie gern noch mit jemandem geredet, doch nirgends brannte Licht. Als sie die Haustür fast erreicht hatte, wurde es jedoch im Wohnzimmer hell. Helene tauchte im Pyjama auf und gähnte.

»Hab ich dich geweckt?«, fragte Paula leise.

»Nein. Ich ...«

Paula ahnte, dass ihre Tante auf sie gewartet hatte, es aber nicht zugeben würde. Schon damals, als Paula und ihre Geschwister vom Ammersee nach Potsdam gezogen waren, hatte Helene beteuert, nicht wie eine Mutter nachts wach bleiben zu wollen, bis die Kinder endlich zu Hause waren. Aber genau das hatte sie dann jahrelang getan, als Paula, Linda und Raffa anfingen, Nächte in Clubs und auf Partys zu verbringen.

»Möchtest du einen Wein?«, fragte Helene.

»Du willst doch schlafen.«

»Ich will vor allem wissen, wie es bei dir war. Gestern war es auch schon spät, und heute … Ist das in deinem Job jede Nacht so?«

»Nein. Aber heute hat es sich gelohnt.«

Helene holte eine Weinflasche und zwei Gläser und setzte sich auf das Sofa, das gemütlich und unverrückt an derselben Stelle stand, seit Paula dieses Haus kannte.

Ihre Tante war die Einzige, der Paula schon früher gelegentlich von ihren Ermittlungen erzählt hatte. Als Therapeutin wusste Helene, was Verschwiegenheit bedeutet, und Paula konnte sicher sein, dass sie niemals auch nur ein Wort von dem, was Paula ihr anvertraute, weitertragen würde.

Schon nach dem zweiten Schluck Wein musste Paula gähnen. Trotzdem erzählte sie, während ihre Augen immer wieder zufielen.

»Willst du vielleicht hier auf dem Sofa schlafen?«, hörte Paula plötzlich ihre Tante sagen und schreckte hoch. Helene stand vor ihr und umklammerte das Weinglas, das Paula noch in der Hand hielt, während ihr Kopf zur Seite gesackt war.

»Nein, nein, geht schon«, erwiderte Paula und schüttelte sich.

»Dann sieh zu, dass du ins Bett kommst.«

29

Als Paula aus der Dusche kam, las sie auf ihrem Handy eine Nachricht von Helene: *Wenn du noch Zeit hast, wartet ein Frühstück bei mir.* Außer Kaffee gab es im Haushalt von Raffa nichts, deshalb saß Paula kurz danach am Tisch ihrer Tante.

»Linda hat mich übrigens gestern Abend angerufen«, sagte Helene, und Paula befürchtete schon, es ginge ihrer Schwester schlecht. Doch Helene grinste. »Mona hat ihrem Papa am Telefon wohl ziemlich eingeheizt. Die Kleine weiß ja, was sie will, und sie hat ihm gesagt, dass sie ihn doof findet, weil er immer weg ist, und dass es viel schöner ist, wenn Onkel Raffa und Tante Paula da sind.«

»Sie ist ihrer Mutter wirklich erstaunlich ähnlich«, sagte Paula und musste lachen.

»Oh ja. Wenn Mona etwas will, dann bekommt sie es auch. Auf jeden Fall hat Bene sich wohl so erschrocken, dass er gestern direkt nach dem Konzert nach Hause gefahren ist. Sonst behauptet er ja immer, er muss sich auf den nächsten Auftritt konzentrieren. Geht wohl auch anders. Heute Abend spielt er wieder in der Elbphilharmonie, aber bis dahin kümmert er sich um Linda und Mona.« Helene verzog skeptisch den Mund. »Ich hoffe, es bleibt nicht bei diesem einen Mal.«

Paula sah, dass ein Wagen vor dem Haus hielt. Sie war davon ausgegangen, dass Raffa noch schlief, doch ihr Bruder stieg aus dem Wagen, küsste eine Frau und kam grinsend ins Haus.

»Frühstück. Sehr gut. Darf ich?«, fragte er und setzte sich.

»Möchte der Herr Kaffee?«, fragte Helene spöttisch.

»Das wäre fantastisch«, erwiderte Raffa und gähnte. »Aber vielleicht sollte ich auch nur was essen und dann schlafen.«

»Wie es dem Herrn beliebt«, sagte Helene und Paula merkte, wie eingespielt die beiden waren.

Im Präsidium bat Verona Neuendorf sofort Paula, Vanessa und Jonas zu sich ins Büro und holte auch Eigendorf von der Spurensicherung dazu.

»Warten wir nicht, bis Henry hier ist?«, fragte Paula. Sie registrierte den wohlwollenden Blick der Kolleginnen, weil sie ihren Partner zum ersten Mal beim Vornamen nannte. Vor allem erfuhr sie, dass Wullitzer erst später kommen würde. Warum, erwähnte Verona Neuendorf jedoch nicht.

»Also«, begann Eigendorf. »Wir haben die ganze Nacht durchgearbeitet und sind zu erstaunlich vielen Erkenntnissen gekommen.« Er blickte in die Runde. Diese verdammten Spurensicherer, dachte Paula. Immer ziehen sie ihre Erkenntnisse in die Länge. »Wir haben es ja mit drei erschossenen Menschen sowie zwei toten Wölfen zu tun. In dieser speziellen Situation müssen wir die wohl mit zu den Fällen zählen.« Eigendorf sah Paula an. »Und zu all diesen Fällen kennen wir jetzt die Tatwaffen.«

Eigendorf und Verona Neuendorf hatten wohl erwartet, dass Paula überrascht sei, doch sie nickte nur. »Ich bin beeindruckt«, sagte sie erst nach einer Pause, denn Eigendorf schien auf ein Lob zu warten.

»Zwei Waffen, ein Anschütz 1861 und eine Beretta 92, sind auf Wilhelm Hardenberg zugelassen und weisen auch seine Fingerabdrücke auf. Das Anschütz hatte er letzte Nacht bei sich, und die Beretta hatten wir ja in dem Waldstück bei Nettgendorf gefunden.«

»Hardenberg verweigert seit seiner Festnahme jegliche Aussage. Ohne seinen Anwalt hat er nicht einmal Angaben zur Person gemacht«, sagte Verona Neuendorf, der es wohl auch zu lange dauerte, bis Eigendorf zur Sache kam. »Aber wenn ich dich richtig verstanden habe, Norbert ...«

»Genau«, unterbrach der. »Mit dem Jagdgewehr von Hardenberg, dem Anschütz, wurden sowohl der bisher unbekannte Tote im Wald als auch der Wolf beim Pferdehof getötet. Und mit seiner Pistole, der Beretta, ist Valentin Urbanczyk erschossen worden. Das hatten wir ja schon gestern herausgefunden.«

»Ich weiß, dass Sie Herrn Hardenberg von Anfang an im Blick hatten«, sagte Verona Neuendorf zu Paula. »Zum einen: Respekt. Ohne Frage. Aber jetzt müssen wir alles daransetzen, ihn entweder zu einem Geständnis zu bewegen oder ihm die Taten tatsächlich nachzuweisen.«

Paula blickte Eigendorf an.

»Sie sagten, zu allen Morden kennen wir die Tatwaffen. Was ist mit Alexandra Schuster, der Pferdezüchterin?«

»Alexandra Schuster wurde mit einer russischen Jarygin PJa erschossen. Und zwar mit der, die Sie und Henry letzte Nacht bei Hagen Gütschow gesichert haben.«

»Wie bitte?«, entfuhr es Paula, denn damit hatte sie nicht gerechnet. »Gütschow könnte die Pferdezüchterin getötet haben?«

»Wir wissen allerdings noch nicht, ob und wann Gütschow vernehmungsfähig sein wird«, sagte Verona Neuendorf. »Er ist stabiler, aber die Ärzte halten ihn im künstlichen Koma und können noch nicht endgültig sagen, ob er durchkommen wird.«

347

»Auf der Waffe sind zwar Gütschows Fingerabdrücke«, fuhr Eigendorf fort. »Aber die Jarygin PJa ist in Tschechien registriert.«

»Das heißt, ob und seit wann sie in Gütschows Besitz war, müssen wir noch herausfinden«, sagte Paula. »Ich schlage vor, dass wir als Erstes sein Haus durchsuchen. Vielleicht finden wir passende Munition oder andere Hinweise. Vielleicht weiß seine Frau auch etwas.«

»Ich kümmere mich um die Genehmigung«, erwiderte Verona Neuendorf. »Das dürfte in diesem Fall sehr schnell gehen.«

Paula wäre es lieber gewesen, nur mit einem kleinen Team bei Lena Gütschow aufzutauchen, um vor allem die Tochter Emily nicht noch mehr zu beunruhigen. Doch nachdem sie den Durchsuchungsbeschluss innerhalb einer Stunde bekommen hatte, bestand Verona Neuendorf darauf, dass sie, Vanessa und Jonas sowie die Spurensicherung mit vier Leuten sofort zu Gütschow fuhren. Und sie setzte sich auch wie selbstverständlich im Dienstwagen neben Paula auf den Beifahrersitz.

»Ich hab schon gehört, dass Sie eine recht sportliche Fahrweise haben«, sagte Neuendorf, als Paula vor einer Ampel, die gerade auf Gelb sprang, Gas gab.

»Es könnte ja sein, dass Gefahr in Verzug ist«, sagte Paula mit leichtem Spott, war jedoch froh, dass sie die Ampel passiert hatte, bevor sie rot wurde.

»Genau das würde Henry jetzt auch sagen«, erwiderte Neuendorf und lächelte. »Es freut mich wirklich sehr, dass Sie und Henry gut miteinander zurechtkommen. Wirklich sehr.«

Paula ging davon aus, dass die beiden entweder heute früh oder gestern Nacht noch gesprochen hatten. Sie hätte gern gewusst, wo Wullitzer steckte, aber wichtiger war, jetzt den Einsatz zu besprechen.

»Lassen Sie uns beide als Erste reingehen. Allein. Ich bin sicher, wir erfahren dann mehr«, sagte sie deshalb.

»Falls Gütschow der Mörder der Pferdezüchterin ist und seine Frau ihn deckt, könnte das gefährlich sein«, entgegnete Neuendorf.

»Frau Gütschow ist eine junge Mutter in einer schwierigen Situation mit einem schwer einzuschätzenden Mann. Diese Frau ist nicht gefährlich, und wir müssen dafür sorgen, die kleine Tochter nicht noch mehr zu traumatisieren«, sagte Paula entschlossen. »Und falls es Sie beruhigt, ich gehe da auch allein rein. Ich bin sicher, das hilft uns mehr, als wenn eine ganze Kompanie das Haus stürmt.«

Paula hätte sich nicht gewundert, wenn ihre Vorgesetzte verärgert gewesen wäre. Doch Verona Neuendorf kniff die Augen zusammen, dachte nach und nickte.

»Einverstanden. Nur Sie und ich. Ich informiere Norbert.«

Vor dem Haus der Gütschows stand ein roter Tesla, der Paula schon mehrfach aufgefallen war. Verona Neuendorf wollte aussteigen, doch Paula zögerte.

»Warten Sie bitte noch.«

»Worauf?«

»Vielleicht ist Emilys Freundin hier. Das ist der Wagen von Alicias Vater.«

»Ja, und?«

Bevor Paula antworten konnte, öffnete sich die Haustür. Emily und Alicia kamen mit dem Vater aus dem Haus, nahmen im Tesla Platz und fuhren los.

»Sehr gut«, sagte Paula und stieg aus.

»Ich … ich wollte gerade zu Hagen ins Krankenhaus«, stammelte Lena Gütschow nervös, als Paula und Verona Neuendorf vor ihrer Tür standen.

»Wir müssten leider vorher mit Ihnen reden und uns bei Ihnen auch umsehen«, sagte Paula. »Dürfen wir reinkommen?«

Lena Gütschow ließ die beiden eintreten und ging ins Wohnzimmer voraus. Wieder fiel Paula auf, wie ordentlich es hier war. Sie nahm auch zur Kenntnis, dass Verona Neuendorf im Gang stehen blieb. Paula sah sie fragend an, und ihre Chefin nickte. *Ich bleibe hier im Hintergrund*, las Paula in dem Blick.

»Haben die Ärzte Ihnen gesagt, wie es Ihrem Mann geht?«, fragte Paula.

»Sie sagen, er ist stabil. Aber sie sagen auch, es kann noch Tage dauern, bis er wieder aufwacht. Ich weiß nicht, wie ich das Emily erklären soll. Sie ist so tapfer, die Kleine …« Lena Gütschow presste die Lippen aufeinander. »Außerdem haben die Ärzte gesagt …« Sie blickte Paula in die Augen. »Er verdankt Ihnen sein Leben. Ihnen und Ihrem Kollegen. Hagen hat so viel Blut verloren. Eine halbe Stunde später, und …« Sie weinte, und Paula ließ ihr Zeit, sich zu beruhigen.

»Wir haben neben Ihrem Mann eine Pistole gefunden«, sagte sie dann.

»Eine Pistole? Hagen hat keine Pistole. Ausgeschlossen«, erwiderte Lena Gütschow ungläubig.

»Wir müssen herausfinden, warum diese Waffe neben ihm lag. Ihr Mann hat einen Computer, nehme ich an?«

»Ja. Oben. In seiner Dachkammer. Diese Pistole … hat Hagen damit geschossen?«

»Wir befürchten es.«

Die Frau schluckte.

»Vor fünf Tagen. Sonntag auf Montag. War Ihr Mann da nachts unterwegs?«, fragte Paula.

Lena Gütschow nickte.

»Und war danach etwas anders als sonst?«

Eine Zeit lang starrte die Frau auf das Muster des Teppichs. Verona Neuendorf tauchte ungeduldig in der Wohnzimmertür auf, und Paula gab ihr zu verstehen, dass sie noch Zeit brauchte.

»Seit etwa drei Monaten ist etwas anders«, sagte Lena Gütschow. »Irgendwas muss da passiert sein. Ich weiß aber nicht, was. Der Wald und die Wölfe, damit sollte ich nichts zu tun haben.«

»Können Sie sagen, seit wann das genau war?«

»Genau …« Lena Gütschow überlegte. »Emily hatte da einen Test in Mathe, und sie war die Beste in der Klasse. Hagen war unglaublich stolz auf sie, aber anders als sonst. Irgendwie … ich weiß nicht, verzweifelt. Ja. Verzweifelt wirkte er.«

»Ist dieser Test hier irgendwo? Mit dem Datum?«

»Der müsste bei Emilys Sachen sein. In ihrem Zimmer.«

»Gut. Suchen Sie den bitte gleich raus. Aber vor fünf Tagen. Was war da?«

»Vor fünf Tagen … Manchmal hat Hagen nachts im Wald geschlafen. Einfach so, auf dem Boden, und wenn er dann morgens zu uns kam, war er wie erholt. Aber vor fünf Tagen, da war er anders. Angestrengt. Und irgendwie … gequält.« Gütschow sah Paula beunruhigt an. »Warum fragen Sie das?«

»Ich will Sie nicht noch mehr beunruhigen. Sie wissen ja, dass in der Nacht Alexandra Schuster getötet wurde, und wir müssen klären, ob Ihr Mann damit zu tun hat. Bisher ist es nur ein Verdacht, und er könnte auch unbegründet sein. Wir haben einen Durchsuchungsbeschluss und werden deshalb in Ihrem Haus nachsehen, ob es Hinweise gibt«, sagte Paula. »Und zwar auch welche, die Ihren Mann entlasten könnten.«

Die Indizien gegen Hagen Gütschow waren zwar mehr als deutlich, aber sie sah das Entsetzen im Gesicht von Lena Gütschow. Diese Frau hatte mit ihrem Mann vermutlich viel mitgemacht, und solange es keine sicheren

Beweise oder ein Geständnis gab, galt auch für Gütschow die Unschuldsvermutung.

Während Eigendorf und seine Leute das Haus durchsuchten und den Computer beschlagnahmten, sprach Paula ihre Vorgesetzte an.

»Ich würde gern zu dem Pferdehof fahren und noch einmal mit Philipp Carow reden. Ich bin nicht sicher, ob er uns schon alles gesagt hat, was er weiß.«

Verona Neuendorf überlegte kurz.

»Gut, da muss ich ja nicht dabei sein. Vanessa und Jonas werden mich mitnehmen, sobald wir hier fertig sind. Ich habe jetzt übrigens die Genehmigung, uns die Konten des Pferdehofs anzusehen. Geben Sie mir Bescheid, ob das jetzt noch von Bedeutung ist, dann schicke ich die Kollegen los«, sagte sie.

Paula überlegte. »Ich melde mich, wenn ich mit Carow geredet habe. Vielleicht wissen wir dann schon alles, was wir brauchen«, sagte sie, und es war ihr nur recht, ohne ihre Vorgesetzte aufbrechen zu können.

Paula verabschiedete sich von Lena Gütschow, die das Heft mit dem Mathe-Test ihrer Tochter noch nicht gefunden hatte. Sie wollte Emily aber fragen und sich dann melden.

»Es kann sein, dass sie es mit zu Alicia genommen hat. Die beiden lernen oft zusammen«, sagte sie.

Paula war gerade in den Wagen gestiegen, als Wullitzer anrief.

»Wo sind Sie, äh, wo bist du gerade?«, fragte er.

»Ich will noch mal zu Philipp Carow.«

»Sehr gut. Kannst du mich zu Hause abholen? Der Schäfer hat mich angerufen. Ein Wolf hat letzte Nacht sechs seiner Schafe gerissen, und die Wolfsschützer stehen auch schon wieder bei ihm auf dem Hof.«

»Bin gleich da.«

Wullitzer wartete bereits vor dem Haus, als Paula anhielt.

»Verona hatte mich gestern Nacht noch gedrängt, mir auf keinen Fall einen Wecker zu stellen, sondern auszuschlafen. Ausnahmsweise hab ich auf unsere Chefin gehört. Normalerweise bin ich sowieso um fünf wach. Eben hat mich dann der Schäfer geweckt.« Paula merkte, wie aufgekratzt Wullitzer war, und freute sich für ihn.

Vor dem Hof des Schäfers standen knapp zehn Leute, von denen Paula einige bereits kannte.

»Der soll sich einfach besser um seine Schutzzäune kümmern!«, rief einer der Wolfsschützer, als Paula und Wullitzer ausstiegen.

»Und Sie sollten ihm sein Gewehr abnehmen. Sonst knallt der irgendwann nicht nur Wölfe, sondern auch uns ab!«, sagte eine der Wolfsschützerinnen, die Paula aus der Nacht im Wald kannte.

»Woher wissen Sie von den gerissenen Schafen?«, fragte Paula die Frau.

»Wir werden unsere Quellen nicht ausgerechnet Ihnen verraten. Sorgen Sie dafür, dass dieser Typ bestraft wird. Wölfe abschießen ist streng verboten«, bekam sie zur Antwort.

»Hat Herr Lisewski denn einen Wolf getötet?«, fragte Paula.

»Er hat ein Gewehr, er hasst Wölfe, und vor drei Tagen wurde hier ein Wolf geschossen. Was brauchen Sie noch mehr?«

»Beweise?«, erwiderte Wullitzer spöttisch.

»Für uns sind das Beweise!«

»Und für uns sind das Anschuldigungen. Im Bereich von Verleumdung und Rufmord. Auch das ist strafbar.«

»Wollen Sie uns drohen?«, fragte einer der Männer, der nachts mit einem Knüppel im Wald gewesen war.

»Wir sind die Polizei«, erwiderte Wullitzer streng. »Wir drohen nicht, sondern wir sorgen dafür, dass Gesetze eingehalten werden. Und da Sie hier kurz vor einem Hausfriedensbruch stehen, rate ich Ihnen dringend zu verschwinden.«

»Aber wir haben …«

»Ein Anruf, dann wimmelt es hier von Kollegen, und Sie landen alle im Polizeipräsidium und wir nehmen Ihre Personalien auf. Wollen Sie das?«

Die Wolfsschützer sahen sich wütend an. Paula ging zu der Frau mit den kurz rasierten Haaren, die nachts im Wald geflohen war.

»Sie hatten unseren Kollegen gesagt, Sie hätten mit jemandem gechattet, der sich Jack London nannte. Wir wissen immer noch nicht, wer das ist. Gibt es noch etwas, das Sie über ihn wissen? Wir könnten dann vielleicht sowohl seinen Tod aufklären als auch erfahren, wer in seiner Nähe einen Wolf getötet hat.«

»Warum sollte ich Ihnen das sagen?«

»Wenn sich unser Verdacht bestätigt, würde jemand im Gefängnis landen. Von da aus könnte er keine Wölfe mehr töten.«

Die Aussicht schien der Frau zu gefallen.

»Er hat manchmal noch einen anderen Namen benutzt. John … Weißt du noch, wie der weiter hieß?«, rief sie einem Mann zu.

»John … Norton oder so was. Torton, was weiß ich. Irgendwie so«, erwiderte der.

»Sonst noch etwas?«, fragte Paula.

»Nein.«

»Dann müssen wir Sie bitten, diese kleine Versammlung aufzulösen. Wir kümmern uns jetzt um den Schäfer.«

»Der hat vorhin eine Waffe in seinen Wagen gelegt. Der wollte uns drohen!«, rief einer aus der Gruppe.

»Das werden wir klären.«

Murrend zogen sich die Wolfsschützer zurück.

»Danke«, sagte der Schäfer, nachdem die Gruppe abgefahren war. »Ich hatte schon Angst, die fackeln mir den Hof ab.«

»Haben Sie denn einen von denen bedroht?«

»Ich hab nur meine Waffe geholt. Finden Sie mal Ihre toten Tiere, wenn der Wolf sie gerissen hat. Das ist schwer zu ertragen. Für meine Frau ist das noch schlimmer. Es ist furchtbar.«

Paula entdeckte auf dem Hof einen Wagen, der ihr bekannt vorkam.

»Das ist der Herr Carow«, sagte Lisewski mit leichtem Spott. »Der ist vorhin gekommen, nachdem er von meinen toten Schafen gehört hatte. Er ist wohl der Vernünftigste in der Familie. Will mir ein Angebot machen, damit wir beide besser zurechtkommen. Als diese Wolfsromantiker aufgetaucht sind, hat er sich aber lieber versteckt. Der kann das mit den Reitern vergessen, wenn diese Fanatiker ihn fertigmachen.«

Paulas Handy klingelte und sie erkannte die Nummer von Lena Gütschow.

»Bin gleich wieder da«, sagte sie zu Wullitzer und ging außer Hörweite.

»Sie wollten doch wissen, wann dieser Mathe-Test von Emily war«, sagte Lena Gütschow. »Das war am 29. Mai. In der Nacht vorher war Hagen im Wald, und danach war irgendetwas anders. Hilft Ihnen das?«

»Ja. Vielen Dank«, sagte Paula ungläubig. Sie kannte dieses Datum nur zu gut. In der Nacht war Vinzenz erschossen worden.

Sie ging zurück und erfuhr, was Philipp Carow dem Schäfer vorgeschlagen hatte: Um ihm den Schutz gegen Wölfe zu erleichtern, wollte er ihm Land, das den Carows gehörte, günstig verpachten.

»Herr Lisewski hätte dadurch eine größere zusammenhängende Fläche, die er mit fest installierten Zäunen besser sichern kann«, sagte Carow. »Und ich werde den Hof ohne Alexa ohnehin verkleinern müssen.«

»Das klingt sehr vernünftig«, sagte Paula. »Dürfte ich Sie kurz unter vier Augen sprechen?«

»Ja. Natürlich …«, erwiderte Carow und folgte Paula.

»Sie hatten uns von der Nacht erzählt, in der Wilhelm Hardenberg einem Wolf den Kopf abgeschnitten hat«, sagte sie. »Ist Ihnen inzwischen das genaue Datum eingefallen?«

Paula sah, dass Philipp Carow sich wand.

»28. Mai«, sagte er schließlich. »An dem Abend sind wir zu dritt los.«

Der 28. Mai. In der Nacht war auch Gütschow im Wald gewesen und am nächsten Tag verstört nach Hause gekommen, wie seine Frau sagte. Hatte er etwas von dem abgetrennten Kopf eines Wolfs mitbekommen? Wollte er den Tod dieses Wolfs womöglich rächen?

»Eigentlich können wir ja davon ausgehen, dass die Morde aufgeklärt sind«, sagte Wullitzer während der Fahrt ins Präsidium. »Wir haben zwei Täter und erdrückende Beweise. Aber der eine verweigert die Aussage, und der andere liegt im Koma. Für unseren Staatsanwalt dürfte das noch etwas zu kompliziert sein«, fügte er hinzu.

Paula dachte nach und reagierte nicht.

»Was überlegst du?«, wollte Wullitzer wissen.

»Ich brauch kurz Zeit zum Nachdenken, bevor wir ins Büro fahren.«

»Stör ich dabei?«

»Ganz im Gegenteil«, sagte Paula und bog von der Amundsenstraße nicht rechts zum Polizeipräsidium, sondern links in die Maulbeerallee Richtung Schloss Sanssouci ab.

»Hat dir neulich die Stadtführung mit Verona so gut gefallen, dass du dir jetzt das Schloss angucken willst?«, fragte Wullitzer.

»Nein«, erwiderte Paula, lachte und hielt in einer Parkbucht unterhalb vom Orangerieschloss. Das lang gestreckte, sandfarbene Gebäude mit seinen beiden Türmen und dem markanten offenen Säulengang lag auf einer Anhöhe oberhalb der Allee. Paula löste ihren Gurt und sah Wullitzer an.

»Am 28. Mai gehen Alexandra Schuster und ihr Bruder Philipp Carow mit Hardenberg abends zum ersten Mal los, um Wölfe zu jagen. Sie erlegen einen Wolf, Hardenberg schneidet ihm den Kopf ab und legt ihn in einen Unterstand, den sich möglicherweise ein Wolfsschützer gebaut hatte.« Paula verzog den Mund. »In der Nacht war auch Hagen Gütschow im Wald und kam morgens verzweifelt zurück, wie seine Frau sagt.«

»Du denkst, Gütschow war der Wolfsschützer mit dem Unterstand und hat nachts den abgeschnittenen Kopf gefunden? Und wollte schon da Rache?«

»Ja, so könnte es gewesen sein. Und vermutlich war er jetzt vor fünf Tagen auch im Wald, als Alexandra Schuster einen Wolf getötet und Hardenberg wohl den Unbekannten erschossen hat. Was ist, wenn Gütschow das gesehen hat? Alexandra Schuster wird er vom Pferdehof gekannt haben. Er entdeckt sie im Wald, ist sicher, dass sie einen seiner geliebten Wölfe umgebracht hat, folgt ihr zum Pferdehof und stellt sie zur Rede.«

»Und erschießt sie«, fuhr Wullitzer fort, weil Paula zögerte. »Vielleicht im Streit, vielleicht in Notwehr.«

»Dann hätten wir eine Waffe bei ihr finden müssen«, sagte Paula.

»Oder Gütschow hat sie mitgenommen. Und vielleicht taucht die Waffe noch auf.«

»Oder …«

»Ja?«

»Neben der Toten lag ihr Handy«, sagte Paula. »Vielleicht dachte sie, er ist unbewaffnet, und wollte die Polizei rufen.

357

Oder Hilfe holen. Ihren Bruder oder Hardenberg. Und da hat er geschossen.«

Wullitzer überlegte und warf einen Blick Richtung Schlosspark, der sich unterhalb einer Mauer mit antiken Marmorfiguren ausbreitete.

»Vermutlich war es so. Und vielleicht wacht Gütschow bald aus dem Koma auf und gesteht. Dann wissen wir, ob wir richtigliegen«, sagte Wullitzer.

»Oder wir stoßen auf weitere Beweise.«

»Und vielleicht bekommen wir von Hardenberg ja doch noch ein Geständnis. Ich bin sicher, dass er Gütschow zum Schweigen bringen wollte, weil der zu viel weiß«, ergänzte Wullitzer.

»Ja, danach sieht es aus. Präsidium?«

»Falls du hier nicht noch Sightseeing machen musst …« Wullitzer deutete auf eine große Reisegruppe, die die Treppe zum Orangerieschloss herunterkam.

»Auf keinen Fall«, rief Paula, wendete und fuhr zurück Richtung Kaiser-Friedrich-Straße.

In dem Moment klingelte Wullitzers Handy.

»Verona«, sagte er und ging ran. Paula konnte mithören.

»Hardenberg scheint klar geworden zu sein, was wir ihm jetzt schon alles nachweisen können. Sein Anwalt hat beim Kriminaldirektor angerufen und ein Geständnis in Aussicht gestellt, falls eine Strafmilderung in Betracht kommt. Nach Rücksprache mit unserem Staatsanwalt werden wir drei jetzt zum Untersuchungsgefängnis fahren. Könnt ihr in zwanzig Minuten dort sein?«, fragte Verona Neuendorf sehr sachlich.

»Ja, natürlich«, erwiderte Wullitzer. »Haben die beiden Hardenberg die Strafmilderung denn zugesichert?«

»Offiziell nicht. Aber ich gehe davon aus, dass unter der Hand Wohlwollen signalisiert wurde. Deshalb sollen auch nur wir drei jetzt mit ihnen reden. Weder unser Kriminaldirektor noch der Staatsanwalt wollen dabei sein und Gefahr laufen, dass ihnen später Mauscheleien vorgeworfen werden können.«

Hardenberg und sein Anwalt warteten bereits im Besprechungszimmer des Untersuchungsgefängnisses, in das Wullitzer, Verona Neuendorf und Paula von einem Justizbeamten geführt wurden. Der große, massige Hardenberg wirkte heute nicht nur ungepflegt, sondern grau und kraftlos. In sich zusammengesunken starrte er während des Gesprächs fast durchgehend auf die Tischplatte. Er und sein Anwalt machten auf Paula den Eindruck, als würden sie sich schon sehr lange kennen. Der Anwalt war wie Hardenberg zwischen fünfzig und sechzig, trug einen teuren Anzug und hatte ein ausgeprägtes Doppelkinn.

»Kommen wir gleich zur Sache«, sagte er, nachdem sie sich vorgestellt hatten. »Mein Mandant gibt zu, in Notwehr nachts im Wald versucht zu haben, einen unbekannten und bewaffneten Menschen zu vertreiben. Dass es dabei versehentlich zu tödlichen Verletzungen gekommen ist, bedauert mein Mandant außerordentlich.« Der Anwalt sah Verona Neuendorf an. »Außerdem gibt mein Mandant zu, mit Valentin Urbanczyk bei dessen Fischteichen eine Auseinandersetzung gehabt zu haben, in deren Verlauf er sich bedroht fühlte und es ebenfalls zu tödlichen Verletzungen gekommen ist. Auch dieses Geschehen quält meinen Mandanten und er bereut es.«

Der Anwalt holte ein Schreiben aus einer Mappe und reichte es Verona Neuendorf.

»In diesem Schriftstück sind die Reue und der gute Wille meines Mandanten niedergelegt. Wir gehen davon aus, dass Staatsanwaltschaft und Gerichte das berücksichtigen werden«, sagte er und stand auf. Hardenberg, der kein Wort gesagt hatte, erhob sich ebenfalls, und auch für Verona Neuendorf schien dieses Gespräch beendet zu sein. Paula und Wullitzer blieben jedoch sitzen und sahen Hardenberg an.

»Was ist mit den Schüssen auf Hagen Gütschow gestern Abend?«, fragte Wullitzer.

»Dazu möchte sich mein Mandant vorläufig nicht äußern«, erwiderte der Anwalt ausweichend.

Vermutlich will er abwarten, ob Gütschow überlebt, dachte Paula und wandte sich an den reglosen Hardenberg.

»Sie erinnern sich an die Nacht des 28. Mai?«, fragte sie.

Hardenberg wirkte überrascht und warf seinem Anwalt einen Blick zu.

»Sie werden verstehen, dass mein Mandant sich nicht an jede Nacht der letzten Monate erinnern kann«, erwiderte der Anwalt.

»Aber daran, dass er in der Nacht einem getöteten Wolf den Kopf abgetrennt hat, dürfte sich Herr Hardenberg erinnern«, bohrte Paula nach. Hardenberg erschrak.

»Dazu möchte mein Mandant keine Aussage machen«, teilte der Anwalt mit und gab dem Justizbeamten, der an der Tür wartete, das Zeichen, ihn und Hardenberg zurück zur Zelle zu führen.

30

»Wir haben möglicherweise einen Hinweis zur Identität des unbekannten Toten«, sagte Paula zu Vanessa und Jonas, als sie mit Wullitzer wieder ins Büro kam. »Eine der Wolfsschützerinnen hatte euch doch von einem Mann erzählt, der als Jack London gechattet hat.«

»Ja, den Namen haben wir verfolgt. Aber das hat zu nichts geführt«, sagte Vanessa.

»Wir haben noch einen zweiten Namen erfahren. John Norton, oder Torton, genau wusste die Frau das nicht. Aber vielleicht hilft es euch.«

Paula sah, dass Nadeschda Boschurina kurz den Arm hob. Und nur wenig später winkte sie erneut. Paula und Vanessa gingen zu ihr und blickten auf ihren Computer.

»John Thornton ist eine Figur aus einem Roman von Jack London«, sagte Vanessa überrascht. »Aus … *Ruf der Wildnis*.«

»Das hab ich früher mal gelesen«, meinte Wullitzer aus dem Hintergrund. »War gut. Obwohl mein Vater meinte, es sei bei uns im Osten verboten.«

Kurz darauf rief Norbert Eigendorf an und bat Paula und Wullitzer sowie Verona Neuendorf zu sich in die Abteilung.

»Wir werten gerade den Computer von Hagen Gütschow aus. Es gibt etwas, das solltet ihr euch ansehen«, sagte der Chef der Spurensicherung. »Gütschow hat in der Nacht, in der Alexandra Schuster erschossen wurde, im Wald Fotos gemacht. Mit dem Handy, aber am nächsten Tag hat er sie auf seinen Rechner überspielt.«

Zunächst waren auf dem Monitor nur undeutlich zwei Wagen nachts im Wald zu erkennen, doch Eigendorf vergrößerte die Ausschnitte und stellte sie heller und schärfer ein.

»Der Range Rover von Hardenberg«, sagte Paula, denn den erkannte sie als Erstes, bevor Eigendorf das Logo des Pferdehofs vergrößerte, das auf der Tür des zweiten Wagens, eines SUV, zu sehen war.

»Gütschows Tochter reitet seit Jahren auf dem Hof. Er wird das Logo kennen«, sagte Wullitzer.

»Mit dem Datum der Aufnahmen sind Sie sicher?«, fragte Paula.

»Im Handy sind Datum und Uhrzeit eindeutig. Kein Zweifel«, erwiderte Eigendorf.

»Habt ihr euch schon Gütschows Chatverläufe angesehen?«, fragte Paula.

»Wir sind noch dabei. Gibt es etwas, worauf wir besonders achten sollten?«

»Falls euch ein Jack London unterkommt oder ein …«

»John Thornton«, ergänzte Wullitzer.

Verona Neuendorfs Handy klingelte. »Der Staatsanwalt«, sagte sie, nahm das Gespräch an und ging in einen Nebenraum.

Paula und Wullitzer verabschiedeten sich von Eigendorf und zogen sich in eine Ecke auf dem Gang zurück.

»Du denkst, was ich denke?«, fragte Wullitzer.

»Ja. Es ist immer wahrscheinlicher, dass Gütschow die Pferdezüchterin umgebracht hat. Er hat in der Nacht ihren Wagen fotografiert, er wusste also, dass sie im Wald war«, erwiderte Paula. »Und dann ist er ihr gefolgt, hat sie zur Rede gestellt, die Situation ist eskaliert, und er hat geschossen.«

»Sobald Gütschow aus dem Koma erwacht und ansprechbar ist, werden wir ihn verhören«, sagte Wullitzer. »Und es würde mich wundern, wenn er nicht nach einiger Zeit gesteht.«

Paula nickte, aber sie merkte auch, dass Gütschows Frau und Tochter ihr leidtaten. Sollte ein Gericht ihn für einen kaltblütigen Mord an Alexandra Schuster verurteilen, würde Gütschow seine Tochter in Freiheit erst wiedersehen, wenn sie längst volljährig war. Bei Totschlag oder Notwehr könnte ein Urteil milder sein.

Verona Neuendorf tauchte am Ende des Gangs auf.

»Ah, hier seid ihr. Wir haben einen Termin beim Staatsanwalt. Dao Le Minh möchte unverzüglich unterrichtet werden«, sagte sie.

Sie machten sich in Verona Neuendorfs Dienstwagen auf den Weg zum Justizzentrum. Diesmal führte der direkte Weg über die Maulbeerallee, doch heute verzichtete die Chefin auf Erläuterungen zu Potsdams Sehenswürdigkeiten, als sie das Schloss Sanssouci passierten.

Noch bevor sie kurz darauf am Jägertor zum Justizzentrum abbogen, bekam Wullitzer einen Anruf von Vanessa. Er stellte auf Lautsprecher, und Paula und Neuendorf konnten mithören.

»In Altenberg im Erzgebirge hat sich ein John Thornton von einem Tätowierer einen Wolfskopf stechen lassen«, hörten sie Vanessa sagen. »Er hat aber nur eine Anzahlung gemacht, ist nie wieder aufgetaucht, und der Tätowierer hat ihn angezeigt. Die Beschreibung passt auf einen Wilderer, der im Erzgebirge in selbst gebauten Hütten gelebt hat. Dieser Wilderer ist dort seit einigen Monaten nicht mehr gesehen worden. Er könnte unser Toter sein.«

»Na also«, sagte Neuendorf, »noch ein Fortschritt.«

Als sie das Büro von Staatsanwalt Dao Le Minh betraten, klappte der eine Aktenmappe zu, legte sie zu einer anderen auf ein Sideboard und deckte beide mit einer Zeitschrift ab.

»Sehr schön, ich bin schon sehr gespannt«, sagte er und lächelte vor allem Paula zu. Sie steuerte einen Stuhl an der Wand neben dem Sideboard an.

»Herr Wullitzer, wollen Sie der Kollegin nicht den Platz am Fenster überlassen?«, fragte Dao Le Minh, denn dorthin ging Wullitzer. Für einen Moment herrschte ratloses Schweigen. Nur das Plätschern eines Zimmerspringbrunnens war zu hören.

»Kein Problem, ich sitz gern hier«, sagte Paula, nahm auf dem Stuhl neben dem Sideboard Platz und merkte, dass der Staatsanwalt nervös war. Paula warf Wullitzer einen fragenden Blick zu, dem die Unruhe des Staatsanwalts ebenfalls nicht entgangen war.

»Gut, dann fangen wir doch an«, sagte Verona Neuendorf.

»Ja. Gut«, erwiderte Dao Le Minh.

Die Besprechung verlief zunächst wie beim letzten Mal. Paula lehnte sich zurück und beobachtete, wie Wullitzer und Neuendorf als eingespieltes Team erklärten, die Morde seien im Grunde aufgeklärt. Sie erläuterten die eindeutigen Beweise gegen Hardenberg und berichteten ausführlich von dem kurzen Gespräch im Untersuchungsgefängnis. Dass Gütschow noch tagelang im Koma liegen würde, erwähnten die beiden nur am Rand, und die Wölfe ließen sie komplett außen vor. Ohnehin waren sie irritiert, denn Dao Le Minh war weniger beeindruckt, als sie erwartet hatten. Stattdessen musterte er Paula immer wieder und wirkte abgelenkt. In seinem Blick lag eine Skepsis, die Paula sich nicht erklären konnte, und ein paarmal gingen seine Augen zu dem Sideboard und den Aktenmappen.

»Ich wusste von Anfang an, dass Frau Osterholz und Herr Wullitzer ein großartiges Team sein würden«, sagte Dao Le Minh, nachdem Wullitzer und Verona Neuendorf fertig waren, und sah Paula direkt an. »Ich bin sicher, wir werden noch viel Freude mit Ihnen haben.«

Damit erhob sich Dao Le Minh und wollte zwischen Paula und das Sideboard treten. In dem Moment passierte etwas, von dem Paula erst später begriff, dass es Absicht war: Wullitzer stand auf, schien zu stolpern, hielt sich am Schreibtisch von Dao Le Minh fest und riss beinahe dessen Laptop vom Tisch.

»Entschuldigung, Entschuldigung, das ist mir sehr unangenehm«, beteuerte Wullitzer, »ich hoffe, es ist nichts passiert.«

»Nein, alles in Ordnung«, sagte Dao Le Minh verärgert und blickte zu Paula und dem Sideboard. Sie tat, als sei sie um Wullitzer besorgt, und hoffte, niemand würde merken, wie entgeistert sie war.

Denn sie hatte die Sekunden, in denen der Staatsanwalt durch Wullitzer abgelenkt war, genutzt, um die Zeitschrift zur Seite zu ziehen und einen Blick auf die Aktenmappen zu werfen, die Dao Le Minh so nervös machten. Und was sie dort gelesen hatte, schockierte sie.

Auf einer der Mappen stand der Name ihres toten Geliebten. Vinzenz Ludwig.

Auf eine zweite Mappe hatte der Staatsanwalt den Namen Torben Schiller geschrieben. Jener Torben Schiller, den Vinzenz verhaftet hatte und der nach einem halben Jahr auf freien Fuß gekommen war, weil die Staatsanwaltschaft Potsdam noch immer keine Anklage gegen ihn erhoben hatte. Er war der Hauptverdächtige für den Mord an Vinzenz, und von ihm fehlte seit der Tat jede Spur. Nachdem Paula in der Datenbank des Polizeipräsidiums auf Ordner zu den beiden Männern gestoßen war, waren sie am nächsten Tag verschwunden, doch hier, im Büro des Staatsanwalts Dao Le Minh, lagen Aktenmappen, deren Inhalt Paula offenbar nicht kennen sollte. Womöglich führte der Weg zu Vinzenz' Mörder ins Justizzentrum oder ins

Polizeipräsidium von Potsdam – und vielleicht sogar in dieses Büro von Dao Le Minh.

Paula riss sich zusammen und versuchte, freundlich zu lächeln, nickte dem Staatsanwalt zu und verließ sein Büro. Niemand sollte mitbekommen, wie sehr es sie erschüttert hatte, die Namen zu lesen. Ihren ersten Fall in Potsdam hatte sie mit Wullitzer gelöst, und dafür würden sie beide noch viel Lob bekommen. Doch die Aufklärung des Mordes an ihrem Geliebten, der ihr Leben zerrissen hatte, lag noch vor ihr. Sie wusste jetzt, wo sie suchen musste, aber sie ahnte auch, wie gefährlich das für sie werden konnte.

Auch Wullitzer und Verona Neuendorf verließen das Büro des Staatsanwalts. Solange dessen Tür noch offen stand, bedankten sie sich höflich und scheinbar gut gelaunt bei Dao Le Minh für die Zusammenarbeit, doch sobald die Tür ins Schloss gefallen war, schwiegen sie betreten. Ihnen war nicht entgangen, dass beim Staatsanwalt gerade etwas vorgefallen war, das nicht hätte geschehen sollen.

Wortlos gingen die drei zum Fahrstuhl. Als sich dessen Tür öffnete, klingelte Paulas Handy und sie erkannte die Nummer ihrer Schwester. Da Linda fast nie tagsüber anrief, befürchtete sie, es könnte etwas passiert sein.

»Das ist wichtig. Ich komm gleich nach«, sagte sie und ging ran. Doch es war nicht Linda, die am Telefon war.

»Mir ist langweilig!«, krähte Mona, Lindas Tochter. »Mama und Papa reden die ganze Zeit, und keiner spielt mit mir! Du musst kommen!«

Paula lachte über den Befehlston ihrer Nichte und erklärte ihr, dass sie jetzt noch ein bisschen arbeiten musste.

»Aber danach komm ich und wir spielen. Versprochen.«

»Dann machen wir Sofaspringen! Und wenn Papa das verbietet, dann sag ich, dass du die Polizei bist und er dir gar nichts verbieten darf!«

Damit legte Mona auf. Paula lächelte ungläubig. Wenn jemand sie heute aus ihrem Schockzustand holen konnte, dann wohl dieser kleine, freche Wirbelwind.

Folge dem Autor auf Amazon

Wenn dir dieses Buch gefallen hat, folge Frank Hagedorn auf Amazon. Dann erhältst du eine Benachrichtigung, wenn der Autor sein nächstes Buch veröffentlicht. Um dem Autor zu folgen, gehe bitte folgendermaßen vor:

Desktop:

1) Suche auf Amazon.de oder in der Amazon App nach dem Namen des Autors.
2) Klicke auf den Namen des Autors, um auf die Autorenseite zu gelangen.
3) Klicke auf den »Folgen«-Button.

Smartphone und Tablet:

1) Suche auf Amazon.de oder in der Amazon App nach dem Namen des Autors.
2) Klicke auf einen Titel des Autors.
3) Klicke auf den Namen des Autors, um auf die Autorenseite zu gelangen.
4) Klicke auf den »Folgen«-Button.

Kindle eReader und Kindle App:

Wenn du dieses Buch auf einem Kindle eReader oder in der Kindle App liest, wird dir automatisch angeboten, dem Autor zu folgen, nachdem du die letzte Seite des Buches gelesen hast.

FSC
www.fsc.org

MIX

Papier | Fördert
gute Waldnutzung

FSC® C083411

Zeitfracht Medien GmbH
Ferdinand-Jühlke-Straße 7
99095 Erfurt, Deutschland
produktsicherheit@kolibri360.de

Druck:
CPI Druckdienstleistungen GmbH
im Auftrag der
Zeitfracht Medien GmbH
Ein Unternehmen der Zeitfracht - Gruppe
Ferdinand-Jühlke-Str. 7
99095 Erfurt